U0610581

　　国家哲学社会科学基金青年项目"商业经济生活与宋明小说创作研究"（15CZW006）

国家社科基金丛书
GUOJIA SHEKE JIJIN CONGSHU

商潮涌动下的小说创作

——以宋、明时期为主的考察

Fiction Writing Under the Surging Tide of Business:

An Investigation Mainly in the Song and Ming Dynasties

谢志远　著

人民出版社

目　　录

绪　言

一

商业是一种有组织的提供顾客所需的商品与服务的行为,是以买卖方式使商品流通的经济活动。这种买卖并不是直接发生在生产者与消费者之间,而是必须通过商人,或独立的社会经济部门来实现。① 经济是对人们生产、使用、处理、分配一切物资这一整体动态现象的总称,经济活动是创造、转化、实现价值,满足人类物质文化生活需要的活动。② 商业经济活动又专指通过交换从而实现商品流通的经济活动。

有研究者指出:“经济生活(即生产、交换、分配、消费等的整体)是人类生存发展的一个基本维度、一种基本方式。”③商业经济生活方式也是人类生存发展的基本方式。④ 不同历史阶段的商业经济生活,在很大程度上影响着时人的认识、意志和情感等活动,而且这种影响是不可忽视的。布罗代尔曾说:“经济从不是孤立的,经济活动场所也是其他实体——文化、社会、政

---

① 参见林文益、祁廷镛:《商业经济学》,中国商业出版社1988年版,第7—8页。
② 参见苏文华:《管理会计在经济生活中的应用》,《现代经济信息》2018年第3期。
③ 刘敬鲁:《论作为人类生存发展方式的经济生活》,《学习与探索》2003年第2期。
④ 参见章培恒:《经济与文学之关系》,《学术月刊》2006年第5期。

治——的安身之地,其他实体不断向经济渗透,以便推进或者阻碍经济的发展。这些实体很难互相分开,因为我们所观察到的经验实在,或如弗朗斯瓦·佩鲁所说的'实在之实在',构成一个整体,即我们曾确指为典型社会的'集合之集合'。"①

作为社会生活的反映,文学与商业经济生活之间存在着千丝万缕的联系。

从经济的层面来看,文学的"生产""传播""消费"都属于商业行为,自然而然地会受到商业运行规律的影响和制约。在作家创作层面,许多作家的创作都与商业经济生活密不可分。茅盾对文学的商业化抱有警觉,认为"在万般商品化的社会里,文学也有商品化的危险,而且已在逐渐商品化了"②。沈从文曾经说过:"新文学同商业发生密切关系,可以说是一件幸事,也可以说极其不幸。"③叶圣陶一方面"为金钱计,日节一二小时为出卖之文,凡可以得酬的皆寄之"④,另一方面又认为"文学不是商品",对"以文学为投机事业,迎合社会心理,不顾一切,加工制造,以图利市三倍"⑤的行为表示坚决反对。沈从文迫于生计,一度在上海滩卖文为生,不得不多产、快产;鲁迅在上海的最后十年,创作的杂文的数量明显多于前期,既有战斗的需要和思想表达的需要,也有商业化环境下便于卖文的"功劳";不想当作家的巴金成为新文学史上靠版税生活的作家;茅盾为了多得稿酬,从创作小说转向了更便捷的散文创作。从这些鲜活的事例中,完全可以感知到商业经济生活对作家思想和创作所产生的巨大影响。因此有研究者指出:"文学创作、出版的过程,就是文学生产的过程;创作文学作品的个人就不再是作家,而是'文学生产者';对文学的研

---

① 布罗代尔:《15至18世纪的物质文明、经济和资本主义》第二卷,顾良译,生活·读书·新知三联书店1993年版,第31页。
② 《茅盾全集》第19卷,人民文学出版社1991年版,第443页。
③ 沈从文:《沈从文文集·新诗的旧账》第12卷,花城出版社、三联书店香港分店1984年版,第182页。
④ 叶圣陶:《致顾颉刚》,《时事新报·学灯》1922年4月20日。
⑤ 叶圣陶:《叶圣陶论创作·文艺谈32》,上海文艺出版社1982年版,第61页。

究就不能局限于对作家、作品的分析,而是要把作品生成的物质条件和生产关系纳入研究视野,关注文学'生产'、'传播'、'消费'的模式。"①

在读者接受层面来看,人们通过小说可以"知识性"地了解到社会商业经济生活的方方面面。正如恩格斯所说,人们在巴尔扎克的小说中学到的资本主义社会的"经济细节",比从当时"所有职业的史学家、经济学家和统计学家那里学到的全部东西还要多"②。正因此,将商业经济生活与文学的关系作为研究的重要方面和内容,显得十分必要。

章培恒认为"在我们要研讨某种文学何以呈现此等形态及作这样的发展时,就不能不把文学与文化的其他部门——尤其是经济联系起来了。所以,在我看来,研究文学与经济的关系乃是一项很重要的工作"③。黄霖认为:"从'经济'的角度来研究中国文学,不但是个老视角,而且在相当长的时间内还处于主导的地位。"他"反对一提到从社会经济来研究文学就用'简单'、'庸俗'等帽子来简单、粗暴地加以嘲笑和否定。文学研究的道路应该是多样化的,更何况在唯物史观的指导下用社会经济的角度来研究文学毕竟是一种基本的路数。我们该将这个老视角,作为新起点,真正下工夫去深入研究了"。④许建平认为:"人的生活中,经济生活占据首要和主导的地位,且经济生活(包括读书做官、谋功名、觅富贵、编剧本、演戏、讲故事、写小说、填词、刻书、办书坊等一类的挣钱行为,也包括吃饭、穿衣、营建宅院、游山玩水、饮酒品茶、琴棋书画、出入歌楼妓院等花钱行为)充斥于人的生活之中,随处可见,实实在在。所以文学研究者在研究生活时,应将经济生活纳入学术的视野,不单纳入研究

---

① 邵燕君:《倾斜的文学场》,江苏人民出版社 2003 年版,第 1 页。

② 《马克思恩格斯选集》,人民出版社 1995 年版,第 68 页。

③ 章培恒:《漫谈经济与文学的关系》,许建平、祁志祥主编:《中国传统文学与经济生活》,河南人民出版社 2006 年版,第 3 页。

④ 黄霖:《旧视角　新起点》,许建平、祁志祥主编:《中国传统文学与经济生活》,河南人民出版社 2006 年版,第 11—12 页。

作家的视野,更应纳入研究作品的视野。"①"精神对于文学的创作具有主导作用,而经济对于文人的生活、文学的创作,对于文学样式的产生与兴盛,对于文学的刊刻、传播同样具有重要的作用,文学的活动是由精神力与经济力合力作用下进行的。只不过有时精神作用处于主导、显赫地位,经济作用处于次要或潜伏地位,有时则相反罢了。"②他还认为"经济力在文学活动中所起的作用,同精神力在文学活动中所起的作用一样,不是外在的、外加的,而是内在的、自生的……文学具有双重属性,既具有精神的属性,同时又具有经济的属性"③。祁志祥指出:"在当下中国,计划经济向市场经济的转型使得文学乃至一切审美活动与经济活动的联系更加密切,文学与经济的关系研究已成为摆在文学研究者面前的一项无法回避的课题。"④"研究文学与经济的关系,也是当今文学走向大众文化、审美走向功利化的实践对理论提出的诉求。"⑤

　　基于经济与文学关系的视角,有研究者提出了"中国新经济文学"这个概念,并将"新经济"界定为"在经济全球化背景下,信息技术革命以及由信息技术革命带动的、以高新科技产业为龙头的经济……就是我们一直追求的'持续、快速、健康'发展的经济";将新经济文学定义为"以开放地带的新经济生活为背景为素材,塑造典型的新经济生活环境、新经济人物和情感的文学作品"。⑥ 这类研究因其视角选取的相对独特,而凸显出较强的研究价值。

---

① 许建平:《文学生成与发展的经济》,许建平、祁志祥主编:《中国传统文学与经济生活》,河南人民出版社 2006 年版,第 19 页。

② 许建平:《文学生成与发展的经济》,许建平、祁志祥主编:《中国传统文学与经济生活》,河南人民出版社 2006 年版,第 20 页。

③ 许建平:《文学生成与发展的经济》,许建平、祁志祥主编:《中国传统文学与经济生活》,河南人民出版社 2006 年版,第 23 页。

④ 祁志祥:《文学与经济关系的学理考量》,许建平、祁志祥主编:《中国传统文学与经济生活》,河南人民出版社 2006 年版,第 27 页。

⑤ 祁志祥:《文学与经济关系的学理考量》,许建平、祁志祥主编:《中国传统文学与经济生活》,河南人民出版社 2006 年版,第 31 页。

⑥ 陈丽伟:《中国新经济文学概论》,漓江出版社 2015 年版,第 1—2 页。

二

正如前文所述,商业经济生活与作为上层建筑的文学创作存在着紧密关联,两者之间的深层次联系,理应成为文学研究的重要问题。宋明时期是我国古代商业经济的繁荣期,商业经济与文学之间的关系更趋紧密。因此,关注此一基本问题并重点观照宋明时期,是有必要也是有价值的。与本领域相关的研究,可从两个大的方面进行概括。

第一,充分肯定经济(包括商业经济)与文学之间存在着紧密关联,并积极开辟经济生活与文学关系研究的新增长点。这方面研究主要以马克思关于经济基础决定上层建筑的有关论述为基础,对经济与文学的关系做宏观的、学理的探讨。这类研究尤以"经济生活与中国传统文学学术研讨会"的召开表现得最为集中。

一是肯定研究意义。党圣元、郭豫适、许明等都充分肯定开展相关研究的重要意义和价值。

二是分析研究状况。胡明和刘锋杰等都指出学术研究中涉及经济的层面多流于浮浅,关于经济与文学关系的研究一直处于相对"低迷"的状态。即使研究中对经济有所反映,往往仍回归到政治决定论之中。

三是剖析内在联系。杨国明、杜贵晨、王毅、刘锋杰、姜革文、王钟陵、张炯等学者多持有或形成了经济动力论和文学反映论的观点,如指出"食""色"是推动文学前进的动力,是所有学问关注的核心点;认为经济影响文学是必然的、绝对的,而且是正面和全面的;认为经济与文学之间直接而多重的影响关系表现于文学的外部领域、内部领域和人格精神与文学精神三大层面等。①以此为基础,研究者以反映论的视角探究了晚清小说对近代商业社会生活的

---

① 朱丽霞:《全国"经济生活与中国传统文学学术研讨会"综述》,《文学评论》2006年第1期。

多层面反映等。这方面研究突出了文学反映商业经济方面的内容,但忽视了对创作过程的动态研究。

四是探究样态影响。李桂奎、许建平、郭万金等学者研究了商业经济观念文化对于文学样态的影响,并试图挖掘出这种影响的重大性、根本性。或认为货币观念的变异相应生发了农耕文学向商业文学的变革;或认为经济逻辑渗透文学肌体内,成为结构形态及叙事方式,"钱财"观念、"钱财"意象和江南经济文化对话本小说叙事产生了结构性作用。谭帆、朱迎平也从小说评点、刻书产业等的变化,分析商业经济对文学的品质、文体等的干预与影响。

五是解读文人活动。陈洪、李笑野、俞纪东、窦丽梅、张觉等学者从作家的经济生活、经济收入、财富观等入手,挖掘作家头脑中及文学作品描写的商业经济生活与形态,以此解读商业经济与文学创作。他们或以茶酒文化为中心,指出茶酒对文人人格、审美情趣、作品表现等方面产生了重要影响;或解读魏晋士人的财富观,认为他们解脱了"生事"困扰而对山水产生了审美兴趣,从而直接导致了山水文学的形成;或探讨汉初社会经济对文体及其风格的制约,认为赏财观念造就了司马相如这位赋圣等。裴毅然则对20世纪中国作家不同时期的经济收入进行整理排比,探讨了不同经济状态对作家政治态度、审美情趣等所产生的影响。

六是注重类型研究。如邱绍雄、邵毅平、周海燕、杨虹等,这类研究以反映商业活动、塑造商人形象为主的小说(或商贾、商界小说)为研究对象,分析小说与经济社会文化之间的多种联系,仍是一种新兴的研究。其研究有两个鲜明特点:首先是都将明清时期视为中国古代商业文学或小说发展的繁荣期;其次是都以史的梳理为主,兼做宏观层面的背景考察与文化阐释。

第二,十分重视对宋明文学尤其是小说的研究,把研究视角从作家、作品本身延伸到史学、美学、文化学等领域,注重多角度多层次分析,但忽视了对经济与小说关联的深度研究。从已有研究来看,研究者更侧重从宋明社会主流意识形态——理学影响的角度,来探讨宋明小说的创作与价值等。虽有少数学者注意到了宋明小说与商业经济的关系,如邱绍雄、邵毅平,但总体上说仍属凤毛麟角。其对商业经济与小说关系的研究,更多是从历时的层面进行史学式的分析,有简单化的倾向,没有深入挖掘商业经济如何与宋明小说发生密切联系的内部因素,系列式、群体式的探讨尤待加强。而且,宋明小说的比较研究也有待深化。

综合而言,学术界已展开相关研究并取得成果,但总体上仍失之于宏观和薄弱。这种薄弱局面的形成,一方面与文学作品浩繁,与商业经济相关的内容散落其中,仿如大海星辰,缺乏系统的挖掘、梳理和研究有关;另一方面也与中国古代的社会语境下,文学对商业经济的涉猎相对较少,影响力没有那么突出有关。此外,有过去较多强调传统文学的政治意义,并受"重义轻利"的儒家观念影响,对与文学关系密切的经济认识不足的原因。郭豫适先生就认为:"就研究主体而言,是我们学术思想不够开放、活跃,未能确认文学有它的政治属性,同时也有它的经济属性。换句话说,'突出政治'的思维习惯,使人们只重视政治生活与传统文学关系的研究,以至于阻碍人们对文学属性的全面性认识,未能充分认识到有关经济生活与传统文学的研究意义和价值。"①当然,也有学者从价值取向的角度出发,认为经济对文学的影响是负面的,会给纯洁的文学殿堂带来铜臭气息。在当代市场经济繁荣的条件下,这种观念和研究传统势必被打破,也必须被打破。

三

在我国市场经济快速发展,社会经济样态日新月异的今天,尤其有必要从商业经济的视角切入对文学的研究,形成文学研究的新视野、新领域、新成果,以此来进一步丰富文学研究,以此更好地推动文学研究适应社会经济形势发

---

① 许建平、祁志祥主编:《中国传统文学与经济生活》,河南人民出版社 2006 年版,第 2 页。

展的环境和需求。

习近平同志在文艺工作座谈会上指出:文艺不能在市场经济大潮中迷失方向;文艺不能当市场的奴隶,不要沾满了铜臭气;文艺创作必须坚持正确方向,文艺工作者必须坚持正确原则。① 这一重要讲话,使文艺研究者认识到,必须将文艺与市场的关系作为研究的重要关切点,对此进行全面、深入、系统的研究。这不仅是响应党的文艺方针,实现文学研究百花争艳的需要,更是文艺研究自身不断完善、走向深入的需要。回望历史,观照现实,进行宋明小说创作与商业经济生活关系的研究,意义很大。

对于经济与文学关系的研究,胡明先生认为可以从四个方面展开:"文学的文本与作家的经济意识和经济理念;文学文本中所描写的经济生活和社会形态;经济生活在宏观和微观方面对文学生存发展的促进和制约;文学文本中人物的经济活动。这四个方面的研究思路,既打通了经济与文学之间的各种问题,同时又为文学研究开辟了新边界。"②这对我们重新研究经济与文学关系颇富启发性。

本书试图通过对商业经济文献、宋明社会生活文献、社会思潮文献、作家传记、小说文本等的阅读、挖掘和分析,探究历史时空中的实际生活,解读小说创作内外交融的生动状况,以期尽可能地丰富有关素材。同时结合文艺理论研究原理和方法,在梳理具体材料的基础上尽可能地加以理论提升,并在新视角下,尝试对宋明小说做出不同于以往的评价;进而把研究视野扩大到商业经济影响下的整个中国文学发展历程,古今对比和贯通,对当代市场经济条件下的文学创作进行理性的思考和判断。

由于商业经济影响小说创作所包含的内容极为丰富,限于篇幅和能力,本书将研究聚焦于表现商业经济活动和刻画商人形象的小说,以期使论述集中、

---

① 《习近平在文艺工作座谈会上讲话(全文)》,http://culture.people.com.cn/n/2014/1015/c22219-25842812.html.

② 胡明:《传统文学研究的新增长点》,《社会科学报》2005 年 11 月 24 日。

直观。对于"以反映商业经济活动为主要题材、以塑造商人形象为基本目的"①的小说,邱绍雄教授将之命名为"商贾小说"②,杨虹教授则界定为"商界小说"③,笔者也曾以"商业小说"④来进行过阐述,名称虽异,但内涵基本相同。在本书论述过程中,为避免名称上的繁杂,将尽量不采用以上名称来进行表述。

① 杨虹:《中国商界小说的类型特质及其文化意味》,《理论与创作》2010 年第 6 期。
② 邱绍雄:《儒商互补　理欲并重——试论中国商贾小说的特色和价值》,《中国文学研究》2001 年第 1 期。
③ 杨虹:《现代性与中国商界小说的叙事沿革》,《上海商学院学报》2011 年第 5 期。
④ 谢志远:《中国古代商业小说叙事研究》,湖南师范大学博士学位论文,2015 年。

第一章 商业经济生活与文学创作之间的学理及历时考察

从国家的商业经济政策和意识形态、商业的荣衰起落,到商贾的言谈举止、日常的毫厘交易,都会对作家的认识、情感和意志等产生影响,换句话说,作家的创作难免受到商业文化或深或浅、或直接或间接的影响。这种影响一旦遇到合适的表达机会,就会不同程度地在文学作品中表现出来,从而形成独特而耐人寻味的文学景观,展现出鲜明的价值取向,这也符合社会文化生活影响作家创作的基本事实和原理。"作为文学家生存和创作的基础,经济元素渗透在作家的个人生活、价值观念、创作动机、创作方式、作品内容和作品的传播接受中。"①既然如此,就需要深入了解和探究商业经济生活与文学创作之间互动的关系。②

第一节 或显或隐:商业经济生活与文学创作的内在关系

商业经济生活作为人类生活的一种,顾名思义是指与商业经济环境紧密

---

① 祁志祥:《历代文学观照的经济维度》,河南人民出版社 2012 年版,第 8 页。
② 参见谢志远:《中国古代商业小说叙事研究》,湖南师范大学博士学位论文,2015 年。

关联并受到其影响的生活状态,这种生活与其他生活一样真实而具体,但相比于其他生活,又更具物质性、功利性、世俗性特征,其所形成的对人、对文学的影响也就具有一定的特殊性。

商业经济是如何影响文学创作,影响作品的题材、内容的? 从宏观的层面来看,可以大致列举出如下数点:

一、商业经济的发展状况直接在作品中体现出来

文学来源于生活,反映生活。"文学反映的生活是人的整体的生活。这里所说的整体的生活,是指现象和本质具体的有机的融合为一个整体的那种生活。文学就是对这种整体生活作综合的反映。……所以,文学以活生生的、具体感性的、寓含着本质规律的、不可肢解的生活的整体为其对象和内容。"[①] 从这个角度出发,可以认为,文学必然会反映人的商业经济生活。某一时代商业经济发展下的社会面貌、风土人情等,往往会在文学中以环境描写的方式表现出来。

唐代封建经济极为繁荣。对水陆贸易繁荣的景象,《旧唐书·崔融传》中有过这样的记载:"天下诸津,舟航所聚,旁通巴汉,前指闽越,七泽十薮,三江五湖,控引河洛,兼包淮海,弘舸巨舰,千轴万艘,交货往来,昧旦永日。"此外,繁华都市出现,不断壮大的商人队伍活跃其间。《旧唐书·苏环传》:"扬州地当要冲,多富商大贾,珠翠珍怪之产。"[②]

班固的《两都赋》对都城商业经济的繁荣以及所带来的人、楼、街市、生活境况的改变等,进行了直接而翔实的描绘。唐朝诗人姚合在诗歌中也描绘了时人乐于经商的趋势:"客行野田间,比邻皆闭户。借问屋中人,尽去作商贾。"(《庄居野行》)宋代吴自牧在《梦粱录》中对南宋首都临安城的商业繁荣状况做过细致描述:

---

① 童庆炳:《文学审美特征论》,华中师范大学出版社 2000 年版,第 12—13 页。
② 李正春:《唐代小说中的商业活动》,《商业文化》1997 年第 3 期。

> 自五间楼北至官巷南街,两行多是金银盐钞引交易,铺前列金银器皿及见钱,谓之看垜钱。

> 杭州大街,买卖昼夜不绝,夜交三四鼓游人始稀,五鼓钟鸣,卖早市者又开店矣。

> 都民骄惰,凡买卖之物,多于作坊行贩已成之物,转求什一之利,或有贫而愿者,凡货物盘架之类,一切取办于作坊,至晚始以所直偿之。虽无分文之储,亦可糊口。此亦风俗之美也。[1]

从中尽可见宋朝都市商业发达之状况。即便是在小说中,也有对宋朝商业繁荣的刻画:"孝宗皇帝时常奉着太上乘龙舟,来西湖玩赏。湖上做买卖的,一无所禁,所以小民多有乘着圣驾出游,赶趁生意。只卖酒的,也不止百十家。"(《喻世明言·汪信之一死救全家》)正是从这些比较直接的描写中,人们能够窥探出当时商业的样貌和发展状态,以及给时人带来的多方面影响。这在明清时期的作品中更能清晰地看出来。在明清时期,商业经济发达的江苏地区,冯梦龙、吴承恩、施耐庵、曾朴、刘鹗、李伯元等一批在江苏诞生的通俗小说家,在其作品中,或写江苏,或以在江苏的生活为背景。可以说,此时期江苏日趋发达繁荣的经济,正是通俗小说作家创作的肥沃土壤,为其叙述人事或社会环境提供了营养。

城市作为商业经济发展的代表和集聚地,在文学创作中所占有的南京的繁富由此必然地进入了明清小说之中。《醉醒石》第一回对南京的繁荣景况有这样的描写:

> 南京古称金陵,又号秣陵,龙蟠虎踞,帝王一大都会。自东晋渡江以来,宋、齐、梁、陈,皆建都于此。其后又有南唐李璟,李煜建都,故其壮丽繁华,为东南之冠。……及至明朝太祖皇帝,更恢拓区宇,建立宫殿,百府千衙,三衢九陌。奇技淫巧之物,衣冠礼乐之流,艳妓

---

[1] 周密:《武林旧事》,浙江古籍出版社 2011 年版,第 130 页。

娈童,九流术士,无不云屯鳞集。真是说不尽的繁华,享不穷的快乐。虽迁都北京,未免宫殿倾颓,然而山川如故,景物犹昨,自与别省郡邑不同。①

此等描写已颇为详细,但更详细的也并非没有。《儒林外史》第二十四回对南京的描写读来仿佛走进了南京的长画卷中:

> 这南京,乃是太祖皇帝建都的所在,里城门十三,外城门十八,穿城四十里,沿城一转足有一百二十多里。城里几十条大街,几百条小巷,都是人烟凑集,金粉楼台。城里一道河,东水关到西水关,足有十里,便是秦淮河。水满的时候,画船箫鼓,昼夜不绝。城里城外,琳宫梵宇,碧瓦朱甍,在六朝时是四百八十寺;到如今,何止四千八百寺!大街小巷,合共起来,大小酒楼有六七百座,茶社有一千余处。不论你走到一个僻巷里面,总有一个地方悬着灯笼买茶,插着时鲜花朵,烹着上好的雨水,茶社里坐满了吃茶的人。到晚来,两边酒楼上明角灯,每条街上足有数千盏,照耀如同白日,走路人并不带灯笼。那秦淮,到了有月色的时候,越是夜色已深,更有那细吹细唱的船来,凄清委婉,动人心魄。两边河房里住家的女郎,穿了轻纱衣服,头上簪了茉莉花,一齐卷起湘帘,凭栏静听。所以灯船鼓声一响,两边帘卷窗开,河房里焚的龙涎、沉、速,香雾一齐喷出来,和河里的月色烟光合成一片,望着如阆苑仙人,瑶宫仙女。还有那十六楼官妓,新妆袨服,招接四方游客。真乃朝朝寒食,夜夜元宵!②

通过上述文字,南京的过往、现状、风土人情、人文景观或自然山水,以及社会风尚等,都呈现在了读者的面前。因此,认为要认识明清时期的南京风貌,小说提供了宝贵的资料,是并不为过的。以上仅以南京为例,并不是说南京之外小说就不涉及。苏州、扬州等江苏的重要都市,在小说中都有展现。

---

① 缪荃孙:《醉醒石·序》,上海古籍出版社1956年版,第1页。
② 吴敬梓著,李汉秋辑校:《儒林外史汇校汇评本》,上海古籍出版社1994年版,第185页。

"阊门外山塘桥，到虎丘止得七里，除了一半大小生意人家，过了半塘桥，那一带沿河临水住的，俱是靠着虎丘，山上养活不知多多少少扯空砑光的人。"这是《豆棚闲话》中对苏州的描写，从中可见山塘桥到虎丘一带的发展状况。至于苏州阊门的繁盛，则被《警世通言》第二十六卷收入，小说写道：

> 却说苏州六门：葑、盘、胥、阊、娄、齐。那六门中只有阊门最盛，乃舟车辐辏之所。真个是：翠袖三千楼上下，黄金百万水东西，五更市贩何曾绝，四远方言总不齐。

城市风尚、经济状况、社会万象，读者尽可在小说中恣意想象和细细领略。此外，各种各样的店家也在文学作品中大放异彩①，如典当解铺在《警世通言》的十五、二十二、二十六卷等都有涉及。此外，吴江陈大郎开杂货店在《拍案惊奇》卷八中有所展现；徽州陈商在扬州开粮食铺子在《警世通言》卷五中有所展现；《警世通言》卷二十二写苏州陈三郎开棺材店；《醒世恒言》卷七写吴江县尤少梅开果子店；《醒世恒言》卷二十写苏州王家开玉器铺；在《型世言》卷二十三中，还写到了苏州盛诚开缎子店；等等。

钱财作为商业经济的重要表征，在文学作品中也得到了丰富的呈现。古人谈及钱财挚利，"君子喻于义，小人喻于利""正其义而不谋其利"等说辞便会占据主导位置。事实上，儒家谴责的是"不义而富且贵"，要求的是"临利毋苟得"，在符合"义"的基础上，富贵与财势是可以被接受的。发展至宋儒，"义利之辩"进一步强化，而且道家也提倡生计迂阔、不断靠近神仙，佛教也主张人事疏远、不问富贵。因此，每每涉及金钱财富，文学多会板起面孔，义正词严地加以排拒。受此影响，自司马迁《史记·货殖列传》后，纯粹经济的研究与理论可以说难觅踪影。理论研究与文学书写之少，并不能说明经济的不存在或作用式微，恰恰相反，经济那只看不见的手将政治与历史摆弄，世俗社会和人心也不能脱离其影响。自唐宋起，越来越多的现实主义作家遵循生活原则

---

① 参见张秀芹：《明清小说中的苏州》，《苏州杂志》2009 年第 1 期。

的指导,客观地正面表现经济生活与世俗人心,使文学现实中出现了越来越多的经济活动。像"三言""二拍"、《金瓶梅》《水浒传》《红楼梦》《醒世姻缘传》《儒林外史》等都直面经济生活,客观反映了经济形态,是现世经济生活的活样板。人们能够从《转运汉遇巧洞庭红　波斯胡指破鼍龙壳》中体会馋羡暴富的世俗心态,感悟高明的经济运筹方式及其带来的成功喜悦;能够从《一文钱小隙成大祸》中窥见世俗人心因小小的"一文钱"所起的争执而带来的巨大伤害;人们能在《杜十娘怒沉百宝箱》中读出人性、爱情、信誉承诺的无比可贵。

"生活"的本相千姿万态,"经济"的教训则是棱角多面的①。明代有一支小曲《骂钱》,从中可见宋儒关于钱财的教义被凌辱亵弄的危机:

> 孔圣人怒气冲,骂钱财狗畜生。朝廷王法被你弄,纲常伦理被你坏,杀人使你不偿命,有理事儿你反覆,无理词讼赢上风。俱是你钱财当车,令吾门弟子受你压伏,忠良贤才没你不用,财帛神当道,任你们胡行。公道事儿你灭净,思想起,把钱财刀剁斧砍油煎笼蒸。②

它似乎无奈地告诉人们:钱财的巨大力量足以掀翻世道人心,而这也恰是正人君子的苦涩。通过这些钱财的描述,我们既体会到义利之辨这类传统理论在现实生活面前的似是而非的困境,也看到了文学对于经济生活的关注和思考。

一些作品也生动地展现了某个行业的发展情况。如《警世通言》第三十一卷写到,扬州名妓赵春儿从良后,嫁给了曹可成这个富家浪子,家业被他差点儿败坏一空。极度气愤的赵春儿对曹可成的东西分文不取,以吃长斋和早晚纺绩自食自度生活。她对曹可成说道:"这些东西左右是你的,如今都交与你,省得欠挂。我今后自和翠叶纺绩度日,我也不要你养活,你也莫缠我。"通过小说的描述,可知赵春儿养家活口依靠的是纺绩,纺织和耕作能让人实现自

---

① 胡明:《中国传统文学与经济生活》,《学术月刊》2006 年第 5 期。
② 谢伯阳编:《全明散曲》,齐鲁书社 1995 年版,第 2981 页。

立自食。这从一个侧面能够帮助人们了解当时纺织业的发展情况,当然,时人参与纺织业的情况等也能从中窥知一二。

商人的商业活动作为商业经济必不可少的内容,也通过小说得到全方位的展现。唐代只有为数不多的几篇传奇小说涉及商人题材,还是从一个侧面反映了唐代商业的情况。如《贾人妻》写一个侠女原是"贾人之妻",借经商为掩护,立志雪冤报仇。她以五百缗买了房屋居住,招来余干县尉王立同居。这侠女"夫亡十年,旗亭(市场)之内,尚有旧业。朝肆暮家,日赢钱三百",可以说是位经商能人。她为了能够节约开支,甚至在十分忙碌的情况下也不愿买奴仆。小说呈现的正是唐代商人小本经营的状况。

除了展现小本经营,唐代传奇也对中国古代官商经济活动有所反映。《潘将军》中,"本家襄汉间,常乘舟射利"的"潘将军"因周济了一个和尚,获得和尚留赠玉珠一串,并告诉他:

> "宝之不但通财,他后亦有官禄。"既而,迁贸数年,遂镪均陶郑。
> 其后,职居左广,列第于京师。①

在这篇传奇中,潘将军走的是由商而官的路子,最后亦官亦商,成为"豪商"中的一员。这种亦官亦商的人可以凭借手中的权力捞取丰厚的利润,这是中国封建社会里一条独特的道路。

以上种种,也直接地说明了中国传统文学浸润着经济生活的鲜活因素,某种程度上也可当宝贵的历史资料看待。②

二、商业经济生活影响人性进而影响文学的内容

从某种程度上说,文学是人性的展现。马克思曾指出,研究人的一般本性是首要的,然后要对每个时代历史地发生了变化的人的本性进行研究,即认为在认识人的一般本性的同时,应当以发展变化的眼光来看待人性,应结合时代

---

① 康骈:《唐五代笔记小说大观·剧谈录》,上海古籍出版社 2000 年版,第 1464 页。
② 参见冯保善:《明清小说与明清江苏经济》,《江苏社会科学》1999 年第 3 期。

变迁来认识人性。在马克思看来,推动时代发展变化的首要力量,就是生产力,就是经济。换个角度说,不同历史时期的经济是不同程度地影响着人的本性的,这可以从实实在在的事例中得到证明。①

《诗经》作为我国最早的一部诗歌总集,其中一篇讲述了一个青年女子悲叹青春渐逝,盼望着及时婚嫁。诗歌这样写道:

> 摽有梅,其实七兮。求我庶士,迨其吉兮。
>
> 摽有梅,其实三兮。求我庶士,迨其今兮。
>
> 摽有梅,顷筐塈之。求我庶士,迨其谓之。(《诗经·召南·摽有梅》)

在作品里,这位女性显得十分温婉,其对年华逐渐迟暮的哀怨和求偶愿望的悄然升温,是以树上梅实的逐渐减少来寄托和表达的,表现出在情感表达上的拘谨和隐晦。而到明代后期汤显祖的《牡丹亭》里,悲痛的少女杜丽娘发出了声嘶力竭的哀号,"淹煎,泼残生除问天",深深地打动着每个读者和听众,而她对爱情的强烈渴望与追求更是喷薄而出。她公开表示,只要能够自由地去恋爱,哪怕是落入了酸楚的处境,她也不会有任何的怨言,即使为爱而死她也心甘情愿。

《诗经》中另有一篇《将仲子》,讲述的是一位年轻女子,因为父母、兄长的阻挠,她就屈从于他们的意志而请恋人不要再来:

> 将仲子兮,无逾我里,无折我树杞。岂敢爱之?畏我父母。仲可怀也,父母之言,亦可畏也。
>
> 将仲子兮,无逾我墙,无折我树桑。岂敢爱之?畏我诸兄。仲可怀也,诸兄之言,亦可畏也。
>
> 将仲子兮,无逾我园,无折我树檀。岂敢爱之?畏人之多言。仲可怀也,人之多言,亦可畏也。

---

① 胡明:《中国传统文学与经济生活》,《学术月刊》2006 年第 5 期。

很显然,诗歌中的女子面对婚姻大事,对父母兄长的意志、旁人的说三道四,完全没有自己的想法,逆来顺受,不敢表达,更不敢违逆。

明代后期凌濛初的《二刻拍案惊奇》中,《通闺闼坚心灯火 闹图圄捷报旗铃》写女青年罗惜惜和一个男青年坠入爱河,却遭到了父母的反对,要将她另许人家,在婚前,她早已做好了以身殉情的准备;在事情败露后,她也毫不畏惧于死,并几乎死去。但在她的坚持下,最后两人终得团圆。与《将仲子》中的女子比起来,罗惜惜可谓截然不同,甚至有天壤之别,她不惜以死来反抗,无怨无悔地以生命来换取爱情的欢乐。

比较前后两组不同的作品,我们发现,顺从是《摽有梅》和《将仲子》所刻画出来的女性身上的一个显著特征,基于个人欲望的对幸福强烈、勇敢的追求是很难看到的;但是,在杜丽娘和罗惜惜身上,这种对个人幸福的追求则表现得十分强烈,为了追求个人幸福,她们甚至为此进行了宁死不屈的斗争。正是通过对二者的比较,我们可以认为,杜、罗与《诗经》里两个女子的区别,体现的正是自我意识的强弱,体现的是变化的人的本性,这种变化在每个时代里历史地发生着。

杜丽娘、罗惜惜身上所展现出来的这些新的思想和特征,与当时的市民意识是紧密相连的。在晚明,对欲望的大力肯定,对个人幸福的狂热追求,对束缚个人发展的某些社会规范的反抗,正是当时市民普遍存在的思想特色。市民的产生,又必然地与商业经济和城市的发展结合在一起,明代正是我国古代商业经济发展的一个高峰,市民社会得到前所未有的发展,反映市民阶层需求和愿望的思想观念得到普及推广,成为一种新的社会思潮。这种自我意识的增强,正是与商业经济繁荣相伴而生的思想趋势。杜丽娘和罗惜惜因此可以说正是这一社会状态和思想状况的生动表现。相应地,《摽有梅》《将仲子》中的女子所表现出来的自我意识的薄弱,也是与当时的经济形态密不可分的。《诗经·周颂·噫嘻》中曾这样写道:

噫嘻成王,既昭假尔。率时农夫,播厥百谷。

骏发尔私,终三十里。亦服尔耕,十千维耦。

诗歌反映了周成王时代的耕作状况:在方圆三十里的土地上,两万人在从事耦耕(两人各持一耜骈肩而耕,谓之耦耕)。个人的力量和作用是极其微小的,只有通过这样大规模的集体生产,维持社会生存与发展的粮食才能获得;只有依靠集体的力量,只有在群体协作中,才能获得生存和发展。正因如此,就一般人来说,个人地位和个人意识并不具备产生发展的土壤,自我意识的薄弱自然也就成为当时一个鲜明的时代标签,并通过文学作品突出地展现出来。①

综合而言,商业经济对文学作品的影响,主要是为文学作品提供了新的生活场景,新的人物,新的社会心理,新的人性故事,正是这些新的东西,使得文学在进行审美活动时具有了崭新的领域,形成了新的风貌。

三、商业经济生活促进与制约传统文学的生存发展

对于商业经济生活促进或制约文学的生存发展,胡明举了两个比较典型的例子②,其一是文学创作导向和文学流派受到书坊的影响。和今天的书商性质一样,坊间出版也是以谋利为目的,刻书也是为赚钱和获取厚利。宋代留存五六十年历史的"江湖诗派",与组织者和书商陈起的文学意识和组织能力有着很大的关系,他不仅懂诗,自己也作诗,还懂出版经济。为了赚取钱财同时也为了事业,不惜吃官司、坐流配,他可说是一种文学潮流或风气客观上的直接推动者。正是因为有他编撰刻印"江湖诗集",江湖派的诗人群体才就此得名,诗人群体中的诗人也才能留下姓名和作品。为此,刘克庄专门赠诗给陈起:"陈侯生长纷华地,却以芸香自沐薰。"有论者曾总结刻书业对文学发展产生的四个方面的影响:一是促进了文人文集的普遍刊印。文人自刻、乡邑刻、书坊刻、官府刻等刻书途径非常多样。二是促使大量历代文化经典得以刊布。

① 参见章培恒:《经济与文学之关系》,《学术月刊》2006年第5期。
② 胡明:《中国传统文学与经济生活》,《学术月刊》2006年第5期。

且不论经史子部典籍,就连前代文学总集和唐人诗文别集,如《文选》《文苑英华》等也都得以大量刊印,在民间也流传甚广。三是使文学文体的选择与演变与时代密切关联,如词的大发展,与词集在南宋的大量刻印不无关系,而"序跋"的空前繁荣,也得益于各类书籍的刊刻。这种状况,又间接地为文论、诗论、词论的发展起了推动作用。四是促进了文学流派形成发展,《江湖集》《江湖小集》对于"江湖诗派"的形成发展,以及《江西宗派诗集》对于"江西诗派"的形成发展、《西昆酬唱集》对于"西昆体"的形成发展都起到了十分重要的作用。纵观历史,宋代的这种关联并非绝无仅有,恰恰相反,宋以后刻书对文学发展的影响不断增强,如明清时期小说走向繁荣,与印刷业日趋发达、所出之书越来越多有直接关联。

另一个例子是佛教和佛教文学受到寺院经济的影响。佛教及其领袖人物的号召力和寺院经济的实力、信誉,在特定的历史时代曾对国家朝廷的政治军事大局发生影响,甚至发生扶危济困的功能。最有名的当数禅宗七祖神会和尚通过"经济"支持为朝廷效劳。唐玄宗逊位,皇太子李亨即位后,展开了一系列戡乱战争。然而,此时的政府财政十分拮据,战争所需之饷无力发放,朝廷只能主要依赖发放佛教的"度牒",让百姓出钱买和尚身份,从而向政府纳款。为了推销这种"度牒",政府请神会和尚给予帮忙。德高望重的神会和尚有经济实力,兼具政治眼光,在其手中购买"度牒"的百姓最多,其经济创收在佛寺中也最高,可以说为平定安史之乱奠定了经济基石。也正是借助皇家的政治势力,神会打败了北宗禅宗,自己当上了南宗七祖,师父慧能也被追封成禅宗六祖,成为中国禅宗史上的大事件。事实上,中国文艺与禅的关系十分密切,因为这次佛寺经济事件的发生,中国诗学、艺术和文化也因此发生了深刻的历史变革,佛寺经济也因此彰显其巨大的作用和影响。

事实上,某种文学表现内容的兴盛与否,与当时社会相应方面的状况有很大的关联。如某一时期社会纵欲之风盛行,则相比其他时期,其在文学中的表现就更趋频繁;同样,如某一时期商业发达,商贾经商行为活跃,那么大体上来说,相近时期内表现商贾经商求利行为的作品数量就会相对增多。以小说为例,唐代商业经济出现发展高峰,集中展现商贾经商求利行为的商贾小说亦随之步入萌芽期,产生了50多篇相关作品;宋代随着商业持续繁荣,商贾地位有所提高,商贾小说亦随之形成,出现了不少细腻表现商贾内心世界的作品;明代作为我国古代商业经济发展又一高峰,商业经济对社会各方面的作用日益深广,也促使商贾小说的创作达到了前所未有的繁荣,反映商贾活动的作品俯拾皆是。① 之所以会出现这种数量的波动增减,很重要的原因就是商业经济作为人的生存体验的内容,会直接影响到人的耳目身心,所闻所触所感者多,难免就会更多地形诸笔端,所闻所触所感者少,自然就缺少这方面的题材触发,创作就可能趋于沉寂。

上述事例说明,"经济生活"对中国传统文学的发展与流播具有深远影响。

四、商业经济生活与宋明小说创作的关系

宋、明时期是我国古代商业经济发展的两个高峰,这两个时期也是我国古代小说创作的繁荣期。之所以会在商业经济发展的高峰期迎来小说创作的繁荣,其原因是多方面的,既有市民阶层在商业经济快速发展中得以崛起,其对通俗易懂、俚俗生动的小说的审美需求,极大地促进了小说的发展,当然也与商业经济发展为小说的创作、印刷和传播提供了良好的条件密不可分。宏观探究商业经济生活与宋明小说创作的关系,可以发现以下明显的特点:

一是商业经济的发展较大程度地促进了宋明小说创作的繁荣。宋代随着经济的发展,城市人口增加,坊市制度被打破,人们居住的坊和贸易的市由分而合,且出现了夜市和早市。这种制度的打破又反过来促进了城市经济的发展,趋于开放的市民阶层生活质量得到提高,茶余饭后的消遣变得越来越不可

---

① 关于商贾小说的历史分期及其发展状况,参见邱绍雄:《中国商贾小说史》,北京大学出版社2005年版。

缺少,而且人们的思想也趋于开放和多元,这为小说创作提供了经济、受众和思想上的基础。同时,宋代手工业得到极大的提升,造纸印刷业快速发展,为宋代小说的繁荣奠定了必要的物质条件,而刊刻书籍的大量销售带来实实在在的经济价值,也促进了小说创作的兴旺发展。在"平话"中有《宣和遗事》《五代平话》及李昉的《太平广记》等;鬼怪体小说有洪迈的《夷坚志》、徐铉的《稽神录》、何薳的《春渚纪闻》、吴处厚的《青箱杂记》、王巩的《闻见近录》等;此外还包括欧阳修的《归田录》、司马光的《涑水纪闻》、邵伯温的《闻见录》、周密的《武林旧事》《齐东野语》、叶梦得的《石林燕语》等数量相对较多的杂记体小说,以及乐史的《杨太真传》、张邦基的《侍儿小名录》等志艳体小说。

明后期,中国小说空前繁荣。拟话本小说、历史演义小说、英雄传奇小说、神魔小说、世情小说等等,名目繁多,铺天盖地。并且畅销小说常被多坊反复刊刻,如《金瓶梅》,现存的天启到崇祯年间的版本就有七种①。

就明代商业整体状况来说,明朝商业最为繁荣的时期出现在中后期,此一时期,比较有影响的小说也得以成书或刊刻。如《西游记》于嘉靖年间成书;《封神演义》于隆庆至万历年间成书;《金瓶梅》于万历年间成书;"三言"于天启年间得以编著;《初刻拍案惊奇》于天启七年撰成;《二刻拍案惊奇》于崇祯五年完成;《清平山堂话本》于嘉靖前后成书;《杨家府演义》于嘉靖或万历年间成书;在嘉靖年间前后,《三国志通俗演义》和《水浒传》得到真正刊刻流传。除了这些,明末还成书了《玉娇梨》《好逑传》《平山冷燕》等小说。

明代小说的成书或刊刻年代与明朝商业繁荣的年代同步,是明代小说家选择的结果,这种选择是在涌动的商业经济浪潮下做出的②。因为书坊刊刻小说能带来巨额利润,书坊主为了寻求好的小说底本,常不惜重金购买,这成为下层文人创作小说的内驱力。《万历野获编》载:"吴友冯犹龙(冯梦龙)见

---

① 滋阳:《〈金瓶梅〉的重要版本》,《吉林大学社会科学学报》1985年第2期。
② 蒋玉斌、丁世忠:《试论明代小说面对商业的多元价值选择》,《江西社会科学》2002年第2期。

之(《金瓶梅》),怂恿书坊,以重价购刻。"①另外,书坊主为了组织到丰富的文稿,常组织文人创作,请文人编书,且书坊主自己撰写小说。下层文人为了谋生而撰写小说,书商文人为了盈利而写小说,两者共同促进了明后期小说的繁荣。

当然,明代小说创作的繁荣,除了与作家在商品经济环境下追求商业利益的动机有关,也与商业经济社会发展的状况直接相关,其中典型的表现就是长江沿线商业的繁荣与江浙一带小说创作的兴盛。这二者之间存在必然而直接的关联。

明后期,长江流域的商业获得快速发展,日益繁荣。在《天下郡国利弊书》中,可以看到洞庭湖区域的商贸流通的情况:"稍有资产,则南泛荆衺,入水不避险阻,北适齐鲁燕豫,随处设肆。"从《松江府志》中可以看出,松江区域"晓星茫茫,夜灯煌煌,人在唾弓,万机齐张";《明实录·万历实录》中也反映了从事织染业的工商业者人数之众:"苏州染坊罢而染工散者数千人,机房罢而机工散者又数千人。"从中不难看出长江地区尤其是中下游商业的繁荣和城镇的繁华。对于长江流域商贸的繁荣,明人李鼎的记载颇为形象:

> 燕赵、秦晋、齐梁、江淮之货,日夜商贩而南;蛮海、闽广、豫章、南楚、瓯越、新安之货,日夜商贩而北。②

在商贸繁荣的带动下,沿线的商业城市和市镇,成为当时中国最繁华之地方,文学创作和市民对文学的接受因此有了肥沃的土壤。

细数明清文人话本作家可以发现,其中的大多数是江浙人或是在江浙一带生活,如冯梦龙、凌濛初、陆云龙、陆人龙、李渔、席浪仙、周清源、徐震等,此外还有像《欢喜冤家》《弃而钗》《载花船》《西湖佳话》这些小说的创作者西湖渔隐主人、醉西湖心月主人、西泠狂者、古吴墨浪子,也都生活在江浙一带。

---

① 沈德符:《万历野获编》,中华书局 1980 年版,第 652 页。
② 李鼎:《李长卿集(卷19)·借箸编》,俞光编:《温州古代经济史料汇编》,上海社会科学院出版社 2005 年版,第 444 页。

江浙地区尤其是苏州和杭州,除了是文人话本作家的云集之地,也是文人话本的集中刻印地。苏州刻印的作品包括《醒世恒言》《拍案惊奇》《二刻拍案惊奇》《古今小说》《石点头》《鼓掌绝尘》《今古奇观》等;杭州刻印的作品包括《型世言》《欢喜冤家》《西湖二集》《无声戏》等。明代乃至清代话本小说之所以苏杭为主要产出和刻印地,主要原因正是由于苏杭地区是最早萌芽新兴生产关系的地区,也是这一时期最繁盛的工商业城市。大量商人、手工业者、作坊主和雇工活跃于此,除了经商、做工,他们也有对各种艺术表演等文化娱乐的需求;至于上过私塾的市民则还有阅读通俗小说的需求。① 从这个角度说,这些话本小说也是作为一种商品被生产出来的。②

明代万历至崇祯时期,小说创作出现繁荣局面,商贾小说也臻于繁荣,道德色彩日趋浓重。但在流传和接受过程中,作品所展开的关于商人艳遇奇遇、变泰发迹等,却最为吸引读者。此时的商贾小说,既对商业道德和信誉等有所表现,也对商人们的经商策略和技巧等进行描写,将明代中后期商人的愿望、追求等真实地呈现了出来。

二是促进了小说创作及其传播的商业化、商品化。商品经济发展的某些规律对文学产生着浸润,对小说创作的作用尤其明显,小说创作的题材、语言、审美情趣等都直接受到其影响甚至规定。

宋代话本小说中,商业买卖人、手工业者、妇女和下层人民等成为故事的主角;市民阶层的悲欢离合、喜怒哀乐及对美好生活的追求,对黑暗政治、等级观念、封建传统道德等的不满和反抗,成为小说的重要内容和主题;语言上也多贴近市民生活的"俚俗"之语,通俗明快、坦荡直露、粗犷泼辣。总体观之,宋代话本小说产生在商品经济高度发展这一新的环境下,从人物、内容到语

---

① 傅承洲:《明清话本的文人创作与商业生态》,《江苏社会科学》2007 年第 5 期。
② 参见朱万曙:《明清时期商人的文学创作》,《文学评论》2008 年第 3 期。

言,都建立在当时城市人民的现实生活基础上,充分体现出为"市井细民写心"的特点。

明代通俗小说创作和发展受商品经济发展的影响更加明显。如《水浒传》《三国演义》在嘉靖间畅销后,便掀起了一股讲史小说创作的热潮,《英烈传》《全汉志传》《大宋中兴通俗演义》《南北两宋志传》《隋唐两朝志传》《隋唐演义》(一百二十四节本)、《唐书志传》等讲史小说如雨后春笋般涌现;等到《西游记》在社会风行,立刻就有《玄天上帝出身志传》《华光天王传》《南海观音菩萨出身修行传》《八仙出处东游记》《飞剑记》《咒枣记》《铁树记》等神魔小说纷纷来挤占市场。而《金瓶梅》一大受欢迎,《浪吏》《玉娇梨》《闲情别传》《绣榻野史》《玉妃媚史》《浓情快史》《昭阳趣史》等便马上付梓印刷;公案小说《百家公案》一走红,《诸司公案》《廉明公案》《郭青螺六省听讼录新民公案》,以及《国朝宪台折狱苏冤神明公案》《古今律条公案》等立刻蜂拥而至。才子佳人小说《平山冷燕》《玉娇梨》人人争睹时,又立刻有《赛花铃》《醒名花》《画图缘》《宛如玉》等一大批作品呈现到读者的面前。

正是商业经济发展的内在强大冲击力,使明清时期的通俗小说开始以前所未有的姿态冲击着诗文和文言小说,使后者不得不退居到次要的位置。夏敬渠《夜梦感赋》诗直接击中了文学种类盛衰的原因:

《曝言》容易千金购,《史论》精专百日营。吾道肯因衰老废,归心又比一毛轻。

当然这种冲击也是一个较为漫长的历史过程,像唐代的著名文人如白居易等虽也爱好"说话",却未作也未必肯去作"话本小说";在史料中,宋代著名的文人作"话本小说"的也没有留下任何记载。但是到明中叶以后,伴随着商业经济的极大发展和资本主义萌芽的出现,情况为之一变,参与通俗小说创作的士大夫可谓众多,冯梦龙、凌濛初这两个通俗小说大家不说,如杨慎为《隋唐两朝志传》写序兼作了《廿一史弹词》,褚人获作了《隋唐演义》,袁于令作了《隋史遗文》,此外,汪道昆、林瀚、袁宏道、张凤翼等大批文人为小说作序;品评小说的文人也包括李贽、钟惺、金圣叹、毛宗岗等众多人士,可以说形成了一种风尚。这实际上反映出在商品经济的刺激下,人们的思想观念、审美情趣甚至伦理道德均产生了巨变。

三是在小说中形成独特的题材类型与模式。宋代小说涉及商业经济的小说不在少数。像程毅中的《古体小说钞(宋元卷)》、李剑国师的《宋代传奇集》、洪迈的《夷坚志》、刘斧的《青琐高议》、李献民的《云斋广录》、皇都风月主人的《绿窗新话》、罗烨的《新编醉翁谈录》等志怪传奇小说;以及在《宋元小说家话本集》《宋元话本小说集》《清平山堂话本》《熊龙峰刊小说四种》等话本小说,在《唐宋史料笔记丛刊》《宋元笔记小说大观》《全宋笔记》等杂事小说中,都能找到有关的内容和叙事。主要的此类小说达二百七十余篇。①

在这些作品中出现了海外奇遇类、发家传闻类和义商型题材、故事。海外奇遇类题材是伴随着宋代海外贸易的繁荣而出现的一种题材类型,多讲述从事海外经商的商人偶然进入海外异域而经历的奇幻遭遇。如郭彖《睽车志》卷四中就有四明巨商某,航海过程中误入普陀洛迦山,在山顶梵宫见到观音,得观音紫竹一竿。他削竹为杖,在一个国家用竹杖换珍珠一箱,并用削下来的竹叶医治疑难病。此外《夷坚志》中也有多篇描写海外奇遇题材的作品,如《无缝船》《猩猩八郎》《鬼国母》等。

发家传闻类题材在商业经济大背景下也纷纷出现,主要是指商人们的发家致富故事,而且其发家致富多是由某种偶然性或非人为的因素所导致的。像在施德操的《北窗炙輠录》卷下《姜八郎》中,平江人姜八郎后妻采摘野菜时追逐白兔入一石穴中,探得异石一枚回来后告诉了姜八郎,姜识为银矿并推知此穴为银坑,于是通过坑冶而家道大富。这类题材和叙事在《夷坚志》的《涌金门白鼠》《吴民放鳝》《米张家》,以及《湖海新闻夷坚续志》后集卷一《卖酒遇仙》等作品中均有体现,一定程度反映出商业经济繁荣时人们追求暴富的

---

① 罗陈霞:《宋代小说与宋代民间商贸活动》,南开大学博士学位论文,2009 年。

心态。

至于义商型题材,在岳珂《桯史》卷二《望江二翁》、施德操《北窗炙輠录》卷上《陶四翁》、王明清《摭青杂说·茶肆主人》、《鹤林玉露》乙编卷四《冯三元》及《夷坚志》之《画眉山土地》《李二婆》等多篇作品中得到展现。这些作品比较集中地表达出创作者"重义轻利"的价值取向,由于下文还将论及,这里就不展开。

明代小说创作题材既延续了宋代的创作题材,海外奇遇类、发家传闻类和义商型小说题材和叙事在明代小说中大量出现,叙事更加丰富,又在此基础上有了进一步的扩展,出现了治生类等小说题材。

商业经济除了对文学作品的题材、内容产生深刻的影响,对作品的形式也产生着重要的作用。国内有学者分析认为:通俗小说的形式,与 16 世纪的社会商业经济状况有密切关联并受其影响,其影响十分深广,"甚至在某些时候决定了通俗小说的体例、故事模式、故事线索的发展逻辑、关键人物和情节的设计等一般认为属于文学艺术体系内在因素的东西"①。正是基于这种认识和理解,有研究者认为,拓展文学与商业经济关系的研究内容和形式也很有必要。"经济不仅是影响文学创作的外部因素,也是掣肘文学创作的形式因素。在中国古代小说文本中,'好财'、'好货'不仅是主人公展开故事的动因,而且是情节转换和推进的关捩。易言之,'财货'常常表现为作家设计故事情节的形式元素,'好货'叙述几乎成了中国古代小说的一种'结构方式'。"②

在上述论述中,笔者将小说的产生、发展、内容、模式转变与衰亡等,都与商品经济的发展及其某些规律联系在一起,并非想论证小说的创作及发展变迁全部都受商品经济所决定,只是表明商品经济的发展、繁荣对小说的创作和发展产生着重要影响。

---

① 王毅:《"权力经济"深层影响通俗小说》,《社会科学报》2005 年 11 月 24 日。
② 祁志祥:《历代文学观照的经济维度》,河南人民出版社 2012 年版,第 9 页。

第二节 抑商与重商：中国古代商业
经济生态和小说创作

　　商业作为一种交换活动，是交换发展到一定程度的产物，马克思说："交换有它自己的历史；它经历过各个不同的阶段。"①商业出现在原始社会末期和奴隶社会形成时期，那时已经出现第三次社会大分工，专门从事商品买卖活动的商人阶层已经出现，相对独立的经济部门——商业部门也已形成，人类经济生活实现了重大的飞跃。这次社会大分工也被恩格斯称为"有决定意义的重要分工"②。

　　商业自产生以来，先后经历了奴隶社会、封建社会和资本主义社会等不同的历史发展阶段，客观来说，商业在不同的历史条件下，促成了旧的生产方式的解体和新的生产方式的诞生。"商业对各种已有的、以不同形式主要生产使用价值的生产组织，到处都或多或少地起着解体的作用。"③到封建社会末期，商业资本对于封建生产关系的瓦解和资本主义生产关系的产生发挥了促进作用。

　　在我国，不同历史时期的商业经济呈现出不同的形态，与社会其他方面相互关联形成商业经济生态，了解这种生态，对于把握商业经济生活与文学创作是有裨益的。

一、我国商业经济形态的形成和演变

　　我国最初的商贸活动和市场，是在物物交换发展、氏族部落以及家族为主体的原始商品生产出现、社会交换扩大的基础上产生的，这种史前时代的商业

---

　　① 《马克思恩格斯全集》第4卷，人民出版社1958年版，第79页。
　　② 《马克思恩格斯全集》第4卷，人民出版社1958年版，第162页。
　　③ 《马克思恩格斯文集》第7卷，人民出版社2009年版，第370页。

经济堪称微弱的原始商业经济①。其基本格局,在原始社会末期经济重新配置确定后,得以奠定形成。这种格局有两个核心表征:一是形成了内向运转的原始商业经济形态,这种内向运转以中原地区为轴心。这种形态在相对封闭的范围里缓慢发展演变,农耕文化、大陆氛围成为挥之不去的背景。二是在生产力水平相对低下的情况下,国家的形成是以军事政治为主导,使分散的社会剩余产品得以高度集中,其结果是导致了社会分工、生产及产品分配必须以国家政治统治为前提,只有在国家政治统治的狭缝中,中国古代商业经济形态才能得以苟生。我国古代商业经济发展面貌,受到此种原始商业经济形态的深远影响,其之所以长期缓慢发展,终极根源也正是这种原始商业经济形态②。

自夏代进入文明社会以后,商代、西周时期,为我国早期文明的主体阶段,在此阶段,奴隶制商业经济形态逐步发展形成,商王朝的建立,促使原始商业经济最终成熟。然而由于与国家贵族经济结合在一起,我国商业经济在正式成熟之日起,就缺乏平民商业经济发展的基础。

秦汉时期,随着中国古代社会统一的、专制主义的、中央集权的封建统治制度的最终形成和发展,我国封建时代商业经济形态的基本模式得以造就。国家政权对商业经济的强烈干预开始显露,国家控制商业经济发展的轻重学说开始萌生并加强,由国家政权参与经商的传统正式形成。此外,平民商贾转化为官僚及贵族官吏经商的现象,使商业经济不能按照自身的规律发展,可以说,商业经济依附于政治的特性得以延续并强化。这也意味着中国封建制商业经济形态在诞生之日起,就与官僚、地主和小农经济纠缠不清,长期难分难解。

此后,中国封建社会处于形成、发展和稳定时期,封建国家政权直接掌控大量自耕农和劳动人手,对劳动人民的赋役剥削、人身控制都比较严,在此社

---

①　冷鹏飞:《中国古代社会商品经济形态研究》,中华书局 2002 年版,第 29 页。
②　冷鹏飞:《论中国史前时代的原始商品经济形态》,《湖南师范大学社会科学学报》1997年第 2 期。

会条件下,商业经济自然难以快速发展,其非常迟缓的发展是可想而知的。封建社会后期,包括宋辽金元及明清时期,约900年的历史,在这一历史阶段内,社会生产力得到进一步发展,中国封建社会已进入成熟阶段,这一时期,封建大地主土地占有制已充分发展起来,庶族地主取代官僚士族地主逐步占领社会历史舞台。随着土地之变化,自耕农大量转化为佃农;封建国家对人民的富裕剥削,也从原来的以"丁身为本",转变为主要按土地及财产的多少征收。国家对劳动人民的人身束缚有所减轻,分裂割据的局面也有所减轻,这些使得商业经济较快发展起来。但随着当时封建专制主义中央集权体制日益强化,商业经济的发展始终难以冲破封建主义布下的天罗地网。

总的来说,我国不断完善和加强的封建专制主义中央集权体制,是资本主义萌芽产生的土壤,也是抑制其迅速发展的枷锁。中国古代商业经济形态历2000余年,并未产生质的变化,只有量的增衍。

二、抑商:中国古代商业经济发展的绵延旋律

中国的经济思想轻视商品生产、抑制商业的观念起源早,持续时间长,自秦汉以降的两千多年时间里,"重农抑商""重本抑末"的观念一直绵延存在,已经成为封建社会占统治地位的一种社会思想;在这种思想指导和支配下,抑商政策不同程度地成为历代封建王朝奉行的政策。马克思、恩格斯指出:"占统治地位的思想不过是占统治地位的物质关系在观念上的表现,不过是以思想的形式表现出来的占统治地位的物质关系。"①中国封建社会的轻商思想和抑商政策,正是在封建地主经济的基础上产生并为巩固这种经济基础服务的。②

抑商思想的形成与儒家思想有着密不可分的联系。早期儒家思想对商人多持否定和鄙薄态度。以义利观而言,"义"作为道德的最高标准,"利"则作

① 《马克思恩格斯选集》第1卷,人民出版社2012年版,第178页。
② 参见谢志远:《中国古代商业小说叙事研究》,湖南师范大学博士学位论文,2015年。

为其对立相反面。孔子强调"义以为上"①;孟子则说"仁义而已"②,称投机商为"贱丈夫";荀子则提出要"以义制利"③。从中可以看出先秦儒家的义利观虽有表述上的不同,但都讲究"先义后利"。利只有"以其道而得之",人们才能勉强被接受商人的经商获利。

其后,儒家思想在义利观上更趋保守,义被确立起更高的地位,义与利被根本性地对立起来。《礼记·大学》中对义利关系有非常明白的表述:"德者本也,财者末也","国不以利为利,以义为利也"。到董仲舒时又变本加厉,旗帜鲜明地提出了"正其谊不谋其利"④的主张,认为"负担者,小人之事也",通过义利的对立性处理,将商人划入了"小人"的行列,商业也成了低贱之事。杨浑再接着说出"贾贾之事……下流之人",也就不足为奇了。正是受这种不断强化的"贵德贱利"论的影响,商业备受轻视。而小商人又处在轻视最严重的位置,其举步维艰也就可想而知。唯有当商人能够"重义轻利",遵循个人利益服从国家利益的原则,在精神上才有机会向儒家价值高度靠拢,唯其如此,商人的品性和价值才能得到认可。

《左传》载"秦师袭郑……兵至滑,郑贾人弦高将市于周,闻之,以十二牛劳秦师。秦师惊而还,灭滑而去"。能够兵不血刃地御敌于国门之外,可谓立下奇功,理当受到嘉奖,然而史书中却全然找不到其受奖的记载。反观同时期与弦高功勋相仿的曹刿,终以一介布衣的身份进入庙堂,受到朝廷重用,两者可谓形成了鲜明的比照。

汉武帝时的商人卜式的境遇与弦高颇有些相似。卜式为了给消除当时匈奴入侵的边患尽一份力量,多次向朝廷捐献了巨额的金钱,皇帝以为他是因为

---

① 《论语·阳货》,上海古籍出版社1988年版,第46页。
② 《孟子·梁惠王上》,上海古籍出版社1988年版,第22页。
③ 《荀子·正论》,上海古籍出版社1988年版,第25页。
④ 董仲舒:《春秋繁露·对胶西王论仁》,《汉书·董仲舒传》,上海古籍出版社1988年版,第396—412页。

有冤屈事情要申诉,或是想要捐钱获得官爵,卜式都说不是,这让皇帝倍感奇怪。这种情况的发生,主要就是因为他不合时宜的商人身份,才导致了他的捐资动机遭到无端的揣测。

从上面两则故事中可以看出,即便商人真正地、努力地以实际行动向主流思想靠拢,他们的行为也并不能像普通人一样受到正常的看待,无形的偏见和枷锁套在了商人身上。

然而情况还不止于此,历代封建政府也多推行轻商、贱商、抑商政策,商人不仅在政治上始终抬不起头来,经济利益也难以得到有效的保障。如秦始皇时有"皇帝之功,勤劳本事,上本除末,黔首是富"的主张①;汉高祖刘邦则更进一步规定"令贾人不得衣丝乘车,重租税以困辱之",而且将商贾及其子孙都排除在官僚群体之外。明洪武年间,诏令中仍有不少轻视、贬低商贾的内容,如"农民之家,许穿绸纱绢布;商贾之家,止许穿布。农民之家但有一人为商贾者亦不许穿绸纱"②。作为一种思想传统,"重农抑商"在此后的两千余年中被历代封建王朝一直继承了下来。

"抑商"产生的历史原因从根本的层面上说,应该是新兴的封建王权之"贵"与壮大的商人阶层之"富"之间矛盾冲突的结果。一是权力与财产之争,新社会等级的缠斗,是在重新确定和建构新的社会等级时,采用什么样的标准的问题。这个标准是封建地主的权力和土地,还是商人的金钱和财产? 这其中包含的是激烈的力量和利益的博弈。二是专制与多元之争,服从王权与崇拜金钱的冲突。随着战国时郡县制的推行,使得各诸侯国的国王权力得到很大加强,国王独揽一切军政大权,《韩非子·扬权》中记载:"事在四方,要在中央,圣人执要,四方来效。"封建专制主义强烈地希望并要求人们对王权绝对服从,并坚决地打击乃至意欲消灭与王权抗衡的力量。面对着商品经济的发展,面对着商人越来越富裕,抑之而后快当然就成为他们的不二选择。三是

---

① 司马迁:《史记》,中华书局 1959 年版,第 1025 页。
② 宋濂:《洪武圣政记》,见《四库全书杂史类》,中华书局 1982 年版,第 4043 页。

民、农之争,对统治基础的争夺。封建国家的统治基础是小农经济,农民对于封建国家来说作用巨大,他们既是赋税的对象,也是征发兵役、力役的主要来源,不仅如此,封建国家的军费、官僚阶层的俸禄、地主阶级的租税等,全赖小农经济支撑。商品经济日益走向繁荣,导致出现"商与君争民"的局面。

上述三个方面的矛盾,表明自由商人阶层和封建地主阶级已难以再并行发展了。地主阶级通过制定和实施"抑商政策",以此来使商品经济对封建国家的威胁得以消除。事实上,春秋战国时期的商人阶层的势力虽极大扩张,影响力不断扩大,但与封建地主阶级相比,他们远称不上一个实力相当的阶层。而且,与其说他们具有了与封建地主阶级对抗的自觉,倒不如说是商业经济发展的形势,将他们推向了封建地主阶级的对立面;所谓"威胁"也并非出自商人之口,而是统治阶级排除异己的说辞而已。有研究者指出,在国家层面,统治阶级的物质之"利",也即是国家所认可和维护的"义";统治阶级的物质之"害",自然就是"非义"的。它直接反映的,实际上正是专制王朝之利与民营工商业之利的斗争:商贾之利往往构成国家之害,即为非义;国家之利又多成为商贾之害。封建国家"义利"来统摄物质之利,其实就是强烈地渴望使民众如婴儿待哺般仰仗于国家,而绝不至于出现民众个人财富增加,而与朝廷官府分庭抗礼、扰乱统治的情况。

中国古代"抑商"的展开,除了统治阶级政治的打压之外,还有其他的展开路径与言说策略。儒家思想服务于国家政权的倾向是十分鲜明的。它多以血缘、出身、后天的教育等作为标准,来划分社会人群的等级高下,而不会更多地考虑商人的经济、经商能力、头脑等素质;正由于是从德性、才华、出身等来评价人的价值,因此才将商人列为四民之末的地位;它讲求社会的和谐与稳定,崇尚诗性的农耕生活,不愿与商业和经济有太多的瓜葛;它不重视私利的满足在一个国家中的重要性,而将全部精力放在如何实现国家公利的最大化。这些倾向,都使中国古时的商人难以获得独立,难以冲破社会两极化的格局,而发展成为推动变革社会的力量,在近代之前,他们都基本上被捆绑在了"抑商"的柱子上。

三、为商辩护及其路径——与"重商"相关联的考察

虽然"农本商末"的思想和"抑商"政策在中国古代长期占据着主导的地位,是一种基本的形态,但不能就此认为,其中便完全没有"重商"思想和相关举措的出现。如司马迁在《史记·货殖列传》中不仅为先秦和汉代的大商人立传,记载了他们的商业思想和经商业绩,还给予"布衣匹夫之人,不害于政,不妨百姓,取与以时而息财富,智者有采焉"的肯定。事实上,商业经济的存在和发展是社会发展的必然需要,是人类生活不可或缺的组成部分,即便中国古代也不例外,封建统治者不可能产生将商业完全扑灭的打算,也不可能让"商人"彻底消失,在商业极度低迷时,也还要采取措施进行经济的恢复和振兴。先进士人和知识分子阶层往往也会从客观、人性等的层面,对商业活动和商人行为进行辩护,为其鼓与呼。

(一)对于商业功能和作用的认识

政治上的"抑商"并未带来商业的消亡,这是因为商业有其产生和存在的必然性。作为从社会生产部门中分离出来的专门从事商品交换的产业部门,商业在社会中所发挥的功能及作用,是社会和人们依赖甚至要重视商业的基础。马克思认为,社会再生产过程是由生产、分配、交换、消费四环节所组成的有机整体,"它们构成一个总体的各个环节,一个统一体内部的差别"。[①] 以此为基础,马克思分析了商业交换的作用,认为:"生产制造出适合需要的对象;分配依照社会规律把它们分配;交换依照个人需要把已经分配的东西再分配;最后,在消费中,产品脱离这种社会运动,直接变成个人需要的对象……而满足个人需要。"他还进一步指出:"生产表现为起点,消费表现为终点,分配和

---

① 《马克思恩格斯选集》第 2 卷,人民出版社 2012 年版,第 699 页。

交换表现为中间环节。"①从马克思的论述中可以看出,商业交换处于社会再生产过程的中间环节,在生产和消费之间发挥了桥梁纽带的作用,若是商业交换缺失,必然会导致社会再生产陷入瘫痪。不仅如此,马克思还分析认为,商业交换还能对生产的发展产生影响,"生产就其单方面形式来说也决定于其他要素"。② 需要看到的是,马克思是基于商业交换已发展到较高程度,来对商业交换功能和作用进行论述的,不太适合于对古代商业交换水平还处于较低时期的情况进行衡量。

客观地说,在历史上,商业交换功能及作用的发挥,经历了一个不断发展、完善的过程。在社会生产力较低、商业交换规模有限的人类社会初期,商业交换的功能和作用,主要在于弥补生产所存在的一些局限,使人们在生产力较为有限的情况下,消费方面的需求能够得到更大程度的满足,而不是影响生产的发展。我国疆域辽阔,各地资源丰富且差异很大,这为商业贸易的发展提供了有利的条件。司马迁论述道:

> 夫山西饶材、竹、穀、纑、旄、玉石。……铜铁则千里往往山出棋置。此其大较也,皆中国人民所喜好,谣俗被服饮食奉生送死之具也。故待农而食之,虞而出之,工而成之,商而通之。此宁有政教发征期会哉? 人各任其能,竭其力,以得所欲。(《史记·货殖列传》)

东西南北的各种物资产品,通过商业交换而实现互通有无,人们因此得以在很大程度上克服生产力低下的缺陷,解决了单纯依靠生产无法解决的问题,"以得所欲"。《管子》中言:"聚者有市,无市则民乏。""市者,天下之财具而万人之和而利也。"道出了商业的功能和作用。这也正是我国古代商业交换发展较早和水平较高的重要原因。以司马迁为代表的部分思想家正是充分认识到了商业的这种功能和作用,因而对商业及其活动进行了正面而积

---

① 《马克思恩格斯选集》第2卷,人民出版社1995年版,第17页。
② 《马克思恩格斯选集》第2卷,人民出版社1995年版,第17页。

极的评价。

（二）分工论基础上的各业同等

有学者认为，中国古代重商思想的产生是"工商食官"的结果，"在长期的奴隶社会里，'工商食官'，为奴隶主阶级所经营，所以工商业也一直为奴隶主阶级所重视"①。实际的情况并不如是所说，人们所常说的"工商食官"，并不是指工商业要全部由官府来经营，"西周的工商食官制度是与建立在自然经济基础上的封建领主经济体系相适应的一种官办手工业与政府管理商品市场相结合的特种经济模式，它既不表明官府全面垄断工商业，亦不表明工商业中实行的是奴隶制度。事实上，在'工商食官'之外，许多独立的工商业经营者是平民阶层"②。如此，在认识中国古代重商思想的时候，持分工论要更加准确恰当③。

前文已经指出，商业从农业和手工业中分离出来，是人类社会的第三次社会大分工，事实上，商业交换本身也即是分工的结果。这正如马克思所指出的："如果没有分工，不论这种分工是自然发生的或者本身已经是历史的结果，也就没有交换。"④倘若要从分工的层面来认识和评价农商，自然就不会形成彼贱此贵的观念。《周礼·地官·司徒》中曾这样说道：

> 凡任民，任农以耕事，贡九谷；任圃以树事，贡草木；任工以饬材事，贡器物；任商以市事，贡货贿；任牧以畜事，贡鸟兽；任嫔以女事，贡布帛；任衡以山事，贡其物；任虞以泽事，贡其物；凡无职者出夫布。

即是一种典型的以分工论来看待农商之事的认识。《孟子·滕文公上》记载了孟子与陈相的一段辩论，陈相认为滕文公非但没有与民同耕同食，而且

---

① 张守军：《中国历史上的重本抑末思想》，中国商业出版社1988年版，第2页。
② 朱家桢：《西周的井田制与工商食官制》，《河南师范大学学报》1991年第2期。
③ 林文勋：《先秦的重商思想及其理论基础》，《云南教育学院学报》1999年第1期。
④ 《马克思恩格斯选集》第2卷，人民出版社1995年版，第17页。

有"仓廪府库"收集着人民的粮食,因而是"厉民而以自养也",算不上贤君。
孟子指出:

> 以粟易械器者,不为厉陶冶;陶冶亦以其械器易粟者,岂为厉农
> 夫哉? 且许子何不为陶冶,舍皆取诸其宫中而用之? 何为纷纷然与
> 百工交易? 何许子之不惮烦?
>
> 曰:百工之事,固不可耕且为也。然则治天下独可耕且为与? 有
> 大人之事,有小人之事。且一人之身,而百工之所为备,如必自为而
> 后用之,是率天下而路也。

在辩驳中,孟子正是以分工论为依据,来着力突出商业交换的作用的。在
其他地方,孟子也有依分工论而展开的论述,如"子不通功易事,以羡补不足,
则农有余粟,女有余布。子如通之,则梓匠轮舆皆得食于子"[1]。从这一观点
出发,孟子号倡统治者能够"关市讥而不征""泽梁无禁",以实现"天下之商皆
悦而愿藏于其市"。[2]

《管子》也以分工论作为理论依据,提出将人们依照职业,划分出士、农、
工、商四个阶层,实际上也是以此肯定了商业的作用,并在政策上提出了对全
国采取"叁其国而伍其鄙"的建议,进而积极要求社会各阶层能够恒守其业。
《管子》对商人曾这样说道:

> 令夫商群萃而州处,观凶饥,审国变,察其四时,而监其乡之货,
> 以知其市之贾,负任担荷,服牛辂马,以周四方,料多少,计贵贱,以其
> 所有,易其所无,买贱鬻贵。……旦昔从事于此,以教其子弟,相语以
> 利,相示以时,相陈以知贾。……夫是,故商之子常为商。

从《管子》的论述中能够更清晰地看出其对商业的认识和肯定与分工论
的关系。此外,《左传》言:"商农工贾,不败其业。"[3]态度是客观而积极的。

---

[1]　杨伯峻:《孟子译注》,中华书局 2005 年版,第 146 页。
[2]　焦循:《孟子正义》,岳麓书社 1996 年版,第 151 页。
[3]　李宗侗:《春秋左传今注今译》,商务印书馆 1971 年版,第 571 页。

《吕氏春秋》则说："凡民自七尺以上，属诸三官。农攻粟，工攻器，贾攻货。"①
凡此种种都表明，建立在分工论基础上的农商观念，其衍生出来的应该是一种
各业平等，通过发挥各自不同的作用，共同维系社会发展的认识，并不难从中
推导出重商的主张。②

（三）从商艰险、商人不易的辩白

"商人之四方，市贾倍徙，虽有关梁之难，盗贼之危，必为之。"③

早在乐府诗歌中便已有对商人经商艰难的描述，典型的作品是《孤儿
行》，该诗写从小失去了爹娘的孤儿跟兄嫂一起生活，被迫远出经商，饱受生
活之苦：

> 孤儿生，孤子遇生，命独当苦！父母在时，乘坚车，驾驷马。父母
> 已去，兄嫂令我行贾。南到九江，东到齐与鲁。腊月来归，不敢自言
> 苦。头多虮虱，面目多尘土……

这首诗歌描写了"孤儿"走南闯北经商的艰苦，值得注意的是，诗歌所欲
表达的主旨，是展现"兄嫂"的冷漠无情和"孤儿"的凄凉悲苦，这种主旨的传
达，恰恰是通过一种生活行为上的转折来实现的：在父母死去之后，兄嫂以
"命令"的方式逼迫孤儿走上了商贾之途，而正是这个命令，使孤儿从"养尊处
优"跌入到"满面尘灰"。从商在诗歌中成为亲情寡薄的见证，成为带有排斥
性的措施，并可想见在"孤儿"的心目中留下了太多悲苦和埋怨。

流动性是中国古代商人生活的典型特征，这种背井离乡、抛妻弃子的生活
充满了辛苦。中国古代商业文学对此有着敏锐的捕捉和清晰的表现。如吴融
（唐）的《商人》（《全唐诗》卷六八四）写道：

> 百尺竿头五两斜，此生何处不为家？北抛衡岳南过雁，朝发襄阳

---

① 陈奇猷校释：《吕氏春秋新校释·上农》，上海古籍出版社2002年版，第1720页。
② 参见林文勋：《先秦的重商思想及其理论基础》，《云南教育学院学报》1999年第1期。
③ 墨翟：《墨子·贵义》，中华书局1998年版，第288页。

暮看花。蹭蹬也应无陆地,团圆应觉有天涯。随风逐浪年年别,却笑如期八月槎。

敦煌曲子词《长相思》对商人生活做了典型概括,词曲对商人的因贫不归和至死不归做了表述:

> 作客在江西,寂寞自家知。尘土满面上,终日被人欺。朝朝立在市门西,风吹泪点双垂。遥望家乡长短,此是贫不归。

> 作客在江西,得病卧毫厘。还往观消息,看看似别离。村人曳在道傍西,耶娘父母不知。身上缀牌书字,此是死不归。(《全唐五代词》卷七)

这首词鲜明地表现出商人经商在外的艰辛与不易,刻画出商人生活的辛酸残酷。除了这种艰辛,商人生活还充满了各种危险,古代商业文学作品对此也有不少展现。如刘驾(唐)的《贾客词》写道:

> 贾客灯下起,犹言发已迟。高山有疾路,暗行终不疑。寇盗伏其路,猛兽来相追。金玉四散去,空囊委路岐。扬州有大宅,白骨无地归。少妇当此日,对镜弄花枝。(《全唐诗》卷五八五)

诗中表现了商人经商路上可能遭遇寇盗或猛兽而钱财散尽,尸骨无存,而且这种危险是商人经商所无法避免的。在另一首专门针对《贾客乐》反其道而作的《反贾客乐》中,刘驾以同情的笔触写商人的艰辛与风险:

> 无言贾客乐,贾客多无墓。行舟触风浪,尽入鱼腹去。农夫更苦辛,所以羡尔身。(《全唐诗》卷五八五)

对于商人因逐利而冒险,商业文学作者在对其所遭受的危险表示同情的同时,也不免于对其行为表达不满和劝诫。如黄滔(唐)的《贾客》这般写道:

> 大舟有深利,沧海无浅波。利深波也深,君意竟如何? 鲸鲵齿上路,何如少经过!(《全唐诗》卷七百四)

柳宗元的《招海贾文》更铺陈了海上贸易的风险,并表达了更加恳切的批评、劝告与召唤。文章起笔即问:"咨海贾兮,君胡以利易生而卒离其形?"随后以恣肆的笔触铺写了海洋的汹涌、航船的颠簸、海怪的可怕、暗礁的隐布等风险,发出了"君不返兮逝恍惚""君不返兮终为虏""君不返兮以充饥""君不返兮卒自贼""君不返兮耆沉颠""君不返兮乱星辰""君不返兮魂焉薄""君不返兮縻以摧""君不返兮欲谁须""君不返兮谥为愚"等劝告和呼唤,文章最后的话语可谓情真意切:

> 咨海贾兮,贾尚不可为,而又海是图。死为险魄兮,生为贪夫。

亦独何乐哉? 归来兮,宁君躯! (《全唐文》卷五八三)

唐代文言小说不少作品直接表现了商人生存处境的危险。如在《崔无隐》《王行言》等作品中表现了商人遭遇猛兽和风波等的危险;在《板桥三娘子》中表现了商人投宿旅店的危险;在《谢小娥传》中表现了遭遇强盗的危险;在《何老》中表现了来自同行者的危险。

商人经商所遭遇到的,除了上述诗文中表现出的辛苦和危险,还有各种各样的麻烦。这些麻烦或来自地痞流氓,或来自贪官污吏,或来自皇帝。唐代文人大体以一种同情和打抱不平之心表现商人因之而遭受的人身迫害、财产损失、经营挫败等。如《李宏》写凶狠无赖的李宏对过往商人强索强贷,欺压横行,使"商旅惊波,行纲侧胆",后终被汴州刺史处决,"工商客生,酣饮相欢。远近闻之,莫不称快"。(《太平广记》卷二六三)《虬须叟》写渤海王用臣吕用之擅政害人,"凡遇公私来,悉令侦觇行止",商人刘损之妻裴氏颇有美貌,吕用之便用计将刘损抓入监牢,霸占了裴氏。刘损花巨资疏通才得以免罪。(《剑侠传》卷三)此外,如《沈申》(《太平广记》卷一二四)、《诸葛殷》(《太平广记》卷二四三)等均对商人被军阀残害而死进行了描述。

其实,经商不易是客观存在的事实,而且商业在社会体制下不可能无限制地发展,经商者也未必都能发财,亏损和破产到处都可能发生。即便是中国古代后期实力已然不俗的"徽商""晋商",也并非都是成功者,正如研究者所指出的:"徽商经营失败的事例在传记中所占比例颇重,常被读者轻忽。徽商浪迹天涯,客死异乡,甚至无颜返乡,其子千里寻父,幸者尚得'父子相持而泣',

惨者'扶持(尸骨)而归',种种情节堪成绝好悲剧题材。"①这种对经商艰难与失败风险的忽视,不仅古代存在,至今也仍一定程度地有所表现,人们抱着对商人富有和奢靡享乐的成见,产生了既羡又恨的情感。

从上述对中国古代待商姿态的分析中可以看出,中国古代形成了根深蒂固的"重农抑商"的传统,"农本商末"的思想长期占据着主导地位。在这种状况下,商人成了被轻视、贱视的对象,饱受"困"和"辱"的商业政策的打压,并受到等级名分及伦理的多重限制,这使商人在中国古代的生存状况显得并不风光,甚至难以抬头。尽管如此,"重商"思想和为商人辩护的声音在历史的长河里还是不时闪现,它证明了商业活动的合理性,也为商人争取了言说的空间。②

四、抑商、重商语境下展现商人作品的历时性转变

抑商也好重商也罢,其最直接的表现就是对待商贾的态度。一般地说,统治阶级对待商贾的态度,往往会影响到包括市民阶层在内的各个阶层,文学创作者身处其中,自然也难免受到影响,并在其创作和作品中体现出来。在我国封建社会历代文学作品中,商人形象前后所发生的变化,与重义轻利的思想、重农抑商的政策,以及作家的艺术审美等因素有着十分密切的关系。

早在殷民时便有经商的行为,《尚书·酒诰》便有记载,少数人"肇牵车牛远服贾,用孝养厥父母"。郭沫若针对这段记载分析指出:"肇者始也,可见在周初人的眼中认商行为是始于殷。大约就因为这样,所以后世称经营这种行为的人便为'商人'的吧。"历史学家李亚农更明确地指出了"商人"这个称呼的由来:"由于殷人善贾,周人重农,后来周人以贱视殷人鄙视贾人,竟通称贾人为商人了,这就是中国人称生意人为'商人'的缘由。"从中既可以看出我国商人阶层产生的历史非常悠久,也可看出自其出现开始,便被置于被排斥、被

---

① 王家范:《中国历史通论》,华东师范大学出版社 2000 年版,第 264 页。
② 参见谢志远:《中国古代商业小说叙事研究》,湖南师范大学博士学位论文,2015 年。

鄙视的地位。由于我国封建社会较长时间内都推行"重农抑商"政策,"重商"观念并未能成为主流,这种状况也直接地影响到了商贾地位以及其在文学中的表现。因此,从总体上说,我国古代文学作品中较少涉及商人,即便涉及,商人形象也大多显得低微。深入到具体的商贾题材作品中,文人对商贾的态度,多是通过对其职业行为的评价来给予展现的。文人对商贾或褒扬其职业操守、乐善好施、扶危济困等德行,同情其不平遭遇,在小说中给他们以美好的结局;或批判、讽刺商贾不守职业道德规范、坑害他人以求利、破坏市场秩序等,在小说中通过情节设置对其施以惩罚,饱尝恶果;或干脆在小说中隐而不说,对商人形象不予涉及、避而不谈等。先秦两汉以降,受历代经济政策和文化环境等的影响,文人对商贾的态度和情感也有所变化。

(一)先秦两汉时期刻画商人作品的基本情况

先秦两汉文学对商人的描写很少,对此,邵毅平分析认为:"偶尔涉及商人及其活动,那也大抵不是为了表现他们本身,而只是因为其他历史事件牵涉到了他。早期的商人是在没有受到文学家重视的情况下,在不经意间走进了中国文学殿堂。"

翻开中国文学史,《诗经·卫风·氓》这首诗可以说最早出现了商贾形象,然而形象并不佳,他始乱终弃,后代文人由此给予商贾以讽刺和鄙夷。在自由的经贸环境下,先秦时期的商人大多拥有较多财富,在文人眼中,其社会地位虽有所提高,但仍难登大雅之堂。《太平广记》引有部分先秦作品集,其中涉及商贾题材的却难觅踪迹,关于商贾的一星半点的记载都没有见到。这从一个侧面反映出文人的创作范畴的狭窄,商贾题材还难以进入其中。

秦朝将"抑商"作为一项国策实施,且首创"市籍"制度,从户口层面使商人与他业者相区别,商业受到贬抑,商贾也受到贬低。汉代延续了秦朝的政策,加强了"重本抑末"的举措,继续打压、排挤商贾,这种状况同样影响了秦汉时期文人对商贾的态度。《太平广记》收录了汉代的《史记》《淮南子》《列

女传》《汉书》等作品,勉强算是涉商题材的仅有两篇——《汉高后》《祝鸡公》。现摘录如下:

> 汉高后时,下书求三寸珠。仙人朱仲,在会稽市贩珠,乃献之。赐金百斤。鲁元公主私以金七百斤,从仲求珠。复献四寸者。(《汉高后》)①

> 祝鸡公者,洛阳人也。居尸乡北山下,养鸡百余年,鸡皆有名字,千余头。暮栖树下,昼放散之。欲取呼名,即种别而至。卖鸡及子,得千余万,辄置钱去。之吴,作养池鱼。后登吴山,鸡雀数百,常出其旁。(《祝鸡公》)②

按照古代"小说"的概念,此两篇勉强可算作小说,且可视为商贾题材小说的早期作品。然而,在此两篇中,商人身份似乎被作者有意无意忽视了,前者关注的是朱仲的"仙人"身份,后者在意的是祝鸡公在养殖方面具有的奇异能力,可以说商人并没有成为小说的表现对象。

纵观先秦两汉时期,商贾位居社会末流,文人也多持鄙夷态度,并有意无意地体现到小说作品中,造成了商贾类题材作品的缺少。《太平广记》中仅收录两篇该时期的作品,而且商贾还不是作者的关注点所在,较好地说明了这一时期的文人对商贾所具有的轻视态度。

(二)魏晋南北朝时期刻画商人作品的基本情况

三国时期,虽政局动乱、纷争时起,但当时整体的经济状况较为良好,从《三都赋》中可见魏、蜀、吴三国都城商业的繁荣。西晋相比于汉代,商业水平有了较大幅度的提升。对于商贾阶层,文人虽仍怀着鄙夷,但以傅玄等为代表的开明文人对商业的重要性开始有所强调,他认为"夫商贾者,所以伸盈虚而

---

① 李昉:《太平广记》第九册,中华书局 1961 年版,第 3235 页。
② 李昉:《太平广记》第十册,中华书局 1961 年版,第 3784 页。

权天地之利,通有无而一四海之财。其人可甚贱,而其业不可废"①。这种认识体现出对待商业和商贾态度上的转变。南北朝时期,北魏孝文帝通过实行均田制,推动商业出现了复兴;东晋南朝依附于长江流域,商业日趋繁荣,一时间"人竞商贩,不为田业"②。伴随这种商业经济发展,文人对商贾的态度进一步有了微妙的改变,但商人在文学作品中大多仍只起反衬或陪衬作用,形象上并未获改观。如刘义庆所撰《幽明录》中的《杨林》,对商人杨林梦见自己娶了士族的女子为妻进行了描写,带有明显的臆想成分,逐渐演化成后世黄粱美梦的故事原型,商人形象也并不光彩。

从该时期商贾题材小说的数量上看,《太平广记》共收录19篇,远远超过了前代。从创作主体对商贾的情感态度上看,作者塑造商贾形象,或贬或褒的情绪已比较鲜明,作者开始有意识地去创作商贾形象。《幽明录·徐仲》《异苑·江陵赵姥》《中兴书·王猛》三篇作品,作者褒扬了商贾的善行,小说结局上也给商贾安排得比较圆满。这三篇作品,或赞扬徐仲这个卖药人放生圣龟的善行;或赞扬商贾赵姥保有善心、敬奉神明;或赞扬商贩王猛凭借能力成为大司马——这体现出对商人入仕现象的接受。除了小说,诗作当中也有不少对商贾生活的反映。陈后主的《贾客词》对商人不辞万里、结伴经商的状况进行了描绘:"三江结俦侣,万里不辞遥。恒随鹢首舫,屡逐鸡鸣潮。"③释宝月的《估客乐》则对商人夫妻经商离别时的恋恋不舍进行了文学的表达:"郎作十里行,侬作九里送。拔侬头上钗,与郎资路用。"④

通过对比,确能看出文人态度的改观,但不能就此忽视此一时期的主流仍是对商贾的轻视和贬低。正如余英时先生指出的:"魏晋南北朝则尤为以家

---

① 刘治立:《〈傅子〉评注》,天津古籍出版社2010年版,第22页。
② 魏征:《隋书》第三册,中华书局1973年版,第689页。
③ 郭茂倩:《乐府诗集》,中华书局1979年版,第700页。
④ 郭茂倩:《乐府诗集》,中华书局1979年版,第700页。

族为本位之儒学之光大时代,盖应门第社会之实际需要而然耳!"①要知道,当时的士大夫们连位居下品寒门的大文豪左思都未放在眼中,商贾作为"四民之末",可以想见其情况就更难堪了。如此也就不难理解,作为记录文人士大夫生活圈中趣事逸闻的《世说新语》《西京杂记》等,以商贾为主人公的作品一篇都没有。而《太平广记》的 19 篇商贾题材小说中,贬低、讽刺商贾的有 9 篇,或批评其不择手段地谋取利益;或批评其妄想富贵、无自知之明;或讥笑其没有文化、不识高人。另外还有 2 篇作品——《幽明录·陈仙》《幽明录·冯法》,作者用艺术的手法给予商贾以惩罚:安排他们遇到鬼怪而受惊,或损失财物。如此,贬低和褒扬商贾的作品形成了 11∶3 的局面,而且实事求是地说,3 篇褒扬的作品,其实都与商贾的经商活动没有很大关系,对其行为进行的善恶评判,多是出于宗教或道德观念,因此,并不能说是文人对商贾身份的一种真正的认同。

（三）隋唐时期刻画商人作品的基本情况

隋唐时期经济繁荣发展,中国的城市商品经济开始萌芽,外贸业空前发展。伴随着商业的繁荣,一大批富商崛起,弃农投商的现象也变得十分普遍,农本商末的传统观念受到了较大冲击,社会各阶层重新审视商人的实力和形象。尤其是唐中期后,频频发生的卖官鬻爵现象,使"士农工商"的社会秩序不断被破坏,致使文人的印象和态度发生了更深层的转变。商人形象较多地进入到文学作品中来,成为唐传奇中重要的文学形象,只不过仍是褒少抑多。唐代文学作品侧重于"商人重利轻别离"的品行特征,放大其因追求钱财而导致的情感冷漠与人格缺陷,在唐代闺怨诗中形成了"商妇怨"的重要内容,白居易的《盐商妇》、刘禹锡的《贾客词》、张籍的《贾客乐》等就是代表。

---

① 余英时:《士与中国文化》,上海人民出版社 1987 年版,第 399 页。

商潮涌动下的小说创作

从《太平广记》收录的该时期作品数量来看,商贾题材小说达到了86篇,已是此前的许多倍。从该时期文人的情感态度看,讽刺商贾的作品数量相对而言在下降,而褒扬的作品数量相对而言在上升。在这些作品中,讽刺商贾的作品19篇,通过让其经历劫难或损失钱财的有9篇,共计28篇;褒扬商贾德行或经营之道,或者给予其不平遭际以同情的小说有23篇,在小说中给予商贾以财富奖励或者帮助商贾走出困境的有8篇,共计31篇。可以看出,这一时期肯定商人的作品数已超过了贬斥商人的作品数,体现出文人对商贾整体印象的改观。

这一时期,文人赞美商贾的方式和内容也发生了变化,除了如前代文人肯定商贾的不慕钱财、乐善好施外,该时期的作品如《御史台记·裴明礼》《乾𦠅子·窦乂》等,开始赞赏商贾的经商行为——具有职业操守,以及优秀的经商手腕——精明果敢。对于邹凤炽这样富可敌国的商贾,文人也是十分钦羡的;窦乂弃儒从商后富甲一方,作者通过对其描写展现出理解与支持。可见,此时期对于商贾的认知和肯定,与经商活动本身有了更紧密的联系,宗教或道德的审判在减弱。

然而要指出的是,此时期文人虽改变了对于商贾的印象,在形象塑造上更加丰盈,但这也仅限于部分作品所有。这一方面是因为唐朝政府实施严苛的里坊制度,不准商贾同其他阶层杂处,另一方面是隋唐施行的科举制度并未对商贾子弟开放,体现出对商贾的轻视和限制。这些都影响了文人对于商贾的态度和创作心态。这也导致了《莺莺传》《枕中记》《游仙窟》《长恨歌传》等文人精心书写、为其所青睐的小说中,同样难觅商贾题材作品。

综合而言,相比于前代,隋唐时期文人对于商贾的态度又有较大转变,赞赏、肯定商贾的态度比此前更加明显,但商贾的生存状态和情感世界,仍未能获得文人的关注,商贾也还未能真正成为小说的主人公,得到充盈细致的展现。

（四）五代宋初时期刻画商人作品的基本情况

五代宋初时，唐朝的里坊制度被政府打破，对于商业经济和商人，社会态度更趋改观，"四民"的界限变得不再那么明确；而且随着商业活动不断繁荣，财政收入中商品贸易所占的比重不断上升，商贾和商业的地位由此被政府重新审视。至宋朝，地位和作用日益提升的商贾，其子弟获准参加科举考试，科举制度对商贾的限制终于放宽。

而在商业经济发展，包括商人在内的市民阶层日益壮大的过程中，文人为更好地适应市民阶层的需要，推动社会文化类型出现世俗化转向，俗文学获得前所未有的发展，为展现市民生活，文人更需要也更愿意以平民视角，对商贾阶层在内的市民阶层进行关注和塑造。白话商贾小说依托更长的篇幅，更完整的结构，较为充分地表现商人的情感世界，同时展现社会风情，对商人已不再是简单的肯定与否定，因此使商人形象获得了强大的生命力。但就当时文人知识分子的态度，以及作品中商人塑造的整体情况来看，可以用毁誉参半来概括，对商人持否定态度的文人大有人在，如范仲淹就对商人群体表现出较强烈的排斥态度，曾有"吾商则何有？君子耻为邻"的诗句。

从涉及商贾题材的小说数量上看，《太平广记》所收录的宋代小说集仅有《稽神录》《南海异事》《野人闲话》三部，虽数量有限，却别有特点，一是该时期收录的商贾题材小说共45篇，数量并不算少，二是仅《稽神录》一部中就含有20篇商贾题材作品，是《太平广记》所收录的所有小说集中商贾题材小说数量最多的。在45篇作品中，褒扬或同情商贾的作品共计23篇，贬低或讽刺商贾的作品共计12篇。其占相关作品总数的比例与隋唐时期相比呈现出更大的分化，肯定者日多，贬低者愈少。

在这一阶段的商贾小说中，既有对商人淡泊名利、遵守道德等经商传统美德的褒扬，如《刘氏耳目记·温琏》《续仙传·李珏》等，也有新的风貌和特点，其中比较鲜明的一点，就是该时期小说中出现了一批带有神仙气的商人形象，这在汉至唐的小说中是很少能够见到的。在《稽神录·华阴店妪》《玉溪编事·蜀城卖药人》《稽神录·逆旅客》《野人闲话·李客》《野人闲话·掩耳道士》等篇中,商贾或有仙术,或能预知未来。仙道与商贾结合在一起,本身是对商贾的一种肯定。此一时期商贾小说的另一个鲜明的新特点,是当部分作品反映商人遭受到不公正待遇时,小说作者不是像以前作品那样将其表现为商贾所受的因果报应,而是表现出愤慨的情绪。在《北梦琐言·安重霸》中,油商遭到了官员安重霸的勒索,十分无奈,对此作者谴责了安重霸并对商人的遭遇表示了同情;在《北梦琐言·沈申》中,作者对商人沈申被抢走货物,并被以莫须有的罪名杀害给予了极大同情,在情节设计上故意让沈申化作厉鬼进行了报复;在《稽神录·赵瑜》中,儒生赵瑜"累举不第。困厄甚"[1],向岳庙中的神仙求死,阴间判官非但没有让其死去,反而给他开了一服药方,并劝他安心卖药治生,由此而赢得厚利改变了命运。在这篇小说中,赵瑜的经商行为全托神灵所赐,这在以往小说中也是不多见的,它强有力地说明,作者在观念上是完全认同商贾的经商求利行为的,商人以经商活动改变生活是正当的、不可贬抑的。

总的来看,五代至宋初的文人更多地从传统的"轻商"观念中走出,平等地对待商人,积极地肯定商人的经商求利活动,更从平民视角而不再是自上而下地看待和思考商人的生存现状,对商业经济也形成了新的认识。在这种转变中,商贾题材小说创作更加成熟,也呈现出一些新的风貌和特点,这是人们所乐于见到的。

（五）宋元时期刻画商人作品的基本情况

宋代商业经济趋于繁荣,经商者众,尽管贬抑商人的思想并未消退,理学思想的禁锢也十分严重,但这一时期相比以往还是出现了较多的作家作品展

---

① 牛景丽:《〈太平广记〉的传播与影响》,南开大学出版社 2008 年版,第 25—26 页。

现商贾,这一定程度上说明文人对于商贾的态度发生了一些转变。

宋代一些小说对士人经商的情况进行了刻画。如在《夷坚志·霍将军》中记载了有关一些进京赶考的士子寻机参与商业经营的情况:

> 吴兴士子六人入京师赴省试,共买纱一百匹,一仆负之。

吴兴士子之所以要购纱入京城,是因为通过地区间的差价,能够从中获得商业利润,这是人们获利之心的必然反映,同时也反映出商人地位的提高、社会经商风气的浓郁以及士商融合的趋势。然而像"吴兴士子"这样的读书人还是非常有限,重农轻商的思想影响不可忽视。那些科举失意、抱负难以施展、生活艰难的读书人,即使是因为生存所迫不得已走上经商之路,也还是难免于遭到旁人的指责。《夷坚志·黄安道》中写"累试不第"的黄安道,迫于生计,不得不"罢举为商,往来京洛关陕间",并打算以此为业,遭到了乡人强烈谴责和批评,"君养亲,忍不自克而为贾客乎?"话语中透露出浓浓的轻视和贬低商贾的意味。

从《清平山堂话本》和明代"三言"中所收录的描写商贾的小说来看,这一时期出现了《闹樊楼多情周胜仙》《志诚张主管》《刎颈鸳鸯会》《万秀娘仇报山亭儿》等比较著名的篇章。从小说的描写来看,创作者对于商贾有褒有贬,直接褒扬的数量开始增多,而且情感和态度展现得较为直接。如对周胜仙和范二郎不顾生死、倾情相爱,作者是饱含着赞美的。小说以周胜仙变成了鬼也要到牢中和范二郎相会的叙述,充分表达了对于商人"重欲""重情"的支持。《志诚张主管》写商人之妇爱慕店中青年主管张胜,主动表达情感,大胆追求真爱,但张胜始终不予接受,即便商人之妇死后,鬼魂仍然对他痴情,他也仍然不为所动的故事。透过小说的叙述可以看出,小说作者对张胜的做法怀着支持态度,小说写到"亏杀张胜立心至诚,到底不曾有染,所以不受其祸,超然无累"[1]。当然,从这种支持中也可以看出,创作者并不是对商人经商活动本身

---

[1]　欧阳健、萧相恺:《宋元小说话本集》,中州古籍出版社1987年版,第179页。

多么关注或认同,而是借商人对待情感和"欲望"的举动,来表达自己的态度和主张。这种目的在贬斥商人的作品中也得到了体现,《刎颈鸳鸯会》中,作者描写商人张二官娶了一个不守妇道的妻子蒋淑珍,蒋趁张外出贩货与对门的商人朱秉中私通,张得知后,让妻子与其情夫在"鸳鸯会"上"刎颈",两个家庭因此残缺。小说表现了明显的"罪欲"倾向,即惩戒放纵之欲。

元代创作者塑造商人形象,其表现的中心和主旨是面对出格的"欲",如何用"理"来进行制约并使之合符规范。这些作品在《清平山堂话本》和明代"三言"中有着较为集中的展现。比较有代表性的作品如《错认尸》《曹伯明错勘赃记》《宋四公大闹禁魂张》《新桥市韩五卖春情》《汪信之一死救全家》等。其中大部分作品都是表现应如何对待"理""欲"、"义""利",真正描写商人经商活动的不多。其中的《汪信之一死救全家》可说是特例,小说没有局限于商人的家庭生活,而是在商业经营等复杂的社会生活中来塑造汪信之这个商人形象,在元代商贾小说中显得很珍贵。

除了上述白话小说对商人的表现,宋元时期文言小说也有一定数量的作品刻画了商人,主要收录在北宋黄休复的《茅亭客话》、南宋王明清的《摭清杂说》以及洪迈的《夷坚志》等作品集中。相比白话小说,文言小说在展现商人方面呈现出更浓厚的传统文化色彩,其所表现的中心也是商人如何将传统文化精神发扬光大,以及如何以传统文化对待理和欲。

当然,相比于之前的创作,宋元时期的文人对商人给予了更深入的观察了解,并进行了更趋细腻的刻画。文人们已不再把商人当神怪来看待和描写,而是以人视之,描写其衣食住行和喜怒哀乐,充分体现出宋元小说"为市井细民写心"的特点。然而,纵观明代以前文学创作状况,可以发现:14世纪以前,文人对商人社会集团的关注很少,除了史书、小说和笔记当中有所涉及,诗歌的关注显得更少。[①] 在这些为数不多的作品中,轻视、贬抑商人的倾向又表现得

---

① 潘力伟:《文人之书与商贾之学》,文教出版社2002年版,第98—103页。

十分明显,典型的表现有三个方面:一是地位低下,形象苍白,或来路不明、出身低贱,或游手好闲不务正业、横行乡里。二是经营手段低劣,或是投机钻营、夺人财产、杀人越货,或依附官宦、勾结权贵、狼狈为奸。三是结局凄惨者多,或遭人抢劫暗算横死异乡,或经商在外而妻生外遇,或大病缠身财归他人,或危及自己之余还殃及儿孙。当然,正面的商人形象还是有的,只不过作者更关注其经商之外所展现的道德品质,很难说文人对商贾产生了真正的关注和认同。

(六)明清时期刻画商人作品的基本情况

从总体上看,明代文学作品中商人形象的数量和分量都是以前文学作品所无法比拟的,涉及商人及经商的作品较以往明显增多。根据有关统计,在我们已知的明代拟话本小说近500篇未重复的作品中,有大量篇幅涉及商人与商业活动,而仅在"三言""二拍"总共200篇故事里,涉及商人、商业的就达116篇之多,占了整个篇幅的一半以上,其中有42篇以经商为背景,36位商人成为小说的主人公。小说中正面的商人形象得以大幅增加。

清代,清初的统治者接受"通商裕国"思想,采取"恤商""扶商"政策,在这种政策的推动下,其后清代的资本主义萌芽较之明代更进一步。商业资本投资于生产、支配生产的倾向更加明显,包买主出现,商人雇佣制也随之产生,封建宗法的雇佣关系日益向自由雇佣关系转变。清后期,外国资本大量侵入,民族工业兴起,农产品商业化程度进一步提高,自给自足的自然经济面临解体的局面。但也要看到,清代统治阶级系少数民族,他们为防备汉人反抗,还是实施了严苛的"重本抑末"政策,从而使原本可以快速发展的工商业受到阻碍,加之政府的层层盘剥和压迫,严重限制了工商业的自由发展。

清代小说是中国古代小说承继明代之后的又一高峰。在《醉醒石》《照世杯》《豆棚闲话》《珍珠舫》《载花船》《清夜钟》《鸳鸯针》《人中画》《八段锦》《云仙笑》《雨花香》《通天乐》《八洞天》《二刻醒世恒言》等白话短篇小说集中,描写商贾的作品时有出现且水平较高。此一时期的小说家中,李渔对刻画商贾可谓兴趣浓厚且成就颇高,他的《连城璧》和《十二楼》这两种拟话本小说集,对商贾生活的刻画达到了相当高的水平。此外,像《蜃楼志》《雅观楼》等小说也对商贾进行刻画,但成就不及此前的作品。

文言小说方面,康熙年间的《聊斋志异》在表现商贾生活方面颇有建树,堪称文言小说展现商贾的最高成就之一。此外,还有《宝婺生传》《卖酒者传》《书神作祟》《青眉》《仙露》等文言小说作品刻画了商贾,但总体来说数量不多,成就也不高。

(七)近现代刻画商人作品的基本情况

辛亥革命结束了几千年的封建王朝统治,这从根本上为商品经济的发展创造了良好的机遇,开创了一种前所未有的场域环境。但这一时期,由于帝国主义的各种经济势力在中国的争夺日趋激烈,不免使中国经济走向了畸形发展。社会上以大银行家、实业家、商业家,官僚资本、买办资本等为代表的各种经济体,于经济大舞台上各显神通,闹剧、丑剧纷纷上演,可谓无奇不有。

在小说《子夜》里,茅盾成功地塑了 20 世纪 30 年代初的两个艺术形象,一个是买办资产阶级的代表——以帝国主义为靠山的金融买办资产阶级赵伯韬,他狡狯狠毒,在上海横行霸道,荒淫无耻;另一个是精明强悍的民族资产阶级的代表——一心想要发展民族工业的丝厂老板吴荪甫。以这两个人物的商业活动为主线,作品淋漓尽致地刻画了两个人你死我活的矛盾和斗争,最终,精明的吴荪甫还是受制于政治上和经济上的势单力薄,在较量中日趋下风,而赵伯韬由于有美帝国主义的撑腰,越发地取得了优势,两者的较量,以吴荪甫的屈服和失败结束。正是紧紧抓住两个人的矛盾和斗争,作品深刻地揭示出买办资产阶级的凶狠毒辣,以及中国民族资产阶级的软弱无力。

在小说《霜叶红似二月花》里,茅盾再次抓住了资产阶级与地主的斗争,将轮船公司经理王伯申与地主赵守义等人的矛盾冲突作为中心来集中表现，使辛亥革命到"五四"前夕的社会状况，在小说中得到了很好的呈现。在另一篇小说《林家铺子》中，茅盾通过叙述一个商铺走向倒闭的过程，将江南小镇的萧条景象刻画得入木三分，并借此深刻地表现了 20 世纪 30 年代民族工商业的悲惨命运。类似刻画和表现商人的作品还有《清明前后》，该作通过细致描写林永清夫妇开办的工厂所遇到了各种阻力和障碍，透视了中国社会在 20 世纪 30 年代至抗战前夕的黑暗景况。如果我们对茅盾刻画商业发展和商人形象的这些作品进行整体观照，便能看出，这些作品全面关注了近半个世纪不同阶段的商人，其所展现的商人可谓包罗广泛，形象丰富，正如人们评述的，"在茅盾的作品中构成了一个现代中国的相当完整的资产阶级社会，一部资产阶级命运的历史"①。

与茅盾重视刻画商人一样，曹禺的戏剧也给商人以充分的关注，对商人的命运以深刻的思考。在《雷雨》这部剧中，生活于半封建半殖民地环境下的买办资产阶级形象周朴园，被曹禺塑造得鲜活生动。他富有"教养"，但作为煤矿的董事长，周朴园却并非一个正面人物，他以奸猾而又狠毒的手腕，无情地镇压了工人的罢工潮，作品很好地刻画出他"吸血鬼"的品性。在《日出》里，曹禺更是塑造出了不同类型的商人形象，如金融资本家金八、银行家潘月亭、商场市侩李石清等，这些大大小小的商人，或倚仗权势，或冷酷贪钱，或阴险狡猾，如同跳蚤在社会经济肌体上跳跃、争斗。

无论是从茅盾的小说，还是从曹禺的戏剧中，我们都能发现，那些骄横一时的大商人，如民国的赵伯韬、周朴园、金八等，都与权势有着这样那样的关联，或者说他们都通过依附于当权者，而获得经济上的更大利益与优势。因此，可以说他们相比于明代的小说人物西门庆，并没有发生本质上的改变，形成本质上的区别，这有力地说明，我国资产阶级从一开始就存在着先天的不

① 《中国大百科全书·中国文学》，中国大百科全书出版社 1998 年版，第 523 页。

足,依附性表现得十分严重,他们不会为了自己的生存和发展,而敢于与封建势力做坚决的斗争,因此,他们也远没有发挥出欧洲资产阶级曾在历史上所发挥过的作用。

新中国成立以后,商人与资产阶级在一段时期内被等同了起来,他们面临着从阶级层面上被消灭的困境。这种情形下,除了周而复的《上海的早晨》,商人题材基本上成为创作的禁区,很少有作品刻画商人形象。此一情况直到党的十一届三中全会后才得到了根本改观,在抛弃了"以阶级斗争为纲"的"左"倾错误方针后,全会开始号召集中精力进行经济建设,并积极推进改革开放,使商品经济获得了空前的发展,一时间出现全民经商的热潮,当时流行的"工农兵学商,一起来经商",以及"十亿人民九亿商,还有一亿跑单帮"等顺口溜,形象地表现出时人热衷经商的空前盛况。其中,甚至不乏作家、艺术家直接"下海",一尝当商人的酸甜苦辣。在这种经商热潮之下,一批讴歌"企业家"和商人的纪实文学相继出现,但从其文学性、艺术性的角度来说,仍然很少看到能够经得起历史筛选、广受人们喜爱的作品。

第三节 "中间人":商业经济背景下
创作者的角色与功能

一般地说,商业经济与文学作品之间表现出的或深或浅的关联,都是通过创作者这个中介发生的。但在人们观察和研究的过程中,要追溯已经成为过去时的作者的创作动机、意图和创作过程等,所需耗费的精力和所要冒的"意图谬误"(注释)的风险都是巨大的——虽然其回报可能不菲。要更深入、全面地理解商业经济与文学的关联,作品即是一个不可忽视的重要维度,这也是我们从商业经济角度管窥文学创作的重要载体。

对于文学深刻而丰富地展现商业经济社会生活,恩格斯曾论述指出:在巴尔扎克的小说中,能够学到的资本主义社会的"经济细节"是异常多的,甚至比"当时所有职业的史学家、经济学家和统计学家那里学到的全部东西还要多"①。这是从作品内容层面着眼所作的观察,彰显了文学作品所具备和发挥的对商业经济的认识功能。国内学者从决定论的角度,认为"经济活动作为作家及其反映的人类生存的基本活动,不仅决定着文学创作的动因、方式,而且决定着文学作品的题材、内容"②。

一、商业经济对创作者的影响

商业经济对作家的创作有没有深刻影响? 这个问题似乎是毋庸置疑的,但恰恰又是未被深入认识和阐发的。人们通常从文学创作与现实生活之间的关系,来笼统地回答这个问题,认为文学源自生活,作家的创作正是从生活中攫取素材和原料;生活对创作的影响是客观必然的,而作家的创作能对现实进行变形、加工和改造。毛泽东同志《在延安文艺座谈会上的讲话》中的内容,如"作为观念形态的文艺作品,都是一定的社会生活在人类头脑中的反映的产物","人民生活中本来存在着文学艺术原料的矿藏,这是自然形态的东西。是粗糙的东西,但也是最生动、最丰富、最基本的东西;在这点上说,它们使一切文学艺术相形见绌,它们是一切文学艺术的取之不尽、用之不竭的唯一源泉"③等,这些话反复被人们所提及,而且这些话很能够说明商业经济作为社会生活的重要组成部分,必然是文学艺术的源泉,也必然地对作家创作产生着作用和影响。

商业经济对作家创作的影响是否仅止于此? 英国艺术理论家贝尔认为艺术家只需要足够的糊口的东西和行业所需的工具就行了,他甚至发出了让艺术家成为乞丐,依靠社会的慈善事业生活的呼吁④。另有英国作家如此评价

① 《马克恩格斯选集》第4卷,人民出版社1995年版,第684页。
② 祁志祥:《历代文学观照的经济维度》,河南人民出版社2012年版,第7页。
③ 《毛泽东选集》第三卷,人民出版社1991年版,第860页。
④ 克莱夫·贝尔:《艺术》,中国文联出版公司1984年版,第175页。

道:"一个真正的艺术家将让他的妻子挨饿,让他的孩子没有鞋穿。"[1]当然,也有人认为:

> 有价值的画都是饿着肚子画出来的,当你肠子满满的时候,你却在错误的一端创作。[2]

这些观点在作家们听来实在并不友好,要成为一个艺术家,就面临着穷困潦倒、饥肠辘辘、与商业绝缘的危险。这不正从一个侧面反映出商业经济与作家创作之间有着特殊的关联? 这种特殊的关联,似乎指向作家与商业经济之间的排斥和不相容。

若事实真的如此,恐怕就只能归结为作家的命运不济。幸亏有人陈述了另一种观点以示反驳,欧文·斯通就认为:

> 有一些人为了文学写作,脑子里不存在丝毫金钱思想,写出来的可能是垃圾;另一些人为了金钱写作,却可能创作文学。决定因素是一个人的才能,而不是与才能的报酬有关的计划。[3]

另一位理论家房龙也客观地指出:

> 阁楼里和三年未付过房租的五层楼上的房客可以创造出艺术珍品,三大洲的财富充斥的画室也可以创造出艺术珍品。关键是你的才干。你若是会干,怎么也干得了。[4]

两人的观点其实都是认为,优秀的文艺作品并不一定非要诞生于穷苦,在富有、享受的条件下,艺术佳作同样可以产生。这种反驳的观点都强调了文学才能的重要性,抹平了商业经济与作家创作之间的排斥性关联,一定程度上又回避了对商业经济与作家创作关系问题的回答。这使我们只能继续深入探寻。

---

① 威廉·戈登:《作家箴言录》,海南出版社 2002 年版,第 212 页。
② 欧文·斯通:《渴望生活》,上海人民出版社 1982 年版,第 175 页。
③ 欧文·斯通:《马背上的水手》,中国青年出版社 1982 年版,第 209 页。
④ 威勒姆·房龙:《人类的艺术》,中国和平出版社 1996 年版,第 452 页。

其实,暂时离开这种学理性的思考,回到人的社会存在的本原性层面,我们就会发现,以生产、交换、分配、消费为主要内容的经济生活,正是人类生存发展的基本方式,这种方式自诞生以来就已形成,"经济生活(即生产、交换、分配、消费等的整体)是人类生存发展的一个基本维度、一种基本方式"①。商业经济虽发展起步略晚,但也同样是人的生存发展所不可或缺与回避的。

正是由于商业经济生活是社会生活的重要方面,商业经济生活方式是人类生存发展的基本方式②,因此,在很大程度上我们可以说,不同历史阶段的商业经济生活对人的认识活动、意志活动、情感活动等特征的形成产生着不可忽视的作用。在自然经济时代,人从事的种植收获劳动趋于简单,主要依赖着土地、气候等自然条件,人与人之间的经济交往并不频繁,在这种生活关系中,人们的思维、意志、情感等活动表现出封闭、被动、单调、狭隘、依赖等特征,人们对家庭生活、封建国家政权的依赖性则较强。到了商品经济社会,人类从对自然的依赖转向不断征服自然,日趋频繁的经济交往活动成为人们生活的基本内容,此时,人们的思想观念、情感生活以及思维方式等,都变得更加开放、主动、丰富、多维、独立和自由,个体的色彩和意味日趋强烈,独立自由平等的人格特征也随之凸显出来。

作为人的作家,其认识、情感、意志特征显然也受到这种规定性的影响,遵循这一大体的变化趋向。当然,这是就宏观层面而言,在这个前提之下趋于微观的层面,可以发现,大到国家的商业经济政策和意识形态、商业的荣衰起落,小到商贾的言行举止、日常的毫厘交易,都会对作家的认识、情感和意志等产生影响,这种影响有的是暴风骤雨、深入骨髓、根深蒂固的,有的是日积月累、潜移默化的。归结起来就是,作家的创作难免受到商业文化或深或浅、或直接或间接的影响,这种影响一旦遇到合适的表达机会,就会不同程度地在文学作品中表现出来,从而形成独特而耐人寻味的文学景观,展现出鲜明的价值取

---

① 刘敬鲁:《论作为人类生存发展方式的经济生活》,《学习与探索》2003 年第 2 期。
② 章培恒:《经济与文学之关系》,《学术月刊》2006 年第 5 期。

向。这也是符合社会文化生活影响作家创作的基本事实和原理的。"作为文学家生存和创作的基础,经济元素渗透在作家的个人生活、价值观念、创作动机、创作方式、作品内容和作品的传播接受中。"①

二、商贾文士之间的交往对创作的影响

商人的成功,除了引起其自身经济状况的改善,也引起了社会价值观念的异动,社会上越来越多的人开始羡慕经商厚利,"人生不愿万户侯,但愿盐利淮西头"②。向富商们投去羡慕目光的,已不单是社会下层民众,越来越多文人士大夫也逐渐改变着自己的观念,重新思考和评价商人及其行为。

探寻小说创作者的角色与功能,显然不能忽视商贾对作家产生的影响,以下试举几例。

王世贞(1526—1590),生于嘉靖五年,字元美,号凤洲,又号弇州山人,与李攀龙、徐中行、梁有誉、宗臣、谢榛、吴国伦合称"后七子"。李攀龙死后,王世贞在文坛独领风骚二十年,著有《弇州山人四部稿》《弇山堂别集》《嘉靖以来首辅传》《觚不觚录》等。是明代中叶与商贾交往最多,受影响最大的名士。其《弇州山人四部稿》《续稿》中收有他所作墓志铭 340 篇,其中为商人所作的59 篇,大约占了 17%。此外,《弇州山人四部稿》和《续稿》中还有多篇为商人所作的传记。王世贞的这种创作状况与他和商人的密切交往是分不开的。

王廷相(1474—1544),字子衡,号浚川。他在《明故例授南京飞熊卫指挥签事李公墓志铭》中赞誉了商人李昊的"积而能散",他写道:

> 贾于廛,浮海莘山,货饶物集,征贵征贱,致金万镒,有陶朱氏之
> 能焉。……又积而能散,里族有饥困弗振者,公无不资而济之。恩德

---

① 祁志祥:《历代文学观照的经济维度》,河南人民出版社 2012 年版,第 8 页。

② 杨维祯:《盐商行》,见《杨维祯集》5 卷,纪昀主编:《四库全书总目提要(199 卷)》,中华书局 1988 年版,第 9265—9267 页。

洽于骨肉,信义重于乡里,以故内而愉愉,外而怡怡,皆得其欢心无怨。①

在《明故封奉政大夫刑部郎中杨公墓志铭》中,王廷相更不遗余力地铺陈了开封商人杨文秀的"适性为美":

> 少长,学小贾;中年致大贾,然亦即弃去。常曰:"贾乃丈夫贱行也,不若务农力本。"乃买田沙河之阳,稍稍渐广,晚至数千亩,杨氏之业遂称饶益。……夫人以适性为美。……厚积于家,则施于可以神物,以有易无,随所意欲而无不可得,美与贵垺,无贵之患,岂非上邪?公运厥财智,乃贾乃农,以致丰富,又能教其子,以高亢其宗阀,陶朱、刁间之徒,执一偏以利生者,不可同日论矣。故君子于公之所能,每慨于心,要亦贤智之俦也。②

王廷相在自省中对"性灵"给予了十足的强调,深入探究他的这一思想的形成不难发现,这与上述他所赞美的商人"积而能散"和"适性为美"的精神是有很大关系的③。

除了王世贞、王廷相,明代公安派的代表人物袁中道受商贾精神的影响也很深,他曾破例为徽商吴文明、吴元询等立传,正是被其自赎的方式深深打动。袁中道在为吴元询作的墓志中说道:

> 自新安多素封之家,而文藻亦附焉,黄金贽而白璧酬,以乞哀于世之文人。世之文人,征其懿美不得,顾指染而颖且为屈,相与貌之曰:"某某能为义侠处士之行也。"……长公讳元询,字允卿,柏轩其别号也。世居歙,先世以好义闻,至长公益著。以赀雄,而粪土其赀,廉取之而奢于与。其生待哺,没待瘗,从囹圄而出之衽席者,不可胜

----

① 王廷相著,王孝鱼点校:《王廷相集》,中华书局1989年版,第572页。
② 王廷相著,王孝鱼点校:《王廷相集》,中华书局1989年版,第1002—1003页。
③ 参见陈书录:《商贾的忏悔与元明文人的自赎》,《南京师范大学文学院学报》2007年第5期。

数也。有友人张姓者,负官物,几毙杖下。公捐百余金出之。从弟
澍,客死资阳,负数百金,公代偿其负,而更归其葬。凡中表兄弟及知
交辈,取于公之箧中若寄也。公为人有剸决才,遇事以片言剖之,人
无不心折。惜其不大用,而仅用之鱼盐之市。……予曰:"若其真
也,即其人为真人,而予文为真文矣。"①

在该墓志中,袁中道对商贾自悔自赎的精神表现出极深的体会和认同。
在包括这种精神在内的多种因素影响下,他亦表现出"深自悔恨"的精神状
态,发出了"不效七子诗,亦不效袁氏少年未定诗"②的宣言,实际上就是对前
后七子"论气格者近乎套"的极端,以及公安派早期"论性情者近乎俚"的极
端,都采取不效仿的姿态,为使诗达到"色泽神理,贵乎相宜"③的境界,他寻求
"归并一路"④的方式,取长去短,实现内容与形式的统一。

从以上的举例中不难看出,商贾与文人之间的交往是日趋频繁、深入的,
在这种交往过程中,两者之间的精神渗透和互相影响也不断加深,久而久之,
不可避免地会影响甚至改变文人的思想观念,文艺观念根本性的转变也就存
在较大的可能。这种转变体现的方式是多样的,很多时候也会在具体的文学
创作和作品中体现出来。换个角度来说,这实际上也就体现出了商贾或商人
活动对文学创作所发生的影响,毋庸置疑的是,这种影响是深层次的、广泛的,
其中的具体联系远不止于此。

三、"中间人"角色扮演的必要性

在中国漫长的封建社会中,商业被"贬之曰末务",商人也被定位为"四
民"之末,"卑之曰市井,贱之曰市侩,不得与士大夫伍",始终处于低等的地位

---

① 袁中道:《珂雪斋集》卷18,上海古籍出版社1989年版,第772—773页。
② 袁中道:《珂雪斋集》卷10,上海古籍出版社1989年版,第459页。
③ 袁中道:《珂雪斋集》卷24,上海古籍出版社1989年版,第1047页。
④ 袁中道:《珂雪斋集》卷25,上海古籍出版社1989年版,第1073页。

无法抬头,这成为中国传统社会较为凝固的模式。究其原因,统治阶级所奉行的"重农抑商"政策无疑产生着直接的作用,同时,社会意识形态的压抑也产生着深层次的影响。在中国,儒家之"仁"作为主流意识形态一直延续未断,它在不同的层面上,对统治者的治国施政和百姓庶民的行为都产生着至关重要的作用,在儒家看来,那种理想社会状态的到来之时,便是"仁"的普遍最大化的实现之时。这实际上就是一种国家道德观,是政治理想的核心价值,而其中尤为重要的便是义利关系问题。正所谓"君子务本,本立而道生","仁"之道的确立生成,离不开义利关系这个根本,即便义利之辨只是在理想层面的探讨,它对于国计民生所产生的影响却是巨大的。

对于义利所进行的论述很早的时候便已出现。《易·文言》中就曾论道:"利者,义之和也。"此处的义与利虽然名义上不同,实际上是融而为一的,两者是"二而一、一而二"的关系。两者之间之所以能形成这种融合,"和"是其中的关键,在这一语境下,"利"实际上就是指"合宜"事物的协调、中和,各种事物之间协调共生而不相矛盾。《墨子·经上》反《周易》而用,言曰"义,利也",更可见两者的统一。因此可知,《周易》和《墨子》都对利并不讳言,而且着意于对义利进行内在调和。发展到孟子时,他始倡义利之辨,具体的起点,是在谏梁惠王时,孟子所说的"何必曰利,亦有仁义而已矣",在这段话中,孟子将义利进行了截然二分。至汉代时,董仲舒更进一步地提出:"正其谊(同'义')不谋其利,明其道不计其功。"其尚义黜利的立场表现得更加鲜明。随着时间的推衍,义利之间日益形成了一条难以逾越的鸿沟。

在"仁"的话语系统和理想状态中,"富"被看成是"不仁"的,是破坏"为仁"的罪恶因素,是"为仁"所不当追求的。孟子有言:

> 民之为道也,有恒产者有恒心,无恒产者无恒心。苟无恒心,放僻邪侈、无不为已,乃陷乎罪,然后从而刑之,是罔民也。阳虎曰:"为富,不仁矣,为仁,不富矣。"(《孟子·滕文公上》)

也就是认为,求利与存仁义是彼此冲突的,一旦人存心求利的话,就不可能为他人着想并使他人受益;反过来,如果要讲求仁义,为他人着想,使他人受益,就不能为富、谋利。这样一来,"富"和"仁"就被人为地放置于对峙的两端,已经难有互相通融的余地,在"仁"的思想体系日趋根深蒂固之后,要消除这种对立变得不再是如此轻易。

崇仁尚义无可厚非,但求利作为人的本性并不能就此抹杀。人们从"以义制利""义利并举"等的层面,用以退为进的策略为经商求利赢得了合理性空间,使求富行为不至于被彻底抹杀。只不过商人回旋的空间仍然有限,他们始终处于道德眼光的注视之下,受着道德的审判,某种程度上可说是"戴着镣铐的舞蹈"。从作者创作的层面来看,作家对商人的言说也受到意识形态等力量的规约与驱使,要么保持沉默,或蜻蜓点水,要么多带贬讽和指斥。这也或可看出为什么"以反映商业经济活动为主要题材、以塑造商人形象为基本目的"①的小说创作,与其他类型的小说创作相比要沉寂不少,不仅数量不多,创作手法和内容也相对单一。

无疑,商业身上的烙印必然地通过国民心理的烙印集中展示出来,并以此得到延续。作家既是这一烙印的体验者,也是其正当性的怀疑者。面对封建统治者的政策主张和意识形态控制,他们呈现出多种形态,或选择沉默不语,置身事外;或拍手应和,积极附言;或隐晦表达,暗含规劝;或表达不满,针砭讽刺。凡此种种,都无法掩盖一个事实,即作家眼耳脑心所受之文化,正是其创作的"潜台词"。统治阶级"抑商"的政治意识形态,以及商业随着治乱的交替所呈现的荣衰带来的生活状态的改变,极大地影响着作家的创作态度和情感、价值取向,而商贾经商利薄险多的现实,以及部分商贾缺斤少两、骄奢淫逸的表现,也从细微的层面影响着作家的情感好恶和创作取向。再加之长期所受的儒家意识形态的影响和官本位的社会文化体制等的作用,作家在创作时就面临着多种因素和力量的共同作用,创作也变得更加复杂而耐人寻味。即便

---

① 杨虹:《商界小说的话语困境与审美缺陷》,《文艺争鸣》2015 年第 11 期。

如此,还是不能就此忽视和否定作家的主观能动性。受到社会主流意识形态贬抑的某一群体、阶层或某种行为方式,在成为作家的表现对象时,作家常常通过采取在表现对象与意识形态之间进行调和的方式,使两者尖锐的对立得以一定程度的调和、消解,从而对其倾注同情、支持甚或赞颂。在这个过程中,作家一定程度上便充当和行使了"中间人"的角色。

第四节　文化渗透:反映商业活动的小说基本结构类型

作为一种叙事,小说创作是一种运用语言进行结构搭建、营造艺术空间的叙述活动,文学作品的结构相当于一个骨架,作品的内容在其中得以显示。同时,结构也是体现作家的创作意图以及作品主题的不可或缺的艺术手段,结构的好坏,直接关系到作品的优劣成败。在《文心雕龙·附会》中,刘勰指出:"何谓附会?谓总文理,统首尾,定与夺,合涯际,弥纶一篇,使杂而不越者也。若筑室之须基构,裁衣之待缝缉矣。"①小说创作的过程是一个文本建构和意图实现的过程,在这个过程中,小说作者推动叙述和建构文本的思想模型或展现手段,在不同的文本中多次出现,即可视为一种结构类型。类型的出现与相应的文化系统存在着密切关联。在中国古代,墨家思想中对神仙鬼怪的认识、儒家思想中的家国天下观念,以及佛教思想中的果报意识,对古代小说创作产生了直接而深刻的影响,形成了"神助"命定、家庭中心、因果报应三种结构类型。我们深入地解读这些结构类型,就能从中窥见小说创作者调和、化解意识形态与商业之间紧张关系的意图。②

---

① 范文澜:《文心雕龙注》,人民文学出版社1958年版,第650页。
② 参见谢志远:《中国古代商业小说叙事研究》,湖南师范大学博士学位论文,2015年。

一、"神助"命定模式

在小说创作的萌芽期,小说作者常常借助"神力"来帮助小说中的商人完成事业,实现叙事意图。在这类叙事作品中,商人商业活动的成功,主要不是依靠自身才能和努力所取得的,而是有赖于外在的神奇力量。如在徐铉的《稽神录·徐彦成》中,做木材生意的商人徐彦成遭遇"无木可市"的险境时,作者安排仙人来帮助他渡过难关,使他准确而便捷地进到了"良而价廉"的木材,在市场上收获颇丰。《稽神录·逆旅客》中,贩卖皂荚的商人显得与众不同:"恒卖皂荚百茎于市,其荚丰达,有异于常,日获百钱,辄饮而去。"作者的叙述看似喜恶不形于色,实则隐含着称赞在其中。在作者的笔端,这位商人已并非凡人,而是被作者赋予了神力,能在一夜之间自己生产出质量极好的皂荚。在这些作品中,作者借助"神力"的参与,基本主导了商人经商求利的全过程,直接影响和决定了商人经商求利行为的结果,常常是"神力"的帮助完结,小说也接近尾声。

因此,可以说"神力"在这类小说的叙事中产生着十分重要的作用,作者正是通过借助"神力"来完成对人物行为的叙述,完成对作品的建构,使"神力"承担了独特的叙事功能:一方面,"神力"的运用帮助实现了作品情节的延续或突转。作品情节的延续或突转并不是自动完成的,需要借助各种力量来实现,这些力量包括作品人物自身的活动和所处的境遇,也包括人物之外的其他力量,如"神力"等。《逆旅客》中的皂荚商人若是失了"仙气",又岂能收益不菲?《徐彦成》中的主人公在"无木可市"时,若没有得到仙人的帮助,结局又怎会如此美好? 正是"神力"作用的发挥,有效地起到了情节延续或突转的效果。另一方面,"神力"的运用隐晦地表现出了作者的创作意图。小说情节的发展,很大程度上是作者为实现创作意图所进行的有意谋划,情节的起承转合往往围绕着作者的创作意图来开展。在商人走投无路或濒临绝境时,借助于"神力"的赋予让商人起死回生,最终实现经商梦想,实际上正表达了作者对商业的向往,抑或对商人及其行为的支持,只不过这种向往和支持是通过"神力"的方式隐晦地表达出来的。换句话说,作者为表达对于经商求利行为的支持和向往,不便采用情感直接流露的方式,便通过安排"神力"来辅佐商人的成功。

与"神助"相类似的一种策略,是赋予商人的经商求利行为"命定"的安排。古语有言:"命里有时终须有,命里无时莫强求。"追逐财富的行为本身充满了各种风险和不确定性,人在云谲波诡的商海浮沉,很容易受到命定论的影响,发财致富、身家万贯抑或是家财散尽、穷困潦倒,易被人们看成是命中注定。很多作者以此为展开叙事和建构文本的手段,将商人的成败立意为命运的注定和安排。如张鷟的《朝野佥载·罗会》,写商人罗会"以剔粪自业",到了"世副其业,家财巨万"的地步,却仍旧在从事这令人感到恶心的行当,不曾改换。在解释其中的原因时,作者让罗会的回答充满了命定论的色彩:"吾中间停废一二年,奴婢死亡,牛马散失,复业以来,家途稍遂,非情愿也,分合如此。"也就是说,作者让罗会认为自己的一切都是命中早已注定、不可违逆的,从而赋予了商人经商求利行为一种命定的安排。如此,得贵人相助或遭小人暗算,都成为命中注定的事情,非商人所能改变。

在小说创作的萌芽期,"神助"策略与"命定"策略两者结合,推动了小说的向前发展,并使之带上了不少神仙鬼怪的气息。唐代以后,随着小说中神仙鬼怪气的消弭,"神助"策略和"命定"策略也日趋式微,但并未就此彻底消亡,而是以变形、替代等的方式在后世作品中继续存在。如明代作家凌濛初安排其笔下人物程宰意外地获得了辽阳海神的青睐,不仅轻而易举地化解了程宰由于经商失意、穷愁潦倒所带来的悲苦、抑郁,与美人交欢数载不说,还重新拾起了从商的信心,此后三次遭遇险难都逢凶化吉,最终大富大贵。作者的这种结构类型,极大地迎合了当时知识分子和普通市民的欣赏需求,满足了明代市民内心涌动的富贵梦、艳遇梦、得助梦。此一时期,小说中"神助"和"命定"的因素,虽与爱情和商人自身的执着打拼融合在一起,却仍是叙事过程中的主导性因素。

追溯思想文化的根源,"神助""命定"观念在中国古代由来已久,虽然孔子"不语怪,力,乱,神"(《论语·述而》),庄子也说"六合之外,圣人存而不论",但是墨家对此却言之凿凿。《墨子》有《天志》三篇、《明鬼》一篇,强调的正是天的意志和鬼神的存在。因此李泽厚说:"人格神的专制主宰是墨子思想的第三根支柱。"①墨家的这一思想资源,为小说作者在创作中运用"神助""命定"的结构类型提供了支撑。当然,"神助"和"命定"在作品中的出现,与人们对客观世界和商业活动本身的认识有限不无关系,但"神助"和"命定"在作品叙事中所发挥的举足轻重的功能和作用又表明,它不能仅仅被当作认识局限的产物来看待,而应视为作者的有意为之,视为一种结构类型。

在经商求利行为受到压制,商人的成功和富有被排斥的情况下,作者通过借助"神力"和"命定"的安排,通过非人为力的介入进而改变经商结果,突破了儒家话语体系对于"为富"的禁锢,为商人的逐利成功提供了缘由和依据,为商人的经商求利行为张目,从而有效地调和了儒家意识形态与商人行为之间的矛盾对立,为作者的叙事本身撑起了保护伞,也为商业和商人活动赢得了存在空间。当然,在经商求利行为变得正当的当下,"神助"和"命定"的结构类型仍在作品中变形出现,一方面可看作是作者在叙事过程中,难以有效化解商人所面对的困境而不得已采取的策略,另一方面也可认为是作者通过这样的策略,赋予了作品深刻而丰富的文化蕴含,即反对商业不公和黑暗,呼唤商业竞争中的公平与正义。

二、家庭中心模式

"家庭中心"指的是作者在展开叙事的过程中,以商人家庭或家族的关系与利益为叙述和结构的驱动力,将商人的经商求利行为放置在家庭或家族的

---

① 李泽厚:《中国古代思想史论》,天津社会科学院出版社 1985 年版,第 53 页。

背景中展开,从而实现创作意图的结构类型。

商业本为"民所衣食之源"(司马迁《货殖列传》语),在"治生"的层面上,商业活动因其符合儒家思想中"齐家"的内涵而具有了更多的可接受性。因此,"经商治生"——即把商人从事商业活动作为满足家庭生活所需的来源看待,成为作者展开叙事的常用手段。如《侠妇人》(南宋洪迈著《夷坚志》)塑造了一个勤劳美丽的女商人形象,她"性慧解,有姿色",看到董国庆贫困,便倾尽家财,"买磨驴七八头,麦数十斛。每得面,自骑驴入城鬻之,至晚负钱以归。率数日一出,如是三年,获利愈益多,有田宅矣"。作者在小说中着重强调了女商人"以治生为己任"的经商治生的意图和担当。在《喻世明言》卷一《蒋兴哥重会珍珠衫》里,作者写蒋兴哥为"急务"而重操经商旧业,外出后因"急务"而偶遇了珍珠衫,因处理"急务"而与被休的妻子重逢,跌宕起伏的小说情节由此被演绎出来。小说中,作者赋予了主人公治生为家的思想和目的,认为大丈夫就应以经商治生为急务,以此来解决"衣食道路",实现"赡养家口""安身立命"。可以说小说通过全篇贯穿"急务"这个核心元素,对经商治生的思想进行了强化。在小说中,作者安排了蒋兴哥如此劝说舍不得他出去的妻子:"常言'坐吃山空',我夫妻两口也要成家立业,终不然抛了这行衣食道路?"将意图和思想表达得十分明了。在《杨八老越国奇逢》(《喻世明言》卷十八)里,作者通过夫妻一问一答的方式将经商治生和家庭中心的思想表现得更加翔实清楚。杨八老就经商的打算和妻子商议:

> 我年近三旬,读书不就,家事日渐消乏。祖上原在闽、广为商,我
> 欲凑些资本,买办货物,往漳州商贩,图几分利息,以为赡家之资。

妻子欣然应允:

> 妾闻治家以勤俭为本,守株待兔,岂是良图?乘此壮年,正堪跋
> 涉;速整行李,不必迟疑也。

在这一问一答间,经商作为商人的谋生之道不再是遮遮掩掩、欲说还休的事情。作者在肯定他们经商治生愿望的基础上,饱含感情地描写了杨八老在

经商过程中所遭受的艰难困苦。其实,在中国古代小农经济社会中,"治生"是经商行为的主要目的和动因之一,而治生本身所具有的艰苦性,也通过小说对经商过程的奔波、风险等的刻画而鲜明地展现出来。

在经商治生以外,"家庭中心"结构类型的另一种重要表现方式,是商人对于家庭或家族使命的积极承担。如在《徐老仆义愤成家》(《醒世恒言》)中,小说写主人公徐家老仆阿寄,在徐家家道衰落、被徐家三兄弟当作累赘分到了孤儿寡母的一家后,不甘年迈晚年经商,勇担风险,用十二两本钱贩漆贩米,赢来巨大家业。作者将老商人阿寄行商的缘由,归结为他欲救助这孤儿寡母的一家,并通过自己的努力使寡妇之子跻身士人行列,从而使门庭也因此改换成绅商。在小说中,经商不仅成为立身之本,也是立德之本。作者在赞颂阿寄非同一般的经商胆识和才能的同时,更突出了他忠于主人、无私无欲的品质,"那老儿自经营以来,从不曾私吃一些好饮食,也不曾私做一件好衣服"。道德品质和出色行为的叠加,使商人形象更加契合了儒家传统文化的要求。

在中国宗法制社会结构中,"家国同构"是一种显著特征。"家国同构"即家庭、家族与国家在组织结构方面均以血亲—宗法关系来统领,具有共同性。在古代西方,文明演进的路径由"家族"到"私产"再到"国家",国家代替了家族;而在古代中国,文明演进的路径从"部落"融合开始,由小部落融合成大部落,由大部落直接过渡到"早期国家",如此,"部落首领"直接转变为了"国家君王",国家融入了家族,最终形成了"家族"与"国家"在结构上的相同性。在这种同质结构中,血缘成为维系社会成员风俗习惯和伦理观念的纽带,儒家以以己推人的方式,将处理血缘关系的原则由近及远推广到社会关系中去。可以说,"家庭—家族—国家"这种"家国同构"的模式,恰是儒家文化存在和发展的社会渊源,"修身、齐家、治国、平天下"的个人理想状态,也反映了"家"与"国"之间的同质联系。在此种模式中,家庭关系被作为国家关系的基石看待,社会以家庭为圆心,家族和国家是仅有的两个起决定作用的组织系统,两者之间缺乏中介组织,单个的家庭往往成为政权最直接、最根本的依托点和整合对象。因此,家庭观念在中国传统文化中有着重要的地位,家庭关系和利益构成了个人行动不可忽视的重要依托和背景。①

就商人来说,由于受重农抑商、重义轻利政策和观念的制约,商人很难在社会国家的大层面获得地位与认同,由经商行为所导致的家庭兴衰,也很难与君王、国家的利益挂起钩来。因此,"家国同构"社会模式对商人的影响,更多地体现在商人对于家庭观念、家庭责任、家族利益等的态度和行为上。小说的作者很好地抓住了这种脉络,围绕家庭中心展开叙事,将商人经商求利行为纳入到了儒家话语体系中来。

"家庭中心"这一结构类型的演绎,一方面既可当作现实社会环境中人物行为的某种生存样态来看,另一方面也可看作是作者弥合意识形态带来的矛盾,为作品寻找意义和价值尺度所采取的积极策略。社会不接受奸商,但并不会排斥"儒商",在家国同构的话语体系中,商人以商业承担家族使命,甚至以商济世、以实业救国,正是传统价值中所推崇的"大儒"价值和精神的体现。作者将商人的经商求利行为放置到家庭、家族乃至国家的背景中加以展开叙述,成功地化解了商业、商人和社会之间的紧张关系,使商业活动和商人行为获得了空前的价值和施展领地。

现代社会结构的新变化,带来了小说创作传统结构类型的新变。相对于传统单一的社会结构,现代社会结构则表现得复杂多元。它的一个重要表征,就是政治组织、经济组织、社团组织以及协会等各种社会中介组织的存在,它们是家与国之间沟通的桥梁和纽带,现代社会整合的方式和渠道也由于它们的作用而趋于多元。它们虽然没有在整体上瓦解家国同构的社会模式,但社会整合渠道的多样化,还是使政治权威的渗透和影响不再如此直接和集中地作用于家庭和个人,从而分散了单个家庭和个人的负荷。由之而产生的结果,便是个人意志的极大释放和张扬,个人行为具有了多种价值依据和理解途径。

① 舒敏华:《"家国同构"观念的形成、实质及其影响》,《北华大学学报》2003 年第 2 期。

而且,随着中国市场经济的进一步发展,个人的经商求富行为已获得了极大认同,成为"天经地义"的事情,商业和商人也日益成为人们茶余饭后不可绕开和缺少的话题,此时的言商道商就无须再"犹抱琵琶",遮遮掩掩。只不过在传统意识形态话语削弱、多种话语共存共鸣的局面下,商业文学更多地向表现光怪陆离的商业都市和商业现象转变,向在对财富的极度追求中情感的漂泊无依和人性异化后的支离破碎转变。这种转变,一方面是对社会发展状态的艺术化反映和呈现,另一方面也是在去中心、去深度的后现代社会创作者的一种叙事选择。在这种看似趋于平面化的叙事中,或深或浅地表达着作者对现实的思考和价值判断。

三、因果报应模式

因果报应思想在中国古代早已有之,其深刻的伦理性广泛地影响着人们的言行,并渗透到文学创作的运思和结构当中。小说因与义利伦理有着密切的关联,因此,因果报应的结构类型也在创作中大量存在。

"因果报应"思想是佛教的基本理论。在我国,因果报应思想不仅仅出自佛教,而是早已深埋在儒家传统观念之中。早在先秦时期,《尚书·汤诰》中就有"天道福善祸淫"①的说法;《左传》中也有"天祚明德""神福仁而祸淫""长恶不悛,从自及也""圣人有明德者,若不当世,其后必有达人""多行不义必自毙"等众多因果报应的思想。《荀子·劝学篇》中有"荣辱之来,必象其德"的说法,即认为荣耀和屈辱的到来,一定同一个人的思想品德有对应的关系。《周易》中也有"积善之家,必有余庆;积不善之家,必有余殃"②之说。《韩非子·安危》言:"祸福随善恶。"③《墨子·公孟》中言:"以鬼神为明,能为

---

① 孔颖达:《尚书正义》,李学勤主编:《十三经注疏(标点本)》,北京大学出版社 1999 年版,第 200 页。

② 孔颖达:《周易正义》,李学勤主编:《十三经注疏(标点本)》,北京大学出版社 1999 年版,第 31 页。

③ 梁启雄:《韩子浅解》,中华书局 1960 年版,第 21 页。

祸福。为善者赏之，为不善者罚之。"①自东汉佛教传入以后，它的"三世"因果报应的观念——前世、今世和来世，与中国传统的善恶果报观念交织融汇在一起，中土百姓很快便接受了这种外来的观念。高僧慧远作《三报论》《明报应论》等文，糅合我国原有的与神明不灭、因果报应相类似的思想，系统完整地介绍与阐发了佛教因果报应理论，个人行为的善恶被他视为主宰因果报应的力量，主观自身被当作造成人生苦难的原因，他认为：

> 经说业有三报：一曰现报，二曰生报，三曰后报。现报者，善恶始于此身，即此身受。生报者，来生便受。后报者，或经二生、百生千生，然后乃受。②

到两晋时，佛教的因果报应观念已经"被中国文人知识阶层较广泛的接受"③。到唐代时，传入中国的佛学已获得了五六百年的发展，不仅民众广泛采纳了它的理论和人生观，而且统治阶级也大力推崇佛教、弘传佛教，以期实现"儒以治外，佛以治内"。唐高祖至武则天等唐朝历代帝王均笃信佛法④，一时间，佛教广受推崇，出现了"街东街西讲佛经，撞钟吹螺闹宫廷；广张罪福资诱胁，听众狎恰排浮萍"⑤这样盛极一时的状况。可以说，魏晋以降的封建士大夫希望借助佛教和儒学的融合，构筑一种新的思想理论以缓和社会矛盾，重建社会秩序，及至明代，这种佛、道、儒整合后的思想得到进一步强化并流行，产生了广泛深远的影响。有研究者指出，"'因果报应论'作为佛教的根本理论和要旨，由于它触及了人们的神经和灵魂，具有强烈的威慑作用和鲜明的导向作用，在取得社会从上至下的信仰方面，其作用之巨大，实是佛教其他任何

---

① 吴毓江：《新编诸子集成·墨子校注》（下），孙启治点校，中华书局1993年版，第707页。
② 石峻等：《中国佛教思想资料汇编》，中华书局1981年版，第88页。
③ 孙昌武：《佛教与中国文学》，上海人民出版社1988年版，第60页。
④ 蒋维乔：《中国佛教史》，上海古籍出版社2004年版，第119—125页。
⑤ 韩愈：《韩昌黎诗系年集释（卷十一）·华山女》，上海古籍出版社1984年版，第1093页。

理论所不能比拟的"①。

毋庸置疑的是,佛教对我国文学产生了十分深远的影响。对此影响,陈寅恪先生曾这样说道:

> 寅恪尝谓外来之故事名词,比附于本国人物事实,有似通天老狐,醉则见尾……夫《三国志》之成书,上距佛教人中土之时,犹不甚久,而印度神话传播已如是之广,社会所受之影响已若是之深……②

综合而言,佛教对我国文学产生了多方面的影响,主要有二:一是为文学的创作提供故事来源。张世君曾认为:"中国神话缺少故事性,它在空间的维度里,呈现给读者一幅幅图案和画面,具有一种非叙述性的'看图说话'的特点。"③佛教传入后,故事性明显增强。二是在增强故事性的同时,对作家的艺术构思形成了启发。刘熙载指出:"文章蹊径好尚,自《庄》《列》出而一变,佛书入中国又一变。"④其集中的体现,是宣扬因果报应思想的佛教小说大量涌现。鲁迅先生曾对此有所总结:"还有一种助六朝人志怪思想发达的,便是印度思想之输入。因为晋、宋、齐、梁四朝,佛教大行,当时所译的佛经很多,而同时鬼神奇异之谈也杂出,所以当时中印两国底鬼怪到小说里,使它更加发达起来。"⑤

当然,值得注意的是,佛经在影响文学的艺术构思并为之提供故事来源时,鲜明的因果逻辑特征是始终蕴含其中的。由因说果、有果及因的叙事方式在佛经文学中被大量采用,这种因果叙事模式对中国文人产生着潜移默化的影响,他们开始自觉地将其贯注于小说创作之中,使小说从"丛残小语"式的

---

① 方立天:《中国佛教的因果报应论》,杨曾文:《佛教与历史文化》,宗教文化出版社2001年版,第57页。
② 陈寅恪:《三国志曹冲华佗与佛教故事》,《寒柳堂集》,上海古籍出版社1980年版,第161页。
③ 张世君:《中西文学叙事概念比较》,《西南师范大学学报(人文社会科学版)》2004年第3期。
④ 刘熙载:《艺概》,上海古籍出版社1978年版,第9页。
⑤ 鲁迅:《中国小说史略》,人民文学出版社1973年版,第308页。

笔记故事,逐渐向情节完整的真正小说发展。

在中国古代的创作思想和作品中,也不乏关于因果报应思想方面的精辟论述和实际运用,从较早的《左传·宣公十五年》所述的"结草"之事和《后汉书·杨震传》的"衔环"故事,到六朝志怪中的《阮瞻遇鬼》《赵泰》《孙皓》……以及后来的唐传奇、宋元话本小说和长篇章回小说,都不难找到因果报应思想的影响。即使是在《红楼梦》中,人们也不难发现绛珠仙子对神瑛侍者的还泪果报之事。当然,中国古代小说中的因果报应,与佛教果报论关注因果之外的涅槃世界不同,它更关注的是"果",即善因得善果、恶因得恶果,因而体现出很强的伦理色彩。

商业活动在中国古代漫长的历史时期里都与义利关系捆绑在一起,因此体现出很强的伦理性,商人经商求利行为所产生的不同结果,也很容易在因果报应的逻辑中找到解释。而事实上,在现实生活中,商人的佛教信仰与其义举之间是存在着紧密关联的。① 佛教一经产生,便与商人结下了不解之缘。对此,季羡林先生有过具体的阐释:

> 释迦牟尼虽然出身于刹帝利种姓,而且有时候以此自傲,但是他和他的继承者和僧伽所代表的却是商人和农民吠舍的利益。商人与佛教互相依赖,互相影响,商人靠佛教发财,佛教靠商人传布,二者的关系有点像狼与狈,都是为了适应当时的社会生产力的发展而产生而发展的。②

因资料的局限,季羡林先生的观点针对的主要是印度佛教与商人之间的紧密关联,与之相比,他认为中国的情况就是完全不同的,"在中国,佛教与商人风马牛不相及。因此,要谈中国古代商人与佛教的关系,实在无从谈起,因

---

① 张三夕、张世敏:《明代商人的佛教信仰与义举的关系——兼论商人碑传文的真实性》,《江汉论坛》2013 年第 6 期。

② 季羡林:《商人与佛教》,《季羡林自选集》,首都师范大学出版社 2009 年版,第 499 页。

为二者根本没有关联"①。

后来不断发掘出的资料显示,其实在魏晋南北朝时,传入中国的佛教就与商人发生了密切关联。"魏晋南北朝时期,活跃在丝路上的商人,不少都是佛教的信众,而中土商人在丝路商人中亦占一定的比例,因此,往来于丝路的中土商人中不少应是佛教的信徒。"②还有几篇论文,如郭文丽的《佛教伦理与明清以来江南工商文化精神》、赵毅等人的《传统文化与明清商人的经营之道》、李珍的《论儒释道对徽商的影响》等,都对明清时期佛教影响商人经营进行了讨论,探析了二者之间的紧密关系,但都缺少直接证据来对此予以确证。

汪道昆的《太函集》中《汪处士传》一文,描述了汪处士的善行:

> 处士尝梦三羽人就舍,旦日得绘,事与梦符,则以为神,事之谨。其后,几中他人毒,赖覆毒乃免灾! 尝出丹阳,车人将不利处士,诒失道。既而遇一老父乃觉之,处士自谓幸保余年,莫非神助,乃就狮子山建三元庙,费数千金。③

在此段中,作者描绘了一个虔诚的佛教徒形象——为修寺庙不惜数千金之花费,还点明了汪处士信佛的原因——"自谓幸保余年,莫非神助",而这也正可视为中国古人信奉佛教最重要的原因所在。

在郑若庸的《蛣蜣集》之《胡叔吉小传》中,商人胡叔吉"居常敬奉缁黄二典,晨夜持诵",从中可知他应该是佛、道二教的信徒。篇中也记载了他"或葺治祠宇,圮途废梁,则不惜倾囊"的义行,而他自己评价此种做法为"非以徼福田利益也",也与佛教的思维及表达方式恰相吻合,使人们真切地感受到他受佛教思想影响之深刻。④

当然,佛教并不是单独地对商人产生影响的,因为中国古代自唐起,便呈

---

① 季羡林:《商人与佛教》,《季羡林自选集》,首都师范大学出版社 2009 年版,第 502 页。
② 姚潇鸫:《试述魏晋南北朝时期中土商人的佛教信仰》,《史林》2011 年第 2 期。
③ 汪道昆:《太函集》,上海古籍出版社 1995 年版,第 129 页。
④ 郑若庸:《蛣蜣集》卷 5,齐鲁书社 1997 年版,第 649 页。

现儒、释、道三教的合流,三教可能同时成为某一个人的信仰,对其言行产生影响。如果三教并发性地产生影响,探讨何者在商人心中的地位更高,就有所必要。吕楠在《湖山处士胡伯行墓志铭》中的记载,为我们提供了一些线索,作者对胡伯行有这般记述:"配许氏,生子三。曰佛宝,曰道宝,皆夭死。曰儒宝,尚幼。"①意思是胡伯行为三个儿子取名,大的叫佛宝,二子称道宝,第三个则唤作儒宝,从这里面,我们或可说胡伯行排出了心中释、道、儒的顺序。但这仅为一证,不具有推而广之的普泛性。倒是汪道昆为商人李仲良写的墓志铭(见《太函集》),对当时普遍的情形能够较好地加以说明:

> 泰茅氏曰:自道术裂而为三,儒者绌,佛氏滋甚。夫儒服先王之教,日操功令以徇齐民,然而向者十三,倍者十七。西域去中国踔远,言语谣俗不通,东渡以来,靡然顾化。其间长者子出,率以信心、直心、深心而得菩提心。

从中完全能够看出佛教在当时盛行的状况,包括商人在内的各个阶层都将佛教作为最主要的信仰来推崇。

那么,商人信仰佛教与其开展善行和义举之间,是否存在着必然的联系呢?从明代大量碑文的记载可以看出,两者之间的关联确实存在。一方面,那些能确定传主信奉佛教的,就都有其行义的记录。比如前文提到的信奉佛教的汪处士多行义举:

> 处士善施予,务赈人之穷,举宗或不能丧,则置封域、予葬地;不能举火,则置田予之租。出入遇僵尸,则属佣人瘗之,予之值。……吴会洞泾桥坏,费百缗新之。归则碣田、由溪各为桥,处士皆出百缗以倡义举。②

信奉佛教的商人程次公也有善行义举的记录:"然其为术,好修而附仁义,抑亦有足多者,闻其事父孝,与兄弟悌,其纤啬锥刀之末,虽不能与世之贾

① 吕楠:《泾野先生文集》,上海古籍出版社1995年版,第237页。
② 汪道昆:《太函集》,上海古籍出版社1995年版,第421页。

者异,而赈贫窭,周丧葬,缮津梁,修道路,出子母钱贷人而不以责。浮屠老氏之宫或颓废,数解囊中装以佐之。虽累千金不以靳。"[1]

在显示信佛与善行义举之间关系方面更有说服力的,是汪道昆在《明故处士李仲良墓志铭》中,对商人李仲良信佛前后变化的记载:

> 仲良自言,故以窭人子起贾竖中,不得比一逢掖,幸而丧葬婚嫁毕矣,宁能撋撋然为奴虏哉。开士喜公,得南宗东游建业。仲良一见,执弟子礼,就舍旁建精舍居之。师曰:"吾不示汝直指正宗,第于弹指间可超无学。"仲良大悟,遂专事西方,既从通公受净土文,日茹清斋持佛号。时或掩关趺坐常。岁侵,都民有殍,穷冬率就瓦官寺开讲百日,日饭饿者数百人。季年益乐檀施梁津,除道不倦于勤。[2]

从记载中可知,李仲良在信佛之前未见有善行义举,而在信佛之后则积极行善与推行仁义之举,很好地表明了善行义举与佛教信仰之间所具有的直接的关系。

在上一个层面的基础上进一步发掘,可以发现,不仅商人传主信奉佛教,便都有善行义举的记录,而且这些善行义举与佛经中所提倡的善行义举的吻合度很高。概括而言,大致可将上述商人碑传文所载的善行义举归纳为几类:兴修水利、赈贫饭饥、除道梁津、修建寺庙、施药救人、棺殓尸殍等。这些实实在在的做法,基本上与《佛说诸德福田经》中的"七法广施福田"相一致,"七法"即:"一者兴立佛图,僧房堂阁;二者园果浴池,树木清凉;三者常施医药,疗救众病;四者作牢坚船,济渡人民;五者安设桥梁,过渡羸弱;六者近道作井,渴乏得饮;七者造做圊厕,施便利处。"虽然"赈贫饭饥"并没有被列为"七法"之一,却是佛教所提倡的一种基本的义举,"饥者食之,渴者饮之,寒衣热凉"便是"六度集经"所要求佛教信徒做到的。如此,商人义举与佛教信仰之间的必然联系,就通过两者的吻合度得到了更进一步的证明。

---

① 茅坤:《茅鹿门先生文集》,上海古籍出版社 1998 年版,第 682 页。
② 汪道昆:《太函集》,上海古籍出版社 1995 年版,第 129 页。

中国古代小说正是依循着这种逻辑进行叙事架构,使得为数众多的小说都呈现出道德伦理意图和劝诫色彩。大体来说,中国古代小说中因果报应思想的运用,呈现出鲜明的诫贪、劝善的叙事意图。其中,诫贪主要分为诫贪财和诫贪色两个方面,劝善又主要分为重情义、讲诚信两个方面。在诫贪财方面,传统文化中对"利"的否定,在小说中大多从对商贾贪婪、奸诈等低劣品行的揭露和抨击中表现出来,小说中那些商贾若非乐善好施、舍利求义,终难免于人财两空的悲惨结局。王毂以因果报应的思想来建构商人童安玕的故事,在作品《报应录·童安玕》中,童安玕在贫穷时找人借钱做生意,发财之后却赖账不还,并毒誓自己若真欠账不还,愿"死作一白牛",王毂在小说结尾让他果真得了上天的报应。在《稽神录·刘处士》中,作者徐铉让赖账的"市中人"没有好下场,被"逼使吹火,气殆不续"。在《玉堂闲话·刘钥匙》中,作者王仁裕让放债贪利的商人刘钥匙遭受报应,变成了牛犊。

在诫贪色方面,元代小说《错认尸》描写商人乔彦杰好色贪淫,作者以因果报应思想为情节结构的基础,让乔彦杰为自己放纵的色欲付出了一家人生命的代价。明代小说《幻影》第二十一回《夫妻还假合　朋友却真缘》,描写商人李良雨外出经商,因嫖妓得了性病,烂去阳物,被阎王改作女身;第二十六回《院里花空忆　湖头计更奸》,描写吴姓盐商为人悭吝,又极为好色,在他乡觊觎他人妻子王二娘的美色,被光棍趁机骗去七十两银子。这些作品以商人行为的典型代表性,表现出放纵的人欲对家庭和伦理的破坏性,"若论破国亡家者,尽是贪花恋色人",这种人因欲亡、家因欲破的警醒是十分沉重和有力的。

当然,那些向善仁厚、积德积善的商贾,作者则多写他们得到上天眷顾和青睐。如在作品《河东记·龚播》中,写商人龚播于人急难时舍身相救,作者薛渔思便让他意外得到宝物,进而生意大富,成为一方巨贾。《稽神录·沽酒王氏》中,作者徐铉让以德为商的酒家免遭于火灾;《报应录·熊慎》中,商人熊慎之父以慈悲为怀而不贪求于利,小说作者让他意外地得黄金数斤。"三言""二拍"中的裴度本来命该饿死、施润泽因本钱少而一筹莫展、吕大郎为寻儿子四处经商,这些人的生存之路本来十分艰难,但作者让这些人的人生道路在他们将拾到的钱财交还失主后,发生了巨大转变:裴度最终出将入相;施润泽年年养蚕而发财致富,并幸免于两次杀身之祸,甚至掘得大量窖银而富甲一方;吕大郎也得以找到了儿子。作者运用因果报应的结构类型和俚俗而发人深省的故事,表达了"君子爱财,取之有道"和"不义之财不可取"的伦理劝诫,并告诫商人理性地对待财色所引发的各种欲望。

如何对待"欲"与"道"这一矛盾对立的关系,是儒家思想的关注重点之一。儒家思想的代表人物孔子认为:"富与贵,是人之所欲也,不以其道得之,不处也。贫与贱,是人之所恶也,不以其道去之,不处也。""不义而富且贵,于我如浮云。"他所肯定的"欲"是合乎"道"之欲,表现出以道制欲的倾向。随后孟子对待"欲"的态度也是"以道节欲",即以道德规范作为标尺来判断可欲与不可欲,"可欲之为善",在此基础上,"无为其所不为,无欲其所不欲"。孔孟的这种态度和标准成为中国古代处理"道""欲"关系的基本思想。中国古代小说所呈现出来的这种浓厚的劝诫意味,与儒家以道制欲、以道节欲和倡导仁义道德的意识形态是相吻合的,换个角度说,作者在创作过程中通过因果报应结构类型的运用,使商业活动本身传达出社会主流意识所乐于接受的思想内涵,在使商业文学获得合理性空间的同时,也发挥着独特的审美和教育功能。

在"农商关系"和"义利关系"所构成的社会张力关系中,小说创作的结构类型耐人寻味,它所表现出来的社会和文化内涵丰富多彩,需要更进一步地深入发掘。

第二章　宋代商业经济发展
与文学转向

　　宋代是中国古代社会的大变革时期。有学者认为在整个中国封建社会，两宋时期物质文明和精神文明达到的高度都可说是空前绝后的[①]；不仅如此，宋代也远比过去扩大了文化区域，深化了文化层次[②]。钱穆先生指出："论中国古今社会之变，最要在宋代。宋以前，大体可称为古代中国，宋以后，乃为后代中国……就宋代而言之，政治经济、社会人生，较之前代莫不有变。"[③]可以说宋代是一个承上启下的新阶段，处于重要的历史转折点。

　　经济繁荣和文化昌盛可说是宋代文明的标志。费正清先生认为："从七世纪到十二世纪，唐宋两朝蓬勃兴起的中国文明，似乎超过欧洲是毫无疑问的。"[④]陈寅恪先生也指出："华夏民族之文化，历数千载之演进，造极于赵宋之世。"[⑤]甚至有很多学者认为宋代即迈入了现代社会："公元960年宋代兴起，中国好像进入了现代……行政之重点从传统之抽象原则到脚踏实地，从重农政策到留意商业，从一种被动的形势到争取主动，如是给赵宋王朝产生了一种

---

①　邓广铭：《谈谈有关宋史研究的几个问题》，《社会科学战线》1986年第2期。
②　徐吉军：《中国古代文化造极于宋代论》，《河北学刊》1990年第4期。
③　钱穆：《理学与艺术》，《宋史研究集》第七辑，台湾中华书局1974年版，第2页。
④　费正清：《伟大的中国革命》，世界知识出版社2001年版，第9—10页。
⑤　陈寅恪：《金明馆丛稿二编》，生活·读书·新知三联书店2011年版，第227页。

新观感。"①在商业经济繁荣的背景下,市民文艺兴起,文学出现了鲜明转向,俗文学创作呈现出百花齐放的景象,社会各阶层包括宫廷中的御用文人、文人士大夫,乃至下层市民,都纷纷加入到俗文学的创作之中,形成了一股蔚为壮观的参与力量。

第一节　众趋"本业":"全民经商"热潮

宋代商业经济达到了中国古代的一个高峰。伴随着人口增长和城市扩大,商业经济发展所需要的消费群体和市场也得以扩大,商品交换日益频繁,商业资本扩大,产生了世界上最早的纸币。此外,造船技术的进步和罗盘的使用,也使宋代的海外贸易变得日趋繁荣,雇佣劳动、包买商惯例、商业信用等新生事物不断出现。知识分子中"重商"的思想增多,社会出现"全民经商"的热潮。

一、"市列珠玑,户盈罗绮,竞豪奢"——商业繁荣发展的表现

一是商品性农业快速成长。种植业逐渐成为商品,市场上商品种类很多,茶叶、丝、麻、粮食、蔬菜、水果等农副产品,手工业制造品以及生产工具等,都成为商品投放市场。

二是商品构成和商业性质发生转变。粮食、布匹等生活资料和土地、耕牛、煤炭等生产资料,越来越多地进入流通领域。商人由主要贩运奢侈品和土特产并为社会上层服务,开始越来越多地为黎民百姓的生产和生活服务。

三是都市化进程不断加速。城市人口规模攀升,北宋 10 万户以上的大城市,相比唐代已由 13 个猛增至 40 多个,崇宁年间已经达到 50 多个。② 有学

---

① 黄仁宇:《中国大历史》,生活·读书·新知三联书店 1997 年版,第 128 页。
② 朱瑞熙:《宋代社会研究》,中州书画社 1983 年版,第 14 页。

者认为北宋后期的人口已达 1 亿①，有的则认为并不止这个数："宣和六年约有 2340 万户 12600 万人。"②城市中出现了许多专卖市场，且形成了良好的规模效应。如汴京（今河南开封）、临安（今浙江杭州）、苏州、扬州、鄂州、成都等，逐步成长为区域经济中心，开始辐射全国，此外出现了浙东金华等纺织城镇，徐州附近的利国监等冶金城镇，江西景德镇等陶瓷城镇等著名的工商业城市。

四是草市镇勃兴，地方性市场初步形成。以草市—镇市—区域经济中心为三级构成的地方性市场开始形成，数量远超前代。到神宗熙宁九年（1076），全国共有草市 27607 处。③ 而且部分草市和墟市由于商品交换发达，开始向固定的市镇转化。如到南宋末年，上海从小渔业草市发展成为"华亭东北一巨镇"④。

五是海外贸易大幅拓展。六十多个国家和地区与宋朝建立起外贸联系，其规模和贸易范围之大是汉唐陆上中西交通所无法比拟的。海外贸易占GDP 的比重在中国封建历史上堪称空前绝后，达到了 15%—20%⑤。

六是纸币和货币化的白银出现。世界上最早的纸币"交子"即在宋代出现，不久后，流通领域也出现了以白银为代表的贵重金属称量货币，如此，在过渡性货币体系中，形成了铜钱、铁钱、楮币、银两并行的格局。

七是数万纺织机户的涌现和包买商形成。据估计，北宋各路机户数量可观，约达 10 万户⑥。这些机户多数分布在乡村生产，少数分布在城市，由于交通不便，因此需要中间人将产品集中起来运到市场上去，于是出现了包买商。

八是租赁行业获得较大发展。"凡合用之物，一切赁至，不劳余力，虽广

①　葛剑雄：《宋代人口新证》，《历史研究》1993 年第 6 期。
②　吴松弟：《中国人口史》第 3 卷，复旦大学出版社 2000 年版，第 352 页。
③　傅宗文：《宋代草市镇研究》，福建人民出版社 1991 年版，第 84 页。
④　唐锦：《弘治上海志》卷 1，上海书店 1992 年版，第 36 页。
⑤　王伟超：《从城市商业生活观宋代商品经济发展》，《乐山师范学院学报》2011 年第 4 期。
⑥　郭正忠：《宋代包买商人的考察》，《江淮论坛》1985 年第 2 期。

席盛设,亦可咄嗟办也。"从中可以看出租赁业的发达,这从一个侧面也表明了城市商业的繁荣。

九是坊市合一及夜市早市日趋繁荣。宋太宗时期,东京开封出现了侵街现象,随后临街摆摊、坊中开铺的情况愈演愈烈,屡禁不绝。至宋仁宗时,他下令允许居民临街开设邸店,如此,住宅和店肆混合的坊市合一形式得以大范围形成,打破了商品交易地域的限制。此外,时间的限制也被突破,夜市和早市出现并日趋兴盛,它除了意味着宋代商品经济出现了空前的繁荣,也意味着已经出现了近代城市的雏形。[1]

十是消费业、服务业和娱乐业等走向兴盛。这些行业都带有商品化色彩。其中一个突出的表现是娼妓业的发达,整个两宋时期,妓馆林立于各地。如《东京梦华录》记载,开封城那些大酒店都充斥着妓女,"酒店门首,皆缚彩楼欢门……浓妆妓女数百,聚于主廊槽面上,以待酒客呼唤,望之宛若神仙"[2]。娼妓业的发达,也客观地刺激和带动了娱乐、饮食、文化等市场的畸形发展,变得十分繁荣。在繁华的都市乃至农村市镇,随处可见酒楼密布,茶坊林立,瓦舍勾栏也遍地开花。瓦舍"融赏、饮、赌、嫖、玩等感官享乐为一体,集视、听、味、嗅、触生理快感于一身,获得全方位的娱乐与满足"[3]。

从以上概述中可知,宋代商业经济的发展是全方位的,这种发展对人们的思想观念产生了直接影响。

二、"皆百姓之本业"——观念上的"重商"思想

宋代士人对商业和商贾的看法逐步有了改变,他们中有的不再鄙视商业,甚至为商业和商贾摇旗呐喊。一是肯定农商皆利,四业都很重要,不可偏废。

① 郭学信、张素英:《宋代商品经济发展特征及原因析论》,《聊城大学学报》2006年第5期。
② 孟元老撰,邓之诚注:《东京梦华录·卷二·酒楼》,中华书局1982年版,第71页。
③ 吴晟:《瓦舍文化与宋元戏剧》,中国社会科学出版社2001年版,第60页。

叶梦得说：

> 治生不同：出作入息，农之治生也；居肆成事，工之治生也；贸迁
> 有无，商之治生也；膏油继晷，士之治生也。①

很显然，他把士农工商都看作人们治生的职业，而且四者都是正当的，只是分工的不同。司马光也有类似的观点，认为：

> 夫农、工、商贾者，财之所自来也。农尽力则田善收而谷有余矣；
> 工尽巧则器斯坚而用有余矣；商贾流通则有无交而货有余矣。②

他将农工商都视为财富的来源，认为三者有创造财富方式的不同，但并无轻重先后之分。陈亮也认为"官民一家也，农商一事也"③。苏轼也说：农力耕而食，工作器而用，商贾资焉而通之于天下。④ 认为它们都从事着生产和流通，都是"养民"的行为，既然如此也就没有等级之别、轻重之分。为此，他主张撤销"困商之政"，对民间工商业进行保护，以实现农商皆利。陈耆卿更明确地指出，士农工商"皆百姓之本业"，四民各有侧重，各自发挥着重要作用：

> 古有四民，曰士、曰农、曰工、曰商。士勤于学业，则可以取爵禄；
> 农勤于田亩，则可以聚稼穑；工勤于技巧，则可以易衣食；商勤于贸
> 易，则可以积财货。此四者皆百姓之本业。自生民以来，未有能易之
> 者也。⑤

此种思想的出现并得到认可，一定程度上反映出人们思想观念和价值取向的转变。

---

① 林文勋、杨华星：《也谈中国封建社会商品经济发展的特点》，《思想战线》2000 年第6 期。

② 司马光：《司马光集·卷二三·论财利疏》，四川大学出版社 2010 年版，第 616 页。

③ 陈亮：《陈亮集》，中华书局 1974 年版，第 140 页。

④ 苏轼：《苏东坡全集》，北京燕山出版社 2009 年版，第 1124 页。

⑤ 包伟民：《宋代民匠差雇制度述略》，《传统国家与社会 960—1279》，商务印书馆 2009 年版，第 166—209 页。

二是反对抑商、贱商,怀疑和否定本末轻重学说。包括欧阳修、叶适在内的一批激进的思想家,公开地批判和否定"农本工商末"的观念和做法。欧阳修对本末轻重学说进行了怀疑和否定,他指出:治国如治身,四民犹四体,奈何窒其一,无异刖厥趾。工作而商行,本末相表里。认为本和末是互为表里的,缺一不可的,而且"四民"之间相互作用,断不可抑制工商业的发展,那样做与自窒身体并无二异,为此他强烈主张"使商贾有利而通行"①。叶适认为,"夫四民交致其用,而后治化兴,抑末厚本,非正论也"②,旗帜鲜明地指出重本抑末的教条是不可行的,认为应该一视同仁地对待农与商,不应该形成高下之分。

三是主张给予工商业者入仕权,使其实现真正等同。南宋黄震认为士、农、工、商是"国家四民",其从事的职业虽有不同,但四民"同是一等齐民",这实际上是将商人看作齐民,与社会其他阶层尤其是士人都是平等的,没有差别。如此一来,政府也就不能规定工商子弟不得"仕宦为吏",这样的政策实施起来也是没有道理的。叶适就说:

> 四民古今未有不以世,至于蒸进髦士,则古人盖日无类,虽工商
> 不敢绝也。③

对不允许工商子弟入仕的旧有规定进行了无情的否定。上述这些观念和思想的出现,标志着人们尤其是士大夫开始摆脱封建主流意识形态的钳制,给予商业和商贾以肯定和支持,从某种层面来说,这是伴随着商业经济前所未有的发展出现的一股新的社会思潮,其影响力不容忽视。

正是受这股思潮的影响,主张发展商业的思想主张也不断涌现。宋神宗就曾下诏说:"政事之先,理财为急。"④统治阶层观念的转变,其效力是巨大

---

① 欧阳修著,洪本健校笺:《欧阳修诗文集校笺》(上),上海古籍出版社 2009 年版,第198 页。

② 叶适:《习学记言序目·卷一九·史记》,中华书局 1977 年版,第 273 页。

③ 叶适:《习学记言序目·卷一二·国语》,中华书局 1977 年版,第 167 页。

④ 《宋史·货食志》卷一八六,中华书局 1977 年版,第 4549 页。

的,商品经济在这种转变中获得了新的推动力。李觏指出,"今日之宜,亦莫如一切通商,官勿买卖,听其自为"①,让商贾可以自由往来。

统治阶级在制度层面也给予地位不断提升的商贾以实实在在的支持和保障,惠商、恤商等保护商业发展的措施得以实施。《续资治通鉴长编》中出现了"壬子,令京城夜漏未及三鼓,不得禁止行人"的记载,《宋会要辑稿》也记载神宗熙宁年间,废除了唐代城市中鸣鼓禁行的旧习,"六月十六日诏在京旧城诸门,并汴河岸角门,并令三更一点闭,一更一点开"②。"一切弛放,任令通商。"宋太祖建隆元年,"诏诸州勿得苛留行旅赍装,除货币当输算外,不得辄发箧搜索"③。宋太宗淳化四年,"禁两京诸州不得挟持搜索,以求所算之物"④。另外,前朝在商品流通方面设置的种种障碍几乎都被打破。

可以说,在宋朝,"用来标明商人在政治、经济和社会生活上特殊身份的限制政策都没有了,'四民皆本'逐步成为基本的社会观念"⑤。受这一变化和观念的影响,社会上普遍兴起了一股与商人共利的思想,以经商谋取财富的认识不断加强,参与经商活动的人因此大幅增加,商人的地位也便相应地有了明显提高。清人沈垚记载说:

> 宋太祖乃尽收天下之利权归于官,于是士大夫始必兼农桑之业,方得赡家,一切与古异矣。仕者既与小民争利,未仕者又必先有农桑之业方得给朝夕,以专事进取,于是货殖之事益急,商贾之势益重。非父兄先营事业于前,子弟即无由读书以致身通显。是故古者四民分,后世四民不分。古者士之子恒为士,后世商之子方能为士,此宋、

---

① 《李觏集·富国策第十》卷16,中华书局1981年版,第149页。
② 袁书会:《商业化与宋代说话艺术的繁兴》,《西藏民族学院学报》2003年第5期。
③ 《文献通考》卷14,中华书局1986年版,第1485页。
④ 徐松:《宋会要辑稿·食货》,中华书局1987年版,第2154页。
⑤ 黄纯艳:《经济制度变迁与唐宋变革》,《文史哲》2005年第1期。

元、明以来变迁之大较也。①

这已鲜明地体现出商人境况的改观，也体现出前所未有的显著变化在中国传统"四民"社会结构中发生。士商之间的融合，可以看作是宋代开始商人地位全面提升的一个标志，它是宋代思想观念变迁的突出表现，其影响和意义十分深远。

三、"弃南亩而趋九市"——"全民经商"热潮的兴起

宋代，"货殖之事益急，商贾之势益重"，伴随着商品经济发展，经济利益的驱动日益增强，社会各阶层不再以经商为耻，纷纷冲破"农本工商末"观念的束缚，开始经营商业，"全民经商"的社会浪潮奔涌。它已"不再指单一的专职商人，而且，'全民经商'中的'民'不再是狭义上的下层民众或被统治阶级，而是包含了相当的上层社会的人群或说统治集团的成员"②。

一是工商业活动中频繁出现官僚士人的身影，呈现出天下官吏"专以商贩为急务"③的样态。儒士们"狃于厚利，或以贩盐为事"④，"口谈道义，而身为沽贩"⑤，也出现了赴京赶考之际"引商货押船，致留滞关津"⑥的现象。宋朝为数众多的官员投入经商之中。王安石《临川文集》（卷三九）中对官员经商的情况进行了总结："官大者往往交赂遗，营资产，以负贪污之毁；官小者贩鬻乞丐，无所不为。"堪称一幅百官营利图。

宋代士卒经商的记载也很多。如太宗雍熙四年，"闻西路所发系官竹木，

①　沈垚：《落帆楼文集·卷二四·费席山先生七十双岁寿序》，《续修四库全书》第 1525 册，上海古籍出版社 2002 年版，第 669 页。

②　吴晓亮：《试论宋代"全民经商"及经商群体构成变化的历史价值》，《思想战线》2003 年第 2 期。

③　《宋史》卷 33，中华书局 1977 年版，第 2619 页。

④　《唐会要》卷 182，上海古籍出版社 1991 年版，第 3612 页。

⑤　司马光：《涑水纪闻》卷 9，中华书局 1989 年版，第 862 页。

⑥　《唐会要·选举志》，上海古籍出版社 1991 年版，第 3685 页。

缘路至京,多是押纲使臣、纲官、团头、水手通同偷卖竹木,交纳数少即妄称遗失"①。总的来看,军人越来越多地活跃在经商活动中,涉及的商业领域也越来越宽。

二是皇室成员和道士、尼姑、僧侣也加入到经商的队伍中来。如真宗年间,柴宗庆身为驸马都尉涉足经商,家僮被派遣从事相关活动,"自外州市炭入京,所过免算,至则尽鬻以取利,复市于杂买务"。仁宗朝"诸王邸多殖产市井,日取其资"。南宋时期皇室成员经商变得更加普遍,"逐什百之利,为懋迁之计,与商贾皂隶为伍"②。除了皇室成员,僧侣、道士和尼姑也纷纷加入。北宋东京大相国寺为例,"每遇斋会,凡饮食茶果、动使器皿"都计算价格,"虽三五百分,莫不咄嗟而辨"。③"广南风俗,市井坐估,多僧人为之,率皆致富",以致"妇女多嫁于僧"。④

当然,除了这些原本不曾或极少参与经商的人,广大平民百姓更是不可忽视的经商群体。"贱稼穑,贵游食,皆欲货末耕而买舟车,弃南亩而趋九市,贾区伙于白社,力田鲜于驵侩"⑤几乎成为社会的风气。范浚对江浙一带的经商情况有过这样的记载:

> 今世积居润室者,所不足非财也,而方命其子若孙倚市门,坐贾区,兆页取仰给,争锥刀之末,以滋贮储。有读一纸书,则夺取藏去,或擘裂以覆瓿,怒而曰:吾将使金柱斗,牛马以谷计,何物痴儿,败我家户事,顾欲作忍饥而翻故纸耶!⑥

治生营利成为人们考虑的第一等事,读书这一原本被看得很高的行为,一

① 徐松:《宋会要辑稿·食货》,中华书局1987年版,第2203页。
② 徐松:《宋会要辑稿·帝系》,中华书局1957年版,第1109页。
③ 孟元老撰,邓之诚注:《东京梦华录》,中华书局1982年版,第89页。
④ 庄季裕:《鸡肋篇》卷中,上海书店1982年版,第439页。
⑤ 郭学信、张素英:《宋代商品经济发展特征及原因析论》,《聊城大学学报》2006年第5期。
⑥ 蔡绦:《铁围山丛谈》,中华书局1983年版,第562页。

且妨碍治生营利,也成了摈弃的对象。两宋人们的精神风貌从中可见一斑。

宋代出现"全民经商"热潮的主要原因,一是自宋建立以来,确立了土地"田制不立""不抑兼并"的制度,使土地能够兼并和自由买卖,与此同时又将佃农划为国家的编户齐民,使农民不再是地主的"私属",人身自由前所未有地提高。二是官私手工业作坊中也普遍推行雇佣制度,工匠主和工匠的关系是雇佣与被雇佣的关系,松弛了人身束缚,提高了手工业者的生产积极性。三是宋代苛捐杂税名目繁多,为了缴纳赋税,农民兼营副业、弃农从商多少也是迫不得已的选择。南宋大臣李椿说:

> 今谷帛之税,多变而征钱,钱既非民之所自出,不得不逐一切之利以应官司所需。既逐一切之利,则不专于农桑。①

宋代商业发展和商人经商等的情况,也成为小说创作的重要内容得到展现。这在后文将有所阐述,由此也可以看出商业经济生活对小说创作的直接影响。

第二节　由雅向俗:市民文艺走向勃兴

在中国文化史上,由于受儒家审美教化论的长久影响,以及创作主体的上层化、贵族化,雅文化一直占据着文化主流的位置,而与之相对应,为民众所喜闻乐见的俗文化则遭受着长期的蔑视、压抑和剥夺。② 对于成熟的宋代人文艺术,王国维推崇有加:"宋代学术,方面最多,进步亦最著……天水一朝,人智之活动与文化之多方面,前之汉唐,后之元明皆所不逮也。近世学术多发端于宋人。"③作为一个"郁郁乎文哉"的文化时代,宋代的社会风气自有"崇儒尚雅"的一面,这鲜明地体现在理学、词、书画、诗等文化门类都表现出浓厚的

---

① 黄淮、杨士奇编:《历代名臣奏议·理财》卷271,上海古籍出版社1989年版,第99页。
② 赵士林:《心学与美学》,中国社会科学出版社1992年版,第180—183页。
③ 傅杰编校:《王国维论学集》,中国社会科学出版社1997年版,第201页。

文人气息,带有强烈的知识分子参与创作的典雅特征。此外,金石玩赏等文人士大夫的生活情趣也表现得十分突出,这与"四民"的等级秩序是密不可分的。

伴随着商业经济的繁荣发展,教育由贵族普及向平民,艺术由宫廷走向民间等,世俗化与平民化成为宋代文化的重要特征,市民阶层迅速崛起且成分复杂,市民的审美需求走向日常生活化和感官化。在宋代的创作群体中,习雅和尚俗均大有人在,以至出现了"少年妄谓东坡移诗律作长短句,十有八九,不学柳耆卿,则学曹元宠"①的局面。曹组和柳永分别作为雅俗文学的代表受到人们的追捧尊崇,表明雅俗并峙的格局已在文学领域形成。而且正因为越来越多的人加入俗文学的创作,宋代文学整体上是处于从雅向俗的转化发展,俗文化的地位获得了跃升,日益成为社会文化系统中的核心组成部分。

一、城市商业经济与文学生产之变

正如前文所述,宋代在商业经济发展的过程中,都市化程度不断提高,出现了一批商业繁荣的大城市,如杭州在南宋高宗建炎三年(1129)改称临安府,"辇毂驻跸,衣冠纷集,民物阜藩,尤非昔比",逐渐发展为全国的政治、经济、教育、文化中心,并在当时也算是世界的第一大都会。临安的繁华从时人吴自牧的描述可以充分领略:

> 大抵杭城是行都之处,万物所聚,诸行百市,自和宁门权子外至观桥下,无一家不买卖者,行分最多……最是官巷花作,所聚奇异飞禽走凤,七宝珠翠,首饰花朵,冠梳及锦绣罗帛,销金衣裙,描画领抹,极其工巧,前所罕有者悉皆有之。更有儿童戏耍物件,亦有上行之所,每日街市,不知货几何也。②

> 杭城之外,城南西东北各数十里,人烟生聚,民物阜蕃。市井坊

---

①　王灼:《碧鸡漫志》卷 2,中华书局 1986 年版,第 385 页。

②　吴自牧:《梦粱录》,中国商业出版社 1982 年版,第 61 页。

陌,铺席骈盛,数日经行不尽。各可比外路一州郡,足见杭城繁盛矣。①

作为市民的聚居地和各类文人的会集地,城市成为文学创作、生产和传播的重要阵地,对文学发展和转向产生了不可忽视的作用。这里主要以临安为例来管窥城市商业经济对文学生产的影响。

首先,文化消费群体大幅增加。江淮地区在宋金、宋蒙对立时期一直是主要交战地带,渡江避难成为人们在战乱时不得已的选择。此外,两浙、福建、江西等地人口自南宋中期开始倍增,由于土地缺少,迫于生计不得不向城市迁移。"切见临安府自累经兵火以后,户口所存,裁十二三,而西北人以驻跸之地,辐辏骈集,数倍土著,今之富室大贾,往往而是。"②"西北士夫,多在钱塘。"③"中朝人物,悉会于行在。"④这些文献都反映了临安成为人口密集都市的情况,这种状况也为文化消费群体的壮大奠定了基础。

其次,书坊、印刷、出版等行业迅猛发展。高宗绍兴十三年(1143)以岳飞故宅为址,成立太学,这是南宋的最高学府,在教育发展的助推下,科举也十分发达,会试期间全国各地会集临安的士人"不下万余人"。叶梦得指出:"吴下全盛时,衣冠所聚,士风笃厚。"书籍作为士人所钟爱之物,必然地随之增加,也促使临安书坊、印刷、出版等行业的发展繁荣。⑤ 正是都市经济、商业的普遍繁荣,为书坊刊刻的繁荣奠定了坚实而雄厚的物质、经济基础,在临安的书坊已达几十家。

宋代小说的发展壮大,从条件保障层面来说,与造纸业和印刷业大力发

---

① 吴自牧:《梦粱录》,中国商业出版社 1998 年版,第 132 页。

② 李心传:《建炎以来系年要录·卷 173 绍兴二十六年七月丁巳》,中华书局 1988 年版,第 2858 页。

③ 《宋史·儒林七·程迥传》卷 437,中华书局 1977 年版,第 12949 页。

④ 陆游:《陆放翁全集》,《渭南文集》卷 15 上册,《傅给事外制集序》,中国书店 1986 年版,第 86 页。

⑤ 参见刘方:《宋代两京都市文化与文学生》,上海师范大学博士学位论文,2008 年。

展,以及大量书籍的刻印和买卖等是密不可分的。《默记》中记载:"张君房,字允方,安陆人,仕至祠部郎中、集贤校理,年八十余卒。平生喜著书……知杭州钱塘,多刊作大字版携归,印行于世。"①小说《柳胜传》中也有书籍刻印和流转的记载,"所居乡素产书籍,流布天下。无问宦族儒家,皆畜书版,以资生理",从中也能看出当时的社会风貌。

第三,社会整体文化水平有所提高。从经济基础这个层面来说,人们要购买和阅读书籍需要一定的经济实力,从当时知识分子的普遍出路——科举考试来说,要参加科举考试并实现自己的最终理想,也需要一定的经济实力,在民众和知识分子普遍穷苦的情况下,其需要的满足无疑是要受到影响的。宋代商业经济的繁荣,使更多的市民拥有了一定的购买力,使更多的知识分子得以参与到科举考试中去,这无形中普遍提高了社会的整体文化水平。

第四,艺人向城市的集中促进市民文化发展。宋前,民间的各类艺人大多在农村活动,把农村当作其谋生和施展的主要舞台。到宋代,农村流浪艺人走出农村狭窄的区域,开始迈入城市乃至宫廷,广泛接触城市的传统艺术,积极融合宫廷的艺术文化,描绘下层社会城乡生活,满足社会不同消费者群体的需要,由此推动了市民文化呈现出新的面貌。

第五,士大夫在都市中寻求新的文化满足。宋初,士大夫普遍对宫廷乐府产生了厌倦情绪,他们渴望新的、风格不同的娱乐形式和内容,在这种情绪的影响下,他们将目光投向了五光十色、丰富多彩的市民娱乐,出入于瓦子、勾栏,厕身于公私妓馆,以求得新奇刺激和感官的满足。另外,自宋太祖以降,皇帝也没有忍住对市民生活和娱乐的向往,以"与民同乐"为借口参加到市民的文化娱乐中来。虽不是有心为之,但其作用却出人意料,无形中对市民文化的形成和丰富起了推波助澜的作用。

事实上,俗文学作品的繁荣发展,开始突破阶层的严格限制,从市井传到

① 赵章超:《宋代文言小说研究》,重庆出版社2004年版,第10—11页。

了宫廷,甚至受到了皇帝的喜爱。有记载称:

> 柳三变游东都南北二巷,作新乐府,从俗,天下咏之,遂传禁中。
>
> 仁宗颇好其词,每对宴,必使侍从歌之再三。(《后山诗话》)

可见宋仁宗对柳永词是喜爱有加的。连皇帝都喜爱,士大夫阶层自然也难免会受到影响,在保持其"雅化"风格的同时,创作上的"俗化"趋势日趋明显,雅俗之间开始交融合流。比如士大夫开始青睐"街巷鄙人多歌"之的俗曲,这些俗曲从边地流入,语言通俗、朗朗上口,出现了"一时士大夫皆歌之"[1]的局面。同时,士大夫的创作中开始较多出现在酒宴歌席上唱和用的艳曲俗词,诗歌创作中也喜好以俗为雅,影响卓著的苏东坡便对"街谈市语"极为倾心,往往"全不拣择,入手便用。如街谈巷说,鄙俚之言,一经坡手,似神仙点瓦砾为黄金,自有妙处"[2],足可见社会风尚和市民生活对文人士大夫的深刻影响,这也是宋代文化发展进步的一个重要体现。

二、创作群体因商业发展而形成

某一种文化或文学风格与类型的形成,离不开相应创作群体的形成。宋代已形成了一支庞大的服务于民间的知识分子群体,如李霜涯、叶庚、李大官人、周作富、贾廿郎、平江周二郎等,因深受商业经济世俗生活的熏染和影响,纷纷投身到商业性文艺创作之中去。

北宋初期,笔记小说的作者以达官显宦、进士为主,且从史料中能够了解到作者的身份记载等,到北宋中后期,笔记小说和传奇志怪小说的作者,则更多地变成了下层官员、下层文人。[3] 这一时期,重要的传奇志怪小说作者,多是下层士人、书会才人,甚至名不见经传,从有关资料看:李献民作为《云斋广

---

① 曾敏行:《独醒杂志》,上海古籍出版社 1986 年版,第 45 页。

② 惠洪等著,陈新点校:《冷斋夜话·风月堂诗话·环溪诗话》,中华书局 1988 年版,第 106 页。

③ 张晖:《宋代笔记研究》,华中师范大学出版社 1993 年版,第 48 页。

录》的作者,仅能得知其生活在宋徽宗时期;刘斧作为《青琐高议》的编著,仅可知其被人称为"刘斧秀才";黄休复作为《茅亭客话》的作者,仅仅能够得知其为蜀人;章炳文作为《搜神秘览》的作者,开封人是仅能获知的信息。至于那些从事着说话艺术的民间艺人,其本身就多来自市井、生活于社会底层,这些人天然地接受市民文化的滋养,带着浓浓的泥土气息,是宋代小说由雅入俗,不断被民众接受并喜爱的主要成员。知识分子群体在下层社会传播文化,谋生是其最大的考虑,同时也存在道德价值取向的思考。他们投身于对民间文化的改造和提升,热衷于市民文化的创作,编小说、写故事、剧本、作唱词,与广大市民建立了主体与客体相互交互的关系。①

由于通过创作小说既能实现人生价值,又能获得经济利益,这必然吸引越来越多具备条件的人,尤其是社会下层的俚儒野老和书会才人等,加入到小说创作的队伍中来,从而扩大创作的队伍。这样一来,创作队伍也出现了由儒向俚、由雅向俗的转变,建立起一支由上而下的创作队伍。而且在这些队伍中,成员更多地合作而不是单兵作战,他们彼此分工而又紧密联系,将记载现实事件、整理前代小说、加工改编等整合在一起,形成一个相对完整的创作网络和体系。

与此同时,伴随着工商业的发展,各种行会组织也在各行各业应运而生,用以规范本行业的运行,它们大都形成了严格的规章制度,其中,作为文人的休闲行业组织,"书会"也成立了起来,以帮助文人专门化、大批量地创作脚本,及时地投入到娱乐表演中去,并保证文人从中受益,而书会也从中获取相应的报酬。这种创作运行组织模式在中国古代文学创作中是一种全新的尝试,具有开创性的意义,它不同于前代将文学视为"经国之大业"的崇高观念,更多地将取得现实的商业利益作为直接的目的,以维持其在都市中正常的生活消费。毫无疑问,这是十分现实的生活道路、文艺道路。文学创作在这种现

---

① 　张祝平:《以雅入俗——宋代小说的普及与繁荣》,《云梦学刊》2003 年第 4 期。

实的考量下,必然向商业化不断延伸。这也反映出当时商业经济生活对于文人知识分子所产生的强大作用。

三、市民文化之花在商业沃土兴盛

宋代,市民文艺如表演伎艺、说唱伎艺、歌舞伎艺等百戏伎艺,呈现出百花齐放、精彩纷呈的局面,开始步入一个崭新的发展阶段。除了讲史、小说,还有小唱、嘌唱、舞旋、杖头傀儡、相扑、手技、影戏、掉刀、弄虫蚁、神鬼、诸宫调、说诨话、商谜等二十余种。其中单相扑就有"厐家相扑"、小儿相扑、"乔相扑"、女子相扑等多种样式,其目的主要是给观众带来新鲜感和感官的愉悦与刺激。不仅相扑如此,整个宋代市民文化都有向俗文化发展的趋势,这种趋势从其诞生之日起便表现出来,其最鲜明的表现便是对感官刺激的娱乐性的强烈追求。

有史料记载:

> 太平日久,人物繁阜。垂髫之童,但习鼓舞;班白之老,不识干戈。时节相次,各有观赏。……新声巧笑于柳陌花衢,按管调弦于茶坊酒肆。[1]

在如此繁华都市中居住,市民阶层的生活总体上是比较稳定的,收入也应是比较可靠的,更重要的是拥有一定的闲散时间。至于那些较富裕的商人,表现出奢侈豪纵也就不足为奇了。时人对此有过这样的记载:

> 西湖天下景,朝昏晴雨,四序总宜。杭人亦无时而不游,而春游特盛焉……贵珰要地,走贾豪民,买笑千金,呼卢百万,以至痴儿呆子,密约幽期,无不在焉。日糜金钱,靡有纪极。故杭谚有"销金锅儿"之号,此语不为过也。[2]

在这样的生活条件和情境之下,市民对文化娱乐消费的要求空前高涨,这也正为那些符合市民阶层文化娱乐口味的伎艺,提供了快速蓬勃发展的舞台,

---

① 孟元老撰,邓之诚注:《东京梦华录·梦华录序》,中华书局1982年版,第1页。
② 周密:《武林旧事》,浙江古籍出版社2011年版,第394页。

而在这些文化娱乐当中,"瓦舍伎艺"由于与市民阶层的文化需求结合得最为紧密,因此也就发展得尤为兴盛,形式和内容也更丰富多彩。何为"瓦舍",时人有过这样的解读:

> 瓦舍者,谓其"来时瓦合,去时瓦解"之义,易聚易散也。不知起于何时。顷者京师甚为士庶放荡不羁之所,亦为子弟留连破坏之门。杭城绍兴间驻跸于此,殿岩杨和王因军士多西北人,是以城内外创立瓦舍,招集妓乐,以为军卒暇日娱戏之地。(《梦粱录》卷十九《瓦舍》条)

《东京梦华录》对北宋开封瓦子的情况进行过记载:

> 街南桑家瓦子,近北则中瓦,次里瓦,其中大小勾栏五十余座。内中瓦子莲花棚、牡丹棚。里瓦子夜叉棚、象棚最大,可容数千人。自丁先现、王团子、张七圣辈,后来可有人于此作场。瓦中多有货药、卖卦、喝故衣、探搏、饮食、剃剪、纸画、令曲之类。终日居此,不觉抵暮。①

宋金时代,瓦舍到处可见,不仅大都市,就连较小的城市也发展得如火如荼。"那青风镇上也有几座小勾栏……"正是小镇有勾栏瓦舍的真实记录。除了发展的空间广,这些勾栏瓦肆已经突破了白天夜晚的限制,将夜市也发展得十分兴盛,这从时人的记载中可以看出来。"夜市北州桥,又盛百倍,车马闻拥,不可驻足。""夜市直至三更尽,五更又复开张。如耍闹去处,通晓不绝。……冬月虽大风雪阴雨,亦有夜市。"勾栏瓦舍作为市民文化娱乐的集中之地,其火爆状况,足以说明当时其中的文化娱乐活动深受大家的喜爱,以至昼夜不息、风雨无阻。②

从表演形式和内容上看,瓦舍伎艺种类繁多,演杂剧、唱小曲、弄影戏、弄傀儡戏、说唱诸宫调等一应俱全。其中与小说密切相关的说话即为其中的一

---

① 孟元老撰,邓之诚注:《东京梦华录》,中华书局 1982 年版,第 66 页。
② 谭凤娥:《试论宋代的市民文艺和商业》,《贵州文史丛刊》2003 年第 3 期。

种伎艺。《东京梦华录》卷五对说话人的情况有如下翔实的记录：

> 崇观以来,在京伎艺:张廷叟、孟子书主张。……孙宽、孙十五、曾无党、高恕、李孝祥,讲史。李慥、杨中立、张十一、徐明、赵世亨、贾九,小说。孔三传、耍秀才,诸宫调。毛祥、霍伯丑,商谜。吴八儿,合生。张山人,说诨话。……霍四究,说三分。尹常卖,五代史。……其余不可胜数。不以风雨寒暑,诸棚看人,日日如是。

不仅是《东京梦华录》,《西湖老人繁胜录》的《瓦市》条也对瓦舍及其中的说话人情况进行过描述:

> 南瓦、中瓦、大瓦、北瓦、蒲桥瓦。惟北瓦大,有勾栏一十三座。常是二座勾栏专说史书:乔万卷、许贡士、张解元。……说经:长啸和尚、彭道安、陆妙慧、陆妙静。小说:蔡和、李公佐,女流史惠英。小张四郎一世只在北瓦占一座勾栏说话,不曾去别瓦作场,人叫做小张四郎勾栏。合生:双秀才。……背商谜:胡六郎。……说诨话:蛮张四郎。

上述记载和描述中涉及的"讲史"和"小说",在整个宋代说话中占有的分量是最重的,"说经""商谜""合生""说诨话"等虽然也以讲说为主,其分量则要轻很多,而且与话本的关系也没有"讲史"和"小说"那样密切。当然,这些内容都深受市民阶层的喜爱,甚至达到了痴迷的程度,这些听众"不以风雨寒暑",几乎做到了"日日如是"。①

除了专门的勾栏瓦舍,宋代的茶肆和酒楼,甚至露天的场地,也是说话艺人经常演出的地方。"余外尚有独勾栏瓦市,稍远,于茶中作夜场。"(《西湖老人繁胜录》)有的说话艺人也常在四处遍布的酒楼中演出,或在露天空地上演出。时人曾对临安街头空地演出的情况做过记载和描述:

> 此外如执政府墙下空地,诸色路歧人,在此作场,尤为骈阗。又

---

① 孟元老撰,邓之诚注:《东京梦华录》,中华书局 1982 年版,第 132—133 页。

皇城司马道亦然。候潮门外殿司教场,夏月亦有绝伎作场。其他街市,如此空隙地段,多有作场之人。①

一些话本对勾栏瓦子的情况进行过描写。比如在《宋四公大闹禁魂张》中,闲汉赵正在骗到衣服后,小说写道:"便把王秀许多一衣裳著了,再入城里,去桑家瓦里闲走一回,买酒买点心吃了,走出瓦子外面来。"②从小说来看,出入瓦子似乎是这些市井人物的生活日常,是其生活不可或缺的一部分。而在另一篇小说《闹樊楼多情周胜仙》中,包大尹派人去捉拿盗墓贼朱真,却搜寻不到,"当时搜捉朱真不见,却在桑家瓦里看耍"③。盗了墓被朝廷追捕,却还是如没事一样在瓦子里"看耍",瓦子的魅力真是可见一斑。

事实上,今天被我们称为宋元话本的作品,其文字底本,一大批正是在这些说话的实践中出现的。由于带着浓浓的市井生活气息,并反映着市民的情感和兴趣,因此,从这些文字底本发展而来的宋元话本小说,很多都带有宋代世俗生活的气息,反映着宋代商业经济生活的千姿百态,成为了解宋代社会生活和风貌的重要窗口。

四、市民文艺走向兴盛的综合因素

宋代市民文化的形成,是诸因素共同作用的结果。其中极为重要的原因,是都市化进程的不断加速,以及人身依附关系走向松弛,使城市性质发生嬗变,并使市民阶层逐步兴起。均田制崩溃后,土地转移率提高,长期沿袭的主仆名分逐渐瓦解。受此经济变革趋势的影响,农民阶层开始挣脱农奴地位,从佃仆、奴婢、宾客、部曲、私属、徒附等身份中走出来,更多地获得了迁徙和退佃等权利,他们流入城市或矿区出卖劳动力为生。而且,在城市的增多及商业的发展进程中,农村人口加速流向城镇,城郊农民也加快步伐向小商品生产者转

---

① 耐得翁:《都城纪胜》,文化艺术出版社1998年版,第79页。
② 程毅中辑注:《宋元小说家话本集》,齐鲁书社2000年版,第163页。
③ 程毅中辑注:《宋元小说家话本集》,齐鲁书社2000年版,第800页。

化,官僚、地主兼营工商业的数量也在不断增长。这些因素的合力,促进了城镇市民阶层的勃兴。① 市民阶层的勃兴,促进了大众文化的兴起。市民阶层是市民文化的滋生地,他们经过教育的熏陶和思想的启蒙,从非文化阶层走向文化阶层,成为文化的主体,拉开了宋代市民文化繁荣的大幕。

同时,教育和科举权力下移,使市民阶层的文化素养大幅提高。"州郡不置学者鲜矣"②,"人生八岁,则自王以下,至于庶人之子弟,皆入小学"③。平民文化的内化由此得以进行。科举制通过改革,开始面向包括商人子弟在内的社会不同阶层,"凡如工商杂类、僧儒百家、狞干、黥吏之子,皆可为举人",做到了"取士不问家世"。科举范围的扩大,促使更大的社会群体尤其是年轻人接触书籍,提高了文化素养。渐渐地,平民阶级也开始广泛地接受社会教育,甚至出现了下层平民读书之风比上层社会更浓的现象。④

宋代市民文艺包括小说之所以走向兴盛,与当时书业贸易的发展也是密不可分的。在雕版印刷术发展和活字印刷术发明的作用下,宋代图书业迎来了快速发展的时期,书商队伍的规模及其经营的手段均变得越来越成熟,刻书地点和书店遍布各处,很多地方出现了热闹的书籍交易市场或交易中心,汴京、浙江、福建、四川、江西、湖北、湖南等地便是代表。⑤ 孟元老《东京梦华录》卷三中记载了当时的一些情况:

> 相国寺,每月五次开放,万姓交易⋯⋯殿后资圣门前,皆书籍、玩好、图画,及诸路散任官员土物、香药之类。

可见相国寺可以购买书籍,是爱书之人的理想去处。当时也涌现出

---

① 葛金芳:《宋代经济:从传统向现代转变的首次启动》,《中国经济史研究》2005 年第 1 期。

② (清)徐松辑:《宋会要辑稿·崇儒》,中华书局 1987 年版,第 2188 页。

③ 朱熹:《朱子全书》,上海古籍出版社、安徽教育出版社 2002 年版,第 3672 页。

④ 姚思陟:《论宋代话语共同体与市民文化的形成》,《船山学刊》2007 年第 4 期。

⑤ 曹之:《中国印刷术的起源》,武汉大学出版社 1994 年版,第 427 页。

一批私人藏书家,如潞州张仲宾拥有万贯家财,"尽买国子监书"①,甚至外国人也来购书,史料记载在宋仁宗天圣年间,"新罗人来朝贡,因往国子监市书"②。

伴随着雕版印刷术发展和活字印刷术发明,以及书籍交易的繁荣,文学也由写本时代进入到刻本时代,如此,文学作品的商品价值便充分地体现了出来。据记载:词人李梦符"尝以钓竿悬一鱼,向市肆蹈《渔父引》卖其词,好事者争买,得钱便入酒家。其词有千余首传于江表"③。从中可见李梦符以广告售词,销量十分可观。

宋代编印图书者,其目的大多是为了能够让作品传播久远,同时也能从中盈利,不少书坊刻书的目的更倾向于后者。宋徽宗政和年间,印元党人的作品虽已被朝廷明令禁止刊刻,但一些书商出于谋利目的,对印元党人张舜民的集子进行偷偷印卖:

> 政和七八年间,余在京师。是时闻鬻书者忽印张芸叟集,售者至于填塞衢巷。事喧,复禁如初。盖其遗风余韵在人耳目,不可掩盖如此也。④

书商偷印出售集子,说明他们为了利益可以铤而走险;而购买者居然达到了"填塞衢巷"的状况,也说明当时书籍交易的火爆与繁盛。文学作品的商品化,一方面为读书人接触文学书籍提供了通道,促进了作品的广泛传播;另一方面,宋代书商往往兼有文人的双重身份,"近时印书盛行,而鬻书者往往皆士人,躬自负担"⑤。这种双重身份,有助于他们把握时人的阅读需求与审美趋向,在实现更多盈利的同时,推动文风的演变与文派的形成。

---

① 邵伯温:《邵氏闻见录》卷十六,朱易安:《全宋笔记》,大象出版社 2006 年版,第 224 页。
② 范镇:《东斋记事》,朱易安等:《全宋笔记》,大象出版社 2003 年版,第 240 页。
③ 阮阅:《诗话总龟》,周本淳校点,人民文学出版社 1987 年版,第 447 页。
④ 周紫芝:《书浮休生画墁集后》,曾枣庄、刘琳:《全宋文》,上海辞书出版社、安徽教育出版社 2006 年版,第 191 页。
⑤ 佚名:《道山清话》,《宋元笔记小说大观》,上海古籍出版社 2001 年版,第 2929 页。

此外,休闲文化的兴起也为市民文艺的发展提供了更为自由的土壤。①如前所述,宋代商业经济有了空前的发展,社会各个阶层普遍累积起较多的财富,从贵族社会到平民社会,都开始有能力去满足自身休闲消费的需求,一支庞大的休闲消费群体由此形成并壮大。从宫廷士大夫到普通文人和市民,其所开展的丰富多彩的休闲活动,是以往所绝难见到的。

休闲文化的繁荣离不开人们的休闲心态,而休闲心态的产生又与宽松优越的环境密切相关。在政治上,宋朝广开言路,意识形态上的管控相对宽松,这使士大夫心态放松,也能自由地开展休闲艺术和文化创造。不仅如此,宋朝还对官员施以优待,在制禄方面"其待士大夫可谓厚矣","恩逮于百官者唯恐其不足"②。而且士大夫的闲暇时间也有制度的保证,真宗时规定全年共有包括旬休 36 天在内的节假日 100 天③,这一数量可谓是充裕的。正是因为拥有这样优厚的待遇和大量的闲暇,士大夫的休闲群体便得以形成。而对于平民而言,其地位获得了较大提升,从奴隶上升为佃户;废除了征兵制,实施了募兵制;废止了徭役制度,雇募为主的方式取而代之等④,这些变化由此也使平民阶层获得比以往更多的闲暇时间。在其需求的带动下,休闲文化自然而然地大量涌现,休闲文化兴起并逐步走向繁荣,使精英的宫廷文化逐渐让位于通俗的娱乐文化。⑤

当然,除了经济的繁荣、城市的发展、政治的宽松,休闲文化走向繁荣也与当时的趋向自然之趣和流行的禅悦之风有关,正是这些因素的共同作用,推动了宋代市民文艺的繁荣。

---

① 潘立勇、章辉:《从传统人文艺术的发展到城市休闲文化的繁荣——宋代文化转型描述》,《中原文化研究》2013 年第 2 期。

② 赵翼:《廿二史札记》下册,世界书局 1962 年版,第 331 页。

③ 朱瑞熙等:《辽宋西夏金社会生活史》,中国社会科学出版社 1998 年版,第 389 页。

④ 和田清:《中国史概说》,商务印书馆 1964 年版,第 127 页。

⑤ 包弼德:《唐宋转型的反思》,《中国学术》2000 年第 3 期。

第三章 商业经济生活与宋代
小说的创作和接受

从宋初至绍兴年间产生了共计一千六百余卷约二百种小说,如果再加上洪迈《夷坚志》的四百二十卷,其总数就达二千多卷。如果再将民间广为流传的小说话本计算在内,这时期的小说数量就更加可观。① 商业经济发展的繁盛和社会风气的转向,冲击着文人士大夫乃至市井百姓的思想和精神,从而影响到创作本身。宋代,用口语"说话"和记录"说话"的"话本"大量出现,鲁迅先生对话本的出现曾有过著名的评述:"实在是小说史上的一大变迁。"②它是从文言小说向白话小说过渡、转折的重要标志,而且"说话"、话本更多地从政治负担中摆脱出来,以满足市民阶层的兴趣和愿望为基本旨归,为市井细民言说逐渐成为其自觉,深受广大市民喜爱,其历史穿透力也超出人们的想象,直接地影响和促进了明清小说的繁荣。

第一节 利润最大化:"说话"的商品化

"说话"发展到北宋中后期,"说话人"、听众、市场逐步联结为一个紧密关

---

① 张祝平:《以雅入俗——宋代小说的普及与繁荣》,《云梦学刊》2003 年第 4 期。
② 鲁迅:《中国小说史略》,人民文学出版社 1973 年版,第 287 页。

联、互相作用的整体。其中靠卖艺为生的"说话人"所讲的东西,如果得不到听众的喜爱和观赏,其生存就会成问题,在这种说话活动中,听众的好坏评价和喜好程度就是市场的反映,听众的兴趣爱好和审美水平是这些"说话人"必须认真考虑和仔细揣摩的。换个角度说,听众对某种形式的娱乐的喜好,势必会给"说话人"的艺术活动产生直接的影响。为此,"说话人"不得不审视自己的道德观念,审视其对事件采用的叙述方式的优劣,以及整体艺术效果的好坏等。事实上,说话的发展就是在"说话人"、听众、市场三者的相互作用中产生的,而作为一种商业化的艺术活动,其必然要受市场经济支配,正是金钱财富的经济利益的驱使,为说话的繁荣提供了内在动力。这也决定了话本小说在文体上的市民性或通俗性。

一、"说话"商品化的表现

如前所述,北宋带有自身消费需求的市民阶层兴起。且大城市中的市民在商品经济发展的背景下,大都具有了较强的娱乐消费实力。他们构成了娱乐消费的主体,也成为"说话"等新娱乐和伎艺蓬勃发展的肥沃土壤。从北宋初期开始,"说话"便从封建经济的附庸地位中逐渐摆脱出来,不断提高商品化程度。这从以下几个方面能够得到印证:

一是瓦舍这一专门的表演场所出现。① 瓦舍的出现,表明在普通市民中,"说话"占有了比较稳定的市场;而且数量的增加和规模的扩大,则表明大众娱乐消费的兴起以及民间市场的拓展,瓦舍日益成为市民的日常消费,娱乐也不再只是节日性活动,它从特权和富有阶层的垄断中走向了百姓生活当中。

二是一大批职业"说话"艺人得到培育。以"说话"为生的专职艺人,包括瓦舍艺人、路歧人和宫廷艺人。他们不再像官伎和家伎一样受到人身的束缚,

---

① 孟元老撰,邓之诚注:《东京梦华录》,中华书局 1982 年版,第 67 页。

获得了自由的身份,他们以"说话"谋生,并以说话为其职业,其专业化的发展,促使"说话"成为一个崭新的行当。

三是"说话"有了"家数"之别。到南宋时期,"说话"艺人越来越多地出现了细化的分工,其职业化程度不断提高,以至出现了不同的门类也即"家数",以此更好地满足大众娱乐消费的需求,

四是"说话"的行会组织成立。雄辩社即是一个专门的行会组织。这些行会组织主要是规范和服务本地的"说话"业,帮助其控制价格,使本地艺人的利益不受侵害,组织他们互相切磋伎艺,并防止不当竞争和外来艺人抢夺市场。

五是书会和书会才人专业化地开展工作。从南宋开始,九山书会、武林书会、古杭书会等书会,作为专门编写话本的团体出现了。主要开展素材搜集、整理、编辑、创作话本等工作,使"说话"的创作呈现出明显的专门化趋势,并与演出开始分离,分工协作趋于明确。

六是社会刊行出"说话"的资料汇编。为方便艺人创作,指导艺人表演,在市面上出现了专门的"说话"资料汇编类书籍,如《青琐高议》《醉翁谈录》《绿窗新话》等,这种情况往往只在某一社会活动形成了较大的社会反响之后才有,表明说话艺人职业化程度已经达到了相当的高度。

七是话本小说在"说话"的带动下更多地出版。像《豪侠张义传》《四合香》《王正伦河南志》《洛阳古今事》《覆华编》之类①小说都能找到在市民中流传的记载,一个侧面反映出当时刊刻的话本数量是比较可观的。当然,还有很多是我们今天可能难以查证的。

通过以上,可以基本断定"说话"的娱乐商品化性质,利润最大化是其必然的追求内容。这样行会和艺人就必须尽可能地占有娱乐市场,将市场投入的风险减小到最低限度,也就是要尽力让广大消费者接受"说话"行为,同时

---

① 周密:《志雅堂杂钞》(卷下),中华书局1991年版,第41页。

还要不断提高产量、尽量降低成本。有了这种内在考量和驱动,原创型作品就难以被其选择,因为艺人们难以把握消费者会对作品有何反应,无疑也就加大了投入市场的风险;而且其生产周期普遍较长,生产的成本也非常高。说话艺人出于趋利避害的考虑,必然会主动选择那种已经被证明受到市民的接受和欢迎、符合大众审美趋势的程式化创作模式,从而以较小的投入成本、较短的创作周期,较低的市场风险条件下,取得较为理想的效果。如此一来,程式化的说话模式就拥有了巨大的市场。

二、程式化的"说话"策略

"说话"作为一种娱乐形式,听众的喜好与否是"说话人"最为关心的。于是他们通过运用成熟的、已经得到检验的表演策略,以此尽可能地吸引听众,实现表演的商业化目的。

"说话"策略之一,便是有机融合叙事的时间链条和块状结构。一般地说,"说话"对情节的安排主要是依照时间的顺序,以此来实现对听众审美心理的迎合。而在这个依照时间顺序形成的时间链条上,叙事量于每一时间点上的分布是多少不一的,体现出参差性和弹性,"说话人"可根据听众的喜好,放大或缩小某一时间点上的叙事量。这即是所谓"冷淡处,提掇得有家数;热闹处,敷衍得越长久"①。如此,在时间链条上就可以形成叙事的块状结构,这种块状结构在讲史类的长篇表演中体现得尤其明显。"说话人"往往围绕某一事件或人物设置情节,将众多其他事件和人物黏合在一起,形成相对独立的块状结构,这些块状结构并不就此彼此独立,而是由时间这个链条将其串联,从而成为整体的有机组成部分。这样的例子很多,像《宣和遗事》中宋徽宗与李师师的故事情节,以及其中的梁山英雄的故事情节等,都是将时间链条与块状结构有机融合的一种成功模式。

---

① 罗烨:《醉翁谈录》,古典文学出版社 1957 年版,第 5 页。

　　"说话"策略之二,是将诗文、噱头、评价、注释等非叙事成分穿插在叙事之中。因为"说话人"知道其所面对的听众,文化程度参差不齐,大部分对其所讲述的内容可能不能够立刻知晓明了,因此,为帮助听众理解其中的历史背景、典章制度等,"说话人"常会扮演解惑者的角色,对一些内容进行注解,以达到更好推进说话的目的。当然,有的"说话人"在讲故事的过程中会带有较强的个性,将对故事的价值理解和判断也带入说话中,为帮助听众理解故事价值或者避免听众偏离"说话人"对故事的理解,他们就会插入对故事中事件或人物的评价,或者发表感想,以此形成对故事价值或情感的主动把控。此外,"说话人"大都能熟练运用各种噱头,在讲故事过程中插科打诨,或者添加唱或白的诗文到故事中,起到调整"说话"节奏,调节可能出现的听觉疲劳的作用。噱头、诗文等也因此成为叙事中的有效调剂。而在这些非叙事成分穿插的过程中,"说话人"都是跳出于故事之外的,成为全知全能的"上帝"视角。从大量"说话"作品中可以看出,这些策略和手法是极多的,有论者曾指出过这种策略的妙处:

　　　　动哨、中哨,莫非《东山笑林》;引倬、底倬,须还《绿窗新话》。论才词有欧、苏、黄、陈佳句;说古诗是李、杜、韩、柳篇章。举断模按,师表规模,靠敷演令看官清耳。只凭三寸舌,褒贬是非;略团万余言,讲论古今。说收拾寻常有百万套,谈话头动辄是数千回。①

　　此段话中所说的"动哨""中哨",即是指"说话"中的噱头;所说的"欧、苏、黄、陈佳句""李、杜、韩、柳篇章",即是指对诗文佳句的运用;而"褒贬是非""讲论古今",应该就是指评论的适时插入,这几项穿插手法一经组合运用,便产生出千变万化、妙用无穷的效果,成为"说话人"水平高低的重要体现。

　　"说话"策略之三,是巧妙地设置多种"扣子",用现在的话说就是"卖关

----

① 罗烨:《醉翁谈录》,古典文学出版社 1957 年版,第 3 页。

子"、制造悬念,以便更好地吸引听众。李啸仓曾敏锐地捕捉到这种叙事中的策略,他指出:

> 《醉翁谈录》中又云:"或作挑闪"未明其意。以意解之⋯⋯两字合起来,便有:"把你引诱来,而又闪闪躲躲的吸引着你,不肯骤然令你遽去"的意味在,这正是业舌耕者吸引观众的方法,故有"或作挑闪"之说。这恰如今日说书的"卖关子"。①

从始至终都能牢牢地吸引听众,是商业演出的不变追求。在"说话"中巧妙地设置"扣子",能够产生两个鲜明的用途:一是通过设置"扣子",能够将"说话"适时停止在动人心弦之处,听众于兴致正高、意犹未尽之时,必然产生继续听下去的渴望;第二个更直接的作用,是为了在表演中收费的时候能够吸引住听众并使其乐意掏钱继续欣赏。事实上,正因其独特的功能和作用,设置"扣子"在长篇"说话"和短篇"说话"中均有体现。在《张生彩鸾灯传》中,小说的"扣子"于开篇不久就设置了:

> 今日为甚说这段话?却有个波俏的女娘子也因灯夜游玩,撞着个狂荡的小秀才,惹出一场奇奇怪怪的事来。未知久后成得夫妇也不?且听下回分解。正是:
>
> 灯初放夜人初会,梅正开时月正圆。②

通用结构模式、情节模块、"说话"策略、话语程式、"说话"素材等,对"说话"的方方面面都有涉及,艺人开展说话演出和创作"说话"作品,其素材来源和表现途径均可从中找到成功的事例。当然,"说话"的程式化现象,并不是说话艺人对已有模式的完全照搬套用,其中也包含了艺人的创造性转化与应用。艺人可以在这些程式化的模式基础上适当地发挥创造,甚至融入自己的一些个性,从而使"说话"的程式化资源进一步优化,并最终实现经济效益的最大化。

---

① 李啸仓:《宋元伎艺考》,上杂出版社 1953 年版,第 76 页。
② 王古鲁校注:《熊龙峰四种小说》,古典文学出版社 1958 年版,第 3 页。

三、程式化"说话"资源的特点

程式化"说话"资源的特点一是具有很强的通用性。程式化的"说话"资源一般与"说话人"的表演风格没有很大关系,具有非常强的通用性、高度的灵活性和可重组性。这些特性不仅体现在"说话"的表演策略、结构模式和话语程式,在情节和素材的运用上同样有所体现。

比如在描写人物特征时,常有通用的语句也就是常说的"套语"来进行表达,这些套语能够表现该类人物共同的特点,而将个体之间的差别进行忽略,正是建立在忽视个性而展现共性的基础上,这类语言就形成了极强的通用性。例如,"说话人"常用"云鬓轻笼蝉翼,蛾眉淡拂春山"①来刻画年少貌美的女子,而常用"鸡肤满体,鹤发如银"②来形容老妇人的容貌。不同的"说话人"在不同的场合都可以熟练地用这些通用的套语,来给相应的人物画像,至于其具体的、细微的、个性化的外貌则是大多被忽略的。

同时,程式化"说话"资源除了与"说话人"的表演风格没有很大关系,与作品的类型也关系不大,也就是在运用上没有什么门户之限。"传奇""烟粉""灵怪"等各类小说都可运用,也没有区分"说话"的"四家"等,因此可说其适用范围是非常广的。比如在《警世通言·万秀娘仇报山亭儿》和《五代梁史平话》这两种类型不同、区别较大的小说中,就同时出现了相同的素材:"斩草除根,萌芽不发;斩草若不除根,春至萌芽再发。"这正是"说话"素材通用的一个典型表现。当然这样的情况还有很多,据统计,在《五代史平话》《宣和遗事》与二十四种小说话本中,相同素材在不同小说中重

---

① 冯梦龙:《警世通言·崔待诏生死冤家》,上海古籍出版社 1998 年版,第 93 页。

② 洪楩编,谭正璧校点:《清平山堂话本·西湖三塔记》,上海古籍出版社 1987 年版,第 26 页。

复出现的情况达到了二十四处。① 还有书籍直接指明了某一素材可以在不同"说话"中通用，如在《醉翁谈录·舌耕叙引》中，其"小说引子"特意注明其中收录的一首七言诗"演史讲经并可通用"②，更说明了通用的程式可以不受作品类型的限制。

程式化"说话"资源的特点二是具有开放性和自繁殖性。宋代，"说话"的环境是十分开放的，说话艺人虽各有师承门派，但作为一种以口头传承为主的公开表演的娱乐方式，各个层面基本上都没有版权意识；相反，一些艺人还会以自己开创的方式被大家使用，成为一种程式化的资源感到骄傲。在这种开放的环境下，程式化之风必然大肆滋长蔓延，商业壁垒由此也几乎难觅踪迹。"说话"的表演策略、结构模式、话语程式、情节和素材等，都以一种开放的姿态和公共资源的形式，为全部"说话人"共享。"说话人"可以随时随地从中提取资源，也可随时随地将表演中成功运用过的方法或素材等纳入到系统中来，形成资源的不断扩充和丰富。也就是说，"说话人"与程式化资源形成了可以转化的继承与发展关系，程式化资源在这种关系中得以自然繁殖。

总之，程式化的"说话"策略与资源，在行业内得到了充分共享和广泛运用，如前所述，这是利润最大化和风险最低化的追求驱动的结果。程式化也因此成为宋代"说话"极为鲜明的特色之一，在给"说话人"带来便捷和丰厚利润的同时，也客观上促进了"说话"业在两宋不断走向繁荣，深刻地影响了后来的通俗小说创作。

---

① 二十四种小说话本包括：《清平山堂话本》中的《西湖三塔记》《合同文字记》《风月瑞仙亭》《蓝桥记》《洛阳三怪记》《陈巡检梅岭失妻记》《五戒禅师私红莲记》《杨温拦路虎传》《梅杏争春》，《熊龙峰刊行小说四种》中的《张生彩鸾灯传》，《古今小说》中的《史弘肇龙虎君臣会》《杨思温燕山逢故人》《张古老种瓜娶文女》，《警世通言》中的《陈可常端阳仙化》《三现身包龙图断冤》《崔待诏生死冤家》《钱舍人题诗燕子楼》《崔衙内白鹞招妖》《计押番金鳗产祸》《万秀娘仇报山亭儿》《福禄寿三星度世》，《醒世恒言》中的《闹樊楼多情周胜仙》《郑节使立功神臂弓》《十五贯戏言成巧祸》。见李启洁：《宋代"说话"的程式化现象与娱乐商品化之关系》，《首都师范大学学报》2011年第6期。

② 罗烨：《醉翁谈录》，古典文学出版社1957年版，第1页。

第二节　面向大众：话本小说的世俗化

在商业经济发展的推动下，宋代话本小说表现出世俗化的趋势和特征，这些特征表现在讲史话本被越来越多的市民大众所接受，变得大众化；话本叙事内容平民化，小说刻印和表演变得日趋商业化。

一、讲史话本的大众化

作为宋代"说话四家"中的"讲史"和"小说"，市民阶层最为欢迎。《三国志》《汉书》《五代史》在讲史话本中最为著名，它们反映和刻画的虽大多是帝王将相，但并不妨碍市民对其产生广泛的兴趣。苏轼《东坡志林》卷一中曾对这些讲史话本在民间的受欢迎程度进行过记载：

> 王彭尝云：涂巷小儿薄劣，其家所厌苦，辄与钱令听古话。至说三国事，闻刘玄德败，颦蹙有出涕者，闻曹操败，即喜唱快。①

从中可以看出，这些讲史话本已经广泛流传于街巷市井并深入人心，有效地勾起了人们对其中人物形象的喜爱与憎恶，达到了与人物同悲喜共命运的地步。除了这个记载，《明道杂志》中对人们接受讲史话本的情况也有所描述：

> 京师有富家子……好看弄影戏，每弄至斩关羽，辄为之泣下，嘱弄者且缓之。②

显然，即便看的是影戏，观众的情感也已与故事人物融为一体，展现出三国故事在当时所具有的强大吸引力和魔力，同时也可看出，除了市井细民，富家子弟、权势阶层也对讲史话本十分钟爱。

宋代市民阶层对讲史话本之所以兴趣浓厚，原因之一是可以寄托对"圣

---

① 苏轼：《东坡志林》，中华书局1981年版，第7页。
② 张耒：《明道杂志》，中华书局1985年版，第14页。

君贤相"的强烈愿望,另一个原因是可以寄托他们反对暴政、希冀安定的理想。当然,宋元讲史话本虽然讲述的是历史,但话本还是融入了不少想象和虚构,这一方面既体现出文学创作的特性,同时也是创作者追求契合市民阶层的文化意识,更好地满足以市民阶层为主的广大读者需要的一种做法。

二、小说叙事内容的平民化

小说反映社会风尚或思想观念,主要是通过对人物形象的塑造来实现的。在宋代,小说区别于唐代小说的明显变化,是其所着力塑造的人物形象,从社会上层人物如英雄豪杰、才子佳人,变成了下层小民,如手工业者、市井无赖、小商小贩、店员工匠、妓女、强盗等,作品不再热衷于描写英雄人物的叱咤风云,或者才子佳人的风流韵事,而是真实细致地展现市井细民的社会生活,即便在对上层人物进行叙述或评价时,视角方面也多从下层市民进行,呈现出亲民化的特点。具体就南宋和北宋相比,平民化的趋向也更加明显。有论者分析指出:"北宋笔记多记军国大政,上层文人贵族的言行、思想、生活侠事等;南北宋之间的笔记多记民族矛盾和斗争,金兵的烧杀抢掠暴行等;南宋笔记多记日常生活琐事,文人贵族、皇帝宫廷的享乐,下层人民的生活、思想,以及普通社会的风貌等。"①从中可知,北宋笔记小说更多走的还是上层路线,以统治阶层为主要表现对象;南宋笔记小说则更多地走向下层,普通阶层的社会风貌得到更全面的体现。

具体而言,这种叙事内容上的平民化可以从两个主要方面进行概括:

一是不同题材的小说内容体现出平民化特点。宋小说的题材类型主要可分为男女情爱、公案、神仙鬼怪、英雄豪侠和宗教几种类型。② 这些题材类型是宋话本小说或香艳、或惊险、或怪诞、或奇异特征的集中反映,体现出鲜明的

---

① 李剑国:《唐五代志怪传奇叙录》,南开大学出版社 1994 年版,第 1 页。

② 任莹:《宋元话本小说的文体形态与繁荣经济下的市民文化》,《现代语文》2013 年第 11 期。

商品性,很好地顺应和满足了市民阶层的娱乐消费需求。

小说中男女情爱类型的故事,如《碾玉观音》《闹樊楼多情周胜仙》《崔待诏生死冤家》《杨思温燕山逢故人》《小夫人金钱赠年少》是比较典型的代表。由于是对当时市民审美趣味的迎合,并对市井生活的真实反映,致使其中包含不少对男女淫欲及奸邪故事的描写。同时,在该类型小说中,女性所遭遇的痛苦与不幸,以及表现出的反抗和斗争精神,也得到了较为充分的展现。

公案题材,如《错认尸》《三现身》《错斩崔宁》《十五贯戏言成巧祸》《曹明伯错勘赃记》等。这类题材小说因其故事的曲折悬疑和惊险,受到市民的欢迎,数量可观。当然,故事情节和内容的有趣只是一个方面,小说还通过对冤假错案的刻画描写,将司法官吏的罪恶尽情地揭露,表现出憎恶贪官污吏,渴望公正司法的思想情感,具有很强的现实批判性。不少小说围绕一个"错"字做文章,如《错斩崔宁》《曹明伯错勘赃记》《错认尸》等话本,就紧扣这个"错"字,来揭示司法制度的黑暗和昏庸官吏的草菅人命。像在《错斩崔宁》中,陈二姐和崔宁与小商贩刘贵的被害毫无关系,还是被昏庸官吏滥施刑罚处死,在叙述该故事时,作者显然也无法按捺住了,在小说中进行了这样的评论:

> 这段冤枉,仔细可以推详出来。谁想问官糊涂,只图了事,不想捶楚之下,何求不得?冥冥之中,积了阴骘,远在儿孙近在身,他两个冤魂也须放你不过。所以做官的切不可率意断狱,任情用刑,也要求个公平明允。

"捶楚之下,何求不得"是对封建司法制度的强烈申诉和抗议,而"公平明允"也是市民阶层的热切呼唤。在《简帖和尚》中,问官面对皇甫松怀疑妻子杨氏对己不贞而欲送官勒休的案子,只知一味地威吓和逼供,致使蒙受冤屈的杨氏全无了赖活的想法,意欲投河自尽。虽然后来真相大白,杨氏也得以洗刷冤屈,但读者对问官的昏庸、固执、粗暴,无疑也会是无比痛恨的。正因为痛恨昏官庸吏的贪赃枉法,人民对公正廉明的清官循吏的渴望就更加强烈,《合同文字记》《三现身包龙图断冤》等小说便也深受喜爱。

商潮涌动下的小说创作

英雄豪侠类小说,如《郑节使立功神臂弓》《杨温拦路虎传》《张生彩鸾灯传》《风月瑞仙亭》,内容多从历史故事中而来,融合作者的个人创造而成新故事,主要刻画英雄豪杰的胆识、武艺以及平步青云的故事。这类故事自古而今具有较强的吸引力,而且通过这类故事,也能客观地揭露出当时的阶级矛盾和社会丑恶,从而表现出反抗社会黑暗,崇拜除恶扬善力量的创作主旨。

神仙鬼怪题材的数量也不少,如《福禄寿三星度世》《张古老种瓜娶文女》《陈巡检梅岭失妻记》《洛阳三怪记》《西湖三塔记》《皂角林大王假形》等。这类小说多为在继承前人志怪小说的基础上,融合现实中社会生活进行自己的创造,其主题思想并不是很明确,如何吸引读者乃其主要的着力点。至于宗教题材小说,则大多是融合了小说与说经,并将鲜活的市民生活纳入其中,既不使小说因离市民过于遥远而无法接受,也达到了宗教紧密结合现实的宣教目的。

二是众多小说的人物形象体现出平民化特点。在小说中,市民阶层更多地以正面形象出现而受到赞扬。如《志诚张主管》中诚实厚道的绒线铺主管张胜;《碾玉观音》中碾玉工匠崔宁、裱褙匠的女儿璩秀秀;《错斩崔宁》中以卖丝为生的崔宁、陈卖糕的女儿陈二姐;《宋四公大闹禁魂张》中的宋四公、赵正、侯兴、王秀;《万秀娘仇报山亭儿》中茶坊主的女儿万秀娘;《乐小舍拼生觅偶》中杂货铺主的儿子乐和等。小说话本充分描写了这些市民阶层人物,将他们的愿望和喜怒哀乐进行了细腻的反映。

小说也塑造了反抗强暴和欺辱的市民阶层人物形象。在《宋四公大闹禁魂张》中,小说便塑造了宋四公、赵正、侯兴等几位不畏官府、惩戒恶人的游民形象,并有声有色地描写了几人如何机智巧妙地戏弄、惩治那些为富不仁者和贪官污吏:惩罚不仁义的当铺主张富,偷走钱大士的玉带,剪烂马观察的衣服,割断滕大尹的腰带。这些达官豪绅欺凌百姓,底层的人物能够尽情地将其戏弄,当然会深得市民阶层喜爱。因为市民阶层在现实生活中也难免见到或受到邪恶势力的欺辱,这种不平之气在现实中找不到舒缓的途径,自然希望在反抗强暴的小说中得以实现。

宋代,市民阶层的力量在商业经济获得大发展的背景下虽有所增长,然而由于仍然受到封建思想的束缚,其性格显得复杂,以至于扭曲的情况也并不少见。小说话本捕捉到了这种现象,并在小说中呈现。如塑造的寄人篱下的碾玉匠崔宁,性格显得非常软弱,斗争精神可谓极度缺乏;张胜作为青年伙计,对主人也极度忠诚,几乎到了亦步亦趋的地步。至于属于上层市民的海富商周大郎,其身上体现出更加严重的封建伦理道德观念。

三、小说刻印和表演的商业化

通过刻印小说来获取经济利益是不少书商的追求。《续世说序》中曾经记载:李君敏获得孔义甫的《续世说》后进行了镂板并加以隐藏,其后又将书板高价卖给官府。① 在坊间也有多个地方刻印销售洪迈的《夷坚志》和《容斋随笔》,《容斋随笔》也是通过内侍从坊间带入宫中,才使宋孝宗得以看见便爱不释手的。②

为了更好地推销自己所刻印的小说,有的刻印者还借多种方式来显示自己小说的珍贵,以此抬高小说的价值,吸引读者购买。如在刻印黄休复的《茅亭客话》时,石京便指出此书具有极高的阅读价值,非常值得购买,他不无夸张地说道:

> 圣朝龙兴之兆,天人报应之理,合若符契、验如影响……可以为后世钦慕儆戒者昭昭然,足使览者益夫耳闻目见之广泛乎!

除了宣传书的巨大作用和阅读价值,石京还强调该书的稀少,营造出物以稀为贵的效果,他说:"此集自先祖太傅藏于书筒,仅五十余载,而世莫得其闻也,余因募工镂板,庶几以广其传。"③通过刻印者的宣传,该书就具备了稀有

---

① 丁锡根:《中国历代小说序跋集》(上),人民文学出版社1996年版,第179页。
② 张祝平:《以雅入俗——宋代小说的普及与繁荣》,《云梦学刊》2003年第4期。
③ 黄清泉:《中国历代小说序跋辑录》,华中师范大学出版社1989年版,第350页。

且价值极高的特点,对购书者来说无疑是增添了不少吸引力的。

宋代,说话艺人在表演的过程中已充分地开展商业宣传,"招牌""纸榜""招子""帐额"和锣鼓等均已被广泛使用,在招徕观众的过程中发挥了重要作用。对于说话艺人演出时的情景,结合白秀英父女的表演,《水浒传》进行了比较翔实的描述:白秀英父女敲一通锣鼓将观众聚拢过来后,秀英便演唱了一段曲词,然后小说接着便描写了父女向观众讨要钱财的情景:

> 那白秀英唱到务头,这白玉乔按喝道:"虽无买马博金艺,要动聪明鉴事人。看官喝采道是过去了,我儿且回一回,下来便是衬交鼓儿的院本。"白秀英拿起盘子指着道:"财门上起,利地上住,吉地上过,旺地上行。手到面前,休教空过。"白玉乔道:"我儿且走一遭,看官都待赏你。"①

"务头"是指演出的关键时候,在这个关键点上,艺人抓住时机向观众讨赏钱,鲜明地表现出演出的商业化特点。当然,这种商业化也必然推动艺人表演向专业化发展,因为要想获得观众的喜爱和赏钱,没有精湛的表演是不可能的,其生存也就会受到影响。除此以外,好的本子也是必不可少的,当两者有机地结合在一起,艺人才能取得真正的成功,成功地抢占更广大的市场。正因如此,艺人往往会与知识分子结合起来,通过两者的强强联合创造巨大的商业利益和价值。可以说,至宋代,在当时都市商业化的大潮中,人们已能非常显著地感受到说话艺术的商业化。此社会化的过程中,商业化的说话艺术屡屡可见,发展势头十分迅猛。② 商业化对于说话艺术起到了促进和推动作用。而民间艺人与下层知识分子的结合无疑是宋代说话繁兴在人员配备上的得意之处。

---

① 施耐庵:《水浒传》第五十一回,人民文学出版社 1985 年版,第 711 页。
② 袁书会:《商业化与宋代说话艺术的繁兴》,《西藏民族学院学报》2003 年第 5 期。

第三节 万象聚笔端:小说的商业生活展现

我们常说,文学来源于生活。商业经济生活是人类生活中不可或缺的一部分,包罗着丰富多彩的内容,这些内容或多或少地会在文学作品中展现出来,构成一幅独特的文学图景,带领欣赏者走进"市井寻常",感受"人间烟火气"。如前所述,宋代商业经济的繁荣既带来了人们生活状态的改变和文学创作的转向,也为小说等文学体裁的创作提供了鲜活素材,宋代一些小说作品中对农民经商、手工业者经商活动、商品流通状况、商业都市等商业经济生活状况进行了或深或浅的描写与展现。

一、小说对农民经商现象的展现

宋代商品经济高度发展,许多农民纷纷弃农经商,他们这样做,或是出于生计的需要,或是出于经济利益的考虑,这在《夷坚志》中有突出的反映。[①] 小说所涉及的农民经商现象主要有以下几种情况:

一是开展农畜产品的加工并以此为业。《夷坚志·童七屠》中记载:"童七累世以刺豕为业,每岁不舍千数,又转贩于城市中,专以肥其家。"从事的是屠宰贩肉的工作。《夷坚志·侠妇人》中记载董国度妾"罄家所有,买磨驴七八头,麦数十斛,每得面,自骑驴入城鬻之",从事的是粮食加工方面的买卖。

二是从事各种商业性手工业。《夷坚志·王甑工虱异》中记载王六八是"及箍缚盘甑为业";《夷坚志·李大哥》中记载李小一是"以制造通草花朵为业"。有些乡民凭着精湛的技艺,创出了品牌,《夷坚志·蒲大韶墨》描写了蒲大韶制作墨法的技艺精湛,声名远播,以致出现了不少侵权盗版的情

---

① 参见丁雅:《从〈夷坚志〉看宋代商业发展的特点》,《许昌学院学报》2007年第4期。

况：“今所售者皆其役所作，窃大韶名以自贵云。”《夷坚志·湘潭雷祖》中记载了农民集体从事各种手工业的情况，“或捣为纸，或售其骨，或作章，或造鞋，其品不一”。

三是出卖劳动力为业。《夷坚志·黔县道上妇人》中的程发“为人庸力，屡往江浙间”；《夷坚志·处州客店》中记载“处州民叶青，世与大家掌邸店”；《夷坚志·吴廿九》中记载吴廿九“从其母假所著皂娣袍，曰：‘明日插秧，要典钱，与雇夫工食费。’”反映出雇佣关系已经向普通农民家庭渗透。

四是长途贩运为业。《夷坚志·湖州姜客》中的“湖州小客，货姜于永嘉”；《夷坚志·潘成击鸟》中，“广州人潘成，贩香药如成都，弛担村邸”，可谓跨省逾郡，路途遥远；《夷坚志·桂林秀才》中记载商人向十郎也经常往来湖广诸郡。

此外还有农民离开土地从事旅馆业。《夷坚志》中有不少农民，于偏僻处开设旅店，许多谋财害命的故事就在这里上演。

二、小说对手工业者经商现象的展现

据有关统计，宋代官私手工业的匠户数量已经比较庞大，以百万户计。宋代笔记小说中有不少记载了手工业者，从而较为集中地反映了宋代手工业的发展状况。①

建筑领域内的工匠。《东京梦华录》中描写了修理建筑的工匠泥瓦匠：“倘欲修整屋宇，泥补墙壁，生辰忌日欲设斋僧尼道士，即早辰桥市街巷口，皆有木竹匠人，谓之‘杂货工匠’，以至杂作人夫，道士僧人，罗立会聚，候人请唤，谓之‘罗斋’。竹木作料，亦有铺席。砖瓦泥匠，随手即就。”②还有小说描写了石匠中的一种打碑匠：“赵遣人打碑，次日本耆申某月日摩崖碑下大虫咬

---

① 贾灿灿：《宋代工商业者的职业流动——以笔记小说为中心的考察》，《三峡大学学报》2016年第5期。

② 孟元老撰，邓之诚注：《东京梦华录》，中华书局1982年版，第125页。

杀打碑匠二人。"①这段描写只是闪现了打碑匠，并未有更多的刻画。此外还有建筑工程的营造师——"都料匠"的记载："开宝寺塔在京师诸塔中最高，而制度勘精，都料匠预浩所造也。"②从中可以看出，都料匠的作用也是非常大的。

丝织业领域内的工匠。丝织业离不开专门从事印染的工匠，而且这种工匠的技术要求比较高，小说对此也有记载："仁宗时，有染工自南方来，以山矾叶烧灰，染紫以为黝，献之宦者洎诸王，无不爱之，乃用为朝袍。"③显然，这位染工的技艺是很高超的，深得大家乃至朝廷的喜爱。还有小说对裁缝进行了描写："盖尝市嫌帛欲制造衣服，召当行者取嫌帛，使缝匠就坐裁取之。"④

文化用品制作领域内的工匠。造纸匠在小说中得到了体现："付造纸江匠，使抄经纸。江用所得别作纸入城贩鬻。"⑤至于制墨的工匠即墨工，在小说中的表现就要丰富生动许多，职业相关性也强很多："阆中人蒲大韶，得墨法于山谷，所制精甚，东南士大夫喜用之。尝有中贵人持以进御，上方留意翰墨，视题字曰'锦屏蒲舜美'，问何人，中贵人答曰：'蜀墨工蒲大韶之字也。'"⑥此外还有刻字的工匠即刻工有所反映："张刻工子和哥，年十二岁，病禁口痢。"⑦只不过这种记载也只是浮光掠影，稍有涉及。

三、小说对手工业者活动情况的展现

宋代世袭职业者较多。如《夷坚支甲》中记载梁氏以陶冶为世袭职业，长

①　释文莹：《湘山野录》，《全宋笔记》第 1 编第 6 册卷上，大象出版社 2003 年版，第 16—17 页。

②　欧阳修：《归田录》，《全宋笔记》第 1 编第 5 册卷 1，大象出版社 2003 年版，第 237 页。

③　王林：《燕翼诒谋录·禁服黑紫》卷 5，中华书局 1981 年版，第 44 页。

④　吕本中：《官箴》第 602 册，文渊阁四库全书，台北影印本 1986 年版，第 654 页。

⑤　洪迈：《夷坚甲志·周世亨写经》卷 7，中华书局 2006 年版，第 61 页。

⑥　洪迈：《夷坚甲志·周世亨写经》卷 7，中华书局 2006 年版，第 142 页。

⑦　洪迈：《夷坚甲志·危病不药愈》卷 3，中华书局 2006 年版，第 1403 页。

久经营而家境富裕:"潼州白龙谷陶人梁氏,世世以陶冶为业,其家极丰腴。"①
此外,还有世代从事亳州轻纱纺织的手工业者,这种轻纱的织就,需要有两家
合作,故而两家为防止纺织之法外泄,形成了世代约婚的现象,对此,陆游有过
记载:"亳州出轻纱,举之若无,裁以为衣,真若烟雾。一州惟两家能织,相与
世世为婚姻,惧他人家得其法也。云自唐以来名家,今三百余年矣。"②

职业世袭在制笔业中也有时有所见。比如宣州的诸葛氏,其祖传的制笔
业已有近七百年的历史,这与其工艺的精湛有很大的关系,但在这种流传中,
其后代由于没能传承工艺,因此导致世袭的手艺走向衰落,家族也就此败落。
对此,有时人记载:"宣州诸葛氏,素工管城子,自右军以来世其业,其笔制散
卓也。……政和后,诸葛氏之名于是顿息焉。……是诸葛氏非但艺之工,其鉴
识固不弱,所以流传将七百年。向使能世其业如唐季时,则诸葛氏门户岂遽灭
息哉!"③

虽然世袭职业者较多,职业流动较少,但宋代笔记小说对职业流动的现象
还是有所记载。比如《夷坚志》中队粮食加工业者的职业流动进行过描述:
"许大郎者,京师人。世以鬻面为业,……如是十数年,家道日以昌盛,骎骎致
富矣。……自是生计浸衰,许亦死。其子以好身手应募为禁卫,至孙经以班校
换免得官,庆元初为饶信州都巡检使。"④在这段记载中,许大郎父子三代的职
业发生了流动和改变:许大郎是面粉加工业者,而他的儿子则应募参军,至于
孙子则成为官员,这种变化中既体现了不同地域间的职业流动,又蕴含着阶层
的流动,而许大郎的家境的贫而富、富而贫的转化,也从一个侧面反映出宋代
包括商贾在内的市民阶层的"贫富无定势"⑤。

---

① 洪迈:《夷坚支甲·九龙庙》卷2,中华书局2006年版,第725页。
② 陆游:《老学庵笔记》,《全宋笔记》第5编第8册卷6,大象出版社2012年版,第75页。
③ 蔡绦:《铁围山丛谈》,《全宋笔记》第3编第9册卷5,大象出版社2008年版,第236页。
④ 洪迈:《夷坚支戊·许大郎》卷7,中华书局2006年版,第1110页。
⑤ 袁采:《袁氏世范·富家置产当存仁心》卷3,黄山书社2007年版,第180页。

四、小说对商品流通状况的展现

从小说可以看出商品流通以下特点：

一是商品流通范围日益扩大。《史记·货殖列传》就有对流通性商业活动的记载。宋代，行商活动的范围比以往进一步扩大，长途跋涉、远渡重洋者也更多地出现。《夷坚志·鬼国母》记载了巨商杨二郎数次贩运到南海，在十余年中累积起了千万财产；《夷坚志·泉州杨客》描写杨客经商远涉重洋，数十年中"致赀二万万"。

不少小说反映了大街小巷开设的各色店铺的情况，如《夷坚志·伏虎司徒庙》描写了药商江仲谋在平江府内开了一家熟药铺，获利颇丰后扩大规模，在常熟又新开了一家。宋代城市店铺数量众多的情况，通过其他史料亦可得到印证，《东京梦华录》对北宋开封临街开设的店铺进行了详细的记录：

> 御街一直南去，过州桥，两边皆居民。街东车家炭，张家酒店，次则王楼山洞梅花包子、李家香铺、曹婆婆肉饼、李四分茶……余皆羹店、分茶、酒店、香药铺、居民。①

许多小说也反映了街头巷尾各类流动商人的经营情况。对于饮食小摊的小商小贩，《夷坚志》中就有多方面的记载：《夷坚志·张二子》卖粥为业的鄱阳民张二；《夷坚志·舒懋育鰌鳝》卖鱼饭为业的临安浙江人舒懋；《夷坚志·石头镇民》鬻蒸芋的市民龚三；《夷坚志·鲁四公》售猪羊血羹的饶州细民鲁四公；《夷坚志·五色鸡卵》专售荷包炖肉的信州五通楼前王氏；《夷坚志·张氏煮蟹》煮蟹出售的平江细民张氏；《夷坚志·乾红猫》售熟肉的孙三。

此外，小说反映了商品流通规模的增长。这不仅体现在行商贸易额的扩大，还表现在大量商业市镇的市场集会频繁举行，十分火爆。《夷坚志·古步

---

① 孟元老撰，邓之诚注：《东京梦华录》，中华书局1982年版，第52页。

王屠》记载"余干古步,有墟市数百家,为商贾往来通道,屠宰者甚众",反映出屠宰业的兴旺;《夷坚志·道人留笠》也记载在永康的青城山,"每岁二月十五为道会,四远毕至"。《夷坚志·饼店道人》所反映的情况也十分热闹:"青城道会时,会有万计,县民往往旋结屋山下,以誉茶果。"这些是宋代消费品的大量流通的一个写照,展现出商品流通规模的增长。

此外,一些小说对商业经营方式的变化也有所展现。小说记载了负担而卖的行商的宣传方式,除了简单的叫卖吆喝,还借助了其他方式。《夷坚志·程氏诸孙》记载了"尘世有摇小鼓而售戏面具者",在叫卖吆喝的基础上,借助小鼓扩大自己的宣传效果。

小说对独具特色的宣传方式也有所记载,如《夷坚志·鬼杀高二》记载了"饶州城内德化桥民高屠,世以售风药为业,手执叉钩,牵一黑漆木猪以自标记,故得屠之名";《夷坚志·徐楼台》中写"当涂外科医徐楼台,累世能治痈疖,其门首画楼台标记,以故得名"。这些小说都描写了商人通过独特性的标志物来扩大商业影响的目的。《夷坚志·简坊大蕈》记载酒肆王翁欲购买一根直径达到一尺八寸的大蕈"将挂于店外以诱饮客",之所以购买这种"平生所未见"的大蕈,也就是想以此发挥其广告作用,既吸引路过之客,也能造成轰动效应,吸引顾客慕名而来。

五、小说对商业都市的书写

北宋诗人梅尧臣有多首诗歌描写和反映了当时汴河商业活动繁忙的景象。其中一首写道:

> 汴之水,分于河,黄流浊浊激春波。昨日初观水东下,千人走喜兮万人歌。歌谓何,大船来兮小船过。百货将集玉都那,君则扬舻兮以岙刑科。

还有一首写道:

> 汴之水,入于泗,黄流清淮为一致。上牵下橹日夜来,千人同济

兮万人利。利何谓,国之漕,商之货,实所寄。(《全宋诗》卷二四六,
宋梅尧臣撰《宛陵集》卷二十四)

"大船来分小船过""上牵下橹日夜来"刻画出汴河上千帆竞渡、商贸繁荣
的热闹、繁华景象。"国之漕,商之货"的表述,也体现出诗人对于贸易活动的
承认,并没有蔑视之意。

孟元老在其《东京梦华录》序中,对北宋末期东京城人文鼎盛的繁荣状况
进行了描写:

> 举目则青楼画阁,绣户珠帘,雕车竞驻于天街,宝马争驰于御路,
> 金翠耀日,罗绮飘香。新声巧笑于柳陌花衢,按管调弦于茶坊酒肆。
> 八荒争凑,万国咸通,集四海之珍奇,皆归市易;会寰区之异味,悉在
> 庖厨。花光满路,何限春游,箫鼓喧空,几家夜宴。伎巧则惊人耳目,
> 侈奢则长人精神。①

洪迈在其所撰写的《容斋随笔》对京都的繁华有所描写,并从自己的角度
解释了繁华出现的原因:

> 国朝承平之时,四方之人,以趋京邑为喜。盖士大夫则用功名进
> 取系心,商要则贪舟车南北之利,后生嬉戏则以纷华盛丽而悦。②

从中也可看出当时的社会风气。除了这种相对宏观层面的记载和描述,
还有一些文献从相对微观的层面,反映了宋代城市的繁华和城市生活的热闹。
如汴京马行街一带的夜市酒楼就极为热闹,从当时的记载可知:"酒楼极繁华
处也,人物嘈杂,灯火照天,每至四鼓罢,烧灯尤壮观,观诗人亦多道马行街灯
火。"③这已颇有现代大都市的夜晚景象,正是在这种热闹繁华之中,一些细微
之处被文人捕捉,并以感叹的形式表达出来:"天下苦蚊蚋,都城独马行街无
蚊蚋。马行街者,京师夜市酒楼极繁盛处也。蚊蚋恶油,而马行人物嘈杂,灯

---

① 孟元老撰,邓之诚注:《东京梦华录·梦华录序》,中华书局1982年版,第1页。
② 洪迈:《容斋随笔:下》,中华书局2005年版,第934页。
③ 吴自牧:《梦粱录》,中国商业出版社1982年版,第76页。

光照天,每至四更鼓罢,故永绝蚊蚋。"而从记载中可以发现,临安的夜市有过之而无不及,"最是大街一两处,面食店及市西坊面食店,通宵买卖,交晓不绝,缘金吾不禁,公私营干,夜食于此故也"①。

宋代反映东京市民生活的小说,对汴京的描写和展现,相较于其他文学形式显得更为具体和细致,虽然在很多小说中,城市只是作为故事发生和人物活动的地点或背景,即便如此,也还是反映出小说作为一种特殊文体,对商业经济发展最显著、集中的地方——都市的密切关注。

在这些话本小说中,不少作品选取能够代表东京城的地标或建筑,来作为小说故事展开和人物活动的场所:《简帖和尚》中将汴河的天汉州桥作为活动场所,"(小娘子)上天汉州桥,看着金水银堤汴河,恰待要跳将下去";《宋四公大闹禁魂张》中将金梁桥作为人物活动之所,"宋四公夜至三更前后,向金梁桥上四文钱买两只焦酸馅";《勘靴儿》中写到了天津桥,"(冉贵)将担子寄与天津(汉)桥一个相识人家"。这些地方在东京城中都非常有名。相比于唐代介绍人物出场时常用"某坊某曲",宋话本的介绍方式发生了明显变化,《宋四公大闹禁魂张》中是这样介绍的:"你见白虎桥下大宅子,便是钱大王府。"《陈巡检梅岭失妻记》中的介绍方式也相似:"去这东京汴梁城内,虎翼营中,一秀才姓陈,名辛,字从善。……新娶得一个浑家,乃东京金梁桥下张待诏之女,小字如春。"②这种介绍方式带有明显的"说话人"在现场表演中,力求将听众带入故事情节的叙说味道,而且将听众熟知的地点嵌入小说中,也有助于听众获得更强烈的参与感和体验感。

除了反映和表现东京真实的地理空间,不少小说还反映出东京的城市文化。如《闹樊楼多情周胜仙》除了反映了樊楼、金明池、曹门里等东京的著名之处,还表现了城市中的游春和元宵灯节等文化。《志诚张主管》在表现金明

---

① 吴自牧:《梦粱录》卷13,中国商业出版社1982年版,第107—108页。
② 程毅中辑注:《宋元小说家话本集》,齐鲁书社2000年版,第149、322—323、703、165、427—428页。

池、端门、天庆观、万胜门等地方之外,还对元宵灯节和清明节的城市文化进行了表现,等等。

宋话本还对东京城里的铺席进行了描写,从中可见北宋时期东京城商业活动的活跃。如《郑节度立功神臂弓》中写道:

> 话说东京汴梁城开封府有个万万贯的财主员外姓张,排行第一双,名俊卿。这个员外,冬眠红锦帐,夏卧碧纱厨,两行珠翠引,一对美人扶。门首一壁开个金银铺,一壁开所质库。

《宋四公大闹禁魂张》《志诚张主管》等话本小说中对铺席也有描写,如《宋四公大闹禁魂张》中有"这富家姓张,名富,家住东京开封府,积祖开质库,有名唤做张员外"的描写,写的也是铺席的情况。

《东京梦华录》对于界身和铺席有较详细的描述,据卷二《东角楼街巷》条:

> 自宣德东去东角楼,乃皇城东南角也。十字街南去姜行,高头街北去,从纱行至东华门街、晨晖门、宝箓宫,直至旧酸枣门,最是铺席要闹。宣和间展夹城牙道矣。东去乃潘楼街,街南曰鹰店,只下贩鹰鹘客,余皆真珠、匹帛、香药铺席。南通一巷,谓之界身,并是金银彩帛交易之所,屋宇雄壮,门面广阔,望之森然。每一交易,动即千万,骇人闻见。以东街北曰潘楼酒店,其下每日自五更市合,买卖衣物、书画、珍玩、犀玉,至平明,羊头、肚肺、赤白腰子、妳房、肚胘、鹑兔鸠鸽野味、螃蟹、蛤蜊之类讫,方有诸手作人上市,买卖零碎作料。

从这段描述中,可以真切感受到当时铺席的热闹景象和奢侈状况,从中也能窥见宋代人的生活境况及当时市民社会的风气。

综合本节的梳理可以看出,宋代小说对当时社会商业经济状况进行了堪称全景式的表现,为我们呈现出宋代商业经济社会的世情百态和历史风貌。

第四节　贴近与符合：小说生活化的文体形态

正如前文所述，宋代话本小说创作具有比较鲜明的世俗化趋向，以贴近市民阶层需求为旨归，这种创作取向十分明显地体现到了小说的文体形态中，使小说的主人公和题材都十分切近市民，符合市民的阅读兴趣，这在前文已有述及；在叙事时空的选择上，也多以市民熟知的时间或地点作为故事的背景，以期让读者获得更亲切真实的阅读体验；在小说语言方面，也改变了以往文言小说晦涩难懂的状况，开始融入大量俚语俗语，从而更好地实现读者的阅读和理解。这种文体形态的变化，对后代小说创作的影响是十分重要而深远的。

一、生活化的叙事时空

宋话本注重贴近市民生活来设置叙事的时空，这一特点，与宋话本多从当时的"说话"过渡而来，保留了"说话人"追求故事真实性和听众融入性的特性有关，其突出的表现是更多地将市民熟知的时间或地点作为故事的背景。

节日作为时间中的特殊节点，在人们的生活中具有特殊的意义，被"视为人类与天地鬼神相对话，与神州传说信仰娱乐相交织的时间纽结"①。在宋代，小说故事时间的设置，常见以"元夕"和"清明"作为时间指示标，来发挥其在叙事中的独特作用。

元夕节即现在所说的元宵节，在中国传统文化中一直具有十分重要的节庆意义，从史料来看，这也是宋人十分重视的节日。每逢这个节日，民间便形成男女老少上街赏灯的热闹习俗，市井生活的气息在此时显得更加浓厚。而这样一个节日，自然也成为宋话本中众多故事发生的时间节点，也是男女青年相逢并萌生爱情的一个重要叙事时间。将之作为叙事时间，既能有效增加故

---

① 杨义：《中国叙事学》，人民出版社 1996 年版，第 169 页。

事发生发展的真实性,也能适应话本小说贴近生活、更好地引导读者融入故事情境的目的。而且在这样喜庆祥和的氛围中产生的爱情故事,更能充分地表现出青年男女渴望恋爱和婚姻自由的强烈心声。

清明节在民间又被称为鬼节,在民间充满了神秘感,在这样一个节日,今人得以和已故之人建立某种联系,人的灵魂也得以与鬼魂相通。宋代鬼怪类的故事如《洛阳三怪记》《西湖三塔记》《西山一窟鬼》等篇目,为了更加逼真地营造人鬼(怪)的遇合的情境,常常将故事展开的时间设置在清明节,将人鬼或人怪的遭遇,安排在对清明的风俗人情进行一番描绘之后展开,并营造出恐怖阴森的场景效果。这样的叙事安排无疑充分地把握了人的心理特征,也体现出对于现实和文化的深刻洞察,借此,故事发生、展开得更加自然,也可以以帮助读者和听众更好地身临其境,完全地融入作品情节之中。

除了时间,地点在小说叙事中也同样具有特殊的叙事意味,它除了承载小说人物活动的范围,也能形成拉近小说读者与文本距离的作用。假如小说故事发生在一个读者全然不知的地方,则可能影响读者对小说真实性的判断,进而影响其进一步阅读聆听的兴趣。而加入故事就发生在熟悉的地点,则可能立刻缩短小说与读者的距离。因此很多小说特意将地点具体化、熟悉化,以使读者或听者产生置身于熟悉生活场景的效果。分析宋话本可知,北宋都城东京和南宋都城临安的繁华之处,是不少小说选择展开叙事的地点,如《简帖和尚》中多东京的大相国寺、枣槊巷、天汉州桥等地;《碾玉观音》中多临安的清湖河、井亭桥、石灰桥、车桥等地;《西湖三塔记》中多临安的钱塘门、断桥、昭庆寺、涌金门、四圣观等地;《洛阳三怪记》中多临安的会节园、官巷口花市、寿安坊等地。此外还有很多,不能一一列举。事实上,这样的空间设置,虽是作者为更好地引导人们欣赏小说所为,但在客观上却形成了特殊的小说价值,那就是记录和刻画了当时地域发展的实际情况和丰富多彩的地域生活,营造出一种特殊的地域文化,从而使话本小说在体现时代性的同时,具有了重要的历史价值和文化价值。

总的来说,宋话本的故事内容多为虚构,但在叙事中将叙事时空生活化的设置,通过故事发生发展的自然推进,有利于真实生活情境的营造,增加了故事的可信度、读者的融入度和听众的接受度。

二、通俗化的语言运用

宋代俗文学创作的一个显著特征,是改变了过去用语典雅、文人气过浓的状况,在传达市民情感、展现市民生活的过程中,更多地使用通俗、生动、贴近市民生活及其趣味的语言,从而使文学作品更易于被市民大众所接受。这种显著的变化,是文学创作语言通向口语化、通俗化的开端。

作为"说话"的底本,宋话本小说脱胎于说话人的口头讲述,通俗性和口语性是其极为显著的特点,这样就使其区别于供人阅读的文学作品,在语言上形成独具一格的风格。比如和唐传奇相比,唐传奇大量使用典雅有时甚至深奥的文言,这种语言主要适合饱读诗书的文人士大夫,供其在案头阅读、仔细咀嚼揣摩,展现其深厚的文学功底。但这种语言却因为艰深隐晦而难以被口头讲述者所青睐,因此在一定程度上阻碍了其广泛流传。

有论者通过比较唐宋传奇,对宋传奇的语言特点进行了着重的分析,指出:"(宋)传奇小说的文体规范也发生了变化,语言上受话本的影响,变得通俗浅显,颇有文不甚深,白不甚俗近似后来《三国演义》的语言风格。散韵杂糅,本来在唐人传奇中就存在,但除了像张文成《游仙窟》这样的异体传奇以外,穿插在故事发展过程中的诗歌,或者少量骈俪文字,是用以抒发人物感情、表现人物才气风度,或浓化叙事的环境、心理气氛的,故书卷气较浓,而宋代中期传奇小说中的散韵杂糅,似乎更多着眼于读者的审美心理,散文用以叙事,韵文用以抒情,而且韵文中诗、词、骈文都有,内容大体上与散文所叙述的情节一致,起了调节气氛、节奏的作用,这是说话艺人惯用的手法。"①

———————

① 张晖:《宋代笔记研究》,华中师范大学出版社 1993 年版,第 49 页。

宋传奇小说这种语言特点的形成,与说话人着眼于读者审美心理进行的处理有直接的关系。事实上,宋话本一开始便是依赖"说话"这种口头的形式向市民大众传播,是市场决定了说话要选择贴近市民生活且明白易懂的白话语言。它以市民滚瓜烂熟的生活用语为基础,并在此基础上加以提炼和加工而成,彰显出灵动、活泼、有力的特点。如在《错斩崔宁》中,刘贵和他丈人的对话就写得非常生动:

> 直到天明,丈人却来与女婿攀话,说道:"姐夫,你须不是这等算计。坐吃山空,立吃地陷!咽喉深似海,日月快如梭。你须计较一个常便。我女儿嫁了你,一生也指望丰衣足食,不成只是这等就罢了?"刘官人叹了口气道:"是!泰山在上,道不得个'上山擒虎易,开口告人难'!如今的时势,再有谁似泰山这般怜念我的?只索守困。若去求人,便是劳而无功。"

小说中的这段对话,概括力很强的俗语得到了充分运用,体现出源自市民阶层的生活经验,显得真实朴素,也鲜活地刻画了人物个性。有学者指出:"在一直为文言所垄断的中国文学史上,出现的用口语或接近口语的白话而写出的小说,打破了文言对文坛的垄断,这意味着新的文学观的树立,具有划时代的意义。"①宋话本以后,白话的强大生命力得到充分展现,白话小说也逐渐成为古代小说的主流。这是商业经济所推动的社会生活变革、小说创作嬗变的集中鲜明的体现。

除此以外,小说话本的艺术表现手法也符合市民阶层的欣赏趣味。客观地说,生动曲折的故事是最受市民阶层喜爱的,为了满足市民的需要,话本往往展现出很强的故事性。如《简帖和尚》的故事叙述就颇具艺术性,曲折的情节很能吸引人,小说叙述了一位不知是谁的官人找僧人给杨氏小娘子送了一封简帖,而且为何要送这简帖,小说却只字不提,故意为情节的展开埋下了伏

---

① 欧阳代发:《话本小说史》,武汉出版社1994年版,第5页。

笔。收到这封简帖后,杨氏小娘子的丈夫便开始怀疑她,并最终将其休弃,为什么会这样,小说还是隐而不说,连杨氏小娘子也不知其中的原因。被人救下后,杨氏小娘子只好暂跟了一官人。叙述至此,话本特意将这位官人和送简帖的官人的相貌进行了交代,更多细节仍未说明。小说的悬念直到杨氏重遇皇甫松才彻底揭开,让人有恍然大悟之感。在《碾玉观音》中,主人公秀秀被咸安郡王追捕,关押进了后花园,这令读者对她的命运十分担忧。然而接着故事却发生了转折,她和崔宁得以同往建康,令读者松了口气;谁料郭排军发现其逃走,又立下了军令状前来抓捕,令故事情节又陡升紧张气氛,经过一波三折,读者才终于清楚秀秀原来不是人而是鬼。可以说作者非常善于组织悬念,使故事情节曲折动人。在《错斩崔宁》中,叙述者也制造了一个巨大的叙事转折,小说一开始便逐一讲明了小说人物二姐为何要离家出走,刘贵是怎样被杀,以及崔宁如何好心帮助二姐,让读者对人物遭际的实际情况了如指掌,从而对故事人物产生了相应的情感。但小说在此之后陡转,杀害刘贵的罪名,被官府加到了与此毫无关系的二姐和崔宁的身上,并且这两位深受读者喜爱的人物,竟就这样被官府冤枉杀死,反映出官府的愚蠢、黑暗。通过这样的叙事处理,人们必然更会从人物遭遇的冤枉中深感震惊,对小说中这样的官府和官吏产生强烈的愤恨。

以上只是偶举几例,从这些叙事手法的运用中,我们能够感受到宋话本在叙事过程中所形成的进步,这种进步,也是产生在宋代商业经济发展、市民阶层勃兴、小说创作市场化的背景下的。

第五节　双重作用:商业和理学
影响下的小说叙事

伴随着商业经济的繁荣,两宋社会风气由此发生了明显偏移,越来越多的人被金钱所俘获,人们的思想观念由此发生了很大的转变。面对这种社会风气,统治阶层和儒家知识分子进行了积极的社会教化,以图扭转风气,重建封建道德秩序。在这种较为强烈的教化意识的驱使下,小说创作也带上了鲜明的道德劝惩意图,不少小说试图通过围绕"义利"叙事,于不动声色中给读者以思想的劝诫和引导。这成为宋代商业经济影响下小说创作的又一个鲜明特色。

一、社会风气之变和理学的应对

宋人李觏对当时的社会风气有过这样的描述:

> 今也民间淫侈亡度,以奇相曜,以新相夸。工以用物为鄙,而竞作机巧;商以用物为凡,而竞通珍异。(《李直讲文集·富国策第四》)

"淫侈亡度"、追新逐奇的社会风气,在宋代确是普遍存在的。而随着风气在商品经济发展基础上的急剧变化,拜金主义也开始肆意蔓延、日益泛滥,在当时社会,"钱之为钱,人所共爱","钱如蜜,一滴也甜"[①],"有钱可使鬼,无钱鬼揶揄"[②]……此类的谚语、俗语可谓到处可见。

金钱之力是超乎想象的,金钱的渗透是无孔不入的,两宋社会生活的各个方面都受到了金钱的渗透和影响,即使是原本严格的传统等级观念,也会在金钱面前变得脆弱,判断一个人的社会地位,金钱成为衡量的重要标尺。社会的尊崇往往伴随着财富的累积而来。时人蔡襄说:"凡人情莫不欲富,至于农人,商贾,百工之家,莫不昼夜营度,以求其利。"司马光也说:"无问市井、田野之人,由中及外,自朝至暮,惟钱所求。"

一旦拜金主义甚嚣尘上,传统的义利观势必遭受强烈冲击。因为金钱,北宋大儒程颢、程颐发出了这样的感慨:"民风日以偷薄,父子兄弟惟知以利相

---

① 惠洪撰,黄宝华整理:《冷斋夜话·钱如蜜》,《全宋笔记》第二编第9册,大象出版社2006年版,第70页。

② 陈与义撰:《简斋集·书怀示友十首》,《丛书集成初编》,中华书局1985年版,第9页。

与耳。"南宋李之彦则更深地感慨道:"骨肉亲知以之而构怨稔衅,公卿大夫以之而败名丧节,劳商远贾以之而捐躯殒命,市井交易以之而斗殴戮辱。"这无疑已经引起了一种日趋强烈的道德危机感。

在这种社会风气中,理学大师将"理欲之辩"推向高潮。程朱学派视人欲为洪水猛兽,旗帜鲜明地提出了"尊天理,窒人欲"的主张。如程颢、程颐明确将"天理"与"人欲"置于对立的位置,认为天理中固定地包含着人性中的仁、义、礼、智、信等内容,通过"心"的形式,天理体现并进而对人的行为进行支配。同时,他们也认为,"气有清浊,禀其清者为贤,禀其浊者为愚"。① 禀"气"而生的人面对禀气而生的欲,应当如何做才是合乎天理的呢? 他们主张灭人欲而存天理:

> 视听言动非理不为,即是礼,礼即是理也。不是天理,便是私欲。

人虽有意于为善,亦是非礼。无人欲即皆天理。②

"灭私欲,则天理明矣。"以之为基础,二程也提出了要加强人性修养的观点,如要做到寡欲甚至不欲,要扎实践行仁义等。朱熹在二程的基础上,又进一步将理与欲完全对立起来,他认为:"人之一心,天理存则人欲亡;人欲胜则天理灭,未有天理人欲夹杂者。"③在朱熹的话语体系中,"天理"被进一步高悬,"人欲"的空间则被进一步压榨。从经商活动的内在趋利性来说,它显然很容易地会被归于"人欲"的范畴中去,正因此,宋元时期"存天理、灭人欲"的思想形态,必然会对商业活动产生不可忽视的重要影响,限制和规约商人的经商求利活动,一定程度上阻滞商业发展。

有学者指出,"理欲之辩"实际上是"义利之辩"的深化和发展。④ 循此路径我们可以认为,在理学时代,理学家讨论义利关系时多直接从理欲的价值分

---

① 《二程遗书》卷十八,《伊川先生语四》,上海古籍出版社 2000 年版,第 204 页。
② 朱熹:《朱子全书》,上海古籍出版社、安徽教育出版社 2002 年版,第 1475 页。
③ 朱熹:《朱子全书》,上海古籍出版社、安徽教育出版社 2002 年版,第 224—225 页。
④ 夏晓红:《"义利之辩"与"理欲之辩"》,《光明日报》2000 年 5 月 16 日。

辩进行,这就使义利之辩较为集中突出地在理欲之辩的人生价值领域表现出来。事实上,张载、二程和朱熹等都是将"理欲"和"义利"结合在一起言说的。张载在其《横渠易说·上经》中指出,"义,公天下之利",这可视为其义利观的核心观点,这里所说的公利,是社会整体利益的总称,与私利相对,在张载看来,私利与私欲是一体的,可统称为"私"或"私欲",与仁义对立。人"徇私意,义理都丧",其后果是十分严重的,因此要去私利之恶以求公利之善,而要做到这一点就必须克己、寡欲:

> 仁之难成久矣,人人失其所好,盖人人有利欲之心,与学正相背驰。故学者要寡欲。①

他提倡要做到"不以嗜欲累其心"。尽管如此,张载并未否弃人的生存之欲和个体最基本的生存要求,认为"饮食男女,皆性也,是乌可灭?"并将这种基本需求归入到了他所提倡的兼爱惠民的公利之中。在二程看来,"义与利,只是个公与私也","义利云者,公与私之异也"。② 对于公与私,他们认为仁义纲常是公,而私人欲求则为利,公与私是严格对立的,"不是天理,便是私欲","大凡出义则入利,出利则入义"。③ "人欲肆而天理灭矣。"正是基于这种观念,他们提出了"存义去利"的价值观,主张"灭人欲而存天理"(《粹言》卷二)。不仅如此,二程也对志功之辩颇为关注,重心志而轻功利,重动机而轻效果,"不独财利之利,凡有利心,便不可。如作一事,须寻自家稳便处,皆利心也"。循此观念,可以看出其对经商求利行为构成了严酷的限制。

朱熹认为"义"有两重含义:一是指天理、道心,他指出"义者,天理之所宜"④,"仁义根于人心之固有,天理之公也"⑤。二是指具体的行为规范,《孟

---

① 孔颖达:《尚书正义》,李学勤主编:《十三经注疏(标点本)》,北京大学出版社 1999 年版,第 2064 页。
② 程颢、程颐:《二程集》,中华书局 2004 年版,第 1172 页。
③ 程颢、程颐:《二程集》,中华书局 2004 年版,第 124 页。
④ 朱熹:《朱子全书》,上海古籍出版社、安徽教育出版社 2002 年版,第 2358 页。
⑤ 朱熹:《朱子全书》,上海古籍出版社、安徽教育出版社 2002 年版,第 2361 页。

子集注·卷一》中有言:"义者,心之制,事之宜也。""义"的这两个层面,前者是指导和约束着后者的。朱熹对"利"进行了区分对待,一方面认为它是私利,会导致"为愚为不肖为贫为贱为夭"(《语类》卷四、卷十三),造成"物欲之蔽",它由昏浊之气产生的。另一方面认为利又包括"合当"之利,人需要它维持生命,"若是饥而欲食,渴而欲饮,则此欲亦岂能无? 但亦合当如此者"①。在此基础上,朱熹将超出基本需求范畴的物欲情欲,都纳入了其"灭人欲"所要抑灭的范围。他同时主张通过存理灭欲的方式,来处理不当之利与义的关系,指出只有严辩义利,才能守住"天理之公",并真正明晓"其效有兴亡之异"的社会功能。对于义与合当之利,朱熹明确主张以仁义为先为重:

> 窃闻之古圣贤言治,必以仁义为先,而不以功利为急……盖天下万事本于一心,而仁者此心之存之谓也。此心既存,乃克有制,而义者此心之制之谓也。②

并认为"正其义则利自在,明其道则功自在"③,"凡事处制得合宜,利便随之"④。这实际上表达的是一种"义在利先""义以生利"的价值观念。

从总体上看,理学所崇尚的"存天理、灭人欲"的理欲观念和重义轻利的义利思想,是对传统儒学思想的变异性发挥,体现的是知识分子在物欲不断抬头的社会环境下,对理想道德境界的一种矫枉过正的追求,并堪称一种主流意识形态,对小说处理"义""利"问题的叙事本身,产生着至关重要的影响。

但现实的力量总是巨大的。宋元时期商业经济大发展的现实,极大地改变着人们的日常生活,也不可避免地影响着人们的思想观念,在经商逐利、追求享受的社会风气下,知识群体的思想观念也必然冲破"理"和"义"的束缚,发出别样的声音。以叶适、陈亮为代表的永嘉学派即提倡功利之学,他们在

---

① 朱熹:《朱子全书》,上海古籍出版社、安徽教育出版社 2002 年版,第 3164 页。
② 朱熹:《朱子全书》,上海古籍出版社、安徽教育出版社 2002 年版,第 3623 页。
③ 朱熹:《朱子全书》,上海古籍出版社、安徽教育出版社 2002 年版,第 2433 页。
④ 朱熹:《朱子全书》,上海古籍出版社、安徽教育出版社 2002 年版,第 3851 页。

"义""利"关系上认为"利"是"义"的物质内容,并把求利看成是人的本性,将"利"的重要性和地位进行了极大的提高,并大胆地冲击了"贵义贱利"的封建教条。

陈亮认为道并不是虚无缥缈、不着实际的,相反,道就行藏于事物之间。"夫道之在天下,无本末,无内外。"①"夫道非出于形气之表,而常行于事物之间者也。"②基于这种观念,陈亮认为道是不离日用的,"道之在天下,平施于日用之间。……而其所谓平施于日用之间者,与生俱生,固不可得而离也"③。日常生活中的吃、穿、住等,都成为"人道"的必备条件。

> 必有衣焉以衣之,则衣非外物也;必有食焉以食之,则食非外物也;衣食足矣,然而不可以露处也,必有室庐以居之,则室庐非外物也。……若是者,皆非外物也,有一不具,则人道为有阙,是举吾身而弃之也。④

在阐述人之日用与道的关系的同时,陈亮还分析了喜怒哀乐爱恶与行道的关系,认为:"行道岂有他事哉! 审喜怒哀乐爱恶之端而已。""夫喜怒哀乐爱恶,欲之所以受形于天地而被色而生者也。六者得其正则为道,失其正则为欲。"⑤也就是指出,人表现得恰到好处的喜怒哀乐爱恶的感情即为道,在生活中审察人的感情活动,努力让它符合伦理道德准则,这就是行道。

叶适把义、利根基于物的一元性上,正是基于这种一元性,在他看来"性命道德未有超然遗物而独立者也",从而提出了与陈亮观点相似的"道在物中"的思想。叶适认为人性本善,但这种善良的本性的彰显,离不开外在物质的维持和满足:

> 夫人内有肺腑肝胆,外有耳目手足,此独非物耶? ……人之所甚

---

① 朱熹:《朱子全书》,上海古籍出版社、安徽教育出版社2002年版,第586页。
② 朱熹:《朱子全书》,上海古籍出版社、安徽教育出版社2002年版,第591页。
③ 陈亮:《陈亮集:增订本》,邓广铭点校,中华书局1987年版,第14页。
④ 陈亮:《陈亮集》,中华书局1974年版,第43页。
⑤ 陈亮:《陈亮集:增订本》,邓广铭点校,中华书局1987年版,第101页。

患者，以其自为物而远物。……是故君子不可以须臾离物也。(《水心别集》卷七)

认为只有依托外在的物质，才能实现道德之礼，正所谓"礼者养也。刍豢稻粱，五味调香，所以养口"(《习学记言·荀子篇》)。这样一来，叶适就将人性与物利、道德和物利联系在了一起。当然他反对纵义说，认为董仲舒的观点"仁人正谊不谋利，明道不计功，此语初看极好，细看全疏阔"，后世儒者若按此种观点行事，将使道义变成虚假空话，"既无功利，则道义者乃无用之虚语耳"。① 同时他也对纵利说保持着警惕，认为"有大利必有大害"。

综合而言，陈亮和叶适在义利统一的前提下，对"利"的地位和重要性进行了强调，使程朱学派截然二分理欲和义利的缺陷得到修正，传统的"义利""本末"观念一定程度上得到了扭转，既促进了商品经济的发展，也促进了以利为核心的"人欲"的张扬。可以说，"尊理窒欲"和"人欲"张扬在宋元时期并存。

宋代商业经济和理学思想的发展状况，对小说创作的影响无疑是直接的，一方面，商业经济的繁荣、商业经营的活跃，必然会在小说中得到更多、更生动的反映，更多的商人形象会进入创作者的视野，呈现在文本之中。另一方面，商业活动在理学思想和政策上受到排斥、商人地位和身份仍受到贬抑的现实，也会直接或间接地影响到创作者的思想观念，从而或明或隐地体现到小说中来。

二、社会教化的方式和价值取向

宋代对儒学大加推崇。宋高宗曾颁诏追赠程颐，对程颐给予了极高的评价，认为程学是"高明自得之学，可信不疑……所以振耀褒显之者，以明上之所与，在此而不在彼也"②，实际上是承认了程学为正统之学，同时也标志着理

---

① 叶适：《习学记言》，中华书局1977年版，第176—177页。
② 李心传：《建炎以来系年要录》，中华书局1988年版，第639页。

学得到了官方的正式认可。宋高宗认可程学,也表明南宋统治者十分关注社会教化,渴望对封建道德秩序进行重建。受统治阶层的影响,宋代社会普遍关注教化和道德重建,其采取的方式主要包括几种:

一是发布规诫劝谕方面的公文。意欲将义理向臣民讲清楚,同时将朝廷的政治意图加以阐明,达到兴利除弊、引领世风的目的。二是在乡村为主的范围内订立乡约。秉持儒家礼教,在一定区域互立科条,成为大家的共同遵守。乡约也"由纯粹民间的教化组织演变为官方统治地方基层社会的辅助工具"①。三是充分利用乡饮酒礼和堂会等机会进行教化。严州地区经常在乡饮酒礼的场合"思美教化,用能酌时之宜"②,多达千余人一同参与,产生的效果和影响很大。四是宗族规训的作用得到较好发挥。其中比较有代表性的是江苏的《锡山邹氏家乘凡例》,其中规定的内容翔实也很严厉:"凡子孙有为不矩者,许通族人撼实不矩之事,告于宗长,会其父母,明正其罪。"③

还有一种重要的教化方式,是通过民间话本及文艺活动开展教化。这种教化方式北宋时便已十分普及,至南宋则更加深化拓展。像《三国志平话》《大唐三藏取经诗话》《五代史平话》《京本通俗小说》《大宋宣和遗事》等,就普遍注重教化。话本小说集《京本通俗小说》更是注重以故事宣扬伦理道德。这种教化所及的范围很广,不仅城市,连乡村小镇也可进行,陆游有诗记载:"斜阳古柳赵家庄,负鼓盲翁正作场。身后是非谁管得,满村听说蔡中郎。"④反映的就是教化渗及乡野的状况。⑤

伦理教化是宋代社会教化的核心部分,其仍以传统的"三纲五常"为核心内容,引导人能恪守礼仪,自觉接受和弘扬传统的美德,从而做到对社会、宗族、家庭和他人都有益。其中比重较大的内容,就是教化女性如何在商业经济

---

① 黄书光:《中国社会教化的传统与变革》,山东教育出版社 2005 年版,第 133 页。
② 郑瑶、方仁荣:《景定严州续志·乡饮》卷三,商务印书馆 1936 年版,第 358 页。
③ 费成康:《中国的家法族规》,上海社会科学院出版社 1998 年版,第 260 页。
④ 陆游著,钱仲联校注:《剑南诗稿校注》,上海古籍出版社 1986 年版,第 2193 页。
⑤ 赵国权:《南宋时期社会教化的路径及价值趋向》,《河北师范大学学报》2010 年第 9 期。

侵蚀中保持传统女性的光辉形象。除此以外,通过教化来扭转风俗也是重要内容。南宋各级官员大都认识到"治道之要在正风俗"①,《三家礼范》可以说是实施风俗教化的代表,被朱熹称赞为"以厚彝伦而新陋俗,其意美矣",在民间产生了十分广泛的影响。

劝学和劝农教化也得到宋代统治者的重视,其中劝农教化是统治阶级重农思想的具体体现,大力主张百姓关注农事、安心农事、勤劳务农。著名的《劝农文》对农事的重要性、如何正确面对农事的收获等进行了苦口婆心的教化:"二月既望,静江守臣率其属劳农于郊,进父老而告之曰:民生之本在于农事,农事之修贵于力。治其陂泽,利其器用,粪其田畴。其耕也必深,其耘也必详。日夜以思,谨视详审,无或卤莽,且率其妇子相与协济其事。用力之如此,而后收获之报可得而期。吾力既尽,至于农歉之不常,则听之于天焉。丰歉之不常虽系于天,而亦由于人事有以致之也。"②

从实际效果来看,宋代各层面的教化产生了积极的社会效果,朱熹于漳州时的教化便卓有成效,成为南宋社会教化成效显著的一个代表。有人评价指出:

> 越半年后,人心方肃然以定。僚属厉志节而不敢恣所欲。仕族奉绳检,而不敢干以私。胥徒易虑,而不敢行奸。豪猾敛踪,而不敢冒法。平时习浮屠为传经礼塔朝岳之会者,在在皆为之屏息。③

总的来说,南宋在北宋开展社会教化的基础上,给予社会教化以极大关注,其教化体现出着眼社会、路径多样、切合民众、内容丰富的特点,取得了良好的成效。这种社会教化也以一种或显或隐的方式,对包括小说在内的文学创作产生直接或间接的作用和影响。

---

① 徐松:《宋会要辑稿(刑法二)》,中华书局1957年版,第6562页。
② 张栻:《张栻全集》(下),长春出版社1999年版,第1194页。
③ 《光绪漳州府志》,上海书店2000年版,第485页。

三、宋代小说创作的道德劝惩

从前述可知,受政府"抑商"政策和思想,尤其是受理学思想文化的影响,宋元小说不可避免地浸润和传递着重理轻欲、重义轻利的思想。

从《太平广记》来看,唐前志怪小说中还很难说形成了自觉的道德劝惩,实录鬼神、追求博闻、宣扬佛教、诠释报应、命定等观念,是其主要的、直接的目的。宋代志怪小说创作一个显著的发展变化,便是有意识的道德劝惩鲜明地表现出来。①

这是因为,劝惩作为小说创作的目的,被不少作者在序言中明确地指出来。如《搜神秘览》的作者在自序中指出创作"属于劝惩之旨";《野人闲话》的作者在自序中也明言创作此书是为"警悟于人";《墨庄漫录》的作者在序中说得更加直白,指出"所书者必劝善惩恶之事,亦不为无补于世";《玉照新志》的作者在自序中也表达了相似的创作意图,认为读者阅读此书则"为善者固可以为韦弦,为恶者又足以为龟鉴"等。至于《夷坚志》这一宋元志怪的代表作,作者洪迈虽在序中表示创作追求的是实录而不是劝惩,"无意纂述人事及称人之恶",但在《夷坚丙志》的序言中还是不得不承认其后的创作"颇违初心",他将书名命名为《恶戒》《劝善录》《乐善录》《为政善报事类》等,便颇可看出作者褒善惩恶的意图是十分鲜明的。

有意识地开展道德劝惩的宋代志怪小说,其涵盖的范围非常广泛,大到社会小到家庭,如忠主孝亲、乐善好施、诚信守约、敬兄信友、夫忠妻贞等多种道德理想皆有涉及。除了范围的拓展,其劝惩的着重点也发生了变化,相比于此前尤其是唐代,道德的关注和评价已不限于行为本身,行为之后的动机或者是人的信念被更多地加以强调。

之所以说宋代志怪小说有意识地开展道德劝惩,还有一个比较明显的表

---

① 许军:《论宋元小说的道德劝惩观念》,《广西社会科学》2003 年第 11 期。

现，就是对于志怪小说中的人和事，小说创作者往往展现出鲜明的道德倾向，甚至跳出故事，进行更为明确的道德评价。鲁迅先生在《中国小说的历史的变迁》中便指出了这种表现：

> 至宋朝，虽然也有作传奇的，但就大不相同。……唐人小说少教训，而宋人则多教训。

此外，宋代传奇小说的强烈劝惩意味，也蕴含在小说所塑造的人物性格之中。比如宋代的《谭意歌记·王幼玉记》与唐代的《李娃传》都描写了娼女从善这一共同的主题，如果说李娃的性格还存在前后的变化，那么宋代两篇作品的人物在性格上则表现得前后更为统一，也就是一种内在的信念更加坚定。谭意歌的坚贞十岁时就已显露无遗，她曾这样责问自己的父亲："我非君之子？安忍弃于娼家乎？"正是抱着这种情感和态度，此后多年她都一直坚贞自守、未曾改变。至于王幼玉，她虽然身陷囹圄成为妓女，但自始至终没有随波逐流、坠堕其志向和愿望，她曾向人郑重地说："此道非吾志也。"显然，相比于李娃，谭意歌和王幼玉都是前后性格一致、一心向善向美的，无论环境怎样她们都固持着节操。毫无疑问，通过这样的人物塑造，小说的劝说意味更加强烈，所追求的效果也更明显。

话本从文体上说是很适宜于说教劝惩的，但现存宋代话本很少在抓住入话的机会开展劝导，相应的议论也很少见，与文言小说形成了明显的不同。之所以如此，一方面是话本的产生环境决定其不会有过多劝惩。虽当时存在将话本小说视为经史之余的观点，但话本缘起于市井之间，从其产生之初便以娱乐为目的，能吸引听众是其最现实的追求，思想上不想也不会有更多目标。另一方面，小说作者与读者的层次决定了劝惩不会过多。一般地说，道德教化是由上而下实施的，在文学领域，也就意味着创作者与阅读者之间存在着层次的高低之分，或者说意识层面是有这种层次区分的。文言小说作者相对于读者来说，其身份或者在其潜意识当中，他们是高于读者群体的，因此会在小说中更多地进行道德善恶的评价。然而话本小说的作者和读者则基本上消弭了这种高低之分,他们都属于市井百姓阶层,在商业经济环境下趋于平等,这就决定了在小说中不会有过多的、明显的说教。到明代,小说创作队伍中加入了相当一部分文人,他们具有较高社会地位和文化修养,劝惩观念也就随之有所强化。此外,话本小说的传播形式决定了其不会有过多劝惩。宋代的志怪、传奇小说,其传播和被接受主要是以印刷的形式,统治阶层对其更加重视,因此进行道德劝惩和教化的要求更高;与之相对,宋代话本小说更多是以说唱的方式进行流传,印刷的要少很多,统治阶层尚未给予足够关注和重视,这也使其不会有过多劝惩。

宋代小说的发展受道德劝惩观念的影响很大,既有负面的,也有正面的。从负面的来说,胡应麟在其《少室山房笔丛》中就认为"唐人以前纪述多虚而藻绘可观,宋人以后论次多实而彩艳殊乏"。也就是认为唐代传奇、志怪小说创作,想象力获得了充分发挥,小说文辞动人、词藻华美;宋代的传奇、志怪小说则由于夹杂了更多的道德劝惩和评价,导致缺乏灵动和华美,小说的特点被一定程度地掩盖。但从正面来看,道德劝惩的融入能使小说的社会意义得到更多彰显,使小说更多地关注世态人情,同时,道德劝惩的求信倾向,使小说的市井和生活气息更加浓厚。

四、"义利"叙事的文本解读

(一)宋元文言小说对商人"重义"的理想叙事

纵观宋元文言小说,浓厚的传统文化色彩是其显著的标志。这种传统文化色彩的浓厚,指的是传统文化对商人生活所产生的深层次的影响在小说中得到了较为充分的表现,尤其是主流意识所强调的对待义利理欲的理想模式,深刻地体现在小说叙事中。

岳珂的《桯史·望江富翁》就塑造了两个"重义轻利"的典型。富商陈国瑞要为母亲选购茔地,有人帮忙相中了张老翁的一块山林,结果陈国瑞的儿子担心张家漫天要价,没有说明自家真实用途,用诡计骗人,以三万钱的低价谈成了买卖,并订下了契约。陈国瑞在了解到这块山林当时的价值三十万钱后,主动赔礼道歉并提出要给张家补钱,但张老翁信守合同,拒不接受补偿。在这里,小说塑造的交易关系是一种十分理想的状态,交易双方都很看重诚信:面对儿子行骗得来的低价契约,陈国瑞主动要按实价补偿张老翁;张老翁则不愿因接受陈国瑞的补偿而违背契约,即使吃亏他也坚定地信守契约。从中可以看出,双方的经济交往充满了中国传统的道义和君子风范,仁义守信被置于道德的高处,分量极重,而钱财之利则变得很轻。这或许正是中国传统"重义轻利"价值取向在商品交换领域的延伸。

王明清的《摭青杂说·茶肆高风》堪称对商人经商行为的一首赞歌。小说描写一李姓客人在一个小茶馆中遗失了钱袋,"李以茶肆中往来者如织,必不可根究,遂不更去询问"。几年后,李姓客人再次来到茶馆,抱着试试的心态询问,钱袋竟然还能失而复得。茶馆主人之所以这样做,缘于他面对物质之利时对仁义的自觉追求,这从他对李姓客人所说的话中可以感受到:

> 义利之分,古人所重,小人若重利轻义,则匿而不告,官人将何如?又不可以官法相加,所以然者,常恐有愧于心故耳。

为求无愧于心而扎实践行仁义,面对失主的重金酬谢也予以谢绝,堪称高风亮节。对于茶馆主人的做法,小说也进行了评价:"识者谓伊尹之一介不取,杨震之畏四知,亦不过是。"所以综合来看,这篇小说通过描述茶馆主人明于义利之辨,热情地讴歌了商人的善德端行,赞美了商人重义轻利的品质,突破了人们传统认识中"无商不奸"固有观念,超越了"轻商""贱商"的传统观念,小说本身也因此得以产生出新的文化蕴意。

王明清的《摭青杂说·盐商义嫁》同样洋溢着对商人的赞美之情。小说写盐商项四郎救了一个遇难落水的女孩儿(七娘),得知其本是贵人家的子女,但因遇劫而与家人失散,便有意留养她做儿媳妇,妻子劝他要个高价将女孩随便卖掉,但项四郎执意要为她找个本分人家过好日子。后来,项四郎征得女孩的同意,把她嫁给了澧州安乡尉金官人,自己分文不取,并最终使她得以找到失散的父母兄弟,一家团圆。小说中的项四郎无疑是一个既不贪色,也不贪财,存心忠厚、救人急难的商人形象,有着重情义轻财色的典型特征。小说对他这样评价:"彼商贾乃高见如此,士大夫色重礼轻有不如也。"并以"七娘画项像为生祠,终身奉事"作为结尾,表达对项四郎的敬重。可以说小说极大地升华了"义商""儒商"的形象和地位。

在施德操的《北窗炙輠录·陶四翁》中,小说主人公陶四翁身上也体现着十分可贵的商业道德和精神。他作为小作坊主兼商人,花大量的钱买下一堆紫草染料,谁知是被蒸煮过的坏草、假货,损失可谓惨重,有人提议帮他将这些坏草分销到不识货的小染坊去,陶四翁坚决不同意,一把火把这批坏草全部烧光,不愿将损失转嫁给别人,宁肯自己被骗受苦遭损,承担假货损失。陶四翁的身上体现出众多美德和品质:一是诚实本分,不愿欺骗他人;二是重义轻利,不唯利是图;三是敢于承担,光明磊落;四是经商讲求货真价实,不以假乱真、以次充好。

在施德操的《北窗炙輠录·卖勃荷》中,对商人知恩图报、施恩报德的品格进行了赞美。小说写有史姓官人曾买过勃荷,一日,卖勃荷者到史家乞水喝,史姓官人"以尊酒饮之,其人遂感激而去"。后适逢战乱,史姓官人陷于敌占区,命悬一线时,卖勃荷者出现,对史姓官人施以援手。卖勃荷者何以要施援手?原来他心中常念以尊酒相待之恩,"异时尝蒙官人尊酒之赐,时常不忘。今日官人幸留,此某报尊酒之秋也"。或许此文意欲宣扬的是一种宗教观念,意在说明果报不爽,但文中人物以官、商的身份出现,官商关系的融洽也就在小说中得到了一定程度的表现,同时也表现出文士对于商人怀德的一种想象和期许,"儒商"的形象再次得到了展现。

在洪迈的《夷坚志·侠妇人》中,一个勤劳、美丽、聪慧、独立的女商人形象得到了较为充分的展现,这在整个中国古代小说中都不多见。小说中,董国庆遭遇战乱弃官而逃,经人介绍和一个女子结合了。和一般的女子不同,她

"性慧解,有姿色。见董贫,则以治生为己任,罄家所有,买磨驴七八头,麦数十斛。每得面,自骑驴入城鬻之,至晚负钱以归。率数日一出,如是三年,获利愈益多,有田宅矣"。这名女子有灵活的经商头脑,有不怕苦不怕累的精神,不仅不依靠丈夫,还独立经商赚钱,帮助丈夫摆脱贫困,成为支撑家庭的大梁,身上没有中国传统女性常见的依附依赖思想。她的举止不仅是"经商治生"思想的生动体现,也突破了传统轻商思想的限制。通过对女商人形象的塑造,小说也颠覆了对于女性和商人形象的传统认知,展现出对于传统文化的超越。然而,小说虽对女商人形象进行了着力刻画,文中却连她的名字都未能着墨涉及,使之成为一个无名氏,不能不说是一种遗憾,也说明了小说的突破和超越毕竟是有限的。

(二)宋元白话小说"惩贪诫色"的伦理叙事

宋代白话小说主要在家庭、婚恋和日常生活中表现商人,对商人的商业经营活动的描写相对有限。不少作品通过对商人家庭、婚恋和日常生活的表现,表达了明显的"惩贪诫色"伦理主题。

在《京本通俗小说》之《志诚张主管》中,可以看到一种较为少见的男女关系,小说中的女主人公王招宣府的小夫人颇有姿色,本是商人张士廉的妻子,却不甘于嫁一个"白须老儿",对店中的青年主管张胜爱慕倾心,屡有表示,屡遭拒绝仍不死心,执着且勇敢地追求着理想的婚姻生活,乃至于死后小夫人的魂魄依然眷恋着张胜。在她的眼里,没有什么比个人的爱欲情感得到满足更重要的事情。若从中国传统文化观念里来看这种女性形象,完全可以说是"离经叛道"的,她以如此执着的方式,反叛着封建之"理",蔑视所谓的社会"公德"。面对着"公"与"私"、"理"与"欲",她都选择了后者。除了注意到小夫人,也应看到,无论是作为店员还是后来成为老板,小说中的张胜对于小夫人的示爱一直都立场坚定,未为所动,"小夫人屡次来缠张胜,张胜心坚似铁,只以主母相待,并不及乱"。"只因小夫人生前甚有张胜的心,死后犹然相从。

亏杀张胜立心至诚,到底不曾有染,所以不受其祸,超然无累。"从中可知,张胜坚守的是道义理欲的防线,小夫人的追求如果说代表着"欲"的冲击,张胜的行为则象征着"理"的坚固。文中所用"屡次来缠""不受其祸""超然无累"等字眼,也无意中将作者的价值和情感取向暴露了出来,不得不说作者塑造这样一种男女关系,多少有意淫的想象,当然,在理欲纠葛的宋元时期,这或许更应被理解成作者内心的一种矛盾和摇摆。

在《清平山堂话本》之《刎颈鸳鸯会》中,小说描写商人张二官娶了一个不守妇道的妻子蒋淑珍,蒋趁张外出贩货与对门的商人朱秉中私通,张得知后,让妻子与其情夫在"鸳鸯会"上"刎颈",两个家庭因此残缺。小说表现了明显的"罪欲"倾向,即惩戒放纵之欲。《清平山堂话本》中的《错认尸》写宋代商人乔彦杰好色贪淫,本有家室,但在外经商期间又娶春香作妾,致使家庭失和、夫妻反目,乔彦杰在外又继续和其他女人有染。而这春香又是个水性杨花的女子,趁乔彦杰经商外出,在家与街痞董小二通奸,引狼入室,这董小二进而诱奸了乔彦杰闺中之女玉秀,引发了一场人命官司,使妻妾、女儿三口都死于狱中,乔家的家财也没收入官,万般无奈之下,乔彦杰投水自尽。小说表达了鲜明的警示和劝诫思想,告诉并劝诫世人,放纵的欲望对家庭和家庭伦理将会产生多么巨大的破坏性,可谓人因欲亡、家因欲破,"若论破国亡家者,尽是贪花恋色人",千万不要放纵了心中的欲望。这一小说题材,是宋元小说中具有代表性的惩贪诫色主题中的一例。

《清平山堂话本》中的《曹伯明错勘赃记》也表现了放纵的色欲所带来的灾难。小说写元代客店老板曹伯明贪恋美色,良莠不分,妻子死后续娶了千娇百媚的妓女谢小桃,谁知谢小桃早有相好,与人合谋,利用商人爱占小便宜的弱点,丢包袱在路上,故意让曹伯明捡到,然后告官,诬告丈夫吓诈贼人赃物,差点断送了曹伯明性命。《喻世明言》第三十六卷《宋四公大闹禁魂张》表达了对于贪恋钱财和吝啬的鞭挞。小说主人公是一辈子爱财如命的富商张富,见家中主管施舍来店讨钱的穷人两文钱,便痛心不已,责备道:"好也,主管!

你做甚么把两文撇与他？一日两文，千日两贯。"不仅将穷人身上各处讨来的钱全部倒在了自家的钱堆中，还命手下将穷人揍了一顿。这等嗜钱如命和吝啬，受到神偷宋四公的惩罚，他利用商人贪财的特点，将从钱大王府偷来的赃物送到了张富的当铺，使张富吃上了官司，不仅受了皮肉之苦，还免不了巨额赔偿。张富回家后又恼又闷，又舍不得家财，竟在土库中自缢而亡，"可惜有名的禁魂张员外，只为'悭吝'二字，惹出大祸，连性命都丧了"。小说表达了"钱如流水去还来，恤寡周贫莫吝财"的警诫。《喻世明言》第三卷《新桥市韩五卖春情》中，商人吴山和乔彦杰一样，经不住女色诱惑，也有好色纵欲的毛病，他丢下生意和妻子，与暗娼寻欢作乐，差点因"脱阳"而性命不保。医救过来后的吴山亲口做出了劝诫：

> 要贪花恋色的，将我来做个样。
>
> 人生在世，切莫为昧己勾当，真个明有人非，幽有鬼责，险些儿丢
>
> 了一条性命。

书中的道德劝诫意味更显直接。

当然，"惩贪诫色"的主题不只白话小说所独有，文言小说中也有涉及，只是数量不多。如文言小说《夷坚志·王八郎》也描写了商人迷恋娼妓美色带来的家庭破裂和给夫妻感情造成的巨大伤害。小说中王八郎迷恋娼妓，对妻子产生了厌恶驱逐之意，妻子因此暗中藏匿家庭财产，夫妻离婚后，妻子用隐瞒下来的财产经营发家。两人死后，子女欲将其遗骨共葬一处，却不料本来平放的两具骸骨已东西相背，子女以为是偶然，再移至原处，不久后又是如此，"乃知夫妇之情，死生契阔，犹为怨偶如此，然竟同穴焉"。小说以艺术化夸张的手法，表现的正是贪色和私欲对于家庭、对于夫妻感情的深深伤害。

（三）宋元小说"义利"叙事中的新质

从上述文言白话小说叙事主题的分析中可以看出，宋元小说叙事在价值取向上仍以表达儒家传统思想为主，仁义重于欲利的思想得到了比较集中的

表现;在商人形象的塑造上,也以刻画"儒商""义商"的形象为主。这相对于唐代小说来说,可谓是一脉相承的。但正如前面所分析到的,宋元时期随着商业的更趋繁荣,商人地位有所提高,商人阶层和其他阶层的互渗变得频繁,而且在思想领域也表现出"尊理窒欲"和"人欲张扬"并存的特点。正是这种社会状况,使宋元小说在"义利"叙事的主基调中,还是呈现出了一些前代所没有的新特质,表现出鲜明的时代性特点。

一是小说叙事开始大胆表现男女情感和商人阶层与其他阶层关系的松融。在《醒世恒言》第十四卷《闹樊楼多情周胜仙》中,小说没有直接描写商人,而是把两个商家的子女范二郎和周胜仙作为小说的聚焦点,两人在酒楼一见钟情,周胜仙作为女孩,为了抓住爱情,通过设法和卖水人吵架,将自家身世、住址十分巧妙地告诉了范二郎,并且将自己的心意也暗传给了他。范二郎与之心有灵犀,将信息以同样的方式传递给了周胜仙。从两人相恋相爱的过程来看,其行动主动直率、真挚而大胆。当两人相爱遭到阻挠时,周胜仙竟气晕在地,被误以为死去。幸亏盗墓人将她"拖"回了阳世,此后,周胜仙为了找范二郎,想尽一切办法,最后哪怕变成了鬼,也要到牢中去和范二郎相会,"奴两遍死去,都只为官人。今日知道官人在此,特特相寻,与官人了其心愿"。这种超越死生的爱恋,令读者感动叹息。而在小说中,商人恰恰成了这爱恋的阻绊。周胜仙的父亲周大郎海外经商,得知周胜仙与范二郎在母亲的主持下订了婚后,坚决反对:

> 打脊老贱人! 得谁言语,擅便说亲! 他高杀也只是个开酒店的。
> 我女儿怕没大户人家对亲,却许着他。你倒了志气,干出这等事,也
> 不怕人笑话。

周大郎本是商人,却自己也看不起商人,而且相当势利地一心想把女儿嫁给名门大户。当然,小说叙事所传递出来的信息要远大于此,它既说明了社会强烈的门第观念,也说明富商大贾已经不再像以前的朝代那样身份轻贱,他们理直气壮地寻求着更好的出身,寻求着与达官显贵的联姻。这也客观地表明

了当时社会商人阶层与其他阶层关系的松融。

二是宋元小说开始表现商人积极主动地追逐经商利益的心态和抱负。《汪信之一死救全家》中,小说中的商人汪信之具有十分强烈的发财创业的愿望,他与有财有势的哥哥汪孚在喝酒的过程中发生争论,"一句闲话,别口气只身径走出门,口里说道:'不致千金,誓不还乡!'"表明发财致富、利而立身已成为很多人大胆的梦想,这种逐利的动因也使之书写了一段创业史。

三是宋元小说开始深刻地反映出金钱对于人际关系的影响。廉布《清尊录·大桶张氏》写大桶张氏仗着财多势大,广放"行钱",与不少百姓人家建立了放债与借债的关系。一日,张氏到借债人孙助教家,见其女儿姿色出众,便欲娶回家,当即取臂上的古玉给了孙助教,当作彩礼,且曰:"择日纳币也。"邻里闻说都来道贺,"有女为百万主母矣!""孙念势不敌,不敢往问期,而张亦恃醉戏言耳,非实有意也。"谁知过了一年,张氏后来竟另娶了富贵人家的女儿,孙助教女儿得知后"语塞,去房内蒙被卧,俄顷即死"。小说较好地展现了由于贫富差距而导致的人与人之间的不平等,突出表现了金钱对于人际关系的影响。从小说中邻里交相前来道贺的细节可以看出,当时社会人们对于富贵的普遍向往,对于财势的普遍认同,金钱所带来的身份差异也已十分明显。《警世通言》第三十七卷《万秀娘仇报山亭儿》,作品围绕老板与伙计之间因几十钱而发生的恩怨,着重展现了金钱对于人际关系的影响。开茶坊的万员外偶然发现雇请的伙计陶铁僧偷茶坊里四十五钱,怒不可遏,说:

> 你一日只偷我五十钱,十日五百,一个月一贯五百,一年十八贯,十五年来,你偷了我二百七十贯钱。如今不欲送你去官司,你且闲休!

当下便"发遣"了陶铁僧,并向周边所有茶坊散布了陶偷钱的丑行,使之无处谋生。陶铁僧怨恨之余,寻机进行了报复。小说中老板与伙计这种多年的关系,因几十钱而破裂,且两人之间交恶甚深,全然不顾情义,不能不说是金钱扭曲所致,在两人关系的转变当中,金钱起到了主宰的作用。展现金钱对于商人价值取向和人际关系影响的作品还有《志诚张主管》。小说中的张胜这个在"欲"的面前心坚似铁的小商人,其实并非不食人间烟火,他只不过是重钱财而不重情色罢了,在张士廉落难、小夫人身无所有投奔他而来时,他起初执意不肯收留小夫人,并用了正人君子的言辞:"道不得瓜田不纳履,李下不整冠。要来张胜家中,断然使不得。"后来,小夫人拿出了私藏的宝物,张胜母子态度立刻发生了改变,张胜道:"有这件宝物,胡乱卖动,便是若干钱。况且五十两一锭大银未动,正好收买货物。"这前后的变化可谓一目了然,鲜明地展现出金钱对于人际关系所产生的巨大影响。

此外,小说《志诚张主管》中还有一个细节值得注意,就是年过六旬的商人张士廉因为自身有钱,对娶妻一事有着很高的要求:

> 有三件事说与你两人:第一件,要一个人才出众,好模好样的;第二件,要门户相当;第三件,我家下有十万贯家财,须着个有十万贯房奁的亲来对付我。

这样明确地提出自己的条件,且条件要求十分高,这种描写在中国古代小说中并不多见,它表明商人地位有了显著提高,并开始因钱财的显赫而获得了较高的身份,经商求富、经商致富已不仅被广为接受,而且足以影响声望和人际关系。

第四章　明代商业经济发展
与小说的商业化运作

　　明代社会的一个显著特征,是商业经济迎来大发展、大繁荣,并由此带来深层次的思想和社会变革。在这个具有如此显著特征的时代,小说创作也出现了前所未有的繁荣景象,这与当时市民阶层的崛起和他们主导的兴趣导向有着直接的关系,小说为了更好地适应其审美趣味和需求,呈现出较为明显的商业化运作特征,这既是商业经济发展的结果,是小说走向繁荣和实现更广阔接受的需要,也是小说更好地融入商业经济社会,成为商业经济社会一部分的必然选择。

第一节　又一个高峰:商业经济发展热潮

　　通过众多的史料可知,明代商业发展要超过宋代,人们经商的热潮空前高涨,知识分子阶层也把重商观念提到了前所未有的高度,在重商观念的支持下,商人地位得以大幅提升,而且商人思想层面也实现了真正的自我重视,面对着科举之路日趋艰难的局势,越来越多的人选择经商。

一、社会商业繁荣与经商热潮

　　对于工商业,明代统治阶层既不很限制,也没有给予鼓励扶持,对交换、交易等并不妨碍,但也没有专门设立为商业服务的机构等。由于农耕经济被战乱破坏,明初还是实行了一段时间的"抑商"政策,伴随着农耕经济的恢复,这一政策也就随之松弛,使工商业获得了更大的发展空间。

明政府重开大运河,对船夫携带货物自行交易的行为给予准许,以及将实物纳税改为以银纳税等措施,促进了商业经济发展。① 商贸流通所必需的水陆商路变得十分发达,《士商类要》中记载:"江南苏、松、常、镇、嘉、湖等府皆系门摊,客货不税,于是商贾益聚于苏州云云。"从中可以看出明中后期商贸流通的繁荣。

商贸流通的繁荣,促进了一大批商业都市的快速发展。此时,北京由于承担商贸流通的重要功能,呈现出一派兴旺景象,"然而四方财货骈集于五都之市。彼其车载肩负,列肆贸易者,匪仅田亩之获,布帛之需。其器具充栋,与珍玩盈箱,贵极昆玉、琼珠、滇金、越翠,凡山海宝藏,非中国所有"②。除了北京,南京作为南北商贸的中枢,出现了"五方辐辏,万国灌输""南北商贾争赴"的热闹景象,逐渐发展成为盛极一时的商贸大都会。大型商业都会的日渐增多,表明地区性市场的局限已被打破,全国规模的市场贸易网正在形成并扩大。③

自由市场的形成有利于商业的发展,明代琳琅满目的商品能够很好地满足消费者的需要:

> 天下马头,物所出所聚处,苏、杭之币,淮阴之粮,维扬之盐,临清、济宁之货,徐州之车骡,京师城隍、灯市之古董,无锡之米,建阳之书,浮梁之瓷,宁、台之鲞,香山之番舶,广陵之姬,温州之漆器。④

同时由于实行"一条鞭法",农民可以通过以银代役,来获得人身的相对自由,越来越多的人离开土地,变成私营手工作坊和商业雇主的雇佣劳动者。

① 崔瑞德等:《剑桥中国明代史》,中国社会科学出版社 2006 年版,第 641 页。
② 张瀚:《松窗梦语》卷四,中华书局 1997 年版,第 81 页。
③ 姜晓萍:《〈士商类要〉与明代商业社会》,《西南师范大学学报》1996 年第 1 期。
④ 王士性:《广志绎》,中华书局 1981 年版,第 5 页。

伴随着明代商业经济的发展,百姓经商者日众,社会上逐渐出现了经商热潮。史料记载明后期的何良俊云:

> 余谓正德以前,百姓十一在官,十九在田,盖因四民各有定业。……自四五十年来,赋税日增,徭役日重,民命不堪,遂皆迁业……昔日逐末之人尚少,今去农而改业为工商者,三倍于前矣。①

从中可以看出,在繁重赋役的压力下,弃农经商越来越成为一种普遍的社会行为。对于越发风行的经商现象,王燧将之诉诸诗歌,其《商贾行》中写道:

> 扬州桥南有贾客,船中居处无家宅。生涯常在风波间,名姓不登乡吏籍。前年射利向蛮方,往平行贩越海洋。归来戴货不知数,黄金绕身帛满箱。小妇长干市中女,能舞柘枝歌白苎。生男学语未成音,已教数钱还弄楮。陌头车轮声格格,耕夫卖牛买商舶。

如果说明初百姓大多只能是抱着"黄金但愿如其多"的理想,那么到了明中后期,"黄金绕身帛满箱"就已经变成了现实,在生存压力下,民间羡慕和渴望成为商贾的态度进一步增强,正因此才有了"耕夫卖牛买商舶"的趋慕行为。

明代,皇帝带头参与到经商活动中来。明武宗时的正德皇帝为自己谋利,便开设了皇店,皇店是在官店的基础上发展而来的,一时间就开始四处遍布。朝鲜使臣李恒福记载:"太监分出天下,言利之道大开,臣行一路,处处设皇店。"②从中可以看出皇帝经商所产生的带头示范作用。这样一来,在全国更加快速地掀起了一股经商的热潮。

投入经商求利之中的朝臣和士大夫也为数众多,"吴人以织作为业,即士人夫家多以纺织求利,其俗勤啬好殖以故富庶"③。有的干脆弃儒从商,祝允明记载世儒之后罗绎本就放弃了儒生之路,选择了经商之途,最终成为富甲一

---

① 何良俊:《四友斋丛说》,《元明史料笔记丛刊》,中华书局1997年版,第110—111页。
② 陆荣:《社会转型与明朝权贵的贪婪》,《巢湖学院学报》2002年第4期。
③ 刘春玲:《论晚明士风的嬗变》,《阴山学刊》2003年第4期。

方的大商人。《吴风录》中也有"至今吴中士大夫多以货殖为急"①的表述。

相比于官僚士大夫,市井百姓经商重商的风气更盛。扬州的百姓"俗喜商贾,不事农业",已成风气;而苏州的市民则"鲜务农耕,多商于远",有过之而无不及;浙江宁绍"竟贾贩锥刀之利";福建福州"闾巷少年仰机利,泛溟渤危身取给"。内陆地区经商逐利之风亦盛,像江西新城就"长幼竞乐刀锥",而河北南宫"多去本就末,以商贾负贩为利",至于山西汾州,人们对逐利行为趋之若鹜,"民率逐于末作,一走利如鹜"。② 商人的数量和在人口中的占比不断提高。据分析:"1630 年,中国人口约为19200 万,这一年的中国城市化率大约为8%,如是,城市人口大约 1536 万。假定商人及其家属占城市人口的40%,则全国城市商业人口大约为 610 万。加上乡居的商业人口,明代商人及其家属的人口总数可能达到 700 万。"③这已经是相当大的规模和很高的占比了。明代徽州文人汪道昆就描述过当时徽州商人的规模:"新都业贾者什七八。"④而且还仅指男性,如果没有夸张的成分,可谓十分惊人。

面对社会各阶层纷纷经商的事实,当时的重臣丘浚发出了这样的感叹:"今夫天下之人,不为商者寡矣。"⑤

二、思想解放与商人地位的提高

与商业繁荣和社会经商者日众的现实相适应,明代知识分子思想趋于解放,出现了较为明显的重商观念。王阳明的"致良知"说,为商业赢得了更多的合理性,也促进了商人地位的提升。在王阳明看来,"良知"是士人、农民、手工业者、商人等社会个体心中共有、本有的,但受到了私欲的蒙蔽,导致难以

---

① 谢国桢:《明代社会经济史料选编》中册,福建人民出版社 1981 年版,第 113 页。
② 陈梧桐编:《中国文化通史》明代卷,中共中央党校出版社 2000 年版,第 26 页。
③ 曹树基:《中国人口史》第四卷,复旦大学出版社 2000 年版,第 394 页。
④ 汪道昆:《太函集》,上海古籍出版社 1995 年版,第 372 页。
⑤ 丘浚:《重编琼台稿》卷 10,上海古籍出版社 1991 年版,第 205 页。

成为圣人,必须去除蒙蔽澄明良知,才能成为圣人,即"自己良知原与圣人一般,若体认得自己良知明白,即圣人气象不在圣人而在我矣"①。若是人人都能去除蒙蔽,便都可成为圣人,如此就会出现"满街都是圣人"的景象。王阳明尤其针对商人的成圣问题指出:"虽终日作买卖,不害其为圣为贤。"②这种经济伦理观念显然是具有开创性意义的,对"荣宦游而耻工贾"的价值观是一种有力的突破。也因如此,商人、田夫、灶丁、窑工、樵夫等民众都十分乐于接受他的致良知说。更为重要的是,王阳明的"满街都是圣人"的思想打破了中国传统的尊卑等级秩序,提高了商人的人格地位。

在此基础上,王阳明明确提出了"新四民论"。

> 古者四民异业而同道,其尽心焉,一也。士以修治,农以具养,工以利器,商以通货,各就其资之所近,力之所及者而业焉,以求尽其心。其归要在于有益于生人之道,则一而已。士农以其尽心于修治具养者,而利器通货,犹其士与农也;工商以其尽心于利器通货者,而修治具养,犹其工与商也。故曰四民异业而同道。……自王道熄而学术乖,人失其心,交鹜于利,以相驱轶,于是始有歆士而卑农,荣宦游而耻工贾。夷考其实,射时罔利有甚焉,特异其名耳。③

王阳明的"新四民论",是在"致良知"说基础上推演所得出的结论。"异业而同道"的四民在"道"的面前获得了完全的平等,只存在社会分工的不同,而并不存在尊卑荣耻的区别。实际上,王学的"四民异业同道"思想只是为物质生产者阶层予以正名,而李贽的"吃饭穿衣即人伦物理"的提出则为广大中下层士人的"治生"提供了更为直接的理论根据。

李贽的思想对商业及商贾行为同样产生了破除桎梏的重要作用。在他看

---

① 王阳明:《王阳明全集》,上海古籍出版社1992年版,第3页。
② 王阳明:《王阳明全集》,上海古籍出版社1992年版,第5页。
③ 王阳明:《王阳明全集》,上海古籍出版社1992年版,第941页。

来,人伦与人的日常需求须臾不可分离,甚至"穿衣吃饭就是人伦物理"①,为此,他把自私也看作是人的天性,"夫私者,人心也。人必有私,而后其心乃见"。"趋利避害,人人同心。"也有人持相似的观念认为:"性而味,性而色,性而声,性而安佚,性也。乘乎其欲者也。而命则为之御焉。"②将味、色和声等都归入到了自然的人性中。这样一来,通过把穿衣吃饭等人的基本要求、对私利的追求、对物质和精神的欲望等都纳入人的天性、纳入"道"和"天理"的范畴,李贽将被程朱理学抽空了的"道""天理"等进行了日常生活情态的还原,使其从遥不可及的高度回到了人人可能触及的地方,这实在是一种思想观念的巨大转变。正是在这种转变下,获利之心和对富贵的追求也便得到了根本的正名,在李贽看来,"财之与势,固英雄之所必资","虽大圣人不能无势利之心,则知势利之心亦吾人享赋之自然矣"。他还说:

> 寒能折胶,而不能折朝市之人;势能伏金,而不能伏竞奔之子。何也? 富贵利达所以厚吾天生之五官,其势然也。是故圣人顺之,顺之则安之矣。③

连圣人都顺之安之,何况普通之民? 李贽对私利的追求给予了完全肯定。正是基于这种认识,李贽态度鲜明地阐明了支持商贾及其行为的观点,他充分肯定"好货"的合理性、正当性,认为人类的自然要求中就包含"好货"需求:

> 如好货,如好色,如勤学,如进取,如多积金宝,如多买田宅为子孙谋、博求风水为儿孙福荫,凡世间一切治生产业等事。皆其所共好而共习,共知而其言者,是真迩言也。④

---

① 张建业主编:《李贽文集》,《焚书·卷一·答耿中丞》,社会科学文献出版社 2000 年版,第 63 页。

② 何心隐著,容肇祖整理:《何心隐集》,中华书局 1960 年版,第 40 页。

③ 张建业主编:《李贽文集》,《焚书·卷一·答耿中丞》,社会科学文献出版社 2000 年版,第 16 页。

④ 张建业主编:《李贽文集》,《焚书·卷一·答耿中丞》,社会科学文献出版社 2000 年版,第 36 页。

在《焚书·卷二·又与焦弱侯》中，李贽又说：

> 且商贾亦何可鄙之有？挟数万之赀，经风涛之险，受辱于关吏，忍诟一市易。辛勤万状，所挟者重，所得者末。①

像李贽这样旗帜鲜明地为商贾发声的思想家此前并不多见，除了为商贾及其行为辩护，他更不无夸张地指出"天下尽市道之交也"，他甚至认为被人们尊为圣人的孔子，做开展的育人施教也属于"市道之交"。他别开生面地认为："孔子有圣人之货"，"七十子所欲之物，唯孔子有之，他人无有也；孔子所可欲之物，惟七十子欲之，他人不欲也"。在他看来，学问也是一种私有财产，正因此，孔子和他的学生之间也就是一种商品交换。这种思想观念直接明了地为商贾及其行为提供声援，可以说掷地有声，在明代及后世都产生了重要影响。当然也为明中后期重享乐、尚奢华的世风提供了理论导向作用。"君子谋道不谋食"的传统观念逐渐被士人抛之脑后，享受现世物质生活、追逐物质满足的观念变得蔚然成风，士人重视治生的观念上升，由士而商、由商而士或亦商亦士者大有人在。

明代思想家丘浚认为，人的日常生活所需物品，仅凭个人是不可能完全拥有的，必须进行商品交换，"以其所有，易其所无"，基于此种认识，他提出了"民自为市"的主张。改革家张居正对商和农辩证地进行看待，得出了公允的认识，他指出："商通有无，农力本穑。商不得通有无以利农，则农疾；农不得力本穑以资商，则商病。"因此，他提出了"资商利农"的主张："欲物力不屈，则莫若省征发以厚农而资商；欲民用不困，则莫若轻关市以厚商而利农。"②

黄宗羲秉明代思想变革之沿流，吸收融合而发出了"工商皆本"之论：

> 今夫通都之市肆，十室而九，有为佛而货者，有为巫而货者，有为

---

① 张建业主编：《李贽文集》，《焚书·卷一·答耿中丞》，社会科学文献出版社 2000 年版，第 71 页。

② 张居正：《张太岳文集·卷八·赠水部周汉浦榷竣还朝序》，上海古籍出版社 1984 年版，第 99 页。

倡优而货者,有为奇技淫巧而货者,皆不切于民用,一概痛绝之,亦庶
乎救弊之一端也。此古圣王崇本抑末之道,世儒不察,以工商为末,
妄议抑之。夫工固圣王之所欲求,商又使其愿出于途者,盖皆
本也。①

这种主张无疑堪称明代重商思想的一个高潮。总的来看,王阳明等人突
破了传统"四民"观念,这种"新四民论"在中国思想史上都具有深远的意义和
影响。从一些时人的记录来看,一个人若是欠缺治生的能力,是会遭到他人嘲
笑的,这种嘲笑并非口头的说笑而已,而是与风俗结合在一起,具有对人的根
本判断的性质。张瀚记载:"时俗杂好事,多贾治生,不待危身取给。若岁时
无丰,衣食被服不足自通,虽贵宦巨室,间里耻之。"②

在四民地位平等观念出现后,商人社会地位也随之上升。冯应京认为:

士农工商,各执一业;又如九流百工,皆治生之事业。(冯应京:
《月令广义》卷2,《四库全书存目丛书本》)

冯应京的观念既包含着对商人的认可,其以"治生事业"平视四民职守,
也是对商人的认可和地位的提升。对于职业序列,何心隐的态度则与传统观
念具有更大的区别,他认为:

商贾大于农工,士大于商贾,圣贤大于士。

农工欲主于自主,而不得不主于商贾。商贾欲主于自主,而不得
不主于士。③

很显然,明代知识分子在思想观念上为商人及其经商活动正名。④ 受这
样的社会思潮的影响,社会前所未有地看重商人及其所操之业,商人的社会地

---

① 沈善洪主编,吴光执行主编:《黄宗羲全集》第1册,浙江古籍出版社2005年版,第
41页。

② 张瀚:《松窗梦语》,《元明史料丛刊》,中华书局1985年版,第366页。

③ 何心隐:《何心隐集》,中华书局1960年版,第53—54页。

④ 刘倩:《从明清通俗小说看皇权专制制度下中国商人及商业资本的命运》,《明清小说研
究》2006年第2期。

位也得以显著提高。伴随着商人社会地位的改变,意识形态领域也自然地有所反映,其他的社会意识形态也随之变化。如在《明经世文编》卷一四四中,可以看到这样的话:"古人立法,厚本而抑末;今日之法,重末而抑本。"也就是说向商人的这种倾斜,不仅发生在思想领域,也在一定的法律和法规中体现出来。有论者指出:"我们可以在明代以前找到商人活跃的事实,也不难在清代中叶以后仍然发现轻商的言论,然而新四民论的出现及其历史意义则无论如何是无法抹杀的。"[①]

明清通俗小说的不少作品都基于治生的视角,对从事商业、发家致富的合理性进行了积极肯定,树立了商人拥有同等地位的理念。在《扫魅敦伦东度记》(方汝浩著)第六十五回中,老翁给四个儿子所谋划的职业,便鲜明地体现出四业等同的思想:

> 想世间只有做个本份道路,方能尽得一个男子汉的事业,所以把四子因材教训:大子才能出众,便叫他为士;次子蠢然力强,便叫他力农;三子却也智巧,便叫他学艺为工;四子才干可任经营,便叫他为商。大家各执一业,倒也各有所得,料可成家。

在《醒世恒言》第十七卷《张孝基陈留认舅》中,小说人物认为:"农工商贾虽然贱,各务营生不辞倦。从来劳苦皆习成,习成劳苦筋力健。"这种思想实际上就是认为四民皆为正业,四民是平等的,包含了对商人的充分肯定。在《二刻拍案惊奇》第二十九卷《赠芝麻识破假形 撷草药巧谐真偶》中,小说写道:"江浙名邦,原非异地。经商亦是善业,不是贱流。"其中更加明确地认为从事商业不是低贱的行为,而是一种正当的职业,对社会有贡献,是值得认可

---

① 余英时:《中国近世宗教伦理与商人精神》,安徽教育出版社 2001 年版,第 217 页。余英时在该书第 207 页曾指出:"明清之际的政治变迁曾在一定的程度上加速了'弃儒就贾'的趋势。更重要的是这一变迁也大有助于消除传统四民论的偏见,使士不再毫无分别地对商人抱着鄙视的态度。"赵园则在《明清之际士大夫研究》第六章《遗民生存方式》第四节"生计"中认为,明遗民在择业问题上"几乎没有讨论余地、因而也往往不被讨论的,是商贾"。(北京大学出版社 1999 年版,第 338 页)持论针锋相对,更可窥见商人地位问题的历史性与复杂性。

和赞扬的"善业"。

三、科举艰难与弃儒就贾风气

明代越往后发展,封建制度和官场的黑暗更加突显,科举制度也越来越腐朽,问题越来越多地暴露出来,读书人科举入仕显得日益艰难。小说《华阴道独逢异客　江陵郡三拆仙书》中如此地描述当时的科举状况:

> 话说人生只有科第一事,最是黑暗,没有甚定准的。自古道"文齐福不齐",随你胸中锦绣,笔下龙蛇,若是命运不对,到不如乳臭小儿、卖菜佣早登科甲去了。就如唐时以诗取士,那李、杜、王、孟不是万世推尊的诗祖?却是李杜俱不得成进士,孟浩然连官多没有,止有王摩诘一人有科第,又还亏得岐王帮衬,把《郁轮袍》打了九公主夫节,才夺得解头。

作品中将科举定为人生最黑暗之事,列举了其种种腐朽,读来令人悲愤。而且明代人口出现了成倍增长,但与前代相比,其选取的进士人数占总人口的比例却并没有相应提高,反而呈现下降之势。不仅如此,希望通过读书考取功名的人数也比以往更多,这样就势必造成了读书人获取功名的机会变小,难度在成倍增加,一些人老死也未能获取功名、穷困潦倒。文征明对此叹息道:

> 及今人人才众多,宽额举之而不足,而又隘焉!几何而不至于沉滞也。故有食廪三十年不得充贡,增附二十年而不得升补者。其人岂皆庸劣驽下,不堪教养者哉!顾使白首青衫,羁穷潦倒退无营业,进靡阶梯老死牖下,志业两负,岂不诚可痛念哉!(《三学上陆家冢宰书》)

从中可知,伴随着人口激增,求仕之人倍增,科举制度的艰难滞后已经充分地暴露出来。小说对这种社会现实也有反映,《醒世恒言·张孝基陈留认舅》一开场就述说了科举制度的落后及其影响:"读书个个望公卿,几人能向金阶走。"

与科举之成功之路的日益艰难不同,经商成功的概率随着商业经济的发展大幅提高。以至出现了"士而成功也十之一,贾而成功也十之九"的认识和说法,也自然而然地造成了一种弃儒从商的社会风气。余英时以苏州地区为案例指出,在三年之中,该地区每一个生员成为贡生或举人的概率只有三十分之一,成功率非常低下,在这种情况下,与其挣扎在科举道路上,不如"弃儒就贾"①。

当然,"弃儒就贾"的风气,除了和知识分子的科举之路日益艰难有关外,也与商贾地位的提高,以及他们向官员靠拢甚至转变的现象有关。明代,由于商贾财富的增长和拜金主义的影响,他们逐渐摆脱了受压抑的状况而赢得了更多重视,读书人、官僚贵族等甚至还要有求于富商大贾。商贾还可以通过权钱交易,成功实现身份的转变,达成求仕、求官的目标,跻身统治阶层。因此,从目标的达成角度看,走科举求取功名之路和走由商而官之路,可谓殊途同归,既然如此,也就自然会被知识分子所接受和尊崇。"三言""二拍"的不少作品就反映了"弃儒就贾"的现象,例如《张廷秀逃生救父》中的张廷秀,《杨八老越国奇逢》的杨八老,《刘小官雌雄兄弟》中的刘奇等。

在科举之路日益艰难和"弃儒就贾"的背景下,越来越多的文人知识分子开始与商人、与商业经济生活有了前所未有的紧密联系,很多文人的生活也就此染上了浓浓的商业色彩,商业经济生活成为其人生及创作的重要部分和影响因素。

四、挥之不去的抑商情结

明代商业经济虽然取得了长足的发展,但事实上一段时期内,重农仍是统治阶层的主要施政方向。朱元璋"利用其专制权力去严密地管理他的帝国,以使他保持其简单的农业经济。农业生产是国家压倒一切的利益所在,其他

---

① 参见余英时:《士商互动与儒学转向——明清社会史与思想史之一面相》,《儒家伦理与商人精神》,广西师范大学出版社 2004 年版。

经济活动不被认真对待"①。朱元璋曾下谕给户部指出：

> 人皆言农桑衣食之本……自什一之涂开,奇巧之技作,而后农桑
> 之业废,于是一农持未百家待食,一女事职而百夫待衣,欲民之毋贫
> 得乎?朕思足食在于禁末作,足衣在于禁华靡,宜令天下四民,各守
> 其业,不许游食,庶民之家不许衣锦绣。②

从中可以看出,朱元璋虽然对四民的"各守其业"给予了承认,但还是明确地提出"业本"要将"黜末"作为前提手段,并且还明确地规定"农民之家,许用绌纱绢布,商贾之家,止许穿绢布;如农民之家,但有一人为商贾者,亦不许穿绌纱"。代表权威的法典也规定不准科举入仕,不准服舍违制,以种种严格规定限制商人的社会地位,遏制其地位的上升。

第二节　又一次趋利:小说的商业化运作

明代带有明显商业意图的小说征稿开始盛行,比如围绕《型世言》的创作,陆人龙、陆云龙都曾发过征稿启事,广征海内外逸闻趣事,即"刊《型世言二集》,征海内异闻"③。除了征稿,小说商业化运作的方式还有很多。

一、商业性的包装日趋普遍

商业性的包装在明代小说中已较多地出现,检视可见两种较为明显的包装方式。方式之一是以"通俗"的名义,对小说进行定位和宣传。兼善堂版《警世通言》识语中指出:

> 自昔博洽鸿儒,兼采稗官野史,而通俗演义一种,尤便于下里之
> 耳目;奈射利者而取淫词,大伤雅道。本坊耻之。兹刻出自平平阁主

---

① 崔瑞德等:《剑桥中国明代史》下卷,中国社会科学出版社 2006 年版,第 9 页。
② 《洪武宝训》卷 3,台湾"中央研究院"历史语言研究所影印本,第 37 页。
③ 陈庆浩:《型世言·导言》,江苏古籍出版社 1993 年版,第 1 页。

人手授,非警世劝俗之语,不敢滥入,庶几木铎老人之遗意,或亦士君
子所不弃也。

"通俗演义一种,尤便于下里之耳目",很明确地指明了小说的定位和主
要的阅读对象。《醒世恒言》序中,作者也特意指出:

> 崇儒之代,不废二教,亦谓导愚适俗,或有藉焉。以二教为儒之
> 辅可也。以《明言》《通言》《恒言》为六经国史之辅,不亦可乎?

衍庆堂版的《醒世恒言》识语则说:

> 本坊重价购求古今通俗演义一百二十种,初刻为《喻世明言》,
> 二刻为《警世通言》,海内均奉为邺架玩奇矣。兹三刻为《醒世恒
> 言》,种种典实,事事奇观。总取木铎醒世之意,并前刻共成完璧云。

两个版本的说法虽有差异,但都指出小说是建立在"通俗"基础上的,将
其当作消遣或奇趣来读并无不可,若能从中读出醒世之意,理解作者的良苦用
心,自然是更好的。

衍庆堂版的《喻世明言》识语更集中地表达了这种思想观点,其中写道:

> 绿天馆初刻古今小说四十种,见者侈为奇观,闻者争为击节。而
> 流传未广,阁置可惜。今版归本坊,重加校订,刊误补遗,题曰《喻世
> 明言》,取其明言显易,可以开(按:原字缺)人心,相劝于善,未必非
> 世道之一助也。

"二拍"也体现出这种通俗的定位,《拍案惊奇》的序中就这样定位和
推广:

> 因取古今来杂碎事,可新听睹、佐谈谐者,演而畅之……凡耳目
> 前怪怪奇奇,当亦无所不有。总以言之者无罪,闻之者足以为戒,则
> 可谓云尔已矣。

"杂碎事""新听睹""佐谈谐""耳目前怪怪奇奇"等,充分说明作者有意
突出其贴近大众趣味的"通俗"特点。至于《二刻拍案惊奇》,其小引中有更为
直接的表述:

同侪过从者索阅,一篇竟,必拍案曰:"奇哉所闻乎!"……贾人一试之而效,谋再试之。余笑谓,一之已甚!顾逸事新语,可佐谈资者,乃先是所罗而未及付之于墨。其为柏梁余材,武昌剩竹,颇亦不少,意不能恝,聊复缀为四十则。

从这则小引中的表述可以看出,以朋友为托的引诱、以商人畅销所做的说明、以"惊奇"为标榜的夸耀等,从中都能找到成熟的运用。

其包装的方式之二,是想方设法迎合市民阶层的欣赏趣味。"三言"涵括了 120 篇故事,这些故事全都来自于对此前和当世作品的改编。通过对比改编前后故事的不同版本,可以比较清楚地发现,"三言"从适应市民欣赏口味的角度出发,对其他作品进行了非常具有针对性的加工改造,这些加工改造突出表现在几个方面:一是内容上更加切近读者所熟悉的生活,更为真切翔实地描写了社会和家庭生活内容,而且掺和、增添了不少与色情、刺激和消遣有关的情节内容,使故事可读、有趣、能娱乐人。二是在小说结构上进行了更为精心的设计安排,小说情节、情景显得更加充满悬疑、引人入胜,细节上也处理得更加体现匠心。三是语言上进行了更具时代特点的精雕细琢,白话在小说中运用得更加精妙和得心应手,读来更加契合时代读者的口味。此外,对人物心理的刻画也更加深入细腻丰富。显然,这种包装方式和手段既有其进步的一面,同时也使小说带有了更明显的媚俗、低俗趋向。①

凌濛初编写"二拍"的情况比"三言"有过之而无不及,眼见"三言"颇受读者欢迎,便意欲效仿,但由于作品已被改编得所剩无几,仅余"沟中之断芜",凌濛初以写代编,并结合市民趣味,对作品内容大量地进行了"演而畅之",努力追求令人"拍案惊奇"的包装效果。如此,才有他在《拍案惊奇》序中并不掩饰地指出的:"文不足征,意殊有属,凡耳目前怪怪奇奇,当以无所不有。"

----

① 　王言锋:《论晚明拟话本创作中商业意识与文人意识的融合》,《理论界》2010 年第 3 期。

二、以速度和名人效应赢取商机

以速度赢取商机主要是指加快从写作到售卖的过程以更多地占领市场。总共二百余万字的"三言""二拍",从着手写作到付梓再到流转到读者手中,在当时并不算十分先进的条件下,整个过程的完成前者仅耗时三年多,后者也仅耗时四年,最终创造了"无翼飞,不胫走"的轰动效果。这不得不说是难能可贵的,是一个群体通力合作的结果。放在今天来看,其出书售卖的速度都堪称惊人,可以说形成了对市场的抢占之势。

同时,明代小说传播过程中,名人效应被一些出版商充分利用,他们为了吸引读者,不惜花重金请名人来扩大小说的知名度,即请他们作序、写跋,或对小说进行点评、撰写评语,像李贽、陈继儒、袁宏道、王世贞、汪道昆、金圣叹等有名人士,就都曾为白话小说写过序评。当然,有些出版商想利用名人效应扩大影响又不愿或拿不出这笔费用,就只能另谋他途,其中就不乏盗用名士名字的情况。陈继儒就曾记载"坊间诸家文集,多借卓吾先生选集之名,下至传奇小说,无不称为卓吾批阅也"(《国朝名公诗选·李贽小传》)。也就是冒用李贽之名,将点评都冠上他的名字。这种做法大量出现,说明市场还是有其广大的接受空间的。

三、商业化运作盛行的原因

从上可知,明代小说创作一定程度上呈现出商业化的特征,即小说通过多种具有商业化意味的方式来满足市民的阅读需求。之所以如此,有如下原因值得注意:

一是思想观念对大众世俗生活的认同。明代中后期白话小说的兴盛,一方面是在物质条件方面,商品经济获得了长足发展,市民阶层也崛起壮大,他们对于切合自己阅读兴趣的小说有着较为强烈的需求。另一方面是在意识形态领域,随着阳明心学、泰州学派和启蒙思潮的兴起,"程朱"理学这一长期居于意识形态主导地位的思想潮流出现了松动,对人们思想的影响正在减小。王阳明的"心学"肯定了普通百姓的自我修炼和作为,并为他们找到了通过"致良知"而实现自我超越的道路,对广大人民来说无疑是一种思想的解放;泰州学派的代表人物王艮则在此基础上,把儒家伦理观念通俗化,大胆地提出"百姓日用即道"①的思想主张,认为"道"就在市民的日常生活之中,这是对市民的日常生活的肯定,是对在商业影响下市民世俗化生活的赞同,是市民世俗化生活价值的出场;李贽则推动晚明启蒙思想迈向一个新的高峰,在社会形成了一股影响极大的人文主义思潮,如同西方的文艺复兴。

在这种经济和意识形态领域的剧烈变动过程中,市民文化作为一种与传统儒家文化不甚相同的文化发展起来。话本小说由于对市民阶层思想观念的反映,成为典型的市民文化、市井文学,宋元以来的"说话",也由此开始向正式的书面文学作品转变。②

二是刻书及图书出版销售得到较大发展。刻书业在明代中叶后获得了较快发展,这突出表现在雕版印刷的进步和刻书薪资的低廉。这一时期,雕版不断普及发展,木活字和铜活字也开始出现;套色印刷等更趋先进的印刷方法得到应用。同时刻资也十分低廉,《履园丛话》对此记载道:"数十年读书人,能中一榜,必有一部刻稿,屠沽小儿,身衣饱暖,殁时必有一篇墓志。""前明书皆可私刻,刻工极廉。"而且规模较大的坊刻在此时也纷纷出现。

图书市场随着书籍的大量刻印出版,也开始在各地获得大发展。常年经营图书的专门铺子以及图书的流通市场在一些大中城市出现,被时人称为"聚书地"。从事书籍买卖的商贩大量涌现,全国各地出售贸易书籍的局面形成。福建建阳崇化镇就是其中一个比较突出的代表,"比屋皆鬻书籍,天下客商贩者如织,每月一、六日集"③。正是得益于刻书业、印刷业和图书出版销售

---

① 王艮,陈祝生编校:《王心斋全集》,江苏教育出版社2001年版,第72页。
② 丁夏:《咫尺千里——明清小说研究》,清华大学出版社2002年版,第98—99页。
③ 王言锋:《论晚明拟话本创作中商业意识与文人意识的融合》,《理论界》2010年第3期。

的繁荣,小说等通俗文学的创作和传播才具有了得天独厚的条件。

三是话本编写作为谋生手段受到文人的青睐。作家的创作建立在其经济利益有所保障的基础上,而经济利益的实现又只能通过市场、通过大众的购买。受经济利益的驱动和商业利润的吸引,越来越多的文人通过编写话本来谋生,成为出版商或书商,在书籍出版销售业中努力吸引更多读者来消费。

这从凌濛初创作《拍案惊奇》的缘由中可见一斑,当时有书商目睹了"三言"出版后广受大众欢迎,盈利颇丰,于是效仿其做法,邀请凌濛初来编撰话本,收到了意料之中的良好效果。而《古今小说题辞》中也讲道:"本斋购得古今名人演义一百二十种,先以三之一为初刻云。"这个"购"字,明白无误地道出了书坊和作者的关系。至于书坊对一些小说的重印、再版,更证明了其中的有利可图和人们对这些小说的喜爱和接受。像《醒世恒言》就有多个刊本,如叶敬池原刊本、叶敬溪刊本、衍庆堂刊本等;《拍案惊奇》则有尚友堂原刊本、消闲居本、覆尚友堂本、松鹤斋本、万元楼本、文秀堂本、聚锦堂本、飞堂本、同文堂本、同人堂本等版本。① 从中也可确认,明清时期的话本已经演变成了文化商品,这种商品由作家和书坊共同生产。

四是市民的审美趣味影响着文人的创作取向。明代中后期,神魔、公案、色情等适应世俗趣味的故事大批量投入市场。从当时小说的命名,如《三妙合传》《欢喜冤家》《浪史奇观》《天缘奇遇》《拍案惊奇》《昭阳趣史》《十二笑》《南柯梦》《无声戏》等,一眼即可看出小说创作者的媚俗之态,对市井阶层大众化的阅读趣味的迎合,而且这种媚俗的做法显然是比较有效地抓住了时人的审美趣味,这才会出现以下说书和听书的热闹景象:

> 是日,四方流寓及徽商西贾,曲中名妓,一切好事之徒,无不咸集。……瞽者说书,立者林林,蹲者蛰蛰。②

这些戏剧和小说将深刻的思想意义放在了次要的位置,或者作品的思想

---

① 傅承洲:《明清话本的文人创作与商业生态》,《江苏社会科学》2007 年第 5 期。
② 张岱:《陶庵梦忆》,中华书局 1985 年版,第 43 页。

意义仅可视表面的,配上一些装潢的门面话。因此,作品的思想蕴含和整体水平也就因此打了折扣。事实上,在商业化浪潮席卷下的文学创作,不可能不受到时代风气的影响,这种影响通过市民的欣赏趣味和审美偏好体现出来。迎合时代趣味的创作者出于经济效益的目的,必然在创作中有意地迎合大众的需要,从而创作出充满世俗气的媚俗之作。

四、商业化运作的后果

商业意识和商业化运作既给小说注入了活力和进步的因子,但同时也注入了媚俗、低俗和庸俗的因素。小说作家对市民读者趣味的迎合,既推动了小说创作的兴盛和发展,也客观地造成了不良影响,如《欢喜冤家》《宜春香质》《弃而钗》等话本集中,便包含了不少色情、庸俗的小说和相关内容,哪怕连整体质量很高的"三言""二拍",其中也不免有一些层次和趣味并不太高的内容。① 当然其负面影响不仅于此。比如有的商人出于对更高利润的追求,抛弃原则、违背法律,做出了对他人作品盗版、翻刻、删改的行为,令许多士大夫所不齿。如袁宏道就记载:"往见牟利之夫,原版未行,翻刻踵布。"(《禁翻豫约》)对于明代出版业所出现的这种不良现象,郑振铎也曾有所评述:"坊间射利之徒,每每得到贱版,便妄题名目,另刊目录,别作一书出版。……像所谓《别本喻世明言》、《别本拍案惊奇》,及《觉世雅言》等皆是。"(《西谛书话》)这种状况的出现,是商业社会环境、小说创作者、出版商和广大读者共同作用的结果,将责任单纯地归为某些人或某个群体,都是不准确的。

其实,商品经济在繁荣通俗小说并冲击雅文学的同时,也对通俗小说本身构成了冲击。商业所具有的强大功利性,使得通俗小说家主体对服务对象产生了过度的重视,过分地迎合听众和读者,从而难免走向了低级情趣,同时为了能更快获利,创作过程中也可能互相抄用,导致陈陈相因,进而出现情节的

---

① 傅承洲:《明清话本的文人创作与商业生态》,《江苏社会科学》2007 年第 5 期。

格式化和人物的扁平化。但即便通俗小说鱼龙混杂、金沙杂呈,在小说史上却并没有彻底地走向堕落,这一方面要归功于罗贯中、施耐庵、吴承恩、曹雪芹等伟大作家的出现,他们并不那么渴望自己的作品成为商品并广受大众追捧;另一方面则得益于市场的自我调节功能,一旦某类作品从热转冷,失去了读者的追捧和喜爱,作品必然就会转向,创作者的创作必然要随之进行调整。

第五章　明代商业经济生活
对作家创作的影响

　　明代商业经济生活对小说创作产生了直接的影响,这种影响体现在作为创作主体的作家受到商业经济生活的影响,直接投身到商业经营活动,即使不直接投身经营活动,其创作也与商业经济发展的社会环境有着千丝万缕的关联。在这种活动和环境中,作家的创作心态和动机都不同程度地渗透进了商业经济的因子,无论是"不平则鸣"的宣泄,还是"挽救世风"的劝化,抑或是对商业奇遇的大胆幻想,都正面或反面地映照出商业经济发展的生活图景和愿望。在这些作家当中,冯梦龙和凌濛初作为代表性人物,也不可避免地受到商业经济生活的影响,并且在作品中较为典型地反映出商业经济对创作所产生的作用。当然,置身在商业经济快速发展带来的社会新思想、新风貌之中,作家观念世界中总有传统思想在发出召唤,新旧思想的交锋随之产生,在新与旧之间,作家所需要做的适应和调整无疑是巨大的,其过程也是充满艰辛的。这是商业经济生活影响小说创作最动人的地方之一。

第一节　鬻文兼游乐:文人的商业经济生活

　　探究商业经济与小说创作的互动,就不能不考察包括小说家在内的文人的商业经济生活。明代文人与商业经济生活之间结合得异常紧密,这种紧密体现在文人开始在社会经商风气的影响下,积极而大胆地投身到商业活动中来,以自己独特的商品——文学作品或书画作品,来换取钱财,改善生活状况。同时,明代不少文人通过考取功名,得以跻身仕途,依靠着自己的身份和地位,领导了明后期文学流派的更替,促进了明后期俗文学的发展。这些入仕文人也和商业经济有着密切关联,不少人进行着多种多样的营生活动,既适应了社会,也一定程度上影响了社会。还应该看到,明代文人通过结社、文会、宴饮、登山临水、征歌度曲等活动,在与商业经济的紧密互动中,进行着文学创作。

一、商业经济发展下的文人售文风潮

明代后期,文人普遍追求润笔,并且出现了专业化、自由化的售文队伍,不少文人靠出售诗文字画维持生活。如张凤翼明码标示诗文价目,沈瓒《近事丛残》载:

> 张孝廉伯起,文学品格,独迈时流,而耻以诗文字翰,结交贵人,乃榜其门曰:"本宅缺少纸笔,凡有以扇其楷书满面者,银一钱;行书八句者三分;特撰寿诗、寿文,每轴各若干。人争求之。"自庚辰至今三十年不改。①

张凤翼售文已经不是简单的金钱与文字交换,而是一专业化的文化经营,且是相当成功的经营,否则售文就不会维持长达三十年之营生。

文人售文的种类有很多,大体来说,包括卖文、卖书画、卖戏曲等。

卖文。明后期寿序、传记、墓表志铭、序跋题赞等,都成为文人创收的重要途径。无论仕宦文人王世贞、李维桢、焦竑,还是下层文人徐渭、王稚登、陈继儒等,都写了不少这方面的文章。王世贞出身官宦之家,又官至南京刑部尚书,才高望显,相当一部分收入来自润笔。其一生应人所求写下了大量篇幅的

---

① 沈瓒:《近事丛残》,广业书局 1928 年版,第 29 页。

寿序墓表等,按照每文二十两银子计算①,三百篇文章可收入六万两银子,此项收入可谓不菲矣。

卖书画。徐渭在生活压力面前,诗文书绘都成为谋生的工具,"及老贫甚,鬻手自给,然人操金请诗文书绘者,值其稍裕,即百方不得,遇窘时乃肯为之"②。俞允文"家世婆薄,又性嗜书,不别治生",生活来源全赖售文,王世贞在《俞仲蔚先生墓志铭》写道:"诸以文请者不虚月,以诗请者不虚日,以草隶请者不虚刻。"③

卖戏曲。明后期,传奇、小说等俗文学形式盛行,世人附庸风雅,常求文人为其创作传奇、词曲等。如《万历野获编》记载:张凤翼"暮年值播事奏功。大将楚人李应祥求作传奇,以侈其勋。润笔稍谥,不免过于张大。似多此一段蛇足"。"梁少白(梁辰鱼)《貂裘染》,乃一扬州盐客,眷归院妓杨小环,求其题咏。曲成以百金为寿。"④

明代之所以出现大规模的文人售文热潮,原因有多个方面。

首先是经济的发展、世风的变化,强烈地刺激着文人的消费欲望,改变了文人的传统价值观念,他们游山玩水、纵欲享乐,为了满足种种豪奢的生活,不再羞称"著书为稻粱谋",而是公开出售诗文字画。

其次,明代官俸较低,润笔费成为入仕文人收入的重要补充。明代官员俸禄始定于洪武四年,洪武十三年重定,到了洪武二十年重定百官月俸。这次所

---

① 明代文价没有确切史料记载,总体上呈上升趋势,且文价机动性很大,与所求之人的地位、声名等关系很大,只能大致推算。叶盛《水东日记》卷一《翰林文字润笔》:"三五年前,翰林名人送行文一首,润笔银二三钱可求,事变(土木之变)后文价顿高,非五钱一两不敢请,迄今犹然。"(中华书局 1997 年版,第 4 页)李诩《戒庵老人漫笔》卷七《罗一峰遗事》:"广东按察使陶公以白金五十两请大忠祠记,先生许之。"(中华书局 1997 年版,第 273 页)李清《三垣笔记》:"尝有某知县送银二十四两,求胡编修守撰文,时尚未受,亦索千金方已,一时士大夫皆重足而立。"(中华书局 1997 年版,第 4 页)

② 陶望龄:《徐文长传》,《徐渭集附录》,中华书局 2003 年版,第 1340 页。

③ 王世贞:《弇州续稿》,文津阁四库全书影印本,第 428 册,第 855 页。

④ 沈德符:《万历野获编》,中华书局 1980 年版,第 644 页。

商潮涌动下的小说创作

定的俸米数,成为明朝官俸的"永制"(参考下表)。随着经济的恢复和发展,物质财富的增加和消费水平的提高,不变的官俸远远不能满足官员家庭生活所需,于是官员多方增加收入,入仕文人也不例外,而利用其功名来收取润笔费,成为入仕文人补贴家用的重要途径。如屠隆万历五年进士,除颍上知县,调繁青浦,后被除籍,"归益纵情诗酒,好宾客,卖文为活。诗文率不经意,一挥数纸"①。钱谦益在《列朝诗集小传》中如此评价:"采真者十之三,乞食者,十之七。"②另一方面,也为官宦名士增加了不少收入,如王世贞的题画诗一百多首,题园(轩、堂等)诗七十余首。

官品	正一品	从一品	正二品	从二品	正三品	从三品	正四品	从四品	正五品	从五品	正六品	从六品	正七品	从七品	正八品	从八品	正九品	从九品
月米(石)	87	74	61	48	35	26	24	21	16	14	10	8	7.5	7	6.5	6	5.5	5
岁米(石)	1044	888	732	576	420	312	288	252	192	168	120	96	90	84	78	72	66	60

再者,社会风气使然。在明代,借求文于官员或名人来达到某种目的,逐渐成为一种普遍现象,且愈演愈烈。陆容《菽园杂记》对这种风气有深刻描述:

> 今仕者有父母之丧,辄遍求挽诗为册,士大夫亦勉强以副其意,举世同然也。盖卿大夫之丧,有当为神道碑者,有当为墓表者,如内阁大臣三人,一人请为神道,一人请为葬志,余一人恐其以为遗己也,则以挽诗序为请。皆有重币入赘,且以为后会张本。……亦有仕未通显,持此归示其乡人,以为平昔见重于名人。而人之爱敬其亲如此,以为不如是,则于其亲之丧有缺然矣。于是人人务为此举,而不

---

① 张廷玉等:《明史》,中华书局 2000 年版,第 7388 页。
② 钱谦益:《列朝诗集小传》,上海古籍出版社 1983 年版,第 446 页。

知其非所当急。甚至江南铜臭之家,与朝绅素不相识,亦必夤缘所交,投贽求挽。受其贽者则不问其人贤否,漫尔应之。铜臭者得此,不但哀册而已,或刻石墓亭,为活套家塾。有利其贽而厌其求者,或活套诗若干首以备应付。①

明后期发展到"屠沽细人有一碗饭吃,其死后必有一篇墓志"②。

此外,整个社会附庸风雅,不少人以得到名士的片言只语为荣。如《列朝诗集小传》记载:"闽粤之人,过吴门者,虽贾胡穷子,必踯门求一见(王稚登),乞其片缣尺素,然后去。"③此种社会风气熏染下,不少文人有意无意地成为售文中的一员。

从售文的意义来看,它并不单是一种商业经济行为,还具有较为明显的文学意义,具体来说包括两个方面。

一是繁荣了文学消费市场。明后期,文化市场呈现异常繁荣的景象,文学消费也日趋剧增。"《三国演义》出,而脍炙人口,自士大夫以至舆台,莫不人手一编。"④《金瓶梅》刊印前,就以手抄本形式流传,如袁宏道在信中向友人讨要《金瓶梅》的手抄本,刊印后立即成为畅销书。⑤ 文学消费市场的繁荣,与文人经济利益的追求密不可分。明后期,大量的诗文字画都产生于利益的交换中,如上文提到的诗、文、传奇等。况且,这一期部分文人,已自觉地以市场为导向进行创作。相传《封神演义》的作者,尽其家产陪嫁大女儿,引起了次女的不满,他安慰女儿不必为此愁穷,将写出的《封神演义》稿子交给次女,后来果然卖出好价钱。⑥

二是保证和促进了文学的再生产。明后期下层文人卖文自活,或者说,卖

① 陆容:《菽园杂记》,中华书局1997年版,第189页。
② 唐顺之:《荆川集》,文津阁四库全书影印本,第426册,第631页。
③ 钱谦益:《列朝诗集小传》,上海古籍出版社1983年版,第482页。
④ 吴沃尧:《两晋演义·序》,上海文化出版社1980年版,第2页。
⑤ 沈德符:《万历野获编》,中华书局1980年版,第652页。
⑥ 梁章矩:《归田琐记》,中华书局1997年版,第132页。

文所值用以维持生命。另一方面,明后期不少文人为了享乐而追求诗文的经济价值,他们在利益的驱使下而辛勤笔耕,有力地促进了文学的再生产。

二、风气刺激之下的入仕及多方经营

文学创作的状况与文人须臾不可分离。明代文人群体的一个显著特点,是入仕之人众多,对文学发展的影响突出。像明后期文学流派的更替,全是由入仕文人倡导,而布衣文人只是附和响应,并不起关键作用。明后期主要文学流派"后七子""唐宋派""公安派""竟陵派"及"文词派""吴江派"等,无一不是由入仕文人组织与领导的。如王世贞与李攀龙结"后七子"社,除谢榛外,其他四位均是进士出身,且梁有誉、宗臣、徐中行、吴国伦是同年。此社的成立,使得这些新贵迅速成名,而王世贞竟擅领文坛五十年,客观上促成了王世贞的文字经营。后期活动中,王世贞为了壮大复古运动的规模,又扶持炮制出"后五子""续五子""末五子"等,且其中不少是政界要员,如汪道昆之于"续五子"等。

明代不少入仕文人又兼有多方交易经营的特点。他们大多并不靠官俸生活,而靠官宦之声名与地望从事多方经营。李先芳,位至少卿,"家故多赀,壮年罢官,精计然白圭之策,家益起"①。官显名重的王世贞,润笔收入可观,且利用家业放贷,利息收入亦不菲。董其昌显宦负,又负书画重名,其书画市场需求量大,于是董雇人代笔。董其昌还广置田产,经营子利,"富冠三吴,田连苏、湖诸邑,殆千百顷。有质舍百余处,各以大商主之,岁得子钱数百万"②。利用仕宦之名,告退后,寻田问舍,是入仕文人寻常出路。李开先"归而治田产,蓄声妓,征歌度曲,为新声小令,挡弹放歌,自谓马东篱、张小山无以过

---

① 钱谦益:《列朝诗集小传》,上海古籍出版社 1983 年版,第 427 页。
② 范守己:《曲洧新闻》,《四库全书存目丛书》第 162 册,齐鲁书社 1997 年版,第 703 页。

也"①。茅坤致仕归，"用心计治生，家大起"②。

入仕文人之所以多方经营，主要原因是京都生存费用高，而官俸低下，不足生活交际之用，"仆纵北徙，正可得六品郎，岁食钱可四万……人客过饷，十三酬折，裁足家累衣物，岁时伏腊耳"③。如此高的花费主要用于拜访和交际："盖赘见大小座主，会同年，及乡里官长酬酢，公私宴醵，赏劳座主仆从，与内阁吏部之舆人，比旧往往多倍。"④初入仕途交际之繁复，费用之高，恐前代所未有，入仕后更要呼朋引伴，宴集雅游，乃至拉帮结派等，而微薄的薪水，哪够如此频仍的交际，于是乎文人纷纷下海，积极经营第二职业。

同时，土宦聚财成风，生活奢靡，文人亦不甘贫困。明后期，文人士大夫讲究吃穿，生活奢靡前代所未有。他们建华屋，构园亭，游山玩水，纵欲享乐。如文坛声望极重的王世贞，其弇园及其弟王世懋的约园，均是天下名园；董其昌私生活糜烂，"淫童女而采阴"⑤。低廉的官俸，即便加上祖上的地产，亦远远不能满足种种豪奢的生活，文人走上经营之道，千方百计经营家业，也不足为怪。

通过经营在经济上变得宽裕的文人，成群结队地开展结社、文会、宴饮、登山临水、征歌度曲等活动形式。

一是结社活动。明后期文人结社频繁，社团林立，如西湖社、葡萄社、鹫峰社、俞园社、复社、几社等，所及范围之大，人员之多，均非前代所可比，构成了明后期一道独特的文化风景。文社成员间诗酒酬唱，相互标榜，这也是历代文社的共同特点，但明后期文人结社有一显著的个性，即仕宦文人主导了文学社团。明后期众多的文人社团，大多是仕宦文人发起和组织的，布衣文人应邀或

---

① 钱谦益：《列朝诗集小传》，上海古籍出版社 1983 年版，第 377 页。
② 张廷玉等：《明史》，中华书局 2003 年版，第 7375 页。
③ 汤显祖：《汤显祖全集》，人民文学出版社 1988 年版，第 1125 页。
④ 王世贞：《觚不觚录》，《丛书集成初编》第 2811 本，中华书局 1991 年版，第 15 页。
⑤ 佚名：《民抄董宦事实》，《丛书集成丛编》第 26 册，上海书店出版社 1994 年版，第 215 页。

主动参加。结社常要赋诗饮酒、登山临水,这都要钱财作后盾;而不仕不宦之文人多穷困潦倒,无力宴招文士,他们加入文社,可施展自己的才华,又可结交显贵,为自己的谋生提供便利。

二是以文会开展活动。商人成为文会的重要召集者。随着明商品经济的发展,士商交往日趋频繁。明后期文人与商人交往一大特色是,商人成为文会的召集者与出资人。文人有才华而囊中羞涩,商人富财货而少文藻,文商交往中互利互惠,各取所需,正如钟惺所说:"富者余赀财,文人饶篇籍,取有余之赀财,拣篇籍之妙者刻传之,其事甚快,非唯文人有利,而富者亦分名焉。"①商人出资,延招文士,举办文会,文人借此吟咏抒怀,饱尝美景。商人亦可附庸风雅,远播美名。

三是游山玩水。游山玩水,歌以咏志,是文人的共同雅好。明后期文人游赏山水,有一特别之处,即形成了一个山人游历群。他们不仕不宦,四方游走,登山临水,宴饮雅集,以诗文投靠公卿,游食为生。如陆采,性浩荡不羁,困于场屋,"东登泰山,赋游仙三章,南逾岭峤,游武夷诸山"②;如袁中道"泛舟西陵,走马塞上,穷览燕赵齐鲁吴越之地,足迹几半天下"③;如程可中,家贫,为童子师,曾入汪道昆白榆树,"遍游南北名山水"④;等等。

文人游历之盛,乃游食使然。明后期一批文人仕宦无路,又不耕不商,以诗文游缙绅,游食谋生。四方游食,为他们游览江山提供了便利;同时,游览江山,涤荡了心胸,丰富了写作素材,又为他们以诗文为媒交游提供了资本。如吴扩,"吐音如钟,对客多自言游览武夷、匡庐、台宕诸胜地,朗诵其诗歌,听之者如在目中,故多乐与之游"⑤。

明代文人入仕兼经营的身份特点,对文学直接间接的影响也就更加体现

---

① 钟惺:《隐秀轩集》,上海古籍出版社1992年版,第564页。
② 钱谦益:《列朝诗集小传》,上海古籍出版社1983年版,第396页。
③ 钱谦益:《列朝诗集小传》,上海古籍出版社1983年版,第568页。
④ 钱谦益:《列朝诗集小传》,上海古籍出版社1983年版,第631页。
⑤ 钱谦益:《列朝诗集小传》,上海古籍出版社1983年版,第453页。

出丰富性。

一方面,明后期传奇、杂剧、小说繁荣发展,亦得力于入仕文人的推动扶掖。明后期,传奇等俗文学,不但在士大夫中广为流传,且不少士人从事传奇等俗文学的创作。如李开先、汤显祖、沈璟、王世贞等,都写下了传世的传奇、杂剧等,这些作品多是俗文学中的精品,以至于出现了许多的模仿之作,如汤显祖的《临川四梦》问世后,以梦为名的作品布满大街小巷。其中主要原因是,民间审美趣味为文人士大夫所吸收接纳,仕宦文人纷纷拿其笔,在俗文学世界中发泄政治上的失意、内心情与理的冲突等。王世贞在《鸣凤记》中,痛陈严嵩五奸的罪行,并发泄了对张居正的愤懑;汤显祖笔下,至情者可因情而死,可因情而生,在至情的世界中宣泄着其个性追求。

另一方面,入仕文人从理论上对俗文学进行批判与指导,促进了传奇等俗文学的发展与成熟。李开先、王世贞、汤显祖、沈璟等,关于传奇等在理论上都有独到的见解,既有对前人的批判总结,又能提出自己的理论主张,是明后期俗文学理论的重要组成部分。

第二节　商业侵文心:小说创作动机与想象

一般来说,创作者的心态受多种因素的影响,思潮、政局的变化、士人的生活出路、社党的组合、家庭文化传统、交往等各种因素都会综合产生作用,而前三者的影响又相对更大。[1] 明代,新的社会思潮和文化勃兴,传统文化受到冲击,但仍发挥着不可忽视的作用,面对巨大社会变革,对于传统文化和新兴文化,小说创作者保持着一种模棱两可的态度,既不能对固有的观念进行完全超越,也不能对新的社会思潮全盘理解接受,这样的思想状态,使其在面对社会现实时,难免产生困惑和无奈,进而导致精神上的悒郁。[2]

---

[1]　罗宗强:《因缘集:罗宗强自选集》,南开大学出版社 2004 年版,第 13—14 页。
[2]　郭万金:《明代经济生活与诗歌传统》,《文学评论》2008 年第 1 期。

同时,明代更多的生员拥有了科举资格,出身于平民阶层的文人数量也大幅增长,成为创作的主力军。然而,随着科考竞争的日趋激烈,政治环境的不断恶化,商品经济大潮中知识文化的贬值,越来越多的平民文人面临贫困的境地。谋求读书之外的新出路,成为这些文人维持和改善生计的必然选择。在这样的生活状态下,文人势必更多地认可商业,更多地认同从商的道路,更多地理解和接受商人。在此需要注意的是,这种认可、认同和接受,部分是带着主动的悦纳,而更多的可能是由于生存的逼迫和生活的无奈。由此,也能更好地理解其创作心态上的复杂和矛盾。

一、经济环境影响下的文人创作动机

随着文人心态受商业经济发展等带来的影响而呈现复杂和矛盾,其小说创作动机也受到了影响。大体来说,文人的小说创作动机可归纳为以下几种。

一是"不平则鸣"的宣泄动机。

张竹坡曾就《金瓶梅》的创作动机指出:"何为而有此书哉? 曰:'此仁人志士孝子悌弟,不得于时,上不能问诸天,下不能告诸人,悲愤呜唈,而作此秽言以泄其愤也。'"①明确指出了小说创作宣泄悲愤的动机。事实上,历代文人创作文学作品来批判现实,宣泄心中怨愤是其主要的创作动机。

在商品经济来势汹汹的冲击下,明代封建政治体系逐渐出现了裂缝,并不断加剧,但专制主义并未就此退场,其掌控力量并未衰弱,只是不断趋向恶性的方向,统治阶级也不断加重对经济的掠夺。包括部分封建文人在内的百姓,在物质生活上处于日益困窘的状态,在发展空间上又寻找不到乐观的出路,加上金钱至上的社会风气的刺激,其精神上的无助感和压抑感难以抒发、与日俱增。

梅之熉曾就"不平则鸣"的宣泄说过一段很精微的话:

> 士君子得志则见诸行事,不得志则托诸空言,老氏云:"谭言微

---

① 张竹坡:《竹坡闲话》,朱一玄:《金瓶梅资料汇编》,南开大学出版社 1985 年版,第 91 页。

中,可以解纷。"然则谭何容易? 不有学也不足谭,不有识也不能谭,不有胆也不敢谭,不有牢骚郁积于中而无路发摅也亦不欲谭。①

知识分子的内在痛苦会打破其精神的平衡,不断寻求发泄的途径和方式,对于这些文人来说,他们的所感受的不平和痛苦,会通过其最擅长的方式——著书立说,像决堤的洪水一样倾泻出来,如此来达到精神上的再度平衡。小说是宣泄痛苦、排遣不平之气的最佳形式②,虚构、夸张、铺陈可尽情使用,句式、文章长短可控,内容、语言雅俗均可,真名、笔名可自由选择,这些都是其得天独厚的条件。

对小说的宣泄方式细加分析归类,有用巧妙的词语戳中要害的宣泄。如《雪涛谐史》中有则这样的故事:

> 凡为银匠者,无论打造倾泻,皆挟窃银之法。或讥之曰:"有富翁者,平日拜佛求嗣,偶得一子,甚矜重之,乃持八字问子平先生,先生为布算,曰:'奴仆宫,妻子宫,寿命宫,都好。只是贼星坐命。'富翁曰:'这个容易,送他去学银匠罢。'"③

在白银广泛使用的时代,银匠想方设法克扣白银,会成为大家普遍憎恶的对象。在小说中,作者意欲讥讽这样的银匠以宣泄心中的愤怒,便借富翁之口,给儿子以"贼星坐命"的命运讽刺,想必当时受过银匠之害的人读来定会酣畅淋漓、大呼过瘾。

除了用词语直指要害的宣泄,还有情节和态度突然反转的宣泄。《轮回醒世》卷一中的《王菩萨》即是一例。小说中的主簿王尔章"秉性慈柔,不动刑法",九年任期内赢得了"王菩萨"的声誉,留给人一位好官的印象,应是百姓

---

① 梅之焕:《叙谭概》,丁锡根:《中国历代小说序跋集》(中),人民文学出版社1996年版,第655页。

② 陈美林、李忠明:《中国古代小说的主题与叙事结构》,安徽文艺出版社2000年版,第32—33页。

③ 江盈科著,黄仁生注:《雪涛小说》,上海古籍出版社2000年版,第258页。

爱戴的对象。照此情节和逻辑发展,死后的王尔章也应享用生前所积的德行,得到好的报应。然而,作者在这里突然反转,借阴司判官之口,道出了王尔章此前并不为人所知的恶劣行径:

> 汝生前开当铺于楚地,轻兑出,重兑入,放则水丝,收则足色,取息太重,冠剥起家,罚汝一家投于大江,不得尸回故里。今汝以九年之功,赎一门之罪……①

从这段话中可知,王尔章为官之前曾是商人,为了利益违背规则和良心,做了伤天害理之事,作者对于这样的无良商人显然是极为痛恨的,于是通过阴司判官的一番话,揭开这个"王菩萨"隐藏的真面目,并用小说对其进行了宣判。这种宣泄比用平铺直叙的方式所带来的效果应该是强很多的。

还有一种宣泄的方式,是毫不掩盖地揭露、渲染丑陋和罪恶,以此倾泻心中的憎恶与愤怒。在小说集《鸳渚志徐雪窗谈异》中,商业经济环境下金钱对人心的腐蚀得到了淋漓尽致的展现。如《三异传》中,士人戴君实、孔扬名二人为翁婿关系,舞文弄墨,狼狈为奸,以唆讼为业,在案件处理过程中全然不顾事实,看的全是钱财,谁出的价钱高,谁就会得利。而且他们仗着权势有恃无恐,惹得民怨沸腾。赵初心则倚仗着戴孔二人,更加肆无忌惮地大肆敛财,凶狠残暴,凡是妨碍他生财的人,或伤或死,没有一个逃得过他的毒手。作者就是毫不掩饰、毫不留情地将戴君实、孔扬名、赵初心三人塑造成令人咬牙切齿的恶人形象,全不在作品中给他们身上安放丝毫优点。小说正是通过这样的对丑恶的暴露,来尽情地倾泻憎恶、愤怒与鄙弃。读者往往被作者所塑造的恶人形象所激怒,生发出咬牙切齿的痛恨。

二是"挽救世风"的劝化动机。

对于每况日下的世风,梅鼎祚曾如此描述:

> 红颜皓齿三千对,半出清闺;淡粉轻烟,十四楼争相列肆。刺绣

---

① 无名氏撰,程毅中点校:《轮回醒世》,中华书局 2008 年版,第 15 页。

虽巧，不如倚门；攫金是图，顿忘入市。①

《五杂俎》中亦有更为全面的描述和感慨：

人能捐百万钱嫁女，而不肯捐十万钱教子；宁尽一生之力求利，

不肯辍半生之功读书；宁竭货财以媚权贵，不肯舍些微以济贫乏。②

对于社会的金钱横行、人心扭曲，《耳谈》之中做了如实的记载：郓城贫民生计艰难，不少人家将年纪尚幼的女儿卖给有钱人以换来生计所需，或者以此改变生存状况；通过嫁女来谋取钱财则成为衡郡的特色，男子要想娶得妻子，必须有钱财作为强有力的保障，按当时形成的行情，二三十两白银是必不可少的。这样的例子还有不少，从中可以看出社会风气的功利化和拜金主义。

面对日益浑浊恶化的社会风气，深怀着经世济民之心和责任感的文人，满怀着深深的忧虑投入小说创作，希望能够起到"有补于世道，有益于人心"③的作用。在这样的创作动机驱动下，其小说作品必然饱含作者忧思、凝注作者劝谕，带有较强的教化意味。

适举几例。如在《戒庵老人漫笔》之《江阴胡节妇》中，叙及妇女徐氏为抵抗父亲将她再嫁富人而愤然自尽的故事。徐氏在守节过程中，先后有两人前来求婚，徐氏的父亲面对乡人陈煦的求婚表示了拒绝，缘由是顾念到女儿的守节之志；然而后来再次面对"素丰殷，人相争婚，喧闹衢巷"的富人沈绎，徐氏的父亲则见利动心，立刻答应了沈的求婚。徐氏得知消息后，出现了如下心理活动：

耻辱如此，何以为人？且初已却陈，今若议沈，是利其财，不顾于

义，何以自明？④

① 梅鼎祚：《青泥莲花记序》，丁锡根：《中国历代小说序跋集》（上），人民文学出版社1996年版，第417页。
② 谢肇淛撰，傅成点校：《五杂俎》卷十三，上海古籍出版社2005年版，第1770页。
③ 蒋玉斌：《明代中晚期小说与士人心态》，巴蜀书社2010年版，第91页。
④ 李诩撰，魏连科点校：《戒庵老人漫笔》，中华书局1982年版，第127页。

显然,徐氏看出了其父拒陈煦而应沈绛的背后所图,她清楚若是自己顺从,就会从此背上"见利忘义"的恶名。在这里,是否能守住贞操之节并非徐氏考虑的首要问题,如何守住"义"而不为"贪利"所陷,才是她努力的重点。在当时人人争与富贵结亲、道德滑坡的社会环境下,沈氏毅然而坚决地舍"利"而取"节"。在作者和当世许多文人看来,这样的取舍和行为,和"三贞九烈"的行为一样值得钦佩和尊敬。正是基于这种认同和赞赏,作品结尾处,作者发出了"虽世之贤士大夫,或遭人伦之变,多不能行者,而一田妇能之,是真异气所钟者也"①的赞叹。通过塑造徐氏这样一个典型人物形象,作者正是想宣扬一种不逐利的思想,形成一种不重利的引导,进而通过小说营造一种"重义忘利"的社会风气。

除了塑造典型人物以求实现教化读者的目的,还有的作者干脆更直接地进入小说,表达立场、宣扬观点,仿佛小说人物就是作者一般。在《觅灯因话》之《翠娥语录》中,主人公翠娥似乎就是作者的化身,其内心轨迹被作者表现得淋漓尽致。在小说中,翠娥"宁自守而独居以死",坚决地与污浊的世风划清界限,并毅然出家为尼与世隔绝。翠娥的洁身自好,在篇末以独白的形式得到了充分展现:

> 存一点至诚心,百事可做;少几处风流债,一笔都勾。试问他浊酒狂歌,争如我清茶淡话?……既不作入梦朝云暮雨,也须撇等闲秋月春风。

从小说文本来说,主人公翠娥的道德信仰无疑得到了体现,但从创作的角度来看,显然这更可视为是作者在借翠娥之口,尽情地表达自己的情操和寄托,其中所要传达的,是呼唤人们保持至诚淳朴,回归到简单率性的生活,而不要被纸醉金迷的世界迷乱了心智,沉迷其中不能自拔。作者一番教化,可谓用心良苦。

---

① 李诩撰,魏连科点校:《戒庵老人漫笔》,中华书局 1982 年版,第 127 页。

既然是教化,那么一切偏离文人所认为的正轨的群体就都在教化范围之内。文人士大夫出现了问题,教化就会面向他们:"今民舍无不有愁叹声,而尚习日侈,则士节不立;士节之不立,则器不足居之。总其本原暗于学,斯所由不能行古之道也与。"①针对士大夫群体贪污贿赂、以权谋私的风气,小说作者为正风气,往往会塑造更多廉洁奉公、清正廉明的形象,以此树立标杆,发挥楷模示范感召作用。《先进遗风》中就记载了宋濂、杨一清、文徵明等名臣清廉奉公的事迹,对文徵明的清高气节,作品进行了生动的表现:

　　附待诏文公徵明以行谊文翰重一时。诸造请户外屡常满。然先生所与从请,独书生故人子属为姻党而窘者,虽强之,竟日不倦。其他即郡国守相连车骑,富商贾人珍宝填溢于里门外,不能博先生一赧靦。②

从中可见文徵明不为钱财,不屈从顺就权贵的清高品质。作者突出这些名臣的高风亮节、优秀品质,也不外是想劝化当时的士人回归正道,谨遵道德,成为社会良好风气的引领者。

二、多种因素影响下的商业奇遇幻想

明代中后期对于商人和商业活动的态度已有所缓和,但商人仍被朝廷当作掠夺的主要对象。处于这一社会制度环境中,中小商人由于一般不具备垄断或是紧密依附官方的条件,导致生存变得越发艰难。③

万历年间,针对商人征收的商税多如牛毛,"种种名色,不可悉数"④,征收

---

①　刘元卿:《贤奕编》,《历代笔记小说集成·明代笔记小说》第二十一册,河北教育出版社1995年版,第3页。

②　耿定向撰,毛在增补:《先进遗风》,王云五主编:《丛书集成初编》,商务印书馆1936年版。

③　张佳妮:《明代万历年间社会经济对文言小说的影响研究》,中南大学硕士学位论文,2011年。

④　钱成群:《条陈耗羡疏》,《魏源全集》第十四册,岳麓书社2005年版,第567页。

商税达到了"尺地寸天,所在靡遗,穷陬僻壤,无所不到"①的地步。如此之重的赋税令本就本小利薄的中小商人苦不堪言。商人社会地位有所提高的同时,并未在政治及法律地位上获得应有的提升,他们被掠夺和剥削的地位并未得到根本改变。

谢肇淛曾说:"三吴赋税之重,甲于天下,一县可敌江北一大郡,破家亡身者往往有之,而闾阎不困者,何也? 盖其山海之利,所入不赀,而人之射利,无微不析,真所谓弥天之网,竟野之不罦,兽尽于山,鱼穷于泽者矣。"②从一个侧面也反映出激烈的行业竞争伴随着商业的繁荣而出现并加剧,这对于不甚了解商业规律、半路出家的文人来说,对于中小商人来说,不啻是雪上加霜。一些生员在仕进无门的窘况下,不得不选择经商而维持生计,然而大部分人的物质生活并不能在经商的风潮中获得应有的提升。

作为以文士为创作主体的小说形式,文言小说是了解文人士子心态和生存状态的重要途径。他们面对理想志向遭到打击,现实生活中逐渐行商致富的希望变得渺茫,无法满足其个人愿望和生存需求,便往往试图从精神上寻找解脱。因此文人士子大胆地自由发挥想象,积极地在文言小说创作中寻求对现实的超越,通过超现实的梦幻想象,实现在现实世界和梦幻世界的自由穿行,将内心深处难以直接言述的渴望表达出来。

在《艳异编续编》之《虬须叟传》一则中,商人刘损的妻子裴氏长得美貌,渤海王手下吕用之对之觊觎良久,想方设法陷害刘损,强行娶走了裴氏。无奈之下,刘损只能通过钱财来免罪。其后,刘损有幸结交了虬须老叟这个异人侠士,靠着他的神奇力量,将妻子和钱财全部夺了回来,成功地摆脱了恶人的陷害。通过小说叙事可以发现,刘损虽然是商人,但文人的气质却十分鲜明,其

---

① 何尔健:《巡历已完,目击已真,直陈地方困惫之极一与将来收撼之难,恳乞圣明留心永念,鱼普怜仁,以保孑遗,速解汤网,以慰倒悬事》,转引自王春瑜、杜婉言:《明代宦官与经济史料初探》,中国社会科学出版社 1986 年版,第 274 页。

② 谢肇淛撰,傅成点校:《五杂俎》卷三,上海古籍出版社 2005 年版,第 1528 页。

处理事情的手段,以及与人结交的方式等,都与文人的做法相近,而与商人的做法有别。这既表现出当时商人和文人之间的互动,也表现出文人在思想上对商人群体终究还是难以做到完全融入。总的来看,刘损能够将损失挽回,靠的正是奇人义士的帮助——哪怕只是萍水相逢,这种情节中饱含着浪漫幻想色彩,脱离现实之外。

在《辽阳海神传》中,奇遇幻想的色彩更为浓厚。程宰经商失败,眼看命运走入困境,半夜遇见神女降临,教他如何经商致富。程宰所获得的商机都离不开神女的指点,偶然性和巧合性极大,如:

> 时己卯初夏,有贩药材者,诸药已尽,独余黄蘗、大黄各千余斤不售,殆欲委之而去。美人谓程曰:"是可居也,不久大售矣。"程有佣值银十余两,遂尽易而归。其兄谓弟失心病风,诤骂不已。数日,疫疠盛作,二药他肆尽缺,即时踊贵,果得五百余金。

在整个故事中,这种带有明显幻想和神秘色彩的指点,是程宰发财致富的关键所在,而且,程宰得以逃脱灾难、保存身家性命,也是通过神女的预言。

从处理商业题材的方式来看,文人对于此题材的了解虽然比以前有所增加,但在分析和看待商业领域时,所采用的角度却仍囿于固有,其中带有他们强烈的想象意味。如在《拙客传》中,写到在吴越经商的孙某,偶尔听见另外两人在商量着如何凑钱救人,便把自己所有的五百金拿出来给他们,想救人于急难,连借贷的字据都没有立下。从商业发展的角度看,这其实是很不符合实际的,但是作品却写到,那两人在一年后除了奉还本金,还出于感谢另外向孙某赠送了千金。因为有了这千金,孙某得以回家购置田宅、安享富贵。在故事的结尾处,作者强调认为:"贫富之道,莫之夺予,巧者有余,拙者不足。"①也就是将孙某的诚信仁义,当作是其能享用福运的原因。

在小说中,将行善积德、诚信仁义等品行,看作是经商致富的原因的故事,

---

① 　费元禄:《拙客传》,《明清传奇小说集》,吉林文史出版社 2007 年版,第 224 页。

类似的还有不少,这显然是小说作者没有从传统道德观念至上的认识中走出来,使小说情节也因此受到了影响。正因为对道德因素强调过度,现实商业规律反而被轻视乃至无视,使本身具有较强现实性的商业行为,在小说创作中表现出明显的虚幻色彩。当然也要注意到,万历年间的商业环境变得日益复杂,儒商们除了要面对现实的困难挑战,也要在商业领域一些现象有违于传统道德体系时,缓解内心的焦虑和不安。因此,"因善得财""因德致富"的情节设定,也正符合他们的心理趋向,能有效地满足其心理期望。

在《醒世轮回》卷七的《经营致富》中,两种经济观念发生了较为强烈的冲突。牛浚以贩鬻为生而不务耕种,他的哥哥为此而对他进行了一番劝说:

> 财乃命主,富不可求。何苦以蝇头之利,非登峻岭以伴虎狼,即渡海滨而侣鳞甲。纵得百倍利,何如我灌水治蔬,易田获稼,五母有鸡,满尺有鱼,炊有米,祈有柴,人为快也。

但牛浚并不听哥哥奉劝,从商之意十分坚决,兄弟两人由此交恶,甚至于达到了势不两立的地步。从根源上说,正是封建小农经济观念和新兴商业经济观念的冲突,导致了两人的交恶。作者面对这种矛盾冲突,对牛浚抱着明显的情感偏向,乐于见到其经商致富。但在构造情节时,作品却没有着力于展现牛浚的经商智慧和商业手段等,而是让牛浚在经商过程中,得到一个报恩的狐狸精的指点和保护。作者在情节上这样安排,小说戏剧化的需要固然是重要方面,但也无法否认作者对商业行为背后的规律理解和把握不够。

总的来说,商业梦幻题材所具有的精神上的慰藉功能是十分强大的,尤其是对那些处在复杂的商业环境下,经商或生活陷入困境的商人来说,其作用更是明显。面对现实的困境而无法得以解决时,文学通过梦幻题材,构建出超越现实的精神世界,以此寄托理想、宣泄情感。小说情节中的这些行为,大多缺乏实际依据,臆想的性质非常明显,这是由于作者虽一定程度上了解商业领域,却远没有掌握其内在的本质和规律,在表现商业获利等手段时,多以"神仙相助"或是"海外奇遇"等幻想的方式来完成。

第三节　商里乾坤大:典型作家的小说创作

冯梦龙和凌濛初都是明代乃至中国古代小说创作的代表性人物,其取得的创作成就是一般小说作家所难以比拟的,对于他们的研究已有众多,这里主要从其与商业经济相关的视角切入,对其做一个大致的分析。

一、冯梦龙和凌濛初的创作背景

冯梦龙(1574—1646),字犹龙、耳犹,长洲人,即现今江苏省苏州市。长洲当时已工商业非常发达了。其自幼生长在商人家庭,父亲是中小企业家。冯梦龙一度热衷科举,但科举的连连失意,使他一度无意于仕进。正因长期生活在社会下层中,他能够充分接触商人的生活,因此也十分熟悉,而且他能够与市民阶层进行深入的接触,了解他们的真实生活和苦辣酸甜,这一定程度上奠定了冯梦龙小说创作的较强的真实性。

冯梦龙热衷于购刻各类抄本,也热衷于增补、校刊长篇通俗小说。万历三十七年(1609),他无意中看到了抄本《金瓶梅》,当即判断出其巨大的商业市场,于是出重价购刻。同时,他还将罗贯中旧作《三遂平妖传》由二十卷增补为四十回,以《新平妖传》刊行于世。此外,冯梦龙还热衷于宋元小说话本、明代短篇话本小说的整理、改编和创作,用几年时间陆续刊刻出版了"三言"。深入观察不难发现,冯梦龙小说整理、改编和创作,既有其文学爱好的内在影响,也与丰厚的商业利润的外在激励密不可分。他在《古今小说》的叙中谈到,该书的创作是"因贾人之请",然后自己"抽其可以嘉惠里耳者"而编刊形成的。事实上,这种创作模式已成为一种较为常见的社会现象,它表明小说创作正日益成为商品生产,创作行为本身也成为有偿的商业性行为。

在生活经历方面,凌濛初与冯梦龙有着很大的相似性。凌是乌程人,即今天的浙江省湖州市,也属于商业经济发展程度比较高的地区。他出生在半商半官家庭,父亲起开始经营出版印刷业,对商业从小就具有比较深入的了解。只不过他在考取功名的路上也和冯梦龙一样颇多挫折,屡试不中。这进一步促使凌濛初加深了对底层市民生活的了解和对商业经济影响下的社会风气的认知。

在"三言"的影响下,凌濛初于 1628 年和 1632 年分别编著刊印了《初刻拍案惊奇》和《二刻拍案惊奇》各 40 卷,他的"二拍"与"三言"不同,基本上都是个人创作,是一部个人的白话小说创作专集,"取古今来杂碎事可新听睹、佐谈谐者,演而畅之"①。从其创作驱动力方面看,凌濛初的创作也受到商业利益的影响,带有很强的商业化性质。即空观主人在《二刻拍案惊奇》的小引中指出,该书的创作乃是"为书贾所侦,因以梓传请",也就是受书商的所托而作。

事实上,不仅是冯梦龙和凌濛初,很多大儒往往来自商贾之家,或与之沾亲,或与之交游,或有下海经商之"前科"。如王民有从父经商的经历,何心隐精谙贾道,王阳明为商人方麟(节庵)写有墓志铭,而方麟本人就是一个弃举业改经商的典型。李贽出身于福建泉州巨贾之家。"特别是在明代中后期的文人圈中,一些未入仕途的平民文人人数众多,相当活跃。其中不少人本来就出身商人家庭,一些缙绅士大夫弃儒经商或涉足文化市场的也属屡见不鲜。"②

二、紧扣商业经济生活的创作特点

包括冯梦龙、凌濛初在内的一批中下层文人,失落了其仕途理想后,便调整人生的价值取向,投身到文学创作中来。由于他们深刻地体味市民生活,对社会万象有着直接的观察和体悟,与商人阶层更有亲密的接触,这让他们的创作体现出浓浓的市井生活的味道。

---

① 凌濛初:《二刻拍案惊奇·小引》,北方出版社 2003 年版,第 2 页。
② 袁行霈:《中国文学史》第三册,高等教育出版社 1999 年版,第 5 页。

一方面其创作深入到具体生活当中,反映朴实民生。在创作过程中,这些文人普遍自然而然地将关注的目光投向了其熟悉的市井生活,真实而广泛地反映其中的千姿百态、芸芸众生。而且他们也从适应普通百姓的欣赏趣味出发,自觉地在创作中多加入一些"里耳",也就是贴近下层民众、饱含地气、生动活泼的内容与表现形式,"多采间巷新事","事类多近人情口用,不甚及鬼怪虚诞"①。这样一来,就使一大批市井人物及其日常生活,丰富多彩蕴含在其小说创作之中,呈现在读者的面前。满文译本的《金瓶梅序》中就评价说:"寻常之夫妻、和尚、道士、姑子、拉麻、命相士、卜卦、方士、乐工、优人、妓女、杂役、商贾……无不包罗万象,叙述详尽,栩栩如生,如跃眼前。"

另一方面他们冲击"抑商""贱商"观念,大量地刻画商人形象。明末李贽的"心学"影响甚广,同时他还提出了"四民业异而同道"的观点,受其影响,冯梦龙、凌濛初等也大胆地肯定商人,并对传统的"贱商"观念进行冲击,他们身处重商风气之中,对商人有欣赏之意和鼓励之举。② 他们熟悉商人生活,了解、熟悉商人,甚至本人也出身商人家庭、参与商业活动背景和经历,使他观看商人不是自上而下的俯视,而是带着认同、理解甚至复杂的情感。既能比较准确地传达商人所具有的优秀品质,也能对商人的卑劣行径给予毫不留情的谴责,体现出爱憎分明的特点。可以说,"三言""二拍"等白话小说中所呈现的商人形象,表明这些作家和作品已具有了展现商人的自觉。

三、受社会环境影响所体现的创作矛盾性

冯梦龙在旧思想和新思潮之间体现出矛盾性。一方面是他保留着对传统的尊崇,尊崇以孔子为代表的正统儒家思想,并以之作为标准来对社会和人物进行评价,对于他所熟悉和了解的商人阶层,他秉持儒家不偏不倚、中庸调和的风格,既热情地赞扬其优点,也毫不避讳地否定其缺点。正是受这种传统观

---

① 凌濛初:《初刻拍案惊奇·序》,北方出版社 2003 年版,第 1 页。
② 钱源:《士与中国商文化》,贵州人民出版社 2002 年版,第 63—65 页。

念的影响,冯梦龙编辑"三言",部分思想动机和目的在于他想通过小说产生教化人心的作用。在"三言"的大部分作品里,都有一段说教的言语,或以因果关系进行说教劝诫,或杂以封建伦理道德说教。另一方面,冯梦龙还具有鲜明的市民阶层的思想观念,这种观念的形成,与其从小生活所受到的商业经济方面的耳濡目染有很大关系。此外,明代哲学思潮,尤其是思想解放的代表人物李卓吾和王阳明的思想,对他的思想观念也产生了重要影响。这些观念的综合影响,正是商品经济大发展背景下,小说创作者创作活动时的生动写照。

凌濛初从小所接受的教育,也是儒家的正统思想,这成为其观念中非常牢固的一部分,不能轻易抹去。但同时他又和冯梦龙一样,受到明末新思潮的深刻影响,积极地肯定人欲,反对日趋教条化、刻板化的程朱理学。这种新旧思想的同时存在和影响,亦使"二拍"中的商人形象呈现出矛盾性,主旨体现出模糊性。

从晚明起,越来越多的拟话本开始独立创作,而不再是对话本、野史、笔记等改编,创作者普遍具有了更高的文化修养,读书人的比例在提高,他们与市井生活的距离也有拉大的趋势,这使得拟话本创作的文人气息不断增强。有学者便指出《拍案惊奇》"便也充满了文人学士的'创作'的气息①"。对此现象,鲁迅先生也有评价:

> 宋市人小说,虽亦间参训喻,然主意则在述市井间事,用以娱心;及明人拟作末流,乃诰诫连篇,喧而夺主,且多艳称荣遇,回护士人。②

从这些现象和评述中可以体会到,明代社会思想仍具有着强烈的向传统回流的趋势。明末清初,《石点头》《西湖二集》《型世言》《欢喜冤家》《鼓掌绝尘》等多种小说集本先后问世,但由于明末政治形势日趋严峻,人文思潮也发

---

① 郑振铎:《大众文学与为大众的文学》,《中国文学研究》上册,人民文学出版社 2000 年版,第 375、376 页。
② 鲁迅:《中国小说史略》,人民文学出版社 1973 年版,第 143 页。

生了转变,导致这些作品虽然也关心现实,但说教气味非常浓重,其中的商业题材作品也相对较少。但同时,也不能过于夸大回归传统的力量,毕竟商业经济发展所构筑的活生生的现实生活环境,是不可能无视或回避的,其对创作者的影响是潜在的、必然的。因此,文人意识在文学商品化的背景下,受到冲击是必然的,也就是说,作品中所展现出的矛盾性是时代的必然反映。

第四节　俗化与教化:作家的创作调和之法

明代中期,伴随着通俗小说创作的日趋踊跃,在理论价值上,小说也被提到"羽翼经史"的高度来认识。但事实上,很多作家面对书坊主或书商给出的金钱诱惑,往往缺乏必要的抵抗力,所创作的作品"非荒诞不足信,则亵秽不忍闻",教化意图和作用都不明显。明代小说的这种商业属性,决定了它必须对市民的需求喜好和市场的行情进行适应,对市民阶层喜好的迁就甚至迎合便可能发生。到晚明时,拟话本在创作上出现了融合现象,即商业意识与文人意识的融合。它具体表现在:作者更多地通过市井题材来表达教化主旨,将封建伦理道德镶嵌进市井社会中去;有意识地调和市民与文人的趣味、理想;积极地融合话本的成熟模式与创作者的个性风格等,使创作出来的小说既能满足市场需要,又能充分表现作者的创作心理和意图。①

一、将教化主旨的表达融于与市民贴近的市井题材中

强调小说的教化功能,是在拟话本创作中文人意识彰显的一个显著标志。早期的拟话本中虽有教化,但并未动摇小说用以娱乐消遣的主要目的。随着文人在小说的编创中有越来越多的参与时,文人的教化意识便得到了更显著的表达。对此,郑振铎曾有过较为精辟的论述,他认为:"最古的话本并不曾

---

① 王言锋:《论晚明拟话本创作中商业意识与文人意识的融合》,《理论界》2010 年第 3 期。

包含有什么特殊之目的。……他们只是要以有趣的动人的故事来娱悦听众。""但到了后来,话本的写作却渐渐的变成有目的的了。当他们不复为当场的实际上的使用物时,当他们已被把握于文人学士的手中,而为他们所拟仿着时,话本便开始成为文人学士们自己发泄牢骚不平或劝忠劝孝的工具了。"①这一点在冯梦龙的身上体现得十分明显,"以'小说'为教育的工具,'三言'的命名就是一个证据"②。自"三言"起,不少作品将小说的教化功能与娱乐功能并重,甚至更加注重教化,以教化来标榜小说的创作主旨。

当然,从小说编撰的实际情况来看,作品中的教化内容时多时少,可以看出其教化意识并未达到极强烈的地步。同时,其教化意图的表达,也更多的是与市井生活和题材紧密关联的。小说几乎将一切现实百态、荒诞离奇之事都纳入了进来,其中都蕴含着世态人情、处世经验,读者的阅读兴趣可以从中得到显著激发。而且"三言"之后,越来越多的作家开始独立构思创作,不再仅仅满足于对宋元旧种的改编,他们坚持"以不奇为奇",将人们熟知之事尽情撷取,发掘"目前可纪之事"的新意,让人们从中获得了真切的情感体验。这在"三言""二拍"等话本集中表现得非常充分。

以市民为主人公的作品数量众多,是"三言""二拍"等的一个显著特色。如在《卖油郎独占花魁》中,作品肯定的是妓女的爱情选择;在《蒋兴哥重会珍珠衫》中,作品对商人的婚姻和家庭问题进行了探讨;在《徐老仆义愤成家》中,作品赞颂的是小市民商人的勤劳与担当;在《施润泽滩阙遇友》中,作品着重对市民的善良和体现的友谊的纯真进行了赞美。此外,《吕大郎还金完骨肉》《宋小官团圆破毡笠》《叠居奇程客得助》《转运汉遇巧洞庭红》等许多作品,从不同角度对市民生活进行了描绘。作家在小说中对下层市民给予了更

---

① 郑振铎:《大众文学与为大众的文学》,《中国文学研究》上册,人民文学出版社 2000 年版,第 333—334 页。

② 转引自胡士莹:《话本小说概论》,中华书局 1980 年版,第 397 页。

多理解和同情,赞美与歌颂正面人物的情况大幅增加。① 同时,"三言""二拍"中所载的120篇小说,故事大多是善有善报恶有恶报和大团圆的故事结局,使市民更容易从内心接受这样内容的小说。

明末时,伴随着社会危机的加重,改变社会风气被一些文人作家视为当务之急,而包含教化倾向的拟话本创作,成为他们有力的思想武器。如在《型世言》中,几乎全部作品都是试图表现封建伦理道德,"烈士""孝子""贞女""节妇""义士""善士""忠臣""薄幸夫"等人物类型划分的词语,带着鲜明的伦理道德色彩赫然出现在小说回目中,教化主旨可以说非常明确。

二、有意识地调和市民趣味与文人的理想、道德

在爱情婚姻类题材中,不少作品大胆地表达市民理想和趣味,塑造了一批不守礼教、大胆宣示情感的男女形象,对其行为进行了较为深入的刻画;尽管如此,也应该看到作者的叙事又是有所节制的,是进行了一定掌控的,从而使男女主人公的行为并未完全地背离礼教。其叙事的方式和手段,或是让男女主人公的行为得到父母或他人的认可,或是对男女主人公的忠贞不渝进行着力展示,以此在一定程度上使二人的行为回归到礼教的轨道上去。如在《石点头》第四卷之《瞿凤奴情愆死盖》中,小说在叙及方氏与有妇之夫孙谨通奸,然后又劝女儿凤奴与孙谨私通这种完全有辱礼教的行为后,花了大量笔墨来铺陈凤奴和孙谨的钟情,并不惜创作出凤奴为孙谨宁死不嫁、孙谨为凤奴自残而亡的结局。如此一来,叙事就极为夸张地融合了偷情与忠贞,杂糅了市民意味和文人理想。创作者的调和由此可见一斑。

三、将话本成熟模式与作者个性风格有效融合

明代白话短篇小说较多的是对旧有题材的改编,小说家既要对原有题材

---

① 傅承洲:《明清话本的文人创作与商业生态》,《江苏社会科学》2007年第5期。

的形式、风格等予以尊重,对其叙事习惯进行有效吸收,以实现对读者阅读经验的满足,也会融入自己个性化的风格和思想,从而使这些拟话本在原有风格的基础上,实现形式的雅化和意蕴的深化。例如冯梦龙和凌濛初在编创"三言""二拍"的过程中,将沿承与规范结合起来,如在内容大体相近的基础上,于形式上规范每篇小说的结构,在结构形式形成了题目、入话、头回、正话、尾诗等,而且题目也讲究对称工整。这种编创也取得了巨大的成功。

汲取冯梦龙"三言"成功的经验,一大批文人投入话本创作的热潮中来。他们在创作的过程中,同样在作品中融入了自己的思想感情和审美趣味,文人气息是比较浓郁的,有些作品也形成了自己较为独特的风格。如在《西湖二集》中,小说保留了对旧题材的使用,而且在地点上也主要选择与西湖有关故事展开,体现出独特的情感和趣味。在《型世言》中,其形式也颇具特色,陆云龙所作的"引""叙""题词"等,在每回回前皆能看到,其评语则在回后必有。

总的来说,这些拟话本较为充分地表现出传承与创新的结合,较好地实现了文人意识与商品意识、市民意识等的调和,但教化意味或文人意识过浓的情况也难免发生,商品气息和市民情趣过重更是不难理解。像在《西湖二集》中,一些作品在内容上就离市民稍远,而文人气息显得过重;而《宜春香质》等作品则相反,在商品意识的作用下,其对市民趣味过度迎合,商业化创作的意味过于鲜明。

娱乐与教化的和谐统一是明代小说尤其是通俗小说的内在追求,也是作品的现实呈现。比较来说,《型世言》《二刻醒世恒言》《清夜钟》《警寤钟》等作品就显得逊色一些,虽然创作者也以"寓教于乐"为出发点,但教化意味更趋浓厚,艺术感染力有所欠缺,这与创作者有着更强的救世之心,但才情上力不从心有关。至于《欢喜冤家》《弁而钗》《一片情》等作品,则表现出创作者十分明显的纯娱乐创作态度,作品对现实保持一种自然展示,缺乏明确的价值导向,与前两类作家的创作趣味相异。综合判断上述三类不难看出,"寓教于乐"的创作具有最高的艺术成就,也是创作的主流。当然,明代拟话本小说叙事即使蕴含着叙事者的"劝惩",其娱乐的比重也还是相对更重的。① 之所以如此,是因为创作者大都来自市井,对现实生活的了解和受时代风气的影响都很深,对市民阶层的趣味和取向有更切实的把握,甚至两者具有共同的娱乐基础。当他们抱着对社会和风气较为开放的姿态投入小说创作时,就会自然而然地使小说叙事带上更开放的气息,新的时代气息也会从小说中洋溢而出。

① 吴建国:《明清拟话本小说创作与时代文化精神》,《湖南师范大学社会科学学报》1994年第4期。

第六章 商业经济发展与明代
小说的商业叙述

商业活动在明代的空前发展,深刻而显著地影响了明代社会生活,也影响到了世人的思想,人们逐渐改变了对商人的看法,日益认同商人"追富逐利"的价值趋向。小说捕捉社会和思想的发展变化,对商业经济生活进行了详细而较为全面的展现,对商人进行了更多的肯定性叙述;社会商业经济发展背景下的拜金主义风气,也在小说中形成了意图鲜明的钱财叙事。从具体的历史横断面明万历年间来看,商业经济影响下的小说创作构成了独特的文学景观。

第一节 繁荣共艰辛:小说对商业经济社会的表现

明代小说对资本主义萌芽状况、区域商业经济繁荣和商帮、江湖的险恶、奢靡铺张的社会风气等许多方面进行了刻画和表现。

一、小说对资本主义萌芽状况的书写

明代,以商人阶层作为载体的商品经济开始发展壮大,资本主义萌芽开始出现。不少小说对此给予真实的描绘。如《施润泽滩阙遇友》中,对苏州尤其是盛泽丝织业发展状况进行了刻画:

说这苏州府吴江县离城七十里,有个乡镇,地名盛泽。镇上居民
稠广,土俗淳朴,俱以蚕桑为业。男女勤谨,络纬机杼之声,通宵彻
夜。那市上两岸绸丝牙行,约有千百余家。远近村坊织成绸匹,俱到
此上市。四方商贾来收买的,蜂攒蚁集,挨挤不开,路途无伫足之隙;
乃出产锦绣之乡,积聚绫罗之地。江南养蚕所在甚多,惟此镇处
最盛。

小说除了反映丝织业发展和丝绸贸易的繁华,作品还描写了主人公施复
资本积累的过程。他从最初的只有一张织机的小生产者,慢慢扩大资本,实现
了向积累财产"数千金","开起了三四十张绸机"的工场主的转变。从中能够
看出资本主义萌芽时期,小生产者资本积累、生产扩大的详细情况。在这篇小
说中,还写了主人公施复到洞庭山购买桑叶一事。可见在太湖一带,农业生产
发生了变化,已有了专门种植桑树,以出售桑叶为目的的经营性地主和农民。

在《一文钱小隙造奇冤》的开头,小说也这样写道:

话说江西饶州府浮梁县,有景德镇,是个马头去处。镇上百姓,
都以烧造磁器为业,四方商贾,都来载往苏杭各处贩卖,尽有利息。

这段话描写了景德镇发达的瓷器制造业,以及瓷器贸易的情况。《汪信
之一死救全家》中的主人公汪信之在安庆府麻地坡开辟冶铁工场,铸造铁器,
出市发卖,形成了较大规模,反映了长江流域矿冶业发展的状况。

大量雇佣工的出现,是资本主义萌芽产生的主要标志。施复扩大再生产,
雇佣了许多织工;汪信之的冶铁工场,招募的都是"无籍之徒",即自由的雇佣
者。这些雇工与工场主之间,只有货币关系,而无人身隶属关系。反映了资本
主义的生产关系。

一些作品还大量地反映了长江流域经商贸易的情况。如《蒋兴哥重会珍
珠衫》中的蒋兴哥父子常年到广东经商,贩运珍珠、玳瑁、苏木、沉香等物。明
代之前的小说描写的商人大都是从事与生产相脱节的买贱卖贵的贩运贸易,
但是在"三言"中,商人把经营活动与商品生产联结起来的情况,开始在小说

描写中得到体现。如从《徐老仆义愤成家》中可以看出,由于国内市场的形成和规模不断扩大,越来越多的商人为了赚钱,直接投身到商品生产当中,这样一来,商人结合经营和商品生产的情况更多地出现了。在这种趋势下,越来越多的商人不再专靠长途贩运,专靠四处投机和贱买贵卖。其中的一些富商大贾充分发挥牙行的作用,由原来的包买原材料,转向包买制成品,使更多的资本得以有效地投资到商品生产中去。在这些商人身上,由于其经营方式和手段区别于传统方式,使马克思所说的"商人直接成为工业家",已经依稀可以看到影子,近代资本主义的色彩是比较浓厚的。

总而言之,通过小说的描写能够看到,资本主义萌芽的出现为小说中商人形象的形成提供了形态背景,同时作品中的商人形象又反作用于社会形态,形象地揭示出资本主义萌芽的面貌。

二、小说对区域商业繁荣与商帮的表现

明代区域经济繁荣成为当时社会的一个显著特征,繁荣的景象成为小说中的重要内容。例如《醒世恒言》卷十八《施润泽滩阙遇友》向读者展示了一幅江南水乡欣欣向荣、清新淳朴的画卷。淳朴勤谨的民风土俗,通宵不息的络纬机杼之声,市河两岸千百余家绸丝牙行,"蜂攒蚁集"的四方商贾,"挨挤不开,路途无伫足之隙"的大街小巷。又如《西湖二集》卷二《宋高宗偏安耽逸豫》中所描绘的一幅杭州西湖热闹的市卖情景:

> 凡游观买卖之人,都不禁绝。画船小舫,其多如云。至于果蔬、羹酒、关扑、宜男、戏具、闹竿、花篮、画扇、彩旗、糖鱼、粉饵、时花、泥孩儿等样,名为"湖上土宜";又有珠翠冠梳、销金彩缎、犀钿、髹漆、织藤、窑器、玩具等物,无不罗列,如先贤堂、三贤堂、四圣观等处最盛。或有以轻桡趁逐求售者,歌妓舞鬟,严妆自炫,以待招呼者,谓之"水仙子"。至于吹弹舞拍、杂剧撮弄、鼓板投壶、花弹蹴鞠、分茶弄水、踏滚木、走索、弄瓦、弄盘、讴唱、教水族飞禽、水傀儡、鬻道术戏

法、吞刀吐火、烟火、起轮、走线、流星火爆、风筝等样,都名为"赶趁人"。其人如蚁之多,不可细说。①

这段描写将热闹的经商景象和市井生活表现得入木三分。从丰富多彩的风俗民情中,可见时人对商业活动的肯定与热衷。②

无疑,运河沿岸已经成为当时中国经济文化生活最丰富的地方,许多小说故事发生与延展的地方也往往被放在了运河沿岸。比如在"二拍"所描写的80个故事中,有40多个故事是以运河沿岸城市为故事主要发生地的,如杭州、苏州、南京、常州、松江府、镇江等地。《型世言》中也提到商贾也主要集中在浙江一带,第二十六回《吴郎妄意院中花　奸棍巧施云里手》中就说:

> 浙江杭州府,宋时名为临安府,是个帝王之都。南柴北米,东菜西鱼,人烟极是凑集。做了个富庶之地,却也是狡狯之场。东首一带,自钱塘江直通大海,沙滩之上,灶户各有分地,煎沙成盐,卖与盐商,分行各地,朝廷因在杭州菜市桥设立批验盐引所,称掣放行,故此盐商都聚在杭城。③

随着区域经济的繁荣,商业性城镇快速发展,商人的自由交易具有了更多便利的场所,地域商帮在这种环境下形成并增多,作用不断扩大。随着如浙商以宁波为中心不断扩大影响,晋商以山西晋中为中心发展壮大,徽商以歙县、婺源等县为主日益扩张,闽商以福建沿海为中心影响日盛,粤商以广州、佛山等为中心实力与日俱增。这些商帮在历史上声名显赫且影响深远。明代谢肇淛对新安和山右的商帮情况进行过记叙:

> 富室之称雄者,江南则推新安,江北则推山右。新安大贾,鱼盐为业,藏镪有至百万者,其他二三十万,则中贾耳。山右或盐,或丝,

---

① 周清源:《西湖二集》,浙江人民出版社1981年版,第32—33页。
② 吴艳峰:《〈西湖二集〉的民俗色彩》,《管理科学文摘》2008年第1期。
③ 陆人龙:《型世言》,三秦出版社2006年版,第283页。

或转贩,或窖粟,其富甚于新安。①

对于浙江商帮,王士性在其《广志绎》中记载了商帮的买卖种类:

> 龙游善贾,其所贾多明珠、翠羽、宝石、猫睛类轻软物,千金之货,只一人自赍京师,败絮、僧鞋、蒙茸、槛楼、假痈、巨疽、膏药皆宝珠所藏,人无知者。异哉贾也。②

山东商帮经营范围极广,经营的商品也种类繁多:"有种盐淮北者,有市货辽阳、贸易苏杭者,其诸开张市肆及百工技巧,皆盛极一时。"③洞庭商帮也形成了自己显著的特色:"话说两山之人,善于货殖,八方四路,去为商为贾,所以江湖上有个口号,叫做'钻天洞庭'。"④"商帮"的形成是商品经济发展的结果,更是地域性生产发展的结果,同时又促进了商品经济的发展。明代中后期海禁的放松也是沿海诸如浙商、闽商、粤商得以形成的直接原因。

商帮经营和活动的情况在小说中也得到展现。徽商向南经商,《西湖二集》卷三十四等篇中提及了广东诸地;徽商向西经商,有《初刻拍案惊奇》卷四、《型世言》卷十六、《石点头》卷八等篇,提及其到达川、陕一带;向北经商,《二刻拍案惊奇》卷三十七中描写程案、程宰兄弟"到辽阳地方为商",并且小说还写到"那徽州有一般大商贾在辽阳开着铺子"。至于江浙一带作为当时商品经济发达的地区,徽商活动的身影更是频频可见。⑤

三、小说对江湖险恶、经商不易的描写

如前所说,古代由于条件限制、盗匪横行、管理粗放等诸多原因,商业发展的环境较为复杂,不少知识分子发出过"经商不易"的感叹。明代,商业经济

---

① 谢肇淛撰,傅成点校:《五杂俎》,上海古籍出版社 2005 年版,第 77 页。
② 王士性:《广志绎》,中华书局 1981 年版,第 75 页。
③ 转引自范金民:《明代地域商帮的兴起》,《中国经济史研究》2006 年第 3 期。
④ 凌濛初:《二刻拍案惊奇》卷三十七,北方出版社 2003 年版,第 1901 页。
⑤ 刘艳琴:《明代话本小说中的徽商形象研究》,安徽大学硕士学位论文,2004 年。

趋于繁荣,但经商的环境并未得到完全的优化,商人经商除了遭遇海上风浪,很多客商还要忍受路遇强盗,动辄被偷盗、殴打,甚至遭受生命危险。

不少小说作品所塑造的商人处于社会底层的居多,可能遭遇到各种险恶,其个人财产、生命安全不能得到有效保障。如在《初刻拍案惊奇》卷八《乌将军一饭必酬 陈大郎三人重会》中,出门做生意的王生便连续三次遭遇强盗,财物被洗劫一空不说,性命也差点不保。在《初刻拍案惊奇》卷三《刘东山计夸顺城门 十八兄奇踪村酒肆》中,刘东山的邻居张二郎告诉他:"近口路上好难行……一带盗贼出没,白日劫人。"从张二郎之口可知盗贼活动的猖獗,从一个侧面反映出商贾经商路途的险恶与不易。有的小说反映了经商过程的不易,这种不易不一定是在远出途中遭遇危险,而是在体现在交易的过程中。在《初刻拍案惊奇》卷十一《恶船家计赚假尸银 狠仆人误投真命状》中,湖州外来客商姜客本性憨直,卖姜到王生家门前,因一句话:"我们小本经纪,如何要打短我的? 相公须放宽洪大量些,不该如此小家子相。"不料竟将王生惹恼,被他"连打了几拳,一手推将去","一时闷倒在地",状况堪忧。

有的小说集中反映了经商过程中处处潜伏的欺骗和奸诈等风险。如《欢喜冤家》续第七回《木知日真托妻寄子》中,"叙徽州休宁县木知日贩生药前往四川、广东,将妻子及千金家产托给好友江仁。江仁表面仁厚,心存奸诈,先计奸了知日的妻子丁氏,又盗窃了木家许多财产"。好友尚且如此,更不用说其他人等。同期的《江湖历览杜骗新书》中对江湖中的险恶更是彻底揭露,如《遇里长反脱茶壶》中,"延平府里长赵通,往杭州贸易,路遇外逃地棍钱一……一骗通至酒家,以买肉佐酒为由,携店家壶、秤而去。通只得代赔"[①]。此类诸如丢包、换银、诈哄、伪交、引赌、谋财、强抢各种欺骗,在江湖上不胜枚举。

小说对商人被谋财害命的叙述更多。如在《王大使威行部下 李参军冤

---

① 《中国通俗小说总目提要》,中国文联出版公司 1990 年版,第 180 页。

报生前》中,被人推下崖去的少年客商、贩胡羊的父子三人,以及《盐官邑老魔魅色　会骸山大士诛邪》中,徽州商人本欲捐金修阁,却被和尚杀害等,这都是由于他们在外出经商时将财货露出,才招致他人见财起意所害。

　　经商的不易还体现在兵荒马乱的时候,外出经商随时有流落异乡甚至丧命的危险。对此,《喻世明言》第十八卷《杨八老越国奇逢》有详细的描写。在小说中,南下经商杨八老,一去三年想回家看看,走了两天后竟不料遇上了倭寇。他虽然东躲西藏,还是落入了倭寇手中,远抓至日本国"不觉住了十九年"。这样的故事叙说充分地反映出经商的不易和艰险。

第二节　商贾多不易:小说对商人群体的肯定叙述

　　在明代,由于观念上形成了"经商亦是善业,不是贱流"①的认识,越来越多的人能理解商人功利主义的价值观,认同商业活动的意义,于是小说创作得以打破在商人形象塑造中的传统模式,创造出一批鲜活生动、血肉丰盈的商人形象,成为文学人物画廊中的重要部分。明代尤其是明中后期的小说作者对商人阶层倾注浓重的笔墨,与商业发展、城市繁荣、经商之风盛行等社会环境有着密不可分的关系。

一、肯定商人的经商与打拼

　　商人阶层长期以来处于社会底层,其内心出现自卑是难免的。这种自卑在明代逐渐消除,"三言""二拍"中的商人便大都表现得自信、坚定,在他们看来,经商已不再是难以启齿的,越来越多的商人将之视为"正经"之道,视为世代相传的本业。②

---

　　①　凌濛初:《二刻拍案惊奇》,北方出版社 2003 年版,第 255—268 页。
　　②　参见邢文:《论明代商业文化对小说的影响》,西北大学硕士学位论文,2010 年。

　　因此,小说中的各类商人对从事商业活动十分认可,就成为较为显著的共同特征。像《乌将军一饭必酬　陈大郎三人重会》(《初刻拍案惊奇》)中,生于商人世家的王生,听了婶母杨氏"你如今年纪长大,岂可坐吃箱空? 我身边有的家资,并你父亲剩下的,尽勾营运。待我凑成千来两,你到江湖上做些买卖,也是正经"的分析和劝告之后,爽快地回答说:"这个正是我们本等。"①从其话语中,可以看出他对经商的认可,以及满满的期待和自信。在《李秀卿义结黄贞女》(《喻世明言》)中,商人黄公把经商视为治生的重要甚至唯一的途径,面对妻死女幼的状况,他还是在权衡之后选择了买卖经商,他认为:"若不做买卖,撇了这走熟的道路,又哪里寻几贯钱钞养家度日?"②在"三言""二拍"中,这样的商人不在少数,像蒋兴哥虽是新婚燕尔,为了能"成家立业"还是毅然出去经商。像文若虚、王生、程元玉等商人,都拥有非常坚定的信念,毫不气馁地面对生意上所遭遇的重大挫折,最终取得了商业上的成功,实现了自己的人生价值。

　　对于自己职业的肯定和认同,商人比士人阶层甚至有过之而无不及。汪道昆作为商人的代表,就喊出了"良贾何负宏儒"③的响亮话语。相似的观念在《叠居奇程客得助　三救厄海神显灵》(《二刻拍案惊奇》)中也出现了:"徽州风俗以商贾为第一等生业,科第反在次着。"④可见人们已经开始将商业作为首选职业,超过了对于科举为仕的向往。对于汪信之的经商行为,小说给予了英雄般的赞美,称其"烈烈轰轰大丈夫,出门空手立家模"。在《杨八老越国奇逢》中,杨八老并不以读书人为荣,倒是对读书不就颇为叹息,后悔自己当初没有选择经商图利。在《张孝基陈留认舅》中,作者讥讽文士的酸腐无能,称其"郎不郎时秀不秀"⑤,又对商贾的辛苦创业进行了讴歌。从这些作品中,

---

①　凌濛初:《初刻拍案惊奇》,北方出版社 2003 年版,第 1260 页。
②　冯梦龙:《喻世明言》,北方出版社 2003 年版,第 225 页。
③　张海鹏、王廷元主编:《明清徽商资料选编》,黄山书社 1985 年版,第 45 页。
④　凌濛初:《二刻拍案凉奇》,北方出版社 2003 年版,第 1901 页。
⑤　马立本:《商人形象的道德困惑》,知识出版社 2002 年版,第 125—136 页。

都能看出作者和社会中商人对经商的认同,对自我价值的探寻和张扬。

随着明代小说对商人更多的肯定和赞赏,小说中也随之出现了对商人以打拼改变命运的新叙事。

明代商业的繁荣,使越来越多的人意识到,通过努力经商和不懈奋斗,一样可以改变命运。对此,明代小说有大量故事表现了此类观念,大致而言,这些小说可以划分为三种模式:以经商作为本业的奋斗模式;读书不就、弃儒经商的奋斗模式;弃农经商的奋斗模式。

在《施润泽滩阙遇友》中,盛泽镇上的施润泽与大多数人家一样,是个纺织丝绸的小商人,"家中开张绸机,每年养几筐蚕儿,妻络夫织"①。他并不贪图小利,即使捡到钱财也拾金不昧,他本分做事,在纺织上精益求精,"蚕种拣得好","缥下丝来,细圆均紧洁净光莹",因此他织出来的绸非常受大家欢迎,"人看时光彩润泽,都增价竞买"②,经过这样几年的打拼,资本得到大幅增长,家中又得以新添绸机三四张,生产规模得到扩大。施润泽夫妇仍然勤劳节俭、持续努力,"省吃俭用,昼夜营运",几年过后又数倍增加了资本,实现了拥有一所大房子以及三四十张绸机的偌大家业,"使复之富,冠于一镇"。③ 施润泽从一个小商人,通过自己的不懈努力和勤劳节俭,最终变成富甲一方的大商人,赢得了商业的巨大成功,命运由此改变。

除了商人经过努力改变命运的叙事,一些小说也讲述了读书人弃儒经商获得成功的故事。如《杨八老越国奇逢》就叙述了杨复弃儒经商获得成功的故事,他面对"读书不成,家事日渐消乏"的窘境,毅然放弃读书入仕的道路,"凑些资本,买办货物,往漳州商贩,图几分利息,以为赡家之资"。④ 最终获得了成功,改变了自己的命运。在《叠居奇程客得助》中,程宰也是"世代儒门,

① 冯梦龙:《醒世恒言》卷十八,北方出版社 2003 年版,第 893 页。
② 冯梦龙:《醒世恒言》卷十八,北方出版社 2003 年版,第 895 页。
③ 冯梦龙:《醒世恒言》卷十八,北方出版社 2003 年版,第 904 页。
④ 冯梦龙:《喻世明言》卷十八,北方出版社 2003 年版,第 137 页。

少时多曾习读诗书",但也由于屡次读书不第,便为生计着想北上为商,合理采用人弃我取、人取我与的策略,发家致富,赢来人生的辉煌。《许察院感梦擒僧　王氏子因风获盗》中的人物王禄,读书不成后生存变得十分艰难,幸亏他"却精于商贾权算之事"①,于是在父亲的引领下成了盐商,实现了人生的大转变。在《刘小官雌雄兄弟》中,"自幼攻书,博通古今,指望致身青云"的刘奇,由于"先人弃后"导致自己的生计艰难,于是便"无心于此"②,开始谋划其他出路,后来得刘公相助,从帮其打理生意开始,不懈努力、勤苦经营,自己也得以操持起不小的生意,最终实现了家业的兴隆。

此外,一些小说也叙述了农民放弃务农而走向经商努力打拼的故事。如《徐老仆义愤成家》中,在徐家分房时,大半生都是农民的徐老仆阿寄,被分到了老三孤儿寡母那一家。为了扭转三房一家老小的生活困境,为了赢得做人的尊严,徐老仆不顾自己年老,毅然替主人外出经商,在他看来,"那经商道业,虽不曾做,也都明白。三娘急急收拾些本钱,待老奴出去做些生意,一年几转,其利岂不胜似牛马数倍!"③他凭借着对市场信息的敏锐捕捉以及经商厚道,短短时间内便"长有两千余金",逐渐积累,成功实现了三房一家老小生活的巨大改变。阿寄的成功,除了善于经营外,更与他的打拼密不可分。小说写道:"那老儿自经营以来,从不曾私吃一些好饮食,也不曾私做一件好衣服。"正是在这种勤劳节俭中,他改变了自己的命运,也赢得了做人的尊严。

二、肯定商人的主要方式

细加分析可以看出,明代小说形成了几种较为明显的肯定商人的方式。

一是同情商人的疾苦。明代中后期的商人还艰难地挣扎在非常复杂的社会环境之中。明太祖时期便规定"片板不许入海"。随着明代后期"倭患"问

---

① 凌濛初:《初刻拍案惊奇》卷二,北方出版社2003年版,第1210页。
② 冯梦龙:《醒世恒言》卷十,北方出版社2003年版,第811页。
③ 冯梦龙:《醒世恒言》卷三十五,北方出版社2003年版,第1129页。

题的日益严重,政府的海禁也愈加严格。但当时东南沿海地区工商业快速发展,不可遏制地需要开拓海外市场,这成为一种客观的经济需求。当这种需求很难以正当的形式得到满足时,走私贩卖活动便开始大规模地出现。然而在高额利润的刺激下,商人们不惜冒险泛海远游。在《初刻拍案惊奇》卷一《转运汉遇巧洞庭红 波斯胡指破鼍龙壳》中,小说这样写道,"元来这边中国货物拿到那边,一倍就有三倍价。换了那边货物,带到中国也是如此。一往一回,却不便有八九倍利息,所以人都拼死走这条路"。

中国古代文学塑造商人形象,长期存在白居易《琵琶行》中"商人重利轻别离"基本格调。明代不少小说根据其对商人的深入了解,突破这种传统写法,向世人展示了与传统差别很大的商人形象。《杨八老越国奇逢》(《喻世明言》卷十八)中,作品描写了八老的众多遭遇,反映出经商的艰辛,对于商人八老,作者的笔触是满怀着同情和欣赏的,在表现商人艰辛的同时,作品也对八老惦念娇妻幼子的情感抱以夸奖。小说中有这样一段直接的感叹:

> 人生最苦为行商,抛妻弃子离家乡。餐风宿水多劳役,披星戴月时奔忙。水路风波殊未稳,陆程鸡犬惊安寝。平生豪气顿消磨,歌不发声酒不饮。少资利薄多资累,匹夫怀璧将为罪。偶然小恙卧床帏,乡关万里书谁寄? 一年三载不回程,梦魂颠倒妻孥惊。灯花忽报行人至,阖门相庆如更生。男儿远游虽得意,不如骨肉长相聚。请看江上信天翁,拙守何曾阙生计?①

在这里,商人的羁旅之苦、思乡之情,反映的不是商人由于农本文化的影响而出现不适应商旅的状况,恰恰是作者或叙事者对于商人的理解、同情和关怀,一定程度上也表明商人并未被金钱所异化,人格并未完全金钱化。在追求金钱利润的过程中,商人的情感世界还是保持着原初的完整与纯洁。

二是歌颂商人优秀品质。作者对商人的高尚品质毫不吝啬地给予赞美

---

① 冯梦龙:《喻世明言》卷十八,中华书局 2009 年版,第 162 页。

和歌颂,价值取向也表现得十分鲜明。比如在《施润泽滩阙遇友》中,主人公施润泽"开起三四十张绸机",随着规模扩大,必然需要"几房家人小厮",从资本扩张的层面来说,这些雇佣的工人便是他要施加剥削的人。小说显然没有聚焦于此,对商人大加挞伐,而是将他发家过程中不仁不善之事略去,似乎视而不见一般,却花大量笔墨表现两个小手工业者的友爱互助,塑造一种美好和谐的状态,从而发出对商人的赞美。叙事者还意欲站到读者面前来进行评价:"当下夫妇二人,不以拾银为喜,反以还银为安,衣冠君子中,多有见利忘义的,不意愚夫愚妇倒有这等见识。"更强化了对于商人优秀品质的赞美。

还有的作品较少直接地对商人的品行加以评论和赞美,而是在情节安排上加以体现。比如在《徐老仆义愤成家》中,作者对农夫出身的阿寄以德义经商的赞美,就是让他在经商过程中最终大获成功,还名重一时。在小说中,凭德义经商成功的阿寄,既使他竭力帮助的颜氏得以吐气扬眉,也得到了大家的普遍敬重,可谓典范,"远近亲邻,没一人不把他敬重,就是颜氏母子,也如尊长看承"。小说对阿寄的赞美并不止于此,他最终得到了朝廷的旌表,得以名垂青史,万古留名。这可以说是一个普通商人所能获得的最高荣誉,也是作品对主人公给予的最高礼赞。

对待同行诚意为本。明代众多小说高度赞扬商人的诚信。在《李秀卿义结黄贞女》中,女扮男装行商的黄善聪与商人李秀卿以诚相待,买卖不差毫厘、公平守信。在《转运汉遇巧洞庭红》中,主人公文若虚始终信守承诺,宁肯自己吃亏,体现出可贵的品质。还有在《钱多处白丁横带 运退时刺史当艄》中的商人张金,说话算话,把借的郭七郎的资金连本带利及时返还,等等,这样的诚信人物还有很多。

以义疏财、济世救人。仁爱情怀和善意举动本就值得歌颂,商人的这种举动也不应排斥在外,一些小说对此进行了歌颂和赞美。如《杜子春三入长安》,小说描写了杜子春开展慈善赈济事业,不惜花费重金的事迹:"两淮南北直到瓜州地面,造起几所义庄,庄内各有义田、义学、义冢。不论孤寡老弱,但是要养育的,就给衣食供膳他;要讲读的,就请师傅教训他;要殡殓的,就备棺椁埋葬他。"《刘小官雌雄兄弟》中,刘德表现出大度与仁爱,"凡来吃酒的,偶然身边银钱缺少,他也不十分计较。或有人多把与他,他便勾了自己价银,余下的定然退还,分毫不肯掏取"。在素昧平生的老军病倒之际,商人刘德完全是出于同情,为他们出钱请大夫看病,在其死后又将之厚葬,体现出济世救人的崇高品质,"因他做人公平,一镇的人无不敬服,都称为刘长者"。得到了人们的普遍赞誉。这种商人形象无疑是对传统商人形象的纠偏。

一些小说从人性的角度,塑造并充分肯定了那些看重人间情义的商人形象。如在《吕大郎还金完骨肉》中,吕大郎是个普通商人,无意中拾到白银二百两,没有见财起意把银子据为己有,反而仔细用心地到处寻访,将银子如数归还给了失主。拾金不昧,诚信待人,他在帮助别人渡过难关的同时,其善行也帮助了自己,使自己得以找回失散多年的亲人。商人帮助别人的义行,成全自己就是一种积极的回报。在《施润泽滩阙遇友》中,小说塑造了朱恩、施润泽两个商人形象,他们因重情义而彼此结缘,又互助互济,以情义为重,小说通过这种塑造,赞颂了情义在人生中的重要价值。在《转运汉遇巧洞庭红》中,主人翁文若虚面对国内经商破产的窘境,无奈之下抱着尝试之心和一些商人出海经商,因两次偶然的机遇而实现了一夜暴富,成了一大富商。一文不名的文若虚能获得商业上的成功,与商人同行的热心帮助其实是密不可分的。

三是让商人得花魁与神灵眷顾。古往今来,花魁或仙女在文学作品中并不少见,她们青睐的要么是文人雅士,要么是勤劳善良的农民。但是在明代小说中,这一状况发生了显著变化,花魁或仙女对包括商人在内的市井小民投注感情和青睐,被他们身上所体现的优秀品质所打动。《卖油郎独占花魁》中的秦重只是一个卖油郎,靠走街串巷卖油过活。在见到花魁娘子之后,"若得这

等美人搂抱了睡一夜,死也甘心"①的念头便久久地萦绕不去,经过努力攒钱,
秦重终于如愿以偿,并细心体贴地照顾醉酒归来的花魁娘子。小说对秦重的
体贴呵护进行了详细描写:

> 秦重想醉酒之人必然怕冷,又不敢惊醒她。忽见阑干上又放着
> 一床大红毧丝的锦被,轻轻的取下,盖在美娘身上。把银灯挑得亮亮
> 的,取了这壶热茶,脱鞋上床,挨在美娘身边,左手抱着茶壶在怀,右
> 手搭在美娘身上,眼也不敢闭一闭。②

半夜美娘呕吐,秦重怕污了被窝,把自己道袍的袖子张开,罩在她嘴上,接
住秽物。这种源自内心的喜欢尊重而表现出的细心体贴,与花魁娘子平常所
见的酒色之徒有着天壤之别,这使她受到了震撼并有所醒悟。在受到富豪子
吴八公子欺辱后,她彻底地改变了想法:"我……相处有好多,都是享受之辈,
酒色之徒,但知买笑追欢的乐意,那有怜香惜玉的真心,看来看去,只有你是个
志诚君子。"③并最终选择和秦重生活在一起。花魁娘子的选择,充分体现出
了市井小民地位的上升,也表现出作者对商人的认同与赞美。

在《叠居奇程客得助》中,程宰只是一个做生意赔了本,无奈给他人打工
的小市民。在以往的小说中,这样的小人物要实现人生的逆袭,其难度堪比登
天。在明代小说中,这种逆袭不但成为现实,而且由于神灵的眷顾而变得容
易。在这种小人物的逆袭中,体现的正是作者的强烈意图,反映的是整个社会
的风气。在小说中,程宰由于海神的眷顾,能够最终实现心中的念想,在海神
的暗中指点下,他再次经商,就屡次化险为夷,几年间赚了比折本时多了几十
倍的万两银子。而且海神还三次救他,使他大难不死。在寿至九九之后,程宰
与海神又得以再续前缘。作者让一个"经商俗人"④尽享这样的人生美事,无

---

① 冯梦龙:《醒世恒言》卷三,北方出版社 2003 年版,第 725 页。
② 冯梦龙:《醒世恒言》卷三,北方出版社 2003 年版,第 730 页。
③ 冯梦龙:《醒世恒言》卷三,北方出版社 2003 年版,第 733—734 页。
④ 凌濛初:《二刻拍案惊奇》卷三十七,北方出版社 2003 年版,第 1908 页。

疑是对商人的极大认可和肯定。

这样的故事并非孤例。在《警世通言》卷二十二中,生病的宋金被岳父母抛弃,荒岛得遇圣僧相救,不仅病体通过诵《金刚般若经》而痊愈康健,而且还意外地得到八大箱金银。宋金"张典铺,又置买田庄数处,家僮数十房,出色管事者千人"。商人由于神灵的眷顾而大富大贵,这实际上完全是无稽之谈,然而小说家却有意为之,且不惜笔墨,除了宣扬教义或表达因果报应思想,一个最主要的原因,当然是商人地位的提升,以及包括创作者在内的人们对商人的接受和认可。

四是肯定商人的"治生"。不少商人把经商当作"衣食道路",把经商看作治生之急,视为立身之本和该尽自己本分从事的人生事业。在这些商人看来,经商不但不可耻,不是对自我的贬抑,而是正当的、值得追求的,倘若不能治生,导致家事消乏、生活窘迫,反倒是十分可鄙和愧疚的。

部分作品对商人"治生"中展现的奋斗意志和经商本领进行了赞颂。如在《乌将军一饭必酬　陈大郎三人重会》中,出生在商贾之家的王生继承本业,一连三次都在外出经商的途中遭到强盗打劫,被洗劫一空。但他以"治生"为本业,坚守"家传行业"[①]不放弃,对"必有发迹之日"坚信不疑,终成"大富之家"。此外,像开典铺牟利的徽商卫朝奉,京城开有多处解库的张金等,作者都对他们的"治生"本领进行了肯定。

《型世言》第二十三回《白镪动心交谊绝》表现市民视商为生存之道。

> 朱正家中富足,只有一子朱恺,但父母并不指望他进学求取功名,而是从小就学会了打算盘,为将来经商做好准备。父母见他在家闲荡,就送他到苏州缎子店中去学生意。

第三十七回《西安府夫妻别》中写商业之风的熏染使得农民也不安于务农,李良雨与弟弟李良云世代为农,良雨不甘心眼前的生活,对弟弟道:

---

① 凌濛初:《初刻拍案惊奇》卷八,北方出版社 2003 年版,第 1260 页。

> 我想我与你,终日弄这些泥块头,纳粮当差、怕水怕旱,也不得财
> 主。我的意思,不若你在家中耕种,我向附近做些生意,倘赚得些,可
> 与你完亲。①

从这些普通百姓的事例中,可见时人对商人和经商行为的肯定与认同,他们把经商作为"治生"的手段,表现得果断、坚决、充满向往。正是在这种商人"治生"的表现中,小说展现了对商人的肯定和认同。

五是指明商人的重要作用。商人的职业活动本身具有重要的社会作用和价值,自古就有"商不出,则三宝绝"的说法,肯定了商人经商活动的重要意义。一些小说在商业经济繁荣的背景下,对商业和商人的价值进行了大胆的阐述。如前文所说,商人以"治生"为目的,给自身带来了丰厚的物质利益。除此以外,小说还探讨和表现了其他值得肯定的作用和价值。

如在《二刻拍案惊奇·进香客莽看金刚经》中,作者用一段议论展现商人的价值:

> 且说嘉靖四十三年,关中大水,田禾淹尽,寸草不生。米价踊贵,
> 各处禁籴闭粜,官府严示平价,越发米不入境了。原来大凡年荒米
> 贵,官府只合静听民情,不去生事。少不得有一伙有本钱趋利的商
> 人,贪那贵价,从外方贱处贩将米来;有一伙有家当囤米的财主,贪那
> 贵价,从家里廒中发出米去,米既渐渐辐辏,价自渐渐平减。

从中可以看出,商人按照市场规律决定商品的供应,根据不同地域商品受各种原因形成的价格差异,科学准确地判断并开展商品的流通,既使自己获得丰厚利润,也使灾区民众得到了珍贵的生活必需品,缓解了危机。正是因为认识到商人在社会经济生活中所具有的重要作用,小说家才对商人给予了高度赞赏。②

六是给人物创造美好的结局。作家要实现自己的创作意图,合理地处理

---

① 陆人龙:《型世言》,三秦出版社 2006 年版,第 359 页。
② 杨虹:《解读明清小说中的明清商人》,《广西社会科学》2003 年第 8 期。

人物的结局向来都是一个重要的环节。① 一般地说,给商人一个悲惨的结局表达否定甚至憎恶,给其一个美好的结局表达肯定甚至赞美。

在《叠居奇程客得助 三救厄海神显灵》中,作者让弃儒经商的程宰获得极为丰厚的身家,最终衣锦还乡,尽享富贵荣华,表达的正是对商人的极大认可与肯定。

从趋势上看,宋代以前的小说中涉及商人的作品,大多没有给商人安排什么好结果,悲惨的相对居多。到明代,虽有不少作品中商人的结局也很悲惨,但那都是由于商人的恶行导致的,作者通过结局给予其惩罚。从数量及占比上看,这样的作品比以往有所减少,而商人获得美好结局的作品在增多,这是社会风气和观念的集中展现,也是作者态度转变的直接体现。②

三、肯定商人的叙述蕴含

一是展现出商人经济上的提高。明代,商人作为一支举足轻重的力量,经济地位有了较大的提高。如《宋小官团圆破毡笠》中,宋小官原是官宦之后,靠祖遗的田产勉强过活,他父亲的老友刘有才有意收留他在生意船上搭帮手、做伙计,客货经过生意船,都由他负责记账,没有任何差错,成为非常优秀的经纪人。最后不仅发了财,买了大房宅、置办了田地,与失散的结发之妻也得以团圆。从中可以看出商人通过经商的才能和努力,实现了经济利益上的丰收。这种通过经商实现经济上提升的小说叙事还有很多,如《施润泽滩阙遇友》中,施润泽夫妻通过几年的辛勤劳动、节俭持家,从一开始的仅有一张织机,不断做大做强,扩大规模,最终积累起千金家事,实现了经济价值的大提升;《卖油郎独占花魁》中,秦重运用三两本钱,通过辛勤经营,实现了衣食富足,改变了经济上的难堪窘境;《刘小官雌雄兄弟》中,刘

---

① 任迎飞:《小说的创作与精神》,远方出版社 2001 年版,第 23 页。
② 秦川:《明清话本小说之人物群像与社会风习》,《上海师范大学学报》2015 年第 1 期。

奇、刘方依靠经营布店而发财致富;《汪信之一死救全家》中,汪信之通过办铸铁作坊而富甲一方;《徐老仆义愤成家》中,徐阿寄通过运用自己善于经商的才能,为主人挣下了偌大的家业。通过这些描写,让我们看到了商人的经济生活的进步。

二是展现出商人政治地位上的提高。当历史推进到明末时,商品经济迅速发展,出现资本主义萌芽,不同的利益集团随之出现,等级秩序、尊卑观念意识形态发生转变。商人以财富为阶梯,凭借在经济上赢得的荣誉地位,改变着政治地位。资本主义萌芽依托下的商人阶层开始得到重视,商人的政治地位得到前所未有的肯定。这种提高在小说中有所体现,在《两县令竞义婚孤女》中,王宪把自己的侄女嫁给了一个旧族之子,却把自己的女儿许配给了一个富户。由此可见,封建社会"门当户对"的婚姻价值取向,已经在商人地位提高的基础上发生了一些明显的变化,商人被提到与仕人的相同位置,甚至高于仕人。在《钱秀才错占凤凰俦》中,高赞是家道殷实的贩粮商人,为女儿择婿时,一心想着"定要拣个读书君子",因为只有这样,双方才能找到共同的利益,实现门当户对和利益最优化。因此可以说,商人经济的优越带来了政治地位的提高。

第三节　金银照世情:小说中浓墨重彩的钱财叙事

一般地说,"钱财观"是一种世俗货币观,是对货币形式的社会财富的心理体认,这种体认具有感性特征,能够或深或浅地影响人的情感。作为富有情感的语言艺术表现形式,文学也不可避免地会受到"钱财观"的影响,而且这种影响有时是深层次的,人物性格、心理、情感这些小说叙事中的主要元素,都可能因为"钱财观"的作用而变得不同,称得上是影响小说叙事的核心因素之一。

明代随着商业经济发展,货币要求量猛增。"天下之赖以流通往来不绝者惟白银为最。盖天下之物,无贵贱,无大小,悉皆准其价值于银,虽珍奇异宝莫不皆然。"①同时,隆庆元年将海禁开放后,海外白银也开始大量流入中国。② 白银在人心中的地位不断提高,再加上急剧变化的社会观念,影响了小说中的白银叙事。

一、拜金主义盛行与时人的钱财观

明代以前,人们自然也谈论钱财,亦可见"床头黄金尽,壮士无颜色"这样的感慨,然而与明代人的钱财观相比,就会发现这只能算偶尔的闪现。钱财观在明代人这里表现得非常普遍且十分突出,钱财几乎成了人的活动的中心。当时许多笔记对此记载颇多。如冒襄的《影梅庵忆语》就记载了钱财在自己日常生活中的重要作用:"家君向余曰:'途行需碎金,无力办。'余向姬索之,姬出一布囊,自分许至钱许,每十两可数百块,皆小书轻重于其上,以便仓卒随手取用。"此外,书中还记载:"维时诸费较平时溢十倍尚不肯行,又迟一日,以百金雇十舟,百余金募二百人护舟。"

明代,"锱铢必竞"的社会风气,在商业的繁荣下日趋浓厚,人们竞相逐利,为金钱四处奔忙,金钱成为人们崇拜的对象。"人情徇其利而蹈其害,而犹不忘夫利也。故虽敝精劳形,日夜驰骛,犹自以为不足也。夫利者,人情所同欲也。……故曰:'天下熙熙,皆为利来;天下攘攘,皆为利往。'"③正是对人们追逐金钱的典型写照。在这种对金钱的崇拜和追逐中,商人群体显得格

---

① 靳辅:《生财裕饷第二疏·开洋》,《故宫珍本丛书》第59册,海南出版社2001年版,第401页。

② 明末银流入的情况有大量研究成果,本文观点主要参见彭信威:《中国货币史》,上海人民出版社1965年版;贡德·弗兰克:《白银资本——重视经济全球化中的东方》,中央编译出版社2005年版;黄仁宇:《十六世纪明代中国之财政与税收》,生活·读书·新知三联书店2007年版。

③ 张瀚:《松窗梦语》,中华书局1997年版,第80页。

外突出,他们将"夜寝蚤起,父子兄弟不忘其功,为而不倦"①的耕作辛劳抛之脑后,投入到追逐金钱的滚滚洪流中。通过这些记载,可感受到钱财在日常生活的频繁使用和重要作用。在实际生活中,钱财的作用确实在增长,而在思想观念上,钱财的影响则更为突出,一些笔记对此记载多而翔实。比如《董心葵事迹》中就记载:

> 董心葵武进人,农无力,商无本,工无艺,士无学,见贫贱人怜之,见富贵人骄之;复嗜赌呼庐,客盈座,以朱提之多寡次上下。谓之曰:"你见吾有银百万,与天子讲廛金华殿也"。其志念若此。

可以看出社会上对人的尊卑高下的判断,是以金钱占有的多寡为准绳,这成为商业经济发达的社会一个突出的表现。

伴随着商人势力的不断扩张,以金钱为中心的价值观以商业文化的形式在社会日益普及,产生着日趋深广的影响。"金钱之神莫甚于今之时"②,"金令司天,钱神卓地"③这样的感叹正反映出社会拜金风潮的形成。在这种社会风潮下,衡量人价值的砝码甚至主宰社会的力量日益变成了金钱。明代中后期,金钱和地位成为衡量人生价值的标准,越来越多的人追求金钱、迷恋财富,投入到现实生活的享乐。马克思曾说:"资产阶级撕下了罩在家庭关系上的温情脉脉的面纱,把这种关系变成了纯粹的金钱关系。"④反映的是资产阶级对人际关系的异化,这种异化的表现是人与人之间变成了"纯粹的金钱关系"。事实上,在商业经济发展过程中,金钱崇拜也会导致人际关系的异化,甚至使整个社会变质变味。对此,明代朱载堉对白银的无所不能曾做过这样的形容:

> 有你时肥羊美酒,有你时缓带轻裘;有你时百事成,有你时诸般

---

① 赵守正:《管子注释》,广西人民出版社1982年版,第42页。
② 黄省曾:《五岳山人集》,齐鲁书社1997年版,第1075页。
③ 顾炎武:《天下郡国利病书》,商务印书馆1935年版,第1405页。
④ 《马克思恩格斯选集》第1卷,人民出版社1995年版,第275页。

就。……有你时人人见喜,有你时事事出奇,有你时坐上席,有你时居高位。①

时人形象地说道:

人为你跋山渡海,人为你觅虎寻豹,人为你把命倾,人为你将身卖。细思量多少伤怀,铜臭明知是祸胎,吃紧处极难布摆。

人为你亏行损德,人为你断义辜恩,人为你失孝廉,人为你忘忠信。细思量多少不仁,铜臭明知是祸根,一个个将他务本。

人为你东奔西走,人为你跨马浮舟,人为你一世忙,人为你双眉皱。细思量多少闲愁,铜臭明知是祸由,每日家营营苟苟。

人为你招烦惹恼,人为你梦扰魂劳,人为你易大节,人为你伤名教。细思量多少英豪,铜臭明知是祸由,一个个因他丧了。②

这些话道出的正是金钱对人与人之间关系的改变,以及亲情、爱情、友情受金钱影响所发生的异化,正所谓"白酒红人面,黄金黑世心""人心本好,见财即变"。对于这种异化,有论者充满忧虑地说道:

近数十年来,士习民心渐失其初,虽家诗书而户礼乐,然趋富贵而厌贫贱。喜告讦,则借势以逞,曲直至于不分;奢繁华,则曳缟而游,良贱几于莫辨。礼逾于僭,皆无芒刺,服忝不衷,身忘灾逮。③

这些都充分地反映出当时社会钱财观念的改变以及拜金主义的社会风气所带来的深刻影响,小说对此进行了洞察和思考。

二、小说对钱财当道社会风气的描写

重利思想在社会各阶层弥漫,金钱在现实生活中所展现的巨大作用,让文

---

① 转引自许建平:《货币观念的变异与农耕文学的转型——以明代后期的市井小说为论述中心》,《中国社会科学》2007 年第 2 期。

② 薛论道《林石逸兴》卷五,转引自滕新才:《且寄道心与明月——明代人物风俗考论》,中国社会科学出版社 2003 年版,第 269 页。

③ 叶春及:《惠安政书》,福建人民出版社 1987 年版,第 39—40 页。

人们不得不承认。在《戒庵老人漫笔》之《文士润笔》中，便对当时文士称呼金钱为"利市""精神"等，对取利毫不讳言等进行了重点记载，从中可以看出文士普遍将"以文易银"视为正当的劳动，光明正大地开展。在《耳谈》卷三之《兴化举子》中，刻画了一个重情重义的举子形象，他即便已经死去，鬼魂也在完成其生前愿望，将其生前所作文章出售换来银两，以及时救济亲人。在冯梦龙的《古今笑史》之《不爱钱》一则中，许应逵作为东平守，为官清正廉洁，因同事恶意陷害而被调离。他临走前不免发出感慨："为吏无所有，只落得百姓几点眼泪耳！"①见此情景，其仆人不免挖苦，让他将眼泪包好当作人情，言下之意是讽刺其光有好的声名，却根本起不了作用。仆人的言下之意许应逵当然听得出，也"为一拊掌"②。可见，即使是许应逵这样清廉为本的人，面对金钱的力量和拜金的社会现实，也不能做到有效抵挡。

对于这种社会风气，小说中进行了刻画：

> 凡是商人归家，外而宗族朋友，内而妻妾家属，只看你所得归来的利息多少为重轻。得利多的，尽皆爱敬趋奉；得利少的，尽皆轻薄鄙笑。犹如读书求名的中与不中归来的光景一般。③

明代之前，从未有过将挣钱的多少与博取功名这一封建社会最看重的价值实现方式等同看待，因此展现出价值评判标准的根本性变化。

明中后期商品经济快速发展，以前的"勤俭持家"的风尚向日趋拜金奢靡发展，奢靡奢侈、肆意铺张之风尤其盛行。小说中对此有所刻画，如在《初刻拍案惊奇》卷二十二中，江陵富商郭七郎的生活就可以说非常豪华奢靡，这从其房舍装饰摆设即可看出："家资巨万，那房舍精致，帐帷华侈，自不必说。"在《醒世恒言》卷三十七中，扬州盐商杜子春已家财万贯、田地千顷，其在生活中追求便变得日趋奢靡起来，以至于还想要在奢华上与石太尉相较高下。当然

---

①　冯梦龙：《古今笑史》，远方出版社 2000 年版，第 324 页。
②　冯梦龙：《古今笑史》，远方出版社 2000 年版，第 324 页。
③　凌濛初：《二刻拍案惊奇》卷三十七，北方出版社 2003 年版，第 415 页。

这还不算十分过分,大名府卢木冉的做法有过之而无不及,其"日常供奉,拟于王侯",且十分爱在别人面前显示自己的阔绰富有,不惜一掷千金。一般的宴饮往往是"分付不多时,杯盘果馔片刻即至,多精美雅洁,色色在行",当宴饮贵客时,那场面就更加令人难以想象,"酒席铺设的花锦相似,正是富家一席酒,穷汉半年粮"。在《拍案惊奇》卷十五《卫朝奉狠心盘贵产 陈秀才巧计赚原房》中,小说对富商奢侈享受的地方古城金陵秦淮河畔做了描绘:"酒馆十三四处,茶坊十七八家,端的是繁华盛地,富贵名帮。"在"三言"中,一些作品也刻画了部分茶肆酒楼的奢华之状:

> 见座酒楼,好不高峻!乃是有名的樊楼。有《鹧鸪天》词为证:"城中酒楼高入天,烹龙煮凤味肥鲜。公孙下马闻香醉,一饮不惜费万钱。招贵客,引高贤,楼上笙歌列管弦。百般美物珍馐味,四面栏杆彩面檐。"赌博之风也随之大开,就连穷乡僻壤,也是赌博群起,赌具种类繁多,有骨牌,双陆,围棋,象棋,五木骰子,枚马等。市人惯熟的七字经竟是"赌钱,吃酒,养婆娘"。①

社会风气的奢靡也反映到穿着服饰上来。据万历年间《通州志》记载:"弘治、正德间犹有淳本务实之风,士大夫家居多素练衣缁布冠。今(万历)里中子弟谓罗绮不足珍,及求远方吴绸宋锦云缣驼褐,价高而美丽者以为衣。"一些小说在创作时也注意到了人们在穿着服饰上的变化,反映出明中后期,富家子弟"衣明鲜丽,动人眼目"的特征:

> 身上衣服穿着,必要新的,穿上了身,左顾右盼,嫌长嫌短,甚处不熨帖,一些不当心里,便别买缎匹,另要做过。鞋袜之类,多是上好绫罗,一有微污,便丢下另换。至于洗过的衣服,决不肯再着的。②

在封建社会,衣饰服用是人们地位尊卑的重要标志,其中的冠巾的标志性作用体现得最为明显,不是随意所能穿着的。到明中后期,有钱人穿绸裹缎,

---

① 冯梦龙:《警世通言》,上海古籍出版社 1998 年版,第 582 页。
② 凌濛初:《初刻拍案惊奇》,北方出版社 2003 年版,第 361 页。

在衣着装束上已经突破了传统等级制度。

小说除了展现社会的奢靡之风和铺张做法,还对货币的属性进行了思考和表现。随着货币经济的蓬勃兴起并发展至一定程度时,白银等钱财本身的货币意义就会被超越,而衍生出社会意义、文化意义,成为"钱财观"的首要表现形式,成为财富的代表。如在《雪涛谐史》中就记载:有官人者,性贪,初上任,谒城隍,见神座两旁悬有银锭,谓左右曰:"与我收回。"左右曰:"此假银耳。"官人曰:"我知是假的,但今日新任,要取个进财吉兆。"①从中可见即便是假银,也能成为象征发财的"吉兆"。

同时,人们对于钱财的流动性较早就有认识,范蠡经商的一个重要原则就是"财币欲其行如流水"②。明清时期,越来越多的人感受和认识到钱财的流动性。陈大康认为:"在明代中后叶,更多的商贾信奉的是另一种信条,他们不断地将银子投入经营,同时也不断地从经营中获得更多的银子,而除了用于消费之外,那些获得的银子又重新投入到经营中去。这一过程不停歇地循环着,因为那些商贾认为,银子不只是有耀眼的光辉,它还有灵性、有生命,它的本性就是要流动,而且没有力量能阻止它这种本性的显示。当然,那时的商贾还未能将自己的新见解直截了当地抽象为理论,今日之所以能推知他们已具有这种尚未很清晰的认识,所依据的仍然还是一些神话故事。"③显然,陈大康早就注意到了明代商贾的钱财观,但由于资料限制,使他认为明代商贾的对钱财流动性的认识还很模糊。事实上,明代直接以水喻财来表明钱财流动性的观念已很清晰准确。如时人指出:

　　钱,泉也,如流泉然,有源斯有流,今之以狡诈求生财者,自塞其源也。今之吝惜而不肯用财者,与夫奢侈而滥用于财者,皆自竭其流

---

① 江盈科著,黄仁生注:《雪涛小说》,上海古籍出版社 2000 年版,第 246 页。
② 司马迁:《史记》,中华书局 1959 年版,第 1236 页。
③ 陈大康:《明代的商贾与世风》,上海文艺出版社 1996 年版,第 116 页。

也。人但知奢侈者之过,而不知吝惜者之为过,皆不明源流之说也。①

这段话将钱财的流动性说得颇为准确。在《金瓶梅》第五十六回中,也能看到创作者这样的感悟和判断:

> 兀那东西是好动不喜静的,曾肯埋没在一处? 也是天生应人用的,一个人堆积,就有一个人缺少了,因此积下财宝,极有罪的。

> 积财已非达者,而埋金更属大愚。以有用之财废置无用,虽拥厚资,不免守虏之讥。以至公之物,据为至私,即贻后人,亦其偏颇至甚……财,犹泉也,流则其性,违性不祥。②

正是由于作者对钱财流动性和"好动不喜静"的特点把握得十分准确深刻,所塑造出的以西门庆为代表的人物才会在经商和钱财管理中充分地顺应规律,合理地盘活钱财并使之增值。换个角度说,是商业经济的繁荣促使人们更好地把握了钱财资本的运行规律,也是因为人们普遍地认识到钱财的特性,才更好地促进了商业经济的发展。两者是彼此关联、互相促进的。

三、小说中的钱财叙事模式与结构

正是由于明代社会拜金主义盛行,文学作为对社会生活的反映,也出现了极为丰富的钱财叙事,这是以往社会和文学创作中都不多见的。而且值得注意的是,小说创作者作为社会生活的一分子,他们的思想观念来源于生活,因此,时人对钱财的观念,或多或少地会对其产生影响,这种影响除了体现在小说内容上,也会常以叙事模式和结构的形式体现出来,从而形成独特的模式或结构,传达出丰富的意蕴。

---

① 《同治黟县三志》卷15,《中国地方志集成》,江苏古籍出版社1998年版,第544页。
② 龚炜:《巢林笔谈》,中华书局1997年版,第103页。

（一）"钱财命定"叙事

"财运由命,富贵在天,积德生财"是古人思想深处对钱财的普遍看法,表现出对金钱来源、去向等认识的非理性、非逻辑性。商品经济关系下,财富更强烈的流动性加深了人们的这种认识特性,人们普遍认为是"德""运""报"等决定了"财"的来去多寡。对家中祖业的由来,张瀚就曾有这样的看法:

> 毅庵祖家道中微,以酤酒为业。成化末年值水灾,时祖居傍河,水淹入室,所酿酒尽败,每夜出倾败酒濯瓮。一夕归,忽有人自后而呼,祖回首应之,授以热物,忽不见。至家燃灯烛之,乃白金一锭也。因罢酤酒业,购机一张,织诸色纻巾,备极精工。每一下机,人争鬻之,计获利当五之一。积两旬,复增一机,后增至二十余。商贾所货者,常满户外,尚不能应。自是家业大饶。后四祖继业,各富至数万金。夫暮夜授金,其事甚怪。然吾祖以来,世传此语。岂神授之以开吾祖家业耶?①

张瀚对于发家过程的这种认识,从中正体现出一种传统的"财运观"。

明代小说对这种钱财命定的观念进行了充分而深刻的叙述。如在《醒世轮回》卷七之《横财致富》中,寇咏年少时生活十分困窘落魄,在给一相士算命时,相士算出他转运之日将出现在二十四岁,并且这一转运非常巨大,将能实现"不读而禄,不耕而获"②。事实证明确实如此,在寇咏二十四岁的一天,一个商人遗落的二百两白银仿如命中注定般被寇咏拾到,他用这些"飞来的横财"购置家产,渐渐变得十分富有,十足的是"横财致富"。

在《初刻拍案惊奇》卷一《转运汉遇巧洞庭红》中,文若虚经商屡屡失利,沦落到"终日间靠着些东涂西抹,东挨西撞,也济不得甚事"的境地,被人呼为"倒运汉"。在前往海外贸易之前,他卜上了一卦,获得了"有百十分财气"的

---

① 张瀚:《松窗梦语》,中华书局 1997 年版,第 119 页。
② 无名氏撰,程毅中点校:《轮回醒世》,中华书局 2008 年版,第 235 页。

吉兆。后面的经商事实证明,其所卜之卦十分灵验,作者其后的叙述也只为强调,其经商盈亏、财富多寡全为命中注定,即便是做无本钱的生意,也能化凶险、得异宝,最终成为闽中富商。事实上,小说"入话"的一番议论便堪称钱财命定观念的代言:

> 人生功名富贵,总有天数,不如图一个见前快活。试看往古来今,一部十七史中,多少英雄豪杰,该富的不得富,该贵的不得贵。……真所谓时也,运也,命也。俗语有两句道得好:"命若穷,掘得黄金化作铜;命若富,拾着白纸变成布。"总来只听掌命司颠之倒之。

事实上,钱财命定论包含着对物欲追求的一种肯定,因为钱财既属命定,则追求与享受钱财也即为遵"命"之必然。

(二)"钱走"叙事

所谓"钱走"是将钱拟人化,认为钱财带有感情,能够自由行走和决定自己的归属。① 与"钱走"相对应的一种对待钱财的方式,是将钱财积蓄甚至掩藏起来,以此宣示对钱财的拥有。但明代小说侧重于表现钱财的流走,形成了"钱走叙事",在这些叙事当中,最典型的表现是哪怕主人公将银子积蓄起来、藏起来,也阻止不了银子最后流走到他人手中。如《醒世恒言》的第十八卷,写到了薄有寿平生省吃俭用积铸了八锭银子,用之预备养老,将之视若心肝宝贝,以红绿系着妥善保存。却不料一天晚上,这八锭银子竟化作八个小人,意欲离开薄有寿。临走时这八锭银子还对他说出了这样一番话:"你要我们做儿子,不过要送终之意。但我们该旺处去的,你这老官儿消受不起!"叙述银子化人而走的还有《初刻拍案惊奇》之卷一,在小说叙事中,银子化成人后对金维厚也说出了一番话,道出了离开的缘由:

---

① 杨宗红:《明清拟话本小说"掘藏"、"银走"、"悭吝"叙事隐喻》,《求索》2012 年第 1 期。

某等兄弟,天数派定,宜在君家听令。今蒙我翁过爱,抬举成人,不烦役使珍重多年,冥数将满,待翁归天后,再觅去向。今闻我翁目下将以我等分役诸郎君,我等与诸郎君辈原无前缘,故此先来告别,往某县某村王姓某者投托。

钱走叙事是展现钱财流动性的一种叙事方式。

在文言小说中,钱财在也被赋予了神秘色彩。如在《耳谈》之《钱飞》一文中,国库中的白银铜钱竟像长了翅膀一样自己随意飞行,还像有定位仪一样能找到民间的"有缘人"去投奔;《金陵琐事》之《银走》三则中,小说写白银不仅能自由走动,还能够预测命运吉凶,判断是非好坏等。《醒世轮回》卷二之《以银代儿》与之类似,小说写冯谟与妻子三年辛苦耕种纺织,所获微薄,好不容易才攒足十两银子,将之倾注成白银当作宝贝一样贮藏。由于生活艰辛,夫妻二人自然也不肯接济他人,视钱如命,又加之多年无子,便将这白银当作了儿子。然而,两人注定命该无子,白银竟化成白衣老叟离他们而去。冯妻发现时也发出了"亡我诸儿也!"①的悲号。通过这种荒诞的叙事,小说传达出"命里有时终须有,命里无时莫强求"的钱财观。

《二酉委谭》中,一乡民穷困已极,卖掉所有家当也只得了三分银,实在走投无路,他投毒在用这三分银子买来的米中,打算在临死之前,与家人最后再饱餐一顿。前来收丁银的里长知情后,劝阻了他的行动:"若无遽至此。吾家尚有五斗谷,若随我去负归,春食可延数日,或有别生理,奈何遽自殒?"乡民没有就此死去后,居然在讨来的五斗谷中翻出了五十两白银,"其人骇曰:'此必里长所积偿官者,误置其中,渠救我死,我安忍杀之?'"这白银是从哪里来的? 小说解释道,这是"二人一善念而感天赐金",两人的"财运"因为善行而改变。② 通过采用这种超现实的手法,小说作者意欲奖惩善恶,"银来""银走"正是其奖惩的表现方式。当然,这种表现方式也强调了

---

① 无名氏撰,程毅中点校:《轮回醒世》,中华书局 2008 年版,第 66 页。
② 王世懋:《二酉委谭》,王云五主编:《丛书集成初编》第 2923 册,商务印书馆 1937 年版。

"财运"的存在。

（三）以钱财为纽带的叙事结构

"所谓意态结构,亦即小说情节构思间架。正是这种意态结构的多次反复使用,造成了古代小说情节的程式性。"[①]文人对钱财的评判,倾向于参照人的道德标准进行,将"钱财"视为引起人伦颠倒、道德败坏、秩序混乱的根源。反映到小说中,作为"钱财"代表形式的白银,与"利"相连,表现为一种特殊的叙事程式。在这种叙事程式中,"因财害命"成为小说基本的创作母题,"铜臭祸根"成为叙事的一种重要逻辑。作品沿此逻辑,展开叙事时正是从白银所代表的"利"进行的,并以之引起和设置后续的情节,这也成为一种稳定的结构模式。

如在《泾林续记》中,一则故事这样写道:

> 河南村民往访亲,虑途中饥渴,藏萝卜数枚于囊中。行数里,遇一打滴桥者,见所负块磊,疑有重货,遂与同行。路逢酒肆沽酒共酌,实试之也。民所以藏为耻,不肯启囊,其人益信为有物。行至乱山中,潜持石块从后击杀之。解负检视,乃萝卜也。[②]

通过这则比较简短的故事可知,村民虽然没有多少财产,但还是因财而死,还应算作"财祸"一端。在《耳谈》之《刘尚贤》中,酒肉朋友刘尚贤和张明时,因为共同的利益而纠缠一处,"醉则拍肩矢日,愿同生死,常谓我等无钱把撮,不见交谊,异日倘富贵勿相忘"[③]。当两人偶见埋于地下的银根,脆弱的友谊便不复存在。两人都想独占银根,在这种念头的驱使下,刘尚贤于喝酒时给张明时的酒中下了毒药,不料自己也喝醉了,张明时趁机用斧头将刘尚贤砍

[①] 石昌渝:《中国小说源流论》,生活·读书·新知三联书店1994年版,第55页。

[②] 周元晖撰:《泾林续记》,王云五主编:《丛书集成初编》,商务印书馆1939年版,第10页。

[③] 王同轨撰,孙顺霖校注:《耳谈》,中州古籍出版社1990年版,第103页。

死,在本以为自己得逞时,最终也毒发而亡。此时,白银也不翼而飞,真可谓人财两空。在小说叙事中,这两条人命的葬送是因为银根的出现,而作为对见利忘义者的惩罚,银根最终消失了,可见,银根既是叙事的开端,也串联着整个叙事的进程和结局,透过银根,叙事展现出面对白银时人性的丑恶和叙事者的鞭挞。

面对着金钱侵蚀人性、破坏人伦常情,小说巧妙而集中地用"白银"将世间百态、人情冷暖牵引出来。如在《轮回醒世》卷二之《刻薄遗孤》中,见利忘义、贪婪成性的曹其彦,对待他人极其克剥,即便是同胞兄弟也毫无情面,兄弟之间因此反目成仇。受他的盘剥侵占日久,兄弟们越发困窘,为了泄愤,经常不惜对曹其彦拳打脚踢。曹其彦也因此渐渐郁愤成疾,没过多久便死去。十几年来积聚的大量财富家产没能保住不说,其幼子也难逃冷遇,生活过得十分凄惨。故事中,也是因为钱财,而使至亲的一家反目成仇甚至大打出手,在金钱的操控下,变得可恨可悲。

在《轮回醒世》之《十锭代儿》中,小说叙述了守财奴冯谟的"白银为儿"论:

汝不闻叹银云:"父与子为你伤了天性恩",父得此而子方思孝顺,世间有父处贫寒,子不相顾,反叱辱曰:"不遗我以产业,而责我以衣食,从何处得来!"父只得担寒受馁,向何申诉。有肥甘,非自奉即奉妻;有轻媛,非自衣即子衣。粗衣恶食,以之事父母,且云过分。如此之子,将安赖之。我与你守此十锭,积谷防饥者,此也;养儿代老者,此也。……正所谓儿也空,女也空,鬼门关上不相逢。我已看破世情,有银万事足,非有子万事足也。①

这一观点论说,赤裸裸地展现了唯钱是亲的社会现实。尽管冯谟"白银当儿"的想法不免荒唐,但他所述之理由却在社会中真实存在,因此说服力颇

---

① 无名氏撰,程毅中点校:《轮回醒世》,中华书局2008年版,第65页。

强。作者既讽刺了冯谟(谐音"疯魔")这个守财奴的疯狂,也影射和批判了当时金钱至上的世风。从这些小说中可见,白银是小说中重要的叙事元素,在叙事中具有开启推动转承的重要功能。

明代小说还通过"白银"叙事,表现了吝啬鬼、守财奴在命运的报应下,最终人财两空、难以善终的主题。比如在《醒世轮回》卷三之《三管账》中,主人公郑枢的岳父史积美吃穿极省、臭吝成家;其兄不舍得花钱做饭吃,饥一顿饱一顿,还找弟弟借衣物穿;其亲家宋浩用清粥豆腐待客,忍饥挨饿地省钱。这三人都堪称典型的吝啬鬼、守财奴,为了省钱可谓是"牙齿上刮削,骨头上挨磨,肚皮里忍耐"①。但是,由于无后承嗣,三人辛苦攒下的财产,最终也归郑枢之子所有,作者讥笑三人为"三管账"。

此外一些小说将白银与艳遇、奇遇结合起来,进行了相关联的叙事。如在《广艳异编》之《吴延瑶》中,吴延瑶面对一张姓富家愿意许配女儿给他的弟弟时,他以家贫为由婉拒。谁知这张姓女子乃天仙化身,主动前来与吴的弟弟缔结姻缘,还为吴家人带来了许多财富。

四、小说钱财叙事所具有的意图

明代小说的钱财叙事,无论是钱财"命定"还是钱走等的叙事,其都具有十分鲜明的叙事意图,这种意图,既包括告诉人们金钱可能具有的罪恶属性,也包括警示人们不要悭吝、要正确对待金钱等。而且这种意图在明代商业经济发展的背景下显得十分强烈。

(一)宣扬金钱万恶的叙事意图

当文人认为金钱已经在较为严重地破坏传统思想观念和美德时,在其所创作的作品中,就必然会对金钱进行批判和否定,甚至不惜将金钱当成"万恶

---

① 无名氏撰,程毅中点校:《轮回醒世》,中华书局 2008 年版,第 95 页。

之首",指斥金钱吞噬了人间真情、良心和正义感等,形成金钱万恶的叙事。①

在《钱难自度曲·大旗风》中,明代徐石麟对钱财之"罪"进行了义正词严的指斥:

> 呀,你硬牙根逞说伎俩多,我屈指数你罪名儿大。为什么父子们平地起风波?为什么兄弟们顷刻间成冰火?为什么朋友们陡的动干戈?见只见贪赃的欺了父君,爱小的灭了公婆。下多少钻谋,举多少絮聒,直吵得六亲无可靠,九族不相和,你罪也如何?

在《金瓶梅》第二十七回的回评中,清代文龙突出强调了小说表现钱财之害的叙事意图:

> 看完此书而不生气者,非夫也。一群狠毒人物,一片奸险心肠,一个淫乱人家,致使朗朗乾坤变作昏昏世界,所恃者多有几个铜钱耳。钱之来处本不正,钱之用处更不端,是钱之为害甚于色之为灾。

比如作为神魔小说的《西游记》,却表现出很强的现实性,通过小说叙事,人们能看到妖怪也会像普通人一样被金钱所吞噬,在妖怪身上,金钱的魔力同样巨大。第六十回《牛魔王罢战赴华筵　孙行者二调芭蕉扇》中,牛魔王经土地神之口所呈现出来的样子就充满了"铜臭气",土地神这样说:"大力士乃罗刹女丈夫。他这向撇了罗刹,现在积雷山摩云洞。有个万岁狐王,那狐王死了,遗下一个女儿叫做玉面公主。那公主有百万家私,无人掌管,二年前,访着牛魔王神通广大,情愿倒陪家私,招赘为夫。那牛魔王弃了罗刹,久不回顾。"②牛魔王之所以抛弃结发妻子——红孩儿的母亲罗刹女,两年中一直和狐女同居,除了情感上的厌倦和追求新鲜外,玉面狐狸有着"万贯家私"也是一个重要原因。可见牛魔王是为了金钱而将结发妻子抛弃的,金钱之欲带来许多祸端。

---

① 蒋玉斌、丁世忠:《试论明代小说面对商业的多元价值选择》,《江西社会科学》2002 年第 2 期。

② 吴承恩:《西游记》第六十回,岳麓书社 1987 年版,第 458 页。

又如在《杜十娘怒沉百宝箱》中,小说描写了一个社会底层妇女合理而美好人生追求的毁灭。小说人物杜十娘虽身为妓女,却是"一片无瑕玉",不仅聪明伶俐,也向往美好生活和幸福婚姻,更敢于抗争,"宁为玉碎,不为瓦全",被时人和后人赞为"女中豪杰""千古女侠"。在小说中,当杜十娘憧憬着与李甲开始新的人生,渴望着爱情和婚姻的幸福美好时,李甲却背叛了她的一片苦心,听信了孙富的巧言谗语,将杜十娘以一千两银子出卖。他的背叛把杜十娘长期追求的理想彻底击碎,使杜十娘万念俱灰,满怀愤懑地投江自杀。这里,"一千两银子"成为扼杀杜十娘的直接元凶,毁灭了她的爱情与人生理想。故事的结尾处,作者也让杜十娘把装着价值十万两银子的百宝箱投入了江中,以此表达了对金钱至上观念的否定。

在金钱的腐蚀影响下,人情和亲情都被异化,"三言""二拍"对此有诸多描述,揭示出金钱对人际关系的侵蚀、扭曲。如在《桂员外穷途忏悔》中,小说叙述了桂富五生意失败正走投无路意欲自尽之时,幸得朋友施济出手相救才化解危局,此后他得以发迹暴富,成为富甲一方的员外。而当施济去世,施济之妻因生活窘困,带着幼儿向桂员外求救时,桂员外非但不帮,反而对其一番奚落,致使施济之妻怄气而死。桂员外显然就是被金钱异化的人物形象。

在明代小说中,像这样被金钱异化的人物和人际关系还有很多。如巢大郎本是为姐夫掌管着家财,都是亲人,本该尽心尽力,谁知他除了平时私吞钱财外,居然还勾结他人对姐夫敲诈,全然没有了亲情可言;赖某受亲戚房氏之托寄存了五百两银子在家,当房氏意欲拿回银子时,赖某不管其如何索要,就是不肯归还,亲戚的脸面就此撕破,他自己也仿佛成了一个无赖;倪善继一心谋财,在父亲死后,为防止父亲小妾的儿子争分了家产,便假装与父亲的阴魂对话,煞费苦心终于将父亲本是留给弟弟的家财弄到了自己手中,为了这些钱财全然不讲兄弟感情;陈祈为了防止兄弟与他共分家私,与外人合伙欺瞒捞取便宜;赵昂夫妻二人为了将家产据为己有,不惜重金贿赂官吏,想方设法陷害妹妹与妹夫,对弟弟竟"分毫不吐",可谓处心积虑,堪称疯狂;同样是为了独吞家产,杨益事居然想千方百计地害死自己的亲兄弟。

在《酒谋对于郊肆恶》中,卢疆因事入狱,为了摆脱牢狱之苦,他只能拜托好友丁戊,并予以千金请其设法营救自己,谁知丁戊等钱财到手,非但不设法施救,还花钱买通了官吏将卢疆直接害死于狱中,自己将钱财私吞。

在《金瓶梅》中,西门庆依仗着金钱为所欲为,他喊出了这样的话:"咱只消尽这家私广为善事,就使强奸了嫦娥,和奸了织女,拐了许飞琼,盗了西王母的女儿,也不减我泼天富贵!"他打理官司也只顾用钱财,如用一百石米贿赂了夏提刑和贺千户,害死了宋蕙莲的丈夫来旺,使其家破人亡。当然,作者对当时社会的一些拜金思想是持批判态度的,在小说中给这些拜金人物以悲剧性的结局。

还有的小说更是表现了金钱使父子之情泯灭的故事。如《僧教官爱女不受报》中的高愚溪有钱时,三个女儿对他尊崇有加,争着要将他请到自己家里,当他的钱财被女儿们榨光后,三个女儿又都毫不留情地赶他出门,使他差点自杀,"平时酒杯往来,如兄若弟;一遇虮大的事,才有些利害相关,便尔我不顾了";小说人物赵聪吝啬变态到极致,将自己的母亲活活气死不说,母亲下葬的棺材费竟也不拿,父亲赵六老的下场更是悲惨,在无饭充饥、无衣御寒、走投无路时,想到儿子赵聪房中找点钱出来,竟被这个万恶的儿子当场劈死,简直禽兽不如;还有小说更夸张地叙述了父子亲情在金钱侵蚀下的沦丧,大保、小保为了得到官府的赏钱,竟泯灭人性地在父亲黄老狗喝醉时将其头颅割下领赏。

此外,金钱也使爱情、婚姻变质。如小说人物周廷章贪色慕财,全然不顾已与之私订终身的王娇鸾,成为金钱的奴隶;前述李甲为了获得一千两银子,不惜牺牲对他抱着满腔期待的杜十娘;李方哥只因贪恋区区十两银子,竟出卖妻子,让妻子投入别的男人的怀抱等。正是从这些鲜活的小说中,我们看到金钱泯灭了亲情,在人与人之间只剩金钱关系,温情日益难觅。

（二）警醒悭吝、财祸的叙事意图

一些作品认为平民积累财富需要以悭吝作为手段。如在《二刻拍案惊奇》卷三十三中，叙事者就认为富人都很悭吝，且视钱如命，正因如此"钱神有灵也愿意跟着他们走"，"若是把来不看在心上，东手接来西手去的，触了钱神嗔怒，岂肯到他手里来？故此非悭不成富家，才是富家一定悭了"。相反要是不把钱财放在心上，使用钱财随意无度，就会将钱神触怒，发财也就变得很难。

当然，更多小说叙事直指悭吝关联着罪恶。如在《醉醒石》第十回中，叙事者就指出："人最可鄙的，是啬啬一条肚肠。最打不断的，是啬啬一条肚肠。论自己，便钱如山积，不肯轻使一文；便米若太仓，不肯轻散一粒。"对于悭吝者的下场，叙事者有这样的怒说和诅咒：

> 宁可到天道忌盈，奴辈利财，锱积铢累的，付之一火一水。盗侵寇劫，或者为官吏攫夺，奸尻诈骗；甚者门衰祚绝，归之族属，略不知恩；或者势败资空，仰之他人，亦不之恤。方知好还之理，啬啬之无益。

在《喻世明言》第三十一卷中，叙事者从"三世果报"的层面对悭吝和行善的后果进行了解读：假如富人悭吝，其富乃前生行苦所致，今生性啬，不种福田，来生必受饿鬼之报矣。贫人亦由前生作孽，或横用非财，受享太过，以致今生穷苦；若随缘作善，来生依然丰衣足食。

悭吝贪婪都是小说中负面人物形象的重要特征，是对钱财病态地占有的集中体现。"三言""二拍"就鲜明地反映出商人群体中物欲极端膨胀下的病态。

在《警世通言》之《吕大郎还金完骨肉》中，小说评论了金钟的极端悭吝贪婪：

> 平生常有五恨，那五恨？一恨天，二恨地，三恨自家，四恨爹娘，五恨皇帝。……不止五恨，还有四愿，愿得四般物事。那四般物事？

愿得邓家铜山,二愿得郭家金穴,三愿得石崇的聚宝盆,四愿得吕纯
阳祖师点石为金这个手指头。因有这四愿、五恨,心常不足。积财聚
谷,目不暇给。真个是数米而炊,称柴而爨。因此乡里起他一个异
名,叫做金冷水,又叫金剥皮。尤不喜者是僧人。世间只有僧人讨便
宜,他单会布施俗家的东西,再没有反布施与俗家之理。所以金冷水
见了僧人,就是眼中之钉,舌中之刺。

这段话将金钟的悭吝生动、深刻地展现了出来,读来令人拍案。在《喻世
明言》之《宋四公大闹禁魂张》中,小说也叙述了商人张富的悭吝:

这员外有件毛病,要去那:虮子背上抽筋,鹭鸶腿上割股。古佛
脸上剥金,黑豆皮上刮漆。痰唾留着点灯,挦松将来炒菜。这个员外
平日发下四条大愿:一愿衣裳不破,二愿吃食不消,三愿拾得物事,四
愿夜梦鬼交。是个一文不使的真苦人。他还地上拾得一文钱,把来
磨做镜儿,捍做磬儿,掐做锯儿,叫声"我儿",做个嘴儿,放入箧儿。
人见他一文不使,起他一个异名,唤做"禁魂张员外"。

这段描写与上段相比,丝毫不逊色,作者不吝笔墨地刻画和渲染,正是要
以此警醒人们,引起人们情感的触动。而作者的观念和判断也从这些描写中
自然而然地流露了出来,体现出小说的独特魅力。

除了警醒人们不要悭吝,有的小说还以邓通、石崇作为核心意象,警示人
们避免因财招祸、因钱财而导致悲剧性的下场。邓通、石崇一度富比王侯,最
后却因财致祸、不得善终。因此他们的形象在后世小说中被不断地符号化,变
成了"功名富贵无凭据"的一道魔戒,他们的形象也不时地在小说中出现,向
人们发出警示。如在《喻世明言》卷三十六之《宋四公大闹禁魂张》中,"石
崇"故事被作为"入话"的警示故事提及:"石崇临受刑时,叹曰:'汝辈利吾家
财耳。'剑子曰:'你既知财多害己,何不早散之?'"小说通过对石崇的叙述试图
表明:"钱如流水去还来,恤寡周贫莫吝财。试览石家金谷地,于今荆棘昔楼
台。"在这样的警示之后,叙事者从石崇故事引入到正话中:

方才说石崇因富得祸，是夸财炫色，遇了王恺国舅这个对头。如今再说一个富家，安分守己，并不惹是生非；只为一点悭吝，便弄出非常大事，变做一段有笑声的小说。

"石崇"意象在《金瓶梅》中出现得更加频繁，如第十回中，用了"毕竟压赛孟尝君，只此敢欺石崇富"这样的诗句意象，来描述西门庆吃喝的奢靡；在第十五回中，又用"围屏画石崇之锦帐，珠帘绘梅月之双清"的诗句意象，借石崇当年的情景，来表现西门庆摆设的豪华阔绰。当叙事进行到西门庆死后，叙事者又引石崇的故事进行了一番感叹："为人多积善，不可多积财。积善成好人，积财惹祸胎。石崇当日富，难免杀身灾。邓通饥饿死，钱山何用哉！"小说叙事正是通过对西门庆形象与石崇意象的双重运用，将无限的人生悲凉传递出来。

第四节　时代见幽微：明万历年间的小说涉商叙述

除了对明代较长历史时期进行宏观上的分析和把握，从更微观的、具体的历史年代入手，对商业经济生活与小说创作进行观照是十分必要的，这样才能避免陷入只见森林不见树木的弊端。因此，本节选取明万历年间这一相对具体的历史时间，深入其具体的历史语境和小说创作，结合较有影响力的事件和创作，对商业经济与小说创作各自的风貌及其关联，进行更翔实的分析。

经过梳理发现，在万历年间，"矿税之祸"这一社会经济现象具有非常显著的影响，在小说中也有较为深刻的反映；同时，万历年间的《杜骗新书》与商业经济生活之间形成了十分密切的关联，具有代表性，值得深入研究和观照。

一、基于事故的文言小说涉商创作

晚明万历年间，伴随着商品经济的繁荣，文化消费市场日渐扩大，撰写和出版小说的风气日盛,小说出版成为很多人谋利的行业,"隆万以后,运趋末造,风气日偷……著书既易,人竟操觚,小品日增,卮言叠煽"①。各种小说合集、选集如雨后春笋般出现。同时,经济的发展和教育的普及,使文言小说的阅读群体和潜在阅读群体不断扩大,读者的成分也变得更复杂,这也促使文言小说走出文人情怀的圈子和局限,更多地体现出现实性和对社会生活的关注。通俗小说和文言小说在素材上的交融渗透增多,文体上两者的融合也不断增强,这使文言小说表现出较为明显的通俗化倾向。

(一)万历年间的"矿税之祸"

明代尤其是到万历时期,宦官的权力向社会生活的各个方面蔓延,几乎无所不在。在这种权力蔓延过程中,出现了影响深远的"矿税之祸","论者谓明之亡不亡于崇祯,而亡于万历"②这样的说法,正是强调"矿税之祸"对明代政权和社会所产生的危害。

万历年间,政府财政收支不平衡,民间贫富差距不断拉大,贵族统治者加重了对"硬化货币"的储藏,加之边境局势十分紧张,需要大量的军费开支,这使政府一度出现了"银荒"现象。统治者面对这一危机,主要是采取开矿、增加征税对象、扩大征税范围、扩增税务机构等的方式增加财政收入,"……两宫三殿皆灾,九边供亿不给,外帑空虚,天子忧匮乏,言利者以矿税启之……"这直接导致重税、滥税等错误行径遍地开花,"开采之端启,废弁白望献矿峒者日至,于是无地不开"③。不仅如此,大量宦官被朝廷派往全国各地充当矿监、税使,以更多地搜刮钱财,在这些人的操作下,"节省银""赃银""门槛税"等各种税务名目花样百出,层出不穷。

---

① 永瑢等编:《四库全书总目提要·卷一三二·子部四十二杂家类存目九》,《万有文库》第二十五卷,商务印书馆1931年版,第79页。

② 赵翼著,王树民校正:《廿二史札记校正》卷三十五,中华书局1984年版,第796页。

③ 张廷玉等撰:《明史·志五七·食货五》卷八一,中华书局2000年版,第1316页。

（二）"矿税之祸"与小说的宦官叙事

小说中的宦官形象是异化的，显得十分恐怖怪诞，当然，异化主要是拜小说的渲染和夸张所赐。比如在《耳谈》之《襄阳讹言》中写道：万历年间宫廷中流出一则谣言，民间未嫁的女子将被宦官带进宫中炼药，谣言一出，百姓无不惊慌，为了避免遭到宦官之害，纷纷匆忙将女嫁出，甚至根本不计较什么条件。流言之所以引起如此巨大的恐慌，与人们对宦官的惧怕有很大关系。

在《杜骗新书》之《太监烹人服精髓》中，万历年间税监祸乱的真实情况及严重后果，在叙事开头便被展示出来，叙事者对之给予了严厉的抨击：

> 朝廷往往听言利之臣，命太监四出抽分，名为征商抑末以重农本，实则商税重而转卖之处必贵，则买之价增，而买者受其害；商不通而出物之处必贱，则卖之价减，而卖者受其害。利虽仅取及商，而四民皆阴耗其财，以供朝廷之暗取，尤甚于明加田税也。且征榷之利，朝廷得一，太监得十，税官得百，巡卒得千，是民费千百金，以奉朝廷之一金，益上者少，而损下者无涯矣。然巡卒、税官之实溪壑，犹是普天率土之民得饱暖也。特不耕不织，而鱼肉下民，不免坐蛊天地间服食。[1]

其后的故事，正是沿着太监榷税为祸这个背景，对宦官形象的丑恶进行了进一步的渲染。而《杜骗新书》罕见地以如此长的篇幅进行铺垫议论，使其后出场的高太监具有了很强的代表性，他的丑恶形象，成为他这个群体形象的一个缩影。

在当时的不少文言小说中，宦官往往还是混乱的引起者，成为税祸的代言人，开启后面的故事情节。如在《金陵琐事》卷一之《匿银丧命》中，太监陈奉的手下李龙云负责从湖广抽税，敛财无数，他交代为他办事的顾敬竹，让其帮

---

[1] 张应俞：《古本小说丛刊·江湖历览杜骗新书》第三十五辑，中华书局 1991 年版，第 1405—1406 页。

忙寄抽税所得的六百两银子回家。由于适逢税监陈奉的行为激起了强烈的民变,这使顾敬竹选择藏匿这笔钱财,并为后来的丧命埋下了伏笔。故事之所以得以展开,正离不开宦官抽税敛财带来的一系列的社会问题。在《九籥集》之《葛道人传》中,万历年间的税宦之祸更是小说的背景,"宵人言利者,复以榷税请,天子又可其奏,以貂珰易官校"①。榷税宦官肆意搜刮钱财,给经济带来毁灭性打击,甚至引起民怨沸腾,"市人洶洶,遂期于六月三日诅玄妙观,为首六十人,名曰团行,明日不呼而集者万人"②。这也成为小说叙事展开的直接背景。

《万历野获编》《五杂俎》《涌幢小品》等笔记小说,通过文人士大夫的视角,真实记录了宦官的恶行,对宦官破坏社会政治、经济的情况着重进行了表现;《杜骗新书》《轮回醒世》《耳谈》等小说,则通过市民的视角塑造了宦官群体形象,这种塑造是带有明显妖魔化倾向的。

二、基于世情风气的小说涉商叙述

万历时期,社会环境和人们的价值取向伴随着商品经济的发展,发生了转变,利欲观念扩散,逐利浪潮汹涌,社会上贪财好利的不正之风盛行,人欲的贪婪膨胀到前所未有的程度,导致通过诈骗、偷窃等来获利的行为大量出现,欺诈犯罪等在社会呈现蔓延之势。《杜骗新书》还有故事八十八则,仅有大约七篇未直接涉及经济方面的诈骗。

(一)商品经济发展水平及其对小说创作的影响

万历年间的商品经济中,商品从生产到流通的整个过程还处于相对简单

---

① 宋懋澄撰,王利器校录:《九籥集·九籥别集》卷四,中国社会科学出版社1984年版,第287页。

② 宋懋澄撰,王利器校录:《九籥集·九籥别集》卷四,中国社会科学出版社1984年版,第288页。

的阶段,因此在商品运输和交易的环节,经济诈骗活动多有发生,商业题材因此也较多地在小说中出现。

事实上,当时社会的各个方面都与商品经济存在着直接或间接的关联,商业关系成席卷之势,诈骗活动得以大肆滋长,人际交往关系也沦陷于其中。《杜骗新书》从社会现实出发,在小说叙事中展现了实行诈骗基于建立人际关系的故事类型,如"伪交骗""买学骗""婚娶骗"等,便以带有夸张的方式对现实进行了映射。

如在《累算友财倾其家》中,金从宇和洪起予是生意场上的朋友,在一起时常聚会饮酒,关系甚笃,"有芳辰佳景,邀与同游;夜月清凉,私谈竟夕"。然而,从小说叙事中可知,两人之间所逐渐建立起来的这种亲密的好友关系,竟都是金从宇蓄意预谋所为,目的就是让洪起予疏于生意打理,进而达到谋其财的目标:

> 从宇虽日伴起予游饮,彼有弟济宇在店,凡事皆能代理。起予一向闲游店中,虚无人守。有客来店者,寻之不在,多往济宇铺买。①

"由是金铺日盛,洪铺日替,起予渐穷于用。"洪起予就这样在不知不觉间落入了金从宇的预谋中,无奈之中只能向金从宇借贷,借贷难以偿还,无奈中又只能将田宅等抵押出去。面对落入圈套的洪起予,金从宇一日比一日紧地逼债,全没了朋友情义,待洪起予彻底破产,其凶恶面目便完全暴露出来,"从宇全不瞅睬,虽求分文相借,一毫不与矣"②。表现出商品经济环境下利益原则对朋友等人际关系的渗透,并导致其发生了扭曲。

同时,当商品经济发展水平较低时,政治权力往往会凌驾于商业规则或经济权力之上,对商人或商业经济本身进行超经济的剥削。万历年间,时人论

---

① 张应俞:《古本小说丛刊·江湖历览杜骗新书》第三十五辑,中华书局 1991 年版,第 1172 页。

② 张应俞:《古本小说丛刊·江湖历览杜骗新书》第三十五辑,中华书局 1991 年版,第 1173—1174 页。

道:"嘉隆以前,士大夫敦尚名节。……今天下自大夫至于百僚,商较有无,公然形之齿颊。……士当齿学之初,问以读书何为,皆以为博科第,肥妻子而已。"①可见,当时相当一部分读书人对名利具有强烈的追求,受这种观念心态和其本身所掌握的特权的影响,政治实施超经济的剥削也就只会愈演愈烈。当然,在政治权力试图实现这种超经济的剥削过程中,在士人努力占领权位以肥私的过程中,读书人的急功近利难免会被骗子所抓住和利用,布下种种圈套。这体现在《杜骗新书》中,就表现为这类专门的诈骗叙事。如在《诈封银以砖换去》中,郝天广以贩米的行当实现了"世家巨富,有几所庄,多系白米"。面对仕途的诱惑,他倚仗着自己的钱财,想买进学或者直接买个一官半职,结果正落入骗子的圈套之中。对此,叙事者评价道:

> 买进学、买帮补,甚至买举人,此事处处有之,岁岁有之,而建宁
> 一府,迭遭骗害为甚。盖建郡民富财多,性浮轻信故也。②

在《空屋封银套人抢》中,作者在故事的开头就指出,"利"的诱惑是"买学骗"这种骗局产生的根源,可谓一针见血:

> 骗局多端,惟仕进一途,竞奔者多,故遭骗者众,棍尝有言:惟虚
> 名可骗实利,惟虚声可赚实物。盖仕进之人,求名之心胜,虽掷重利,
> 不暇顾惜,遂入棍术中,而不及察。③

可见这类骗局正是吃准了有钱人的心理,巧妙设局,成功率很高,而且诈骗的金额大都超过百两白银,可以说数额不小。在《银寄店主被窃逃》中,被骗的数额达到了每人千两。在社会中,受骗者冒着如此高昂的受骗成本,对此仍然趋之若鹜,一方面说明商品经济还未能使封建社会的根基动摇,一方面也说明当时商品经济的收益,更多地仍然被用来维护封建社会体制。

---

① 陈邦彦:《陈岩野先生集》,《中兴政要书·励俗篇》第四,明永历刻本。
② 张应俞:《古本小说丛刊·江湖历览杜骗新书》第三十五辑,中华书局 1991 年版,第 1422 页。
③ 张应俞:《古本小说丛刊·江湖历览杜骗新书》第三十五辑,中华书局 1991 年版,第 1427 页。

(二)消费环境及其对小说创作的影响

晚明时代,合适的投资环境尚未形成,商业领域累积的资本没有进一步优化使用的路径,在人们的消费欲望被物质的丰富所刺激起来后,财富的使用方式比较低级,低层次的消费占据大多数。富裕人群尤其是富商奢靡的生活作风和方式,向普通百姓的日常生活渗透,加重了世风的腐败,并对未富者造成了强烈的道德冲击。人们手中多余的钱财,在消费中大多投向了酒肆、妓院、赌场等,抑或购买华服首饰等奢侈品,也就是多感官刺激和奢侈的享受,呈现出"争为奢侈,众庶仿效,沿习成风,服食器用,逾僭凌逼"[①]的变态状况。

明代的这种娱乐性消费,纵欲是其中极其重要的内容,骗局也往往诞生其间,成为《杜骗新书》表现的重点。如在《哄饮嫖害其身名》中,石孝本是"读书进学,人品俊秀,性敏能文"的青年才俊,被恶人石涓用精心设计的骗局,一步步走向了堕落,"内荒于色,外湎于酒,手沾战疯,不能楷书"。这些骗局包括"游戏""酒""美妓""戏妇"等,石孝面对这些骗局毫无知觉和防备,以至于家业凋零、前程尽丧。[②]

在《父寻子而自落嫖》中,左东溪得知儿子在外寻欢久不归家,遂带着仆人来到南京的妓院寻找,谁知自己也中了骗局。为了让左东溪上钩,妓女荀庆云先是有意把水泼到他身上,然后不仅为他换新衣服,还设宴赔礼、百般示好,于不知不觉间引左东溪上当受骗,并使他逐渐理智丧失,于荀庆云处耗尽所带的盘缠货物,还是靠儿子的帮助,才能够返回家中,左东溪自始至终也都没能醒悟过来。正由于抓住了人性的弱点,这个骗局才得以天衣无缝地实施,对此,叙事者感叹并警醒世人:"不迷声色、不溺情欲者既几人哉!""唯勿蹈其地

---

① 《明神宗实录》卷一七二,"中央研究院"历史语言研究所 1962 年版。

② 张应俞:《古本小说丛刊·江湖历览杜骗新书》第三十五辑,中华书局 1991 年版,第1164 页。

者,可超然樊笼外矣。不然,未有不受其羁迷者。"①

诈骗犯罪就是在这种巨大的贫富差距和畸形的消费风气的双重刺激下愈演愈烈的。在《炫耀衣妆启盗心》中,十分痴迷奢侈消费的富商游天生外出时,精美的衣物也总是随身携带,艄公李雅见财起意,贪欲和不平感被激起,将游天生杀害,不义之财到手后,肆意追求生活的享乐,"买酒上船,思量作乐"②。而在《买铜物被艄谋死》中,同样描写了外出露富招致杀身之祸的故事,而且得了这不义之财的艄公李彩和水手翁暨,拿了银子所干的事,也不外是吃喝嫖赌。

(三)常见商业模式及其对小说创作的影响

《杜骗新书》既反映出明末商品经济发展的总体水平,也可看出当时的基本商业模式。小说中行商较为常见,他们多靠将生产或收购来的商品贩卖至他处以赚取利润。如在《哄婶成奸骗油肉》中,走街串巷卖油、卖肉的小商贩出现在作者的笔端;而在《盗商伙财反丧财》中,又能看到商人张沛这样财本数千两的富商巨贾。从当时的实际情况看,行商由于受制于当时的交通条件,长途贩运往往经年累月,费时费力,遭遇风险的可能性也大大增加。

由于长途贩运过程中,乘坐民船是最常用的水上交通工具,因此在船上被劫骗的风险也是巨大的。《杜骗新书》便收录了专门的"在船骗"一类。商人被劫财害命的故事就在《买铜物被艄谋死》《炫耀衣妆启盗心》《船载家人行李逃》等故事中上演。当然,除了"在船骗",行商贩运途中可能遭遇的风险还有很多,如《脚夫挑走起船货》《诈以帚柄要轿夫》等就对其他风险进行了叙述,在此不赘述。

---

① 张应俞:《古本小说丛刊·江湖历览杜骗新书》第三十五辑,中华书局 1991 年版,第 1503 页。

② 张应俞:《古本小说丛刊·江湖历览杜骗新书》第三十五辑,中华书局 1991 年版,第 1208 页。

万历时期的商业，小农经济色彩仍然比较明显。受此影响，《杜骗新书》中的行商，个体经营者占据了绝大部分。这些个体经营的商人照管起规模较大的生意，靠自己之力显得非常困难，而且行商途中遭遇人身威胁的可能性也更大。因此那些条件充裕的大商人，外出都带仆从，这也能帮助防止和化解各种危险。如在《带镜船中引谋害》中，小说叙述富商熊镐和随人满起四处游历，乘船返程时，舵公见熊镐"财主威仪，家人齐整""箱中镇重"，私下判断他定是有钱人家，因此起了谋害之心。面对性命之忧，熊镐毫无察觉，多亏满起洞察谨慎，和舵公斗智斗勇，巧妙周旋，化解了这场危及身家性命的危险。

《杜骗新书》中很多商人尤其是行商，其出门贩货的目的往往并不是很明确，随行情而定的情况非常常见。如刘兴（《盗商伙财反丧财》）其本身从事的是贩卖棉花的行当，但在行商途中，他根据随时而变的情况，谎称自己还将往别处买海货，与他同行的商人便深信不疑，上了他的当；在《买铜物被艄谋死》中，商人罗四维根据市场行情不断地调整自己的经营，他"带银一百余两往松江买梭布，往福建建宁府卖，复往崇安买笋。其年笋少价贵，即将银在此处买走乌铜物，并三夹杯盘诸项铜器"①；在《高抬重价反失利》中，商人于定志便在很多地方贩卖过不同的商品，先是往四川贩卖栀子，后来又往江西贩卖当归、川芎等。这种以行情决定货物买卖的方式，大大增加了整个商业过程的不确定性。

对于行商来说，要使商业活动顺利进行，离不开牙商的参与。牙商是指在城乡市场活跃，通过为买卖双方说合而抽取佣金的店铺商行，也称牙行。② 社会出现牙商牙行，是商业贸易的范围不断扩大，从狭小的区域走出，向地区间市场发展的重要标志。对于商人与牙行的交往，在《杜骗新书》中屡见记载，如在《傲气致讼伤财命》中，汪逢七这个商人就通过牙商，将货物"发落在牙人

---

① 张应俞:《古本小说丛刊·江湖历览杜骗新书》第三十五辑，中华书局 1991 年版，第1255 页。

② 陈锋、张建民:《中国经济史纲要》，高等教育出版社 2007 年版，第 199 页。

张春店内"①；在《狡牙脱纸以女偿》中，商人施守训做纸张的贩运，也依靠牙商，他的货物"往苏州卖，寓牙人翁滨二店"②；在《盗商伙财反丧财》中，商人张沛与刘兴都进行棉花贩运，也通过牙商来卖，"棉花各买毕，同在福建省城陈四店卖"③等。从总体上看，商人的买卖活动绝大部分都有赖于牙行来进行。

如此一来，牙行所涉及的商业利益越来越多。到明代后期，官府以发放执业证即牙帖的方式对私人牙行的管理日趋宽松，资格审查趋于松懈，牙行中混进了各色人等，坑骗也就增多。对此，《杜骗新书》中列有专门的"牙行骗"。如在《贫牙脱蜡还旧债》中，背负一身债务的丘姓牙人"家盆彻骨，外张富态，欠前客货银极多"④，他为了能够偿还旧债，与无赖狼狈为奸，将商人张霸放在他这里发卖的蜡私卖，进而从中获得大利；在《狡牙脱纸以女偿》中，翁滨二这个牙人也因为屡次欠了别人很多债务，便通过偷偷把客商的货物拿去抵偿债务。

当然，除了行商，坐贾也是重要的经商群体，《杜骗新书》同样对其有所刻画和反映。在小说中，这些坐贾经营的项目繁多，既有经营单一品种的专卖店，也有杂货店，还有从事贸易活动如开设货栈的，他们的经营都有一个共同点，即多为店主一人或少量家人协助，雇佣店员的非常少。这种经营状况，使售卖过程容易因为人手紧张而出现疏忽，诈骗活动也因此容易发生。在小说故事中，骗子往往会设法使店主的注意力分散，然后趁机下手，店家往往缺乏防备和应对的办法。如在《乘闹明窃店中布》中，骗子佯装已经结账，大摇大

---

① 张应俞：《古本小说丛刊·江湖历览杜骗新书》第三十五辑，中华书局 1991 年版，第 1217 页。

② 张应俞：《古本小说丛刊·江湖历览杜骗新书》第三十五辑，中华书局 1991 年版，第 1179 页。

③ 张应俞：《古本小说丛刊·江湖历览杜骗新书》第三十五辑，中华书局 1991 年版，第 1210 页。

④ 张应俞：《古本小说丛刊·江湖历览杜骗新书》第三十五辑，中华书局 1991 年版，第 1186 页。

摆地将布匹顺手牵走,之所以能成功,就是抓住了店中人多,店主忙碌无暇细顾或者放松了警惕。小说将这种人的偷窃行为也当作诈骗的一种进行理解和叙述。又如在《诈脱货物劫当铺》中,强盗匿身于箱笼之中冒充典当的货物,在深夜运进店主店中后,进行突然的暴力抢劫。总的来看,在这些与坐贾相关的诈骗故事中,骗子诈骗的空间较少,手段不似行商丰富,主要原因在于坐贾的经营模式非常简单。

(四)货币白银化及其对小说创作的影响

万历年间,由于在流通和使用过程中,铜钱存在着诸多的不便,因此货币的白银化是发展的必然趋势,而且这一过程已基本完成。不论是零散的市场交易,还是大宗的商品贸易,都要使用到白银或者碎银。而在这个白银大量使用的过程中,利用伪银、假银,或者白银作为货币在成色上可能具有的差异,进行诈骗的活动也越来越多,对此,《杜骗新书》中以专门的"假银骗""换银骗"进行了叙述和反映。

万历时伪银、劣银呈愈益泛滥之势,"假银骗"叙事有效地反映了这一社会现实。如在《冒州接着漂白锭》中,骗子将假银与真白银混于一处,真伪好坏肉眼难辨,受骗的风险非常高。对此,小说叙事者指出,"棍之用假银,此为商者最难提防,必得其梗概,方能辨认"①。在《设假元宝骗乡农》中,乡农很少见过大锭的白银元宝,对之充满了向往,一旦见到又毫无抵抗力,正易被骗子所针对。骗子事先将白银元宝埋于地下,果不其然,这乡农一见,哪还想到去明辨真伪,只有发财的喜悦,把骗子当亲人,甚至比亲人还亲,家人的建议劝阻全抛到了九霄云外,最终不仅赔了钱财,几乎也被惊吓得要死。在现实生活中,明末通行的货币虽已是白银,但实际流通的数量与需求的数量相比要少很多。碎银还好,大锭的白银更是稀少,一般人家大都"只闻其名,无缘得见",

---

① 张应俞:《古本小说丛刊·江湖历览杜骗新书》第三十五辑,中华书局 1991 年版,第 1294 页。

因此在偶尔见到的时候,要有效地对其真伪进行辨别是非常困难的。人们要想在交易过程中不上当吃亏,就需要培养对白银的成色和真伪准确判断的能力,否则就会有随时掉入陷阱的危险。

通过对明万历年间小说叙述情况,可以看出,这一时期商业经济生活状况在小说中得到了全面、生动的呈现。借助小说,我们得以更好地走近那个历史时段,去了解和感受社会风貌、风土人情、商业百态,这也正是小说的独特魅力所在。

第七章　宋、明小说的承变与明代小说的复杂蕴含

　　传承创新、发展变化是事物运行的基本规律,小说创作亦是如此。从前面几章的论述中可以看出宋、明小说都与商业经济生活形成了密切而丰富的关联,体现出较大的共性和承续性,但也包含着变化。尤其是明代,商业经济越是向纵深发展,越是繁荣发达,其所牵动的深层次的问题就越多,时人所要面临的选择、做出的思考就越大越难。从根本上说,商业经济发展不只是一个外在于人的社会客观问题,直接地关涉到人的情感、价值,关涉到人的安身立命。因此商业经济发展的势头越盛、产生的影响越大,其引发的人们的关注和深层次的思考也就越大、越深。深入洞察明代小说创作的发展,我们就能一定程度地体味出当时人们思想的纠葛和思考的深入性。这实际上既说明商业经济对置身其中的人的影响之大,也说明不能单向度地理解商业经济对人、对小说的影响,而应该赋予其丰富和多元性。

第一节　承变跨时空:商业经济 和小说创作的承变

　　为了对商业经济影响宋明小说创作的情况做出比较,有必要对宋明两代

商业经济大体状况先做一番比较。

一、宋明商业经济与小说创作的相近之处及其延续

总体来看，宋代和明代商业经济社会发展的状况呈现出许多相似之处。

一是都出现了商业经济的大繁荣大发展。从历史上看，这两个时期是中国古代商业经济的相对繁荣期。二是均出现了经商热潮，商人获得认可，地位大幅提高。三是社会思想观念在商业发展的刺激下得到解放。四是拜金主义观念均开始盛行，义利之辩备受人们关注。

受此影响，宋代和明代以反映商业经济生活和展现商人形象的小说也表现出一些相似点，体现出一定的承续性。以下分析几种主要的承续。

一是小说创作及其传播都表现出明显的商品化趋势。像宋代话本和"说话"的世俗化，小说文体形态的生活化、通俗化等，都展现出小说由雅向俗的转变。明代小说承续了这种态势，商品化运作进一步强化，作家面对大众的需求，开始更主动、更深入有效地寻求商业化的包装和运作途径。从这种承续性可以大致得出这样的结论，即商业经济的繁荣会在无形中促进文学尤其是小说的商品化，追求经济价值的取向，会影响小说创作和传播的基本面貌，导致形成由雅向俗甚至突破俗之底线的情况。从中也可大致观照当代中国小说创作的一些趋势。

二是大量与商业经济生活有关的内容成为小说的背景和素材。从本书第三章第三节和第六章第一节内容不难看出，宋明时期的小说都呈现出当时社会商业经济生活的面貌，这些内容或是写实，或是有所加工，但均如万花筒般帮助人们了解当时社会的具体状况。这也进一步证明：文学来源于生活，商业经济生活作为生活的重要部分，深刻地影响着作家、影响着作品。

三是商人大量地成为小说人物甚至成为主角。通过前述论说已能清楚地看到，伴随着商业经济的发展，原本处于"四民之末"、被统治阶级极力打压的商人阶层，在宋明两代实现了地位的快速提升，并成为社会发展中越来越重要

的力量。伴随着地位的提升和力量的壮大，当涉及商人时，人们不再那么轻视、避讳或一概否定，这为商人在小说中的出现奠定了十分坚实的基础，他们也因此得以逐渐改变在小说作品中少有露面的状况，在不少作品中出现并成为主要人物。这无疑是一种历史的进步，是小说创作和发展的进步。

四是小说都对商业经济影响下人的思想观念的变迁给予关注，并以相应的叙事方式展现对"义利"的思考。宋明两代在商业经济发展的过程中，都不可避免地遇到了如何对待"欲"和"利"的问题，而且这个问题在商业经济繁荣的状况下变得格外突出。正因此，才有了理学的广泛传播和深刻影响，才有了心学相关理论体系的探索和引领。面对着商业经济影响下人的思想观念的变迁，宋明小说都通过小说叙事进行了较为深刻的呈现。这在本书第三章的第五节和第五章的第四节以及第六章都有所阐述。从中可以认为，商业经济大发展的时代，往往也是思想大动荡、大交锋的时代，如何看待和处理好"理欲""义利"的关系，是摆在人们面前的核心课题，也是小说创作和表现的核心问题。正是这种复杂性，为小说创作提供了丰富的内容，并增强了小说的思想深度；同时，小说作者所进行的叙事处理和展现出的态度、思考，也对人们看待和处理"理欲""义利"关系形成直接或间接的影响。结合当代社会和小说创作情况来看，一定程度上可以认为"理欲""义利"问题，仍是当代社会和小说创作的重要问题。这也充分说明在一些基本问题上，社会发展和小说创作都具有承续性。

二、宋明商业经济与小说创作的不同之处

任何事物，都不能用宏观上的相近否定微观上的差异和变化。宋明两朝商业经济和小说创作的相近点不少，但在相对微观的层面，其发展变化还是值得我们注意。就商业经济来说，宋明两朝的变化还是比较明显的。

如两朝对私人经济的管控就明显不同。宋代，国家对私人经济的控制管理干预的程度相当大，官营经济相当发达。可以说，宋代的经济正是建立在国

家对私人经济活动的严格干预和控制基础上的,这也成为宋代和明代商业发展的一个重要区别。明代对私人经济的管理基本上处于放任自流、名存实亡的状态,官营经济几乎没有,这种状况对于商业经济的发展显然更趋有利。

又比如在专卖政策上也有差异。历代以来,宋朝的专卖制度都可说是首屈一指,盐、铁、茶、酒、矾、香药、醋等都实行专卖,在这种专卖制度中,朝廷敛财日趋加重。宋仁宗时,酒课的税达到一千四百多万缗,比后面几朝高出数倍。这种专卖政策在南宋又得以延续。而明朝只对盐、茶实行专卖,而且专卖比宋朝要松很多。

再比如,商人的状况在地位都有提高的基础上,两朝的区别也比较大。在宋代,士农工商的四民排位并未打破,商人地位较之以往虽有提高,但仍位居最末,商业和商人的处境并未完全好转。这其中有几个方面的原因。一是在经济政策上,政府实行了严密的行会制,手工业者和商人处于工商业行会的严密控制之下,比唐代更甚。同时,除了继续对茶、矾、盐、酒等商品实行专卖制度,专卖品的范围在进一步扩大,香药、醋等商品也被列入其中,使政府形成垄断并得以独占高额利润。不可忽视的是,官营手工业生产作为非商品性生产,其本身还具有优先发展的条件,无疑会对其他商品性生产造成压制和打击,对商品生产的发展形成无形的限制。二是宋朝商品经济在发展过程中逐步变得畸形,政府面对财政状况的不断恶化,只得搜刮百姓、横征暴敛等以维持统治,这使社会矛盾变得十分尖锐,必然会对商品经济和商业的发展造成阻碍。三是宋代的商品经济建立的基础,主要还是封建小农经济和小商品生产,封建色彩浓厚,"抑商"观念和政策根深蒂固地产生着制约。士大夫们贬低商贾市俗,南宋袁采认为:"市井街巷茶坊酒肆皆小人杂处之地,吾辈或有经由,须当严重其辞貌,则远轻侮之患。或有狂醉之人,宜即回避,不必与之较可也。"①这种观点非常典型,在其看来,市井街巷是文人士大夫不能向往的地方,市井

---

① 袁采:《袁氏世范》卷中,天津古籍出版社1995年版,第94页。

中的商贾更是异类,不能随意接近。这种观念在两宋士大夫中颇具代表性。陆游有关文章中提到,那些贫穷无法入市经商者,入仕之后,"皆不肯为市井商贾,或举货营利之事"。不仅如此,城市中的士大夫为了标示身份,还有专门且严格的衣着标志,必须遵循不能出错,这样的做法和前代颇有相似之处,"士人家子弟,无贫富皆着芦心布衣,红勒帛,狭如一指大,稍异此,则共嘲笑,以为非士流也"①。受此影响,一般工商业者的社会地位仍比较低下,商业仍难以挣脱全部的束缚,实现自由的振翅高飞。明清时商人的状况则不同,明中叶时,伴随着资本主义萌芽的出现,商人的地位切实地得到大幅提高,出现了王阳明的"新四民论"以及黄宗羲的"工商皆本"等思想,统治阶级和社会大众对商人的认可度明显增强。及至清代,商人的地位进一步提高,官商勾结现象普遍出现,清末时商人的地位已经高于农民。

商业经济的这种发展程度、阶段的不同,也影响和体现到小说中来。相比于宋代小说,明代小说还是表现出许多变化和发展。

一是明代小说对商人更多地表现出肯定,宋代相对少。如前所述,宋代小说对商人的刻画较以往增多,较大程度地肯定了合理的人欲,通过对商业经济生活以及商人的描写,在思想上对理学家陈腐的观念形成了突破,但反映在好恶褒贬上,则可见在整体上的褒贬态度不甚明了。明代,商人作为市民阶层的代表大量登上文学舞台,这是封建社会阶级关系产生变化的表现,也表明中国文学开始由面向上层逐渐向面向下层转变,这是具有"历史意义的显著转变"。在小说创作中,小说家们立足市民立场,平民化、世俗化地反映商人们的新思想、新观念,对其将经商作为安身立命的方式表达认可,对商人群体的喜怒哀乐和兴衰成败给予了不吝笔墨的描写,勾勒出商人经商的百貌图,在这些作品中,商人阶层真正成为小说的主角并且大部分得到了正面的表现。这与明代社会更加认可商人的现实是分不开的。

---

① 陆游:《老学庵笔记》卷九,中华书局1979年版,第113页。

而且总体上看,宋代小说表现商人主要通过其家庭、婚恋生活,对商人的商业经营活动描写有限,远不及明清小说出于对商人更多的肯定,而对商人表现得更加丰富、全面和深刻。

二是明代社会的思想较之宋代更趋解放,并在小说的基本价值取向等方面表现出来。

宋代思想界面对商业经济发展环境下"欲"的张扬,高悬起"理"来作为约束,"存理灭欲""与理为一"被程朱理学视为人生的理想境界。这种思想的禁锢极为强大,对文人知识分子和小说创作也产生了深层次的影响。明代,这种禁锢开始受到强有力的冲击和反驳,阳明心学就是最重要的代表。王阳明以主观精神的"良知",取代程朱理学那作为客观精神的"天理",主张"心即理","心外无理","吾心之良知即所谓天理",实际上就把"天理"纳入到了人的主观世界,使原本产生着冲突的伦理意识和主体意识、群体意识和个人意识等,在"良知"中得到了和谐统一。客观上拓宽了主体意识和个体人格的发展空间。于是小说创作由重群体人格的伦理化,向重伦理人格的个体化转变;由重善恶属性的典型类型化,向重人物的典型性格化转变。同时,阳明心学在确立"良知"地位的同时,也在价值标准上否定了程朱理学的"天理",这样一来,在价值判断上人的主体意识就得到了充分的显示。

这种思想上的变化在小说创作中得到了鲜明呈现。以明代《三国演义》《水浒传》《西游记》《金瓶梅》这"四大奇书"为例,作家受商业经济发展的不断冲击,思想观念发生着改变,这种改变也在小说人物塑造和所表达的主要思想的变化中体现出来。

在成书最早的《三国演义》中,作者抱有"拥刘反曹"这一非常明显的阶级倾向,将刘备塑造成仁义的化身、关羽塑造成忠义的化身、诸葛亮塑造成智慧的化身,而将曹操塑造成奸诈的枭雄,将周瑜塑造成易妒的小人。特别是小说讴歌了诸葛亮的忠贞,他追随刘备,鞠躬尽瘁。刘备白帝城托孤时,曾说刘禅若不称职,诸葛亮可取而代之,但诸葛亮明知刘禅是扶不起的阿斗,也没有取代他称帝,反而在出征前给他写下了饱含深情的《出师表》。作者这样讴歌诸葛亮,所欲传达的正是尊崇封建正统、为国为民、忠贞不贰的正统思想观念。

《水浒传》相比于《三国演义》,明显地多了一些个性主义的闪现。梁山的英雄好汉皆为有志之士、可造之才,但由于朝廷的昏庸和贪官污吏的横行,使得他们被迫落草,不得不去梁山安身立命,"官逼民反"这个基调在小说中得到了较为充分的展现。小说中林冲的性格转换和做出的反抗颇具代表性,身为八十万禁军教头,林冲面对高衙内调戏自己的妻子,一开始想息事宁人,默默地承受着一切,直到得知好友陆谦也背叛他,想放火烧死他时,他才杀死陆谦等人,走出了反抗的第一步,并从此步入梁山。在梁山遇到当时的寨主王伦气量太小、嫉贤妒能时,他没有再忍受,而是杀了王伦。从这里可以看出林冲性格和思想的转变,他从原来的逆来顺受,开始敢于反抗压迫,正体现出追求个性、追求自我价值的思想。只不过从整体来看,作家的思想还是趋于保守,以至小说结尾时,还是让梁山好汉接受了朝廷的招安,让个性和抗争对封建势力做出了妥协。

总体来说,这两部明代成书较早的小说,主要还是受程朱理学思想的影响。在程朱理学那里,"理"是规定人类行为原则的道德规范,《三国演义》《水浒传》对社会人生的观照,其准则即是伦理意识,《三国演义》着重表现的是统治者之间的伦理关系,《水浒传》则反复强调"忠"和"义",以之作为统治者和被统治者以及被统治者之间的伦理关系。同时,受程朱理学把人性分为"天命之性"和"气质之性",并把善恶属性作为人的本质属性的影响,这两部著作也存在着把典型人物的创造当作善恶类型再现的倾向,人物形象的基本属性也表现为善恶性,"叙好人完全是好,坏人完全是坏的"[1]。在《三国演义》《水浒传》的价值判断上,"理欲之辩"也成为基本内容,"存理灭欲"成为小说伦理功能的主要内容。小说创作也就是希望能让接受者"因事悟其义,因义而兴

---

[1]　鲁迅:《中国小说史略》,人民文学出版社1973年版,第306页。

乎感。不待研精覃思,知正统必当扶,窃位必当诛,忠孝节义必当师,奸贪谀佞必当去。是是非非,了然于心目之下,裨益风教"①。

如果说弘治、嘉靖年间出现并流传的《三国演义》和《水浒传》还是对正统思想观念的呼应、反思,那么到了万历年间,《西游记》和《金瓶梅》的出现,便充分体现出对社会传统思想观念的反抗。

《西游记》中,作家塑造的孙悟空生性好动,受不得束缚,到了哪里都随心所欲,他把阎王的生死簿画得一塌糊涂,把太上老君的八卦炉砸得粉碎,唐僧以观音送给他的金箍和紧箍咒试图管控他,但终究也只是制得住一时;即便如来用五指山压他几百年,也难以改变他自由、随性的风格;他大闹天宫,不惜孤军奋战赢得尊重和应有的地位。作家通过孙悟空这个形象,将对宗法等级的反抗、对个性的不懈追求、对实现自我价值的渴望表达得深刻而透彻。然而,作者也试图告诉世人,以造反来实现自己的追求难以行得通,与统治阶层达成和谐,走一条"西天取经"之路,才能实现社会价值和个人价值的双赢。即便如此,我们也不能否认作家所吹响的个性解放的号角。

相比于《西游记》,《金瓶梅》表现个性解放方面显然更进了一步。在小说中,西门庆这个主要人物既是淫贼、恶棍,更称得上是一个成功的商人,他善于经营,头脑灵活,以经营生药铺起家,随后越做越大,缎子铺、绸绢铺、绒线铺、解当铺等在短短五六年的时间里都红火地经营起来,除此之外他还放高利贷、走标船、纳香蜡、贩盐引等,积累起极为可观的资本。他以富逐利并尽情地追求奢侈的享受。在他看来,因为金钱和富有,等级尊卑早已不复存在,他可以通过花钱而穿上朝廷的官服;朝廷政权也可以藐视,他可以自如地贿赂官员、偷税漏税;轮回报应也已失去了威慑力,哪怕干出伤天害理的事也毫不心慌;伦理道德更是可以弃之如屣,而尽情地纵情于声色。这样一个新商人形象,可以说把追求财富和现世的享受作为了自己活着的终极目标。小说通过塑造西

---

① 张尚德:《三国志通俗演义引》,罗贯中:《三国志通俗演义》,上海古籍出版社 1980 年版,第 4 页。

门庆这个人物形象,体现出的肯定人实现自我价值的思想观念,在以往小说中几乎是难觅踪迹的。

总体来看,《西游记》《金瓶梅》等小说的价值取向,由以往对群体意识的肯定向重个体意识转变,由皈依传统价值体系向趋向新的价值观念转变。这种转化体现在鲜明的伦理人格的个体化、伦理判断的主体化、人情物欲的合理化。① 同时,这种价值取向在孙悟空、西门庆等人物身上可以得到充分的印证。至于人情物欲的合理化,《金瓶梅》堪称集大成者。

第二节　商贾因时变:小说中商人
形象的发展变化

明代不少小说作品对商人及其活动给予了相当多的着墨,反映出商品经济发展的社会风貌,"三言""二拍"这两部鸿篇巨制就是其中最典型的代表。仔细比较两部巨著对商人的颇多表现可以发现,其对商人形象的刻画与展现存在着比较明显的差异。

一、女性化与阳刚气:商人气质的差异

在明代之前的小说中,商人形象粗俗、猥琐的居多,到明代尤其是"三言"和"二拍"中,商人形象得到了较大改观,他们不仅相貌俊美、穿着高雅,而且文化修养普遍增强,增添了不少儒雅之气。然而,两部作品展现出的商人气质还是有较大的差异。②

"三言"中的商人形象,文人气、女性化和懦弱倾向比较明显,这在外貌、精神和对待爱情等方面均有体现。在外貌上,例如《蒋兴哥重会珍珠衫》中,

---

① 宋克夫、邵金金:《宋明理学与章回小说的价值取向》,《长江学术》2012年第1期。
② 参见秦川:《明清话本小说之人物群像与社会风习》,《上海师范大学学报》2015年第1期。

作品这样描写商人蒋兴哥的外貌特点:"眉清目秀,齿白唇红","生得一表人物,虽胜不得宋玉、潘安,也不在两人之下"。从这种描写中可以看出,蒋兴哥具有较为明显的女性阴柔之美,男性阳刚之气则略显不足;文人气较重,而市井味较轻。在精神上,商人宋金就是典型代表,他出身于旧家子弟,带有很强的文人气,对治生立业本不向往也并不擅长,从商也只是被迫无奈之举,面对经商过程中的重重打击无可奈何,成为被人抛弃的可怜虫。可见,"三言"中的一些商人在精神上显得懦弱、缺少主见,面对挫折易丧失斗志,将希望寄托于命运。在爱情上,如商人阮华面对陈太尉的女儿陈玉兰,碍于门第不敢大胆表达情感,即便是陈小姐主动求爱,也表现得十分消极被动,眼看着错过了佳人,反又导致自己相思成病,最终郁郁而亡。从中也反映出一些商人在面对爱情时缺乏主动精神,甚至十分消极被动。

　　商人形象之所以表现出这样的特征,其中的重要原因,是"三言"的部分作品取材于宋元时期的话本,因此当时的主流思想还在商人形象的塑造上发挥作用。宋代统治者重文轻武,对程朱理学推崇备至,使个人的生命冲动受到了压制,不允许主体意识和正常欲望张扬,一定程度上使男性向女性发生异化,商人自然也难免受到影响。文学中的商人形象在此一思想的影响下,也就可能会相应地呈现出相貌阴柔、懦弱消极的特征。再加上古代社会中商人群体成分众多,不少是落第秀才或没落士族弃儒从商,从小就饱读诗书,经商后也仍然会体现出较强的文人气和柔弱性。而且部分商人在积累资本后,也还是想方设法地向入仕为官靠拢,在穿着打扮、生活方式和兴趣爱好等方面模仿士人,这种内在传统的追求也会使商人的相貌气质等呈现出较强的女性化、文人气。

　　在"二拍"中,商人形象开始表现出更加鲜明强烈的阳刚之气,商人言行表现得更加自信果敢。如王生、文若虚等商人,就在言行上表现得敢闯敢干、勇于冒险,其"心思慧巧""伶俐",在走南闯北的过程中,面对千难万险也毫不退缩;在生意场上,他们也表现得十分冷静果断,只要有发财的机会,他们就会大胆尝试并追求成功。当然,"二拍"所塑造的商人形象中,也有精明强干、算计钻营过头的人,为了获得钱财阴辣狠毒、不择手段;对荣华富贵、艳遇风流极尽渴求,常常沉浸在世俗人际关系的经营玩味中,表现得人格低下。《二刻拍案惊奇》卷二十八中的程朝奉、李方哥等是其典型代表。在小说中,程朝奉被塑造成一个无耻的淫棍,他贪图女色,凭借着财势将他人的妻女强霸;小商人李方哥利欲熏心,仅为贪得程朝奉的一锭银子,竟然干出唆使妻子养汉的丑陋行径,被塑造成了一个典型的流氓无赖的形象。同时,在面对爱情和个人幸福方面,"二拍"所塑造的商人更加地敢爱敢恨,他们对女性表现出更多的尊重,对自己的感情有更多的释放而不是压抑和被动,程元玉、蒋生等商人就是这方面的典型。

"二拍"中商人形象的特质显然与"三言"还是有所不同,之所以如此,主要在于"二拍"的作品更多地反映的是当时商品经济发展背景下的社会现实,是带有更强现实主义特征的写实作品。在当时的社会和人民的思想观念中,新的思潮涌起,个性解放的要求和倾向日趋强烈,对宋明理学和封建传统观念产生了强有力的冲击。受这股思潮的影响,商人也不断追求自我的解放,大胆地追求着人生幸福,敢于突破传统道德观念等的束缚,民主平等的思想不断加强。正因此,小说中的商人形象也相应地表现出精明、阳刚之气,在行事中表现得更加干练、冷静、沉着,褪去了一些文人气和懦弱感。

二、商德与商技:商人谋利方式的差异

"三言""二拍"对商人的经商情况进行了多方面的叙述,两者共同点较多,但区别也较明显。总体上来说,"三言"更注重从"德"的层面,即商人的道德、素质、信誉等层面,来观照和判断商人的品行,并对商人的品行在情节上做出善恶有报的安排,体现出较强的教化意味。"二拍"则对商人的经商谋略和技巧进行更多的展现,将商人对商机的敏锐捕捉和灵活多变的技巧较为翔实地展现出来,通过小说叙事让人们了解到他们的经商的过程和成功的诀窍。

当然,并不是说"三言"中就没有对经商谋略和技巧等的展现,只不过从技巧本身而言,"三言"中商人的经商技巧比"二拍"中的商人要简单、原始甚至幼稚一些,从宏观上看,"二拍"中的商人已经展现出洞悉市场供求变化的自觉和较强能力。

"三言"所刻画的商人形象,小规模经营的商贩居多,致富主要依靠的是精打细算、勤劳节俭和日积月累,大多把"信义为先""诚实为本"的商业道德和信誉摆在首位,以德义、勤奋为主的经商方式来赢得顾客认可,实现生意的兴旺,获取更多的商业利益。其所作所为更多地体现出商人在精神上对儒家文化的遵从,对传统道德的遵守。小说通过对这类商人的叙事,在叙事结局上给予其善报和美好的结局,表达对他们的支持和赞颂。比较典型的有刘德父子、秦重等人,他们交易公道,在买卖中诚信至上,且乐善好施、勤劳朴实,在他们经过长期艰苦的努力后,小说给他们得以收获成功、享受荣华并因此荫及子孙后代的结局。除了以"德""勤"等品质实现商业上的成功,"三言"中的商人开拓精神强也是比较突出的特点,比如新婚不久的蒋兴哥就告别爱妻,告别温柔乡外出经商,即便后来出现了家庭的破裂,他也并未就此放弃经商,这其中就表现出较强的开拓精神。"三言"正是通过这样的叙事,来实现其小说教化人心的目的。

相比"三言"作品中商人多小商小贩,"二拍"中的商人则大商巨贾居多,这些商人体现出经营庞大、资本雄厚等商业特点,而且在经商能力上,他们目光敏锐,洞察商机,敢于尝试,对市场规律已有比较清晰的把握。为了获利,他们可以缺斤少两、坑蒙拐骗、卖售假货等,甚至采用残酷的手段谋钱财,可谓想方设法、不择手段。文若虚、卫朝奉就是其中比较典型的代表。文若虚乘船至海外时,手头所拥有的仅仅只是以一两银子购得的"洞庭红"橘子一筐,但他十分善于利用吉零国人稀罕橘子的商机,肆意哄抬橘子的价格,获得了高出原价八百多倍的暴利,而且只是在很多时间内赢得的;当返航途中偶拾大龟壳时,他通过连哄带骗又成功地大发了一笔横财。文若虚的成功,一个重要的原因,就是他对商机的把握敏锐于常人,而且深谙奇货可居的商业交易规律,最终实现了一本万利。至于卫朝奉,小说将其塑造成了一个典型的奸商形象,为了赚钱经常欺瞒哄骗,以粗充精、以次充好,以"大等秤进,小等秤出",依靠放高利贷来赚昧心钱,还经常欺压借贷者。小说通过叙事让这些商人得不到好下场,形成了对人们的警示和劝诫。

综合而言,"三言"作为宋元话本、明代拟话本的加工合集,在成书时间上比"二拍"要早,侧重表现的是宋、元和明初社会商业发展的情况,以小商小贩为主要的商人群体作为刻画对象,商人的经商策略和技巧较为简单,作品对商人的经商行为本身也并未给予充分的关注;"二拍"在成书时间上比"三言"晚,受当时思想解放的影响要深,反映的更多是明代后期商业经济发展的状况,而且作品主要由凌濛初自己改编创作而成,当时越来越多的富商大贾成为小说表现的主要对象,大规模的海外贸易、区域贸易也反映到小说叙事中来,呈现出更鲜明的时代特征。再加上冯梦龙和凌濛初两人作为创作者,其在个人的生活感悟、创作主旨和技法等方面存在着明显的区别,这也直接导致了两部小说中商人形象塑造上的差异。

三、商人形象渐趋退化及其原因

古代小说展现商人形象,"三言""二拍"堪称达到了一个巅峰。同期及以后,不少作品在思想内容、人物塑造方面出现了明显的倒退。以《型世言》为例,其成书于明末,与"三言""二拍"相比,其中的篇章对商人题材的兴趣度明显降低,数量减少;思想内容、商人形象等比"三言""二拍"要相对扁平些。具体的表现主要有以下两点:

一是作品中表现出的商人形象的生机与活力明显不足。"二拍"作品中所写的以"商贾为第一等生业,科举仅在次着"的社会重商趋商风气,在《型世言》中已很难见到,对弃儒经商的肯定性描写明显变少,这在明末《西湖二集》《欢喜冤家》《醉醒石》等作品集中都是如此。如在《石点头》第一回中,小说写科场屡次失利的郭秀才本想"弃书不读",按照把商贾视为"第一等生业"的做法,其经商的可能性应该很大,但小说却写郭秀才"喜得妻子武氏甚贤,再三宽慰",引他抛弃其他想法,继续读书参加科举考试,最终如愿以偿;在《醉醒石》第四回中,小说写木商程家对儒士官吏十分倾慕,通过联姻的形式向权力靠拢,儿子"娶了一个儒家之女,又要为女儿择一儒家之男",鲜明地体现出商人对权贵的向往和攀附。这与"二拍"之《通闺阃坚心灯火》中,描写罗家身为商人不愿与"衣冠宦族"结为亲家,以及《韩秀才乘乱聘娇妻》中同样描写商人不愿意将女儿嫁给儒生,形成了十分鲜明的对比。而从《醉醒石》第十四回中,也可以看出商人地位的降低。小说写到莫氏由于改嫁了开酒店的商人,因此便被人讥笑和贬损:"丢了秀才,寻个酒保,是个不向上妇女。"离开秀才嫁给商人被人讥笑为"不向上",这反映的正是一种传统的、儒家主导的价值取向和思想认识。因此,相对于"三言""二拍"在刻画商人、反映社会风气方面所展现出的新意,《型世言》等明末拟话本则散发出更加强烈的陈旧气息,商人的鲜活力量趋于低迷,而更多地呈现出社会对商人的歧视。

如在第三回《悍妇计去媚姑　孝子生还老母》中,周于伦本是开酒店的商家,但小说并未对其经商展开多少描写,而是专注于表现人物的"孝顺",小说写其娶妻后,要求妻子代自己孝顺母亲,而且要做到"须要小心服事",并且不惜恶语相向地说"轻则我便打骂,重则休你",展现出传统的大男子主义倾向。在第六回《完令节冰心独抱　全姑丑冷韵千秋》中,小说也将笔墨铺陈在商人与家人的复杂关系中,且重点表现的是其中的女性。作品写唐贵梅嫁给"开歇客店"的商人朱颜,不料她的婆婆却和一个徽商私通,把朱颜给活活气死,之后婆婆又逼唐贵梅改嫁,为了全节,唐贵梅选择了自尽。小说对晚明时期最活跃的"徽商"进行了侧面的抨击,直指其为造成他人家破人亡的罪魁祸首,同时也对唐贵梅的"全节"行为给予了褒扬,带着颇为浓厚的封建气息。

二是小说家们塑造商人形象的态度发生转变。冯梦龙和凌濛初塑造了大量正面的商人形象,展现出商人的生机和活力。然而在《型世言》《西湖二集》

《欢喜冤家》《醒醒石》等作品中,商人更多地又被纳入到旧的思想轨道中去,作品很少刻画其具体的经商活动,展现其独特的商人精神。

如在《欢喜冤家》第四回《香菜根乔装奸命妇》中,小说写诨号"香菜根"的珠宝商丘继修,他乔装打扮成一个卖珠宝的女人,混入衙门之中,偷偷地与张御史的夫人发生了奸情,事情败露,最终要为自己的风流付出代价,"将香菜根拟斩"①。还有第七回《陈之美巧计骗多娇》中,小说写巨富的奸商陈之美没有子嗣,看到邻居潘某的妻子犹氏年轻貌美,而且育有两个儿子,便想得到手。于是,他设计将潘某害死,并花言巧语、连蒙带骗地娶到了犹氏。小说结尾,陈之美的恶行败露,他也被判以死刑。显然,这样的商人叙事和人物刻画,又回归到了仅以商人作为反面教材,对其经商行为漠不关心,因此抽离了商人形象内核的老的创作模式中,商人成为被贬斥和丑化的对象。此外,《型世言》《西湖二集》《欢喜冤家》《醒醒石》等作品中,女性人物也对礼教有着严格的遵从,鲜有对爱情和情欲大胆追求的女性形象出现。相比于"三言""二拍",这可说是一种退步。

究其原因,除了与明末政治环境趋紧密切相关,还与创作者的思想观念密不可分。《型世言》的作者陆人龙属传统知识分子,受儒家思想影响较深。随着晚明资本主义萌芽,市民意识崛起,对封建统治秩序形成了一定影响。面对统治不稳、世风日下的局面,陆人龙由于受时代和自身思想的局限,又具有强烈的官本位思想,难以对资本主义萌芽时期封建伦理纲常受到冲击的必然性,以及传统社会人际关系受到冲击的必然性,形成理性清醒的认识,难以看清封建专制是统治腐朽的根本原因。在思想和行动策略的选择上,他仍将希望寄托于世俗化、功利化的儒家伦理道德,并努力试图重建其威望和影响,使之能够成为人们处世的准则,甚至成为救世的药方。正是抱着这种意图,他才将小说集命名为《型世言》,表达"树型今世""以为世型"的意思,最终实现其维护

---

① 《中国通俗小说总目提要》,中国文联出版公司 1990 年版,第 246 页。

封建统治秩序的目标,从其内涵来说,要比"喻""警""醒"的寓意更趋消极保守。

第三节　何以慰心魂:明代小说呈现
出的矛盾纠葛

明代小说对商人的生活和命运给予了空前关注,折射出商业经济发展和商人队伍壮大的社会风貌,体现出与时俱进的特点。但不可否认的是,面对商业经济浪潮席卷下社会各方面所发生的快速而巨大的转变,尽管有作家于创作中进行积极的调和,但还是无法避免矛盾的存在和矛盾在小说创作中的体现:一是创作者创作心态上的矛盾,即褒扬与贬损同在;二是人物形象特别是商人性格的矛盾,即执着与犹疑并存;三是商人形象命运的矛盾,即荣耀与悲惨兼有。[1] 产生这种矛盾的原因是多方面的,既有作家思想观念上的原因,也有社会发展状况的原因,探究这种矛盾性,能够更深层次地理解商业经济生活与小说创作之间的紧密而复杂的关系。

一、重利现实与"重义轻利"观念的矛盾

儒家素有"重义轻利"的传统,在文人心中打下过深深烙印,商业经济的繁荣所伴生的"锱铢共竞"的社会风气,金钱观念的侵蚀,对文人的思想来说是种巨大的冲击。他们既有固守儒家传统的内在自觉,又难以做到在"重利"风气的裹挟下坚若磐石,受此影响,他们的创作也呈现出矛盾的状态。[2]

在明代早期小说中,一些小说创作者既固守传统儒家思想,又于无意中表现出对金钱的关注,《水浒传》就是典型代表。众梁山好汉,"轻财重义"是他

---

① 杨辉:《"三言""二拍"商人形象研究》,黑龙江大学硕士学位论文,2011 年。

② 蒋玉斌、丁世忠:《试论明代小说面对商业的多元价值选择》,《江西社会科学》2002 年第
2 期。

们身上一个极其鲜明的特征:号称"及时雨"的宋江就仗义疏财,视义气为天,视钱财如粪土。尽管如此,通过小说故事的细节,还是能够看到其中表现出的人物的金钱观念,如在血溅鸳鸯楼这个故事情节中,小说写武松将蒋门神、张都监等人杀死后,"把桌子上器皿踏扁了,揣几件在怀里"。离开鸳鸯楼时,小说又写武松的行动:

> 撇了刀鞘,提了朴刀,出到角门外来,马院里除下缠袋来,把怀里踏匾的银酒器都装在里面,拴在腰里,拽开脚步,倒提朴刀便走。①

武松将"银酒器"全部装走的细节,客观上反映的是他在为日后路上的盘缠费用问题考虑,但还是于无意间显现出小说人物和作者的钱财意识。只不过这种显现相对于此后的很多小说,要显得微弱隐晦很多,内在的矛盾也体现得不是那样鲜明罢了。

《金瓶梅》这部小说较为集中地体现了这种矛盾状态,小说创作者既固守传统儒家思想,又对金钱有意识地进行着关注。在《金瓶梅》中,小说一开始使用的"戒财戒者如同陌路人",一旦"财"多就"趋炎的压脊挨肩,附势的吮痈舐痔"②等话语,表达出作者对社会风气和钱财的批判与抵制。然而在其后的叙事中,则尽情地展示了人们对富贵生活的向往、对财富的疯狂追求,尤其对西门庆这样一个从破落户发家,逐渐成为清河县巨富的人物进行了不吝笔墨的描写刻画,展现出他的诡计多端、声色犬马,同时呈现出社会万象和世情百态。作品在刻画物欲横流的社会和塑造唯财是求的人物形象时,也不经意间流露出作者的态度,可以发现,其中隐约地包含着对世情风气的认同,以及对金钱和物质享受的渴慕。如此,就在作品中呈现出实际情感的抵牾。

二、小说创作情感和主旨上的矛盾

一是创作情感不确定。正如前文所述,宋明时期描写商业及商人的小说,

---

① 施耐庵:《水浒传》第三十一回,岳麓书社 1988 年版,第 246 页。
② 兰陵笑笑生:《金瓶梅》第一回,齐鲁书社 1987 年版,第 11 页。

作者对商人群体的态度显得模棱两可,有褒有贬,时褒时贬,很难准确地对作者的爱憎情感做出判断,体现出情感的摇摆和不确定性。

这种状况的出现,与社会政治经济的发展有着直接的关联。一方面,商人地位上升,作用凸显,成为社会发展的重要力量,且其中大部分商人的言行是符合人们的期盼和认知的,因此必然成为小说家描写甚至褒扬的对象,这符合小说创作来源于生活的客观规律。但另一方面也应看到,统治阶层和文人中对于商人的贬抑态度并未断绝,而且,宋明理学所构建起来的观念体系,对于商人世界及其发展终究是不利的成分居多,再加上一些文人知识分子骨子里就浸润着"文以载道"的传统思想,情感态度偏于保守,种种因素交织在一起,使创作者在思想观念上难免呈现出摇摆,不同的创作者呈现出的情感态度也就多有不同。

二是创作主旨的复杂性。明代展现商业和商人的小说在内容上虽以描写市民生活为主,对商人形象的正面刻画也较以往较大幅度增长,但作品中的教化主题可谓贯穿始终,且表现得更为强烈,这两者融合在一起时,作品的主旨也就变得不那么明确而偏向模糊了。如在《李秀卿义结黄贞女》中,小说写了女性黄善聪从小就母亲病亡,常年外出经商的父亲为方便起见,将她女扮男装带在身边四处奔波。父亲死后,黄善聪一个人继承父亲的家业,无奈之下只好继续巧妙地女扮男装,其间找到商人李秀卿结为了异姓兄弟,共同经商转眼达七年之久。两人即便同吃同住,李秀卿也始终没有发现黄善聪的女儿身。在将父亲的灵柩扶回家后,黄善聪才说出了真相,李秀卿大惊之余也向黄善聪求婚,但遭到了拒绝,在黄善聪看来:"嫌疑之际,不可不谨,今日若与配合,无私有私,把七年贞节,一旦付之东流,岂不惹人嘲笑?"显然是将贞节名声看得无比重要。此后多亏媒婆和太监李公等的帮助,才终成眷属,并有效地保全了贞节的名声,在此基础上还实现了家境富裕,可谓"人人夸美,个个称奇"。通观这篇小说,可知作者花费大量笔墨描写的是黄善聪如何周全巧妙地维护贞节名声,其作为商人的具体经商活动则着墨要相对少很多,作者叙事的焦点和价值重心在维护传统的贞节名声,而并非真正地刻画纯粹的商人形象,小说的题目"李秀卿义结黄贞女",就已经显明了作者的价值判断和写作意图。

描写女扮男装经商的小说还有《刘小官雌雄兄弟》,小说中的刘方即是女儿身而扮男装的商人,她十二岁的时候便和父亲外出经商,"途中不便,故为男扮,后因父殁,尚埋浅土,未得与母同葬,故毫不敢改形"。和黄善聪一样也不得不经历了长时间的女扮男装。后来,刘公收养了刘方以及刘奇,养父子女之间关系极为融洽,刘方、刘奇也十分孝顺。刘公死后,两人悲恸欲绝,"置办衣食棺木,极其丰厚",做足了九昼夜的功课来超度养父,还将三家父母合葬在一起。此后,刘方与刘奇同开一家布店,情同兄弟,相处融洽,也是因为刘方始终谨慎,因此刘奇没有发现真相,最终出于对刘奇的爱慕,她才以诗道明真情。刘奇对她也称赞有加,说她是"女中丈夫,可敬可羡",最后请人做媒,两人得以圆满地结为夫妇。

与《李秀卿义结黄贞女》这篇小说相比,《刘小官雌雄兄弟》中刘方的故事和形象与黄善聪有着诸多相似之处,而且作者的创作意图也十分相近,对刘方这个人物形象的塑造,其落脚点也还是为宣扬贞孝节义的观念。正是为赞扬人物的贞孝节义,小说给人物安排了圆满的结局,黄善聪夫妇得贵人相助成为富贵人家,而刘方夫妇也"挣起大家大业,生下五男二女",可谓人丁兴旺。正是由于作者的这种创作主旨,两篇小说中商人的经商过程和才能都被简化处理。正因此也可以说,在明代,创作主体仍受"文以载道"的传统创作观念的深刻影响,世俗生活所具有的丰富色调,也被文人弘扬忠孝节义之"道"而冲淡了许多。①

总的来看,明代小说家都擅于借助金钱、名誉等来对人们进行警示和引

---

① 周晓琳:《重本抑末与批判商贾——中国古代文学商人形象研究之一》,《四川师范学院学报》1999 年第 2 期。

导,冯梦龙就是其中的突出典型。他将商人之利是与儒家之礼紧密地结合起来。① 如在《醒世恒言》之《施润泽滩阙遇友》中,小说叙及施润泽捡到大笔钱财而一心归还失主,体现出不贪财的本性,这一举动使神仙感动,当他两次遭遇意外,神仙都出手相救,甚至还出现"飞银入室"这样的情况,以凸显对商人的肯定和褒扬。从小说的叙事意图来看,这当然是劝诫商人要不贪钱财、乐善好施,并告诉人们这样做会得到好的回报。在小说中,施润泽之所以能感动上苍,获得神仙相助和"飞银"的奖赏,靠的是勤劳善良这种儒家道德一再强调的品行,而不是真正的商业活动本身。

又如在《徐老仆义愤成家》中,小说塑造的徐阿寄这个忠实仆人的人物形象,他赢得人们的尊敬,也是凭借着善良忠厚、吃苦耐劳的性情和行为,对于阿寄的行为和做法,小说中有这样的描述:

> 那老儿自经营以来,从不曾私吃一些好饮食,也不曾私做一件好衣服,寸丝尺帛,必享命颜氏,方才敢用。且又知礼数,不论族中老幼,见了必然站起。或乘马在途中遇着,便跳下来闪在路旁,让过去了,然后又行。因此远近亲邻,没一人不能把他敬重。就是颜氏母子,也如尊长看承。②

细加品读咀嚼可知,徐老仆做人吃苦耐劳、节俭朴素,忠于主人,又懂礼节,这些行为是十分符合儒家伦理规则的。"三言""二拍"等作品正是通过将市民文化与儒家文化结合起来,来实现其"喻世""警世""醒世"的目的。③ 而冯梦龙、凌濛初等通过为商人正名,也为儒家文化找到了新的代言人,可视为其对儒家文化的一种贡献。④ 当然,可能也正是创作者的这种处理,形成了作品中商人形象的内在矛盾。

---

① 何露洁:《明清四民》,华夏出版社 1999 年版,第 68 页。
② 冯梦龙:《醒世恒言》卷三十五,北方出版社 2003 年版,第 1134 页。
③ 周柳燕:《〈三言〉、〈二拍〉"本末"冲突主题探析》,《船山学刊》2004 年第 3 期。
④ 徐丁:《德商与儒商》,内蒙古人民出版社 1999 年版,第 232 页。

三、小说中商人心态和行动体现的矛盾

传统思想对于人的心态和行动的影响是十分巨大的,而且这种影响往往是深层次的。对于传统思想尤其是儒家思想,李泽厚分析其对人的作用和影响认为:"真正的传统是已经积淀在人们的行为模式、思想方法、情感态度中的文化心理结构,儒家孔学的重要性正在它不仅仅是一种学说,理论、思想,而是融化在人们生活和心理之中了,成了这一民族心理国民性格的重要因素。"[1]在中国古代,封建传统思想会不可避免地渗透进商人的思想中去,因此商人们面对义与利、义与德时,往往会有选择的困惑,既有求利的本质性冲动,又不得不受到传统抑商政策以及"贵义轻利"价值观的影响,往往以"仁义道德"的名义,来掩盖求利的本质,在选择发展道路时,或与贵族联合,或返回到农本的老路。体现出明代及前代商人阶层在发展上所具有的先天缺陷和不彻底性,其肌体上打上了双重甚至多重的烙印。[2]

一是追求求仕中举。封建统治的社会是官本位的社会,商人虽身在经商之途,但在当时的社会文化氛围中,求仕的选择仍然强烈,"儒商"一词是对这种关系最好的注脚。[3] 在宋明小说中,商人向士人靠近的途径主要有两种:其一是与士人联姻。如在《醒世恒言》之《钱秀才错占凤凰俦》中,高赞这个富商一直苦于"家无读书子,官从何处来",在女儿择婿时,择个才貌双全的读书人就是其唯一的想法。小说写道:

> 不肯将他配个平等之,定要拣个读书君子、才貌兼全的配他,聘
>
> 礼厚薄到也不论。若对头好时,就赔些妆奁嫁去,也自愿情愿。

足可见商人攀附权贵的强烈渴望。其二是将希望寄托在子嗣的培养上。

---

① 李泽厚:《中国思想史论》下册,安徽文艺出版社 1999 年版,第859—860 页。

② 高建立:《明清之际士商观念的转变与商人伦理精神的塑造》,《江汉论坛》2000 年第1 期。

③ 苗笑笑:《中国古代社会的商人语境》,远方出版社 2001 年版,第85 页。

为了能够成为士族中的一员,在自己难以混进士族的情况下,商人大都希望子嗣能够谋取功名,而不是继续经商。如在《醒世恒言》之《张廷秀逃生救父》中,张权夫妇面对孩子未来发展,郑重地选择将两个孩子送往义学,他们对儿子谋取功名满怀着期望。在"三言""二拍"中,商人这样做的不在少数。同时,创作者通过叙事也表现出相同的选择倾向,在一些作品中,商人行善积德获得回报的一个重要内容,就是其子嗣成为士人,飞黄腾达,光宗耀祖,像作品肯定秦重、李秀卿等商人的道德品行,就进行了其子孙兴旺并读书显达的叙述。这表明,中国商人对自身价值缺乏底气,政治意识并不独立,阻碍了商业的正常发展。

换个角度说,商人对求仕中举的追求,在心理层面往往具有极强的崇官心理,而且这种崇官心理和强烈的自卑感往往相伴相生。对于当官的好处,明末有人如此总结:

> 尝见青衿子,朝不谋夕,一叨乡荐便无穷举人,及登甲科,遂钟鸣鼎食,肥马轻裘,非数百万则数十万。试思此胡为乎来哉?⋯⋯彼且身无赋、产无徭、田无粮、物无税,且庇护奸民之赋、徭、粮、税,其入之正未艾也。(计六奇《明季北略》)

小说对商人的崇官心理和自卑感进行了刻画。如在《警世通言》之《乐小舍弃生觅偶》中,商人乐公在商量儿子的婚事时,话语中表现出对官员的仰视和自卑,"姻亲一节,须要门当户对。我家虽曾有六辈衣冠,见今衰微,经纪营活。喜将仕名门宫室,他的女儿,怕没有人求允,肯与我家对亲?若央媒往说,反取其笑"。从中可以看出,商人对文官都是十分高看的,哪怕是将仕郎这样九品的官。在《二刻拍案惊奇》之《韩侍郎婢作夫人　顾提控椽居郎署》中,受顾提控帮助的夫妻两人商量着怎么对他表达感谢:"我们这样人家,就许了人,不过是村庄人户,不若送与他做了妾,扳他做个妇婿,支持门户,也免得外人欺侮。可不好?"提控在明代官职中位列最低,夫妻两人含着攀附这门亲事的意图,将女儿许给他人作妾,在顾提控无此想法将其女儿送还后,商人夫妇竟将女儿又再次送了去,表现得十分世俗,是对官员的屈从。

二是盼望以财换官、官商合一。古代商业在对权势的追求上耗费了大量资本,因为时人普遍认为有"贵"无"富"或有"富"无"贵"都不是理想圆满的状态。官僚阶层为了弥补有"贵"无"富"的缺憾,往往通过让商人卖官鬻爵或自我赎罪等方式,将商业资本看上去名正言顺地输入到国库之中,或者直接凭借手中的权势,对商人巧取豪夺、强行勒索,以实现自身的富有。商人为了达到"富"而能"贵",也往往想方设法地攀附权贵,甚至追求与官员合为一体,以提高自身政治地位,进而有效地保护自己的经济利益。明代商人以财换官主要有两个途径:一种是纳捐,在特殊情况下,相当于允许有钱人花钱直接买官,"或遇岁荒,或因边警,或大兴工作,率援往例行之",这具有政策的临时性。另一种是纳粟入监,即通过向国家缴纳一定的钱粮,使子嗣能够获得监生资格,进入国子监读书,为踏入仕途奠定基础。中国古代小说对商人巴结、依附官僚的现象进行了不少描述,在《窦义》《南楚新闻·郭使君》《金瓶梅》《喻世明言》《醒世恒言》《俗话倾谈》《新民公案》等不同时期的不少小说(集)中都能找到。

如在《醒世恒言》之《徐老仆义愤成家》中,徐老仆在经商营利后,不但为主人的两个儿子免除了田役,还设法纳粟入监;在《警世恒言》之《赵春儿重旺曹家庄》中,银匠为自己的儿子可成纳粟入监,可成娶妻后,老婆为支持丈夫求官,不惜拿出多年积攒的钱财作为本钱,他也最终官至六品大夫;在《初刻拍案惊奇》之《钱多处白丁横带　运退时刺史当艄》中,郭七郎并不满足于大富商的身份,他觉得"家里有的是钱,没的是官",不惜花费五千两白银,买得横州刺史一职,足可见商人渴望官商合一的愿望之强烈。

三是弃商从农、回归传统。"三言""二拍"的创作,使商人以正面的形象登上了文学殿堂,给了商人前所未有的展现空间。但受长期重农抑商思想的桎梏,商人思想并未能获得解放,大多数商业资本流向了田产购置或土地投资,展现出商人在选择上的回归。"以末致富,用本守之"①的例子不胜枚举,古代中国的商业资本由此被传统所吞噬②。这种选择中既有商人重树其在群体中地位的主动性,也有面对复杂环境退而求其次、寻求安稳度日的无奈。小说对此有所表现,如在《施润泽滩阙遇友》中,小说写到捡了银子后施润泽的内心活动:"算到十年之外,便有千金之富。那时造什么房子,买多少田产。"在《转运汉遇巧洞庭红》中,在海外意外发财的文若虚,其后也选择了固守巨额的财富,而没有继续投入资本、扩大经营规模以实现财富的增值;在《钱多处白丁横带 运退时刺史当艄》中,郭七郎同样将经商所得的财富大部分用来广置地产。至于《桂员外穷途忏悔》中,商人选择以"藏镪"的方式,也就是把金银埋藏起来以求世代享用。透露出根深蒂固的保守思想,"农本商末"的观念挥之不去。③

这样说来,通过"三言""二拍"的商人形象塑造,可以认为明代及其之前的商人有"商将不商"的趋势,这是中国古代封建社会商人形象的总体反映。

四、小说中商人心态矛盾性产生的原因

一是商人力量还难以突破封建社会的根基。在明代,商品经济日益发展,小说中的商人形象确已获得了新的空间,但是小农经济的结构仍然在整个社会盘踞,在这种历史背景下,商人形象所展现出的文化内涵要产生质的飞跃非常困难。④ 在社会现实中,商人阶层的自信心还不可能从根本上树立起来,加上一部分商人表现出为富不仁、恃财傲士的态度,也让文人士大夫颇觉反感。汤显祖就作有"欲识金银气,多从黄白游。一生痴绝处,无梦到徽州"⑤的诗,

① 司马迁:《史记》,中华书局 1959 年版,第 1365—1368 页。
② 陈珊平:《明中叶的资本萌芽》,浙江文史出版社 2001 年版,第 102—105 页。
③ 周柳燕:《〈三言〉、〈二拍〉"本末"冲突主题探析》,《船山学刊》2004 年第 3 期。
④ 康清莲:《从"三言"、"二拍"看明代商人的心理》,《广西教育学院学报》2000 年第 2 期。
⑤ 汤显祖:《游黄山白岳不果》,《汤显祖全集》,人民文学出版社 1988 年版,第 563—564 页。

表达出对于逐利的反感;李梦阳的祖父虽然就是商贾,他对"贾之术恶"却深感痛恨,对商人也多有贬斥,认为其"不务仁义之行,而徒以机利相高"①,思想深处有一种传统的偏见。即使是到了清初的顾炎武,他也仍然保持着固有的传统观念,将贾视为末业,认为社会上"末富居多,本富尽少",为之感到忧虑。对此,余英时在其《士与中国文化》中直言:"我们决不能夸张明清商人的历史作用。他们虽已走近传统的边缘,但毕竟未曾突破传统。"

二是儒家"义利观"产生着强大的伦理道德约束力。中国古代及至明清时期,伦理文化具有两个方面的主要特征:一是评判一切人和事,都将"善"与"恶"作为标准;二是在伦理逻辑上,推崇"善有善报,恶有恶报"②,这种伦理文化可以说像一种集体无意识一样影响着人,影响着商人形象的塑造。创作者在塑造商人形象时,自觉不自觉地便会以伦理的眼光来观照商人,让商人及其他人知道怎样做人而不是经商,成了其创作的目的。冯梦龙曾自述编撰小说的意图:

> 《六经》、《语》、《孟》,谭者纷如,归于令人为忠臣,为孝子,为贤
> 牧,为良友,为义夫,为节妇。为树德之士,为积善之家,如是而已矣。
> 经书著其理,史传述其事……而通俗演义一种,遂是以佐经书史传
> 之穷。

在冯梦龙这里,宣扬忠孝节义被当作编撰小说的目的,体现出明显的"文以载道"的创作意图。

同时,读者由于受"善恶有报"的集体无意识的影响,也会在品读小说中的商人形象时带着伦理的眼光。若是作品中出现了道德高尚却因经商才能不足而破产失败的商人形象,抑或商人品行低劣却凭借经商才华实现荣华富贵,显然也会受到读者的指斥。③

---

① 李梦阳:《空同先生集》第 58 卷,伟文图书出版社 1976 年版,第 66 页。
② 张蓉、王锋:《〈三言〉〈二拍〉中商人形象的嬗变及其原因》,《船山学刊》2006 年第 3 期。
③ 蒋和宝、俞家栋:《市井文化》,中国经济出版社 2001 年版,第 78—82 页。

　　三是商业文明冲击着统治阶级的话语权,面临重重阻力。马克思曾说:
"商人来到这个世界,他应当是这个世界发生变革的起点。"①对中国古代封建
社会来说,商人所带来的变革,必然对封建社会的专制根基造成破坏。从前文
来看,这种破坏主要包括对农业这一封建经济的主体,造成"男不耕耘,女不
蚕织,衣必文采,食必粱肉,亡农夫之苦,有仟佰之得"的局面②;对等级制度这
一封建专制的根本造成损害;对封建士人所推崇的伦理规范带来危害。当经
济基础、上层建筑以及伦理规范都受到商人及其文化带来的冲击时,封建统治
阶层无疑会采取措施尽量消弭动乱的根源,以巩固统治地位,文学创作上的约
束和钳制就是其重要方式,这样一来,作品塑造商人形象势必受到多重的影
响。在现实和上层意志之间,矛盾也便就此产生。

　　四是创作者思想观念上的保守性和进步性的交锋。在看待商人这个群体
时,文人的心态显得矛盾复杂。他们在商品经济的浸润下,既对富足的物质生
活充满羡慕和向往之情,但又难以将伦理道德的固有影响彻底抛弃,不可能从
心底里真正对商人予以认可。文人一直处于这种矛盾的心态之中,其小说对
商人的褒贬不一也就在所难免。

　　在追逐利润、发家致富的过程中,商人抱有唯利是图的心态是有很大概率
的,一旦他们不能够以仁致富甚至不能做到扶危济困等,文言小说就会将他们
作为主要的批判对象。如在《觅灯因话》之《桂迁梦感录》中,本来拥有田产的
桂迁,因为对经商获利充满羡慕,将田产抵银投入到生意当中。不料途中"舟
碎洪流",赔尽了本钱,多亏有同学施君出手相助,东山再起并逐渐实现了"居
积致富"。作品展开到这里时,作者对桂迁的选择以及经商过程中表现出的
商业才能,都还是给予了肯定和赞赏。但是其后,小说情节和情感发生了逆
转,当桂迁发家后,由于他对落魄的施君家人非但未予接济,甚至对施君的妻
儿百般冷落和凌辱,将施君昔日的救助之恩抛之脑后,此时,对于桂迁的这种

---

　　①　《马克思恩格斯全集》第46卷,人民出版社2003年版,第1019页。
　　②　晁错:《论贵粟疏》,《史记》第101卷,中国和平出版社2002年版,第1135—1136页。

见利忘义的行为,作者大加鞭笞,并给予警醒,让他做了变成狗的噩梦。作者这样写,不仅是鞭挞和警醒桂迁,也是对在商业行为中丧失道义的人的一种警示。

小说的作者既对"重利"的商业原则予以肯定,对商人的经营致富行为也不乏赞赏,在这二者之间,很多作者以传统的伦理道德为基准,如轻利重义,成人之美,助人为乐等,来对商人群体进行要求和评价,使他们进入传统道德的体系中去。这样,我们就既看到作者对商人追求财富行为的肯定,又看到作者对商人功成名就之后修桥补路、造福一方的希望,抑或是商人散尽千金而最终修成正果的希望。"善举义行"成为小说中关注的核心点。这种矛盾性在家庭观念上也体现得十分明显:小说一方面表现商人"处处杨柳堪系马"的洒脱,也多肯定或认可商人们的露水姻缘,但在这种情感之后,往往会给这些商人一个不甚光彩甚至悲惨的结局,或者指斥他们因为美色的诱惑而耽误了前程,或者使他们在家庭宗法的压力下只能"了断孽缘"。

总的来说,在明代,虽然商品经济呈现出生机勃勃的发展态势,社会也扭转了对财富和商人的态度,形成了一些新的看法,但不可忽视和否认的是,封建传统观念仍然根深蒂固地存在,并影响着人们的思想。这样一来,新旧思想观念之间的交锋与碰撞也就在所难免,这种碰撞反映在文人的作品中,也就可能导致人物形象和思想观念矛盾性的存在。除了新旧思想的交锋,商人阶层的存在状态本身也是作品人物形象呈现矛盾性的重要原因。总体上看,明代商人虽然地位获得了极大提升,但在社会文化和精神层面,必要的精神支撑于他们而言仍然欠缺,他们整体上还是处在一种"名理不顺"的尴尬状态之中,其身份仍然敏感,在人们的思想观念中仍处于摇摆的境地。这种状况在小说中反映出来,商人群体的芜杂、个体的犹豫等就会突显[1],而作者观念的褒贬不一也会体现。如此一来,作品或编撰集的情感和价值取向就呈现出多样性,

---

① 张明富:《论明清商人商业观的二重性》,《史学集刊》1999 年第 3 期。

而人物形象也呈现出复杂性和深刻性。

第四节　情不知所起:商业与心学共振下的重情叙事

明代掀起了一股"重情"的思潮,这股思潮的产生与明代商业经济发展下市民阶层日益张扬的主体意识具有直接关联,在丰富多彩的现实生活面前,人们不愿再受到"天理"的压制,不愿再困于外在礼制铁笼般的束缚中。这股思潮是对宋代"存天理,灭人欲"的理学思想的反拨,他们渴望真性情地去生活、表达和追求,而小说恰恰捕捉了、表达了人们的这种情感,形成了明代小说较为鲜明的重情叙事。

一、明代主体意识的觉醒

张岱年先生曾指出:"自南宋至清代的哲学,主要有三大派,即理学、心学、气学。"①循思想流脉可知,程朱理学、阳明心学和清初气学,正可说是明清时期最重要的哲学思潮。王阳明的"心学"高扬以"心"为本体的理论,将"心"视为身体乃至宇宙的主宰。他认为:"心者,身之主宰。"②人的耳目口四肢活动都是受心的主宰,人的一切感性认识也由此而得以产生。他同时也指出:

> 心者,天地万物之主也。心即天,言天,则天地万物皆举矣。③

也就是认为心是天地万物的主宰,只有人心才能赋予天地万物以意义,天地万物也容纳于人心之中。阳明心学启示人们观察万事万物不必依循外在的"天理",而应从主体的角度进行,这实际上就从根本上肯定了人的主体性、能

① 张岱年:《中国哲学大纲》,中国社会科学出版社1983年版,第381页。
② 王阳明:《王阳明全集》,上海古籍出版社1992年版,第500页。
③ 王阳明:《王阳明全集》,上海古籍出版社1992年版,第133页。

动性。

王艮对自然人性的合理性进行本体论意义上的肯定,认为"天性之体,本自活泼,鸢飞鱼跃,便是此体"①。在他看来,人具有活泼、自由、生机勃发的"天性",仿如"鸢飞鱼跃"一般自然。顺应这种天性,人才称得上是"自然"的人。这实际上也是对程朱理学束缚的反抗,通过对人的自然"天性"的尊重,来使人更好地获得自由,返回自然。

李贽倡导人们要充分体现个性,返回"童心"。在李贽看来,作为独一无二的个体,每个人都具有童心,童心是与生俱来的,"童心者,心之初也"②。但童心并非千篇一律,而是因人而异、丰富多彩的,也就是说童心是没有被规范、被模式化的。因此,童心并不是每个人在后天都能保有的,只有保持着独一无二的真情至性,保持个体的独立和个性,"不以孔子之是非为是非",不迷信权威,才能保留住真正的童心,使个体的存在得到突显。

"心学"的产生,除了有深厚的思想基础做准备、王阳明个人卓尔不群的贡献等原因,明中叶社会历史的发展状况也为其产生提供了适宜的土壤。这一时期,明王朝政治日趋腐败、赋役与日俱增,社会动荡不安,政权危机四伏,统治阶层的权威已经难以为继。同时,伴随着商品经济的快速发展,城市不断走向繁荣,出现资本主义的萌芽,市民阶层作为一个拥有自身属性和要求的利益集团,力量得到空前壮大,且变得日趋活跃,他们以新兴势力的姿态,对中国封建社会的结构和面貌形成强大的侵蚀和改变。他们渴望重估一切价值,呼唤一种与其相适应的思想价值体系,以促进社会的改革。

二、重情观念与尚真的文学主张

在情与礼的关系上,儒家一直主张要"发乎情,止乎礼义",这一主张在实际生活中,容易发展和变异成以礼来约束情,并进而凌驾于情之上,宋明理学

---

① 王艮、陈祝生编校:《王心斋全集》,江苏教育出版社 2001 年版,第 19 页。
② 李贽:《焚书·续焚书》,岳麓书社 1990 年版,第 98 页。

就是这方面的代表,其"存天理,灭人欲"的主张,对人的情感欲念构成了彻底的压制,"所谓天理,复是何物?仁义理智岂不是天理?君臣、父子、兄弟、夫妇、朋友岂不是天理?"①通过宋明理学的理论构建,天理就变成了礼教和伦理纲常,成为人行动必须依循的规范。如此一来,势必束缚人们的个性,压抑其情感,僵化其思想,影响无比巨大,"率天下人故纸堆中,耗尽身心之力,作弱人、病人、无用之人,皆晦庵为之也"②。虽是批判,足可见朱熹为代表开创的理学对人的发展,尤其是对情欲的压抑所产生的巨大影响。

随着商业经济的发展繁荣,明代市民阶层崛起,其主体意识也不断趋于觉醒,开始拥有更强烈、独立的自主判断,不再以"孔子之是非为是非",对封建礼教和理学令人窒息的禁欲主张表示怀疑。他们视"有法之天下"为"有情之天下",热切而大胆地渴盼真情、追求真爱。作为"情圣"的李贽提出了"氤氲化物,天下亦只有一个情"③的主张,将情上升到本体论的高度,与理学视为本体的"天理"相抗衡,由此出发,强烈地批判了封建礼教倡导的"夫为妻纲""从一而终"等思想。有这样的思想基础,李贽对卓文君的私奔行为给予了充分肯定,并赞美其为"善择佳偶"的举动。李贽的言行无疑是对封建礼教的有力冲击。

汤显祖对真情也持坚定支持的态度,他指斥礼教的虚伪,将情置于"理"的对立面,不给"理"以任何缓冲的空间,认为"情有者理必无,理有者情必无"④。在其所创作的《牡丹亭》中,他的情感态度全都寄寓于人物杜丽娘身上,使杜丽娘成为一个至情之人,正如书中所说:"如丽娘者,乃可谓之有情人耳。"⑤她

---

① 朱熹:《朱子全书》,上海古籍出版社、安徽教育出版社 2002 年版,第 3045 页。
② 颜元:《颜元集》,中华书局 1987 年版,第 272 页。
③ 李贽:《墨子注》,转引自萧萐父、许苏民:《明清启蒙学术流变》,辽宁教育出版社 1995 年版,第 102 页。
④ 汤显祖:《汤显祖全集》,人民文学出版社 1988 年版,第 129 页。
⑤ 汤显祖:《汤显祖全集》,人民文学出版社 1988 年版,第 1 页。

"情不知所起,一往而深,生者可以死,死可以生"①。为了情可以不顾生死,她用生而死、死而生的行动追寻爱人,证明了真爱的伟大。同时,小说也通过杜丽娘的遭遇和命运,有力地抨击了程朱理学对人尤其是女性身心的极大摧残。

冯梦龙曾去李贽生活过 20 年的湖北麻城讲学,深受李氏思想的影响,人称他"酷嗜李氏之学,奉为着蓍蔡"(许自昌《樗斋漫录》卷六)。冯梦龙认为"天地若无情,不生一切物,一切物无情,不能环相生。生生而不灭,由情不灭故"②,情是超越人的生死而永恒存在的。他说:

> 人,生死于情者也;情,不生死于人者也。人生而情能死之,人死而情能生之。即令行不复生,而人生死于情者也;情不生死于人者也。③

在冯氏看来,情是联系万物的纽带,人的生死都离不开情,人与人之间沟通情也是最可贵的。为了突出情的极端重要性,他甚至开创性地设立"情教",自封情教教主,意欲通过努力将其他宗教取代,用真情来战胜、超越礼教。

文学创作方面,冯梦龙也提倡"情真"。在《警世通言》序中,他就强调小说应该努力达到"事真而理不赝,即事赝而理亦真"的境界;他还经常用"话得真切动人""叙别致凄婉如真""真真""口气逼真"等话语对小说进行批注,反映出他对小说情感真挚的重视和喜爱。同时,他高度重视文学作品的通俗性,注重以通俗易懂而使作品产生强烈的艺术感染力。《古今小说》序中对这种观念进行过较为详细的阐述:

> 大抵唐人选言,入于文心;宋人通俗,谐于里耳。天下之文心少而里耳多,则小说之资于选言者少,而资于通俗者多。试令说话人当场描写,可喜可愕,可悲可涕,可歌可舞……怯者勇,淫者贞,薄者敦,

---

① 汤显祖:《汤显祖全集》,人民文学出版社 1988 年版,第 1 页。
② 冯梦龙:《情史》,岳麓书社 1986 年版,第 1 页。
③ 冯梦龙:《情史》,岳麓书社 1986 年版,第 340 页。

顽钝者汗下。虽小诵《孝经》《论语》，其感人未必如是之捷且深也。

噫，不通俗而能之乎？

从这些思想观念中，完全能够看出作家们主情、尚真、适俗的文学主张，他也因此成为通俗文学的代表人物。

三、"一情为线索"的主流叙事结构

在明代社会，情的地位十分独特，"万物如散钱，一情为线索。散钱就索穿，天涯成眷属"①。情如纽带关联着万物，也成为小说叙事的重要结构方式。

"情不知所起，一往而深"的爱情追求。小说中，偶遇的男女主人公深深相爱，为了属于自己的爱情和幸福，积极主动地追求，甚至要去冲击和打破社会伦理道德的束缚。如在《吴衙内临舟赴约》中，贺秀娥与风流潇洒、一表人才的吴衙内偶遇，彼此倾心爱慕：吴衙内觉得"若求得为妇，平生足矣"②；秀娥也不免内心萌动："这衙内果然风流俊雅。我若嫁得这般个丈夫，便心满意足了。"③出于强烈的内心渴望和对爱情的追求，她主动邀吴衙内相约闺房，宣示情意，"今晚妾当挑灯相候，以剪刀声响为号，幸勿爽约"④。秀娥以自己的积极主动，争取到了甜蜜的爱情和婚姻，他们已不按传统的方式谈婚论嫁，未经父母，亦不用媒妁，完全是自由地、自主地结为了连理。在《崔待诏生死冤家》中，小说也叙述了一位女性大胆追求真爱的故事。女主人公秀秀作为郡王府的养娘，在王府着火时偶遇崔待诏崔宁，在主动央求其带她避火来到崔家后，毫不掩饰地询问崔宁对自己的情感和态度："你记得当时在月台上赏月，把我许你，你兀自拜谢，你记得也不记得？"⑤崔宁给予肯定的答复后，秀秀的言行更加积极主动而炽烈："何不今夜我和你先做夫妻，不知你意下如何？"这样的

---

①　冯梦龙：《情史》，岳麓书社1986年版，第2页。

②　冯梦龙：《醒世恒言》卷二十八，北方出版社2003年版，第1036页。

③　冯梦龙：《醒世恒言》卷二十八，北方出版社2003年版，第1037页。

④　冯梦龙：《醒世恒言》卷二十八，北方出版社2003年版，第1038页。

⑤　冯梦龙：《警世通言》卷二十四，北方出版社2003年版，第397页。

言行,充分体现出以秀秀为代表的女子对幸福追求的大胆,对传统婚姻礼法约束的抛弃。

在重情观念和风气的影响下,贞节日渐被人们所漠视,妇女——包括寡妇和被休妇女的再嫁,也不再是羞耻而受到人们的尊重。像在《白娘子永镇雷峰塔》中,白娘子和许宣在一个雨天相遇于西湖之上,彼此心仪、互生情愫。其后,借着还伞的机会,白娘子主动表白了自己的真情实感:

> 小官人在上,真人面前说不得假话。奴家亡了丈夫,想必和官人有宿世姻缘,一见便蒙错爱。正是你有心,我有意。烦小乙官人寻一个媒证,与你共成百年姻眷,不枉天生一对。①

许宣听后,不以白娘子为寡妇而心生嫌弃,心想:"真个好一段姻缘,若取得这个浑家,也不枉了。"完全是听从自己内心的情感悦纳这段姻缘,并对之充满了强烈的向往,即便是寡妇再嫁也不能影响这是"好一段姻缘"。足可见情在两人心中的重要性。

又如在《蒋兴哥重会珍珠衫》中,男主人公蒋兴哥常年在外经商,他的妻子王三巧耐不住寂寞与人发生奸情,蒋兴哥知道后,休掉了王三巧。王三巧认为被休若被人知道,实在没脸见人,便欲悬梁自尽,被她的母亲阻了下来:"真个休了,恁般容貌,怕没人要你?少不得别选良姻,图个下半世受用。"②从这话中可以看出,日后的幸福显然要比所谓的贞操名声重要得多。进士吴杰听说王三巧的美貌"一县闻名",对她的曾经结婚和被休全不介意,将她娶为妻子。同样,休了王三巧的蒋兴哥,遇到身为寡妇的陈商之妻平氏,对平氏的寡妇之身及再婚也不在意,缔结了姻缘。其后,蒋兴哥在生意上惹了官司,幸得王三巧的帮助才得以化解困局,再度相见时两人相拥而泣。当上知县的吴杰在了解事情的原委之后,尊重两人的恩爱真情,让蒋兴哥与王三巧重归旧好,两人恩爱如常、团圆到老。在其后的生活中,蒋兴哥并未因王三巧的失贞、再

---

① 冯梦龙:《警世通言》卷二十四,北方出版社 2003 年版,第 571 页。
② 冯梦龙:《喻世明言》卷一,北方出版社 2003 年版,第 17 页。

嫁而生出半分芥蒂,全因有真情灌注其中。小说叙事正以一个情字贯穿始终,将主人公的分分合合演绎得淋漓尽致。在这种演绎中,封建礼教和伦理被小说人物一再抵制和抛弃。

　　明代,情的张扬一个显著的特征,是个体价值越来越受到人们的关注,而不再是社会集体价值独霸的局面,个人的生活和情感体验得到了彰显。除了白话小说大胆地表现情,展现人们对真情的炙热追求外,文言小说也大力张扬人的欲望,如《艳异编》《广艳异编》这样的小说集就是如此。在这些小说中,既有对青年男女的两情相悦的赞美,也有对精魅仙子与凡胎俗人相恋的刻画,更能看到生物、器具等生活中常见之物,带着情感化作人形,热烈地与凡人相恋相守。像《蝎魔》《虮蚄王传》等《广艳异编》中的作品,其分别刻画的就是蝎子和虮蚄;《苏昌远》《杨二姐》刻画的则分别是荷花女和杨树妖。叙事者从这些世俗生活中常见的俗物中见情,使情在世间万物得以升华。

第八章　商业经济生活与当代
小说创作面面观

　　商业经济的浪潮滚滚向前,市场经济在当代中国获得了前所未有的发展,中国正迎来一个由经济话语和政治话语共同主导的新时代。商人阶层日益发展壮大,社会地位不断提高,社会财富演绎出一幅幅光怪陆离、前所难见的浮世绘。更重要的是,人们的思想观念和社会风气,在商业经济的高速发展中,也已经发生了巨大转变,追逐利益和财富已经变得名正言顺,无须遮遮掩掩,为了获得更多财富,智慧、勇气和才能一一施展,甚至可以手段使尽。传统的价值观念在这种拜金的风气中面临着湮没的危险,价值体系的重构已经变得日趋迫切。中国当代小说创作随着市场经济的发展而进入了一个崭新的时代,从商业经济发展与创作关联的角度来说,相比古代小说,当代小说展现出了很多鲜明的特点,如"利"在张扬,而"义"在萎缩,金钱的旗帜几乎在众多小说中高高飘扬;又如小说叙事中,"德性"的重要性在减退,而"才能"的地位则日趋提升,经商手段和技能成为小说叙事的重要关切等。这些新的特点表明,中国小说尤其是展现商业和商人的小说发展到当代,正在经历一个丰富、选择和蜕变的过程,它试图以新的形式和姿态来与古代小说告别。但不管怎么说,文化虽在丰富、发展和变化,但传统的精髓仍然流淌不息,因此,它们仍然保留着传统文化的脐带,在物质和精神、道德和欲望、现实和理想之间,仍然会有灵魂的触动和斗争。而这,实际上就是当代小说与古代小说发生内在联系的关键所在。

第一节　奔涌与回眸:展现当代商业经济生活的承变

时代在发展,其变化的速度是远超人们的想象的,商业经济获得了惊人的快速发展。可以毫不夸张地说,当今社会已经进入一个商业经济主导的时代,商业网络正将世界更深更紧地联系在一起。与商业经济飞速发展相伴随而来的是,人们的生活被商业经济的浪潮席卷,越来越鲜明地打上了商业经济的烙印。而商人作为一个日益重要的群体,所发挥的作用越发显著,商人经商的方式也早已发生了巨变,他们所面对的问题可能是前所未见的。总的来说,在新的时代背景下,商人的活动方式、生活状态乃至思想观念等都发生了新变,产生了不少新质。这势必直接或间接地影响小说创作,使小说的叙事呈现出一些新的内涵和特点。

一、竞争和博弈被前所未有地凸显

中国古代社会,统治阶级以儒家思想为中心向人们发出号倡,要求人们谨遵"中和"的伦理与审美观念,为人处世讲求"以和为贵",在思想和行为上尽量做到"克己复礼为仁"。这是很符合统治阶级维护封建统治之需的,因此长期占据着思想观念的主导地位。受其影响,人们普遍讲求和睦,个体的人十分注意不与人争利,家族团体中的人则非常注重团结,商人更是将"和气生财"视为经商的重要原则予以奉行。

从有关资料来看,中国古代商业社会确实很少有商人之间激烈竞争的记载。这种情况的出现,与古代社会商业经济的发展状况是有不少关系的。比较而言,中国古代商业经济活动总体上尚处于一个以个体经营活动为主的阶段,"行商"也好,"坐贾"也罢,大多是个体商人独立开展相关活动,是一种小家庭范围内的自产自销模式。明清时期虽然出现了一定规模的作坊,形成了规模化生产,出现了较多有影响力的商帮、商会,但大体上仍然以自我发展为中心,不会与外界产生过多的矛盾冲突,不会与人争利。而且,中国古代社会在供需关系上呈现的特点,大体上是供应不足,处在一种非饱和的状态中,能够吸纳人们投身其中而不必为争夺市场角斗拼杀。

还有一点不容忽视,那就是中国古代的商人在经商的目的上多是为"治生",即为个人和家庭的生计而动,能够赚取更多钱财固然可以生活体面、光耀门楣、荫庇后代,但他们在思想上往往不会为钱财而不择手段、绞尽脑汁。"小富即安"的思想在中国商人的身上有着比较明显的体现,有了可供养家、花销的钱财,他们往往会适可而止,将经商所得转移到房产、田宅等上面去,以求得长久的富裕。因此,如果我们细心地分析古代商人的精神与观念,会发现,中国古代商人的精神世界既是外张的,也是内敛的,他们为了能够获得经商之利而走出狭小的圈子,走出封闭的心门,向家人和土地之外的世界争取收益和回报,展现出一种经商的勇气。但与此同时,他们又时刻内敛,小心谨慎不与他人发生矛盾交锋,避免因自己的行为触犯他人之利,并随时准备从中抽身回转,留给社会一个温和的背影。

因此,在古代小说中,我们很难看到有关商人在经商过程中激烈竞争的叙述。在众多的小说文本中,小说叙事更多侧重于展现商人在经商时所遭遇的各种挫折、经历的变数、遭受的磨难,以及展现商人在经历这些时所表现出来的智慧、能力、勇气、性情和命运等。而且在众多的小说叙事中,商人是否能够赢利、赢利的多少,主要取决于两个方面:一是其行为是否符合"义"的标准,体现在叙事上,就是"义以生利"的叙事模式,是"因义得利"的叙事模式。这类作品中,叙事围绕商人行为的性质展开,往往是商人行了义举,便以商人得利而结束叙事;若是行了不义之事,叙事往往给商人一个可悲的结局来收场,其因果之间的联系是十分紧密、鲜明的。二是不可抗拒的命运使然。不少作品在叙事过程中便反复强调,钱财这东西,若是命里有时,不请自会来,别人争也争不去;若是命里无时,再怎么争也争不来。体现在叙事中,就是"财富命定"的叙事模式。在这样的总体语境中,商人之间互相竞争不但会被视为是不符合伦理道德的,而且也被认为是没有意义、毫无必要的。因此,小说叙事者自然不会在这方面别生心思、巧妙营构,造出许多现实中也很少出现的竞争"故事"出来。

但这种状态还是会被打破。近代,随着帝国主义大举入侵,国外资本亦随之汹涌而来,中国商人群体开始面临外国势力的强有力挑战,他们不与之竞争,就可能遭遇覆灭的危险。而且,在思想观念上,达尔文的进化论传入以后,在中国思想界产生了仿佛炸弹爆炸的巨大震动,令国人思想为之震颤,人们开始意识到,与老祖宗强调的天人合一、和睦共存相悖的是,原来天下万物是彼此竞争而存在、发展的,所谓"物竞天择,适者生存",所谓"弱肉强食",都给了人们思想的猛击。至少,人们在一定程度上仍然保留着中和、和合观念的同时,已逐步产生了竞争以求生存,竞争以图强、求发展的思想。

正是受此冲击和影响,小说中关于商人竞争的叙事开始渐渐增多,在茅盾、曹禺描写商人的作品中,这方面的叙事便已得到了较充分的展现。如在小说《子夜》中,叙事围绕两个商人之间你死我活的竞争和较量展开,一个是金融买办资产阶级赵伯韬,他以帝国主义为靠山,阴险狡诈,为所欲为;一个是民族资产阶级的代表吴荪甫,他精明能干,富有民族精神。但叙事最终以吴荪甫的失败而告终,有美帝国主义撑腰的赵伯韬则越发得势。小说正是抓住两个人的矛盾和斗争,深刻地揭示了买办资产阶级的凶狠毒辣,以及中国民族资产阶级的软弱无力。显然,在小说中,矛盾和竞争显然已经成为叙事的核心所在,是情节发展和主题得到展现的最关键因素。①

当代,随着商品经济的极大繁荣,经商群体成倍扩大。对于现代商业活动

---

① 汪昌松:《试论转型期商界文学价值取向的转移》,《黄冈师专学报》1997 年第 3 期。

的特点,小说《商界》中这样描述:

> 现代社会的贸易不再是两个商人加一个经纪人的简单组合了,它也许要通过几十个环节,几百个人的努力,跨越省界、国界花几个月乃至几年时间才能成就。①

在不同行业和领域之间,固有的资源不得不面临更多商人的争夺,供需之间的关系从最初的供不应求,逐渐变成供大于求。为了获得商业利益,竞争似乎已经在所难免。在当代商人群体中,竞争求利的思想早已深入人心,商场被视同为战场,投入商业活动就如同投入到战场,随时做好要竞争和搏杀的准备。而且,与古代商人经商多为"治生"不同的是,当代商人经商已经不再仅仅是为谋生,而是将占有更多的资本和财富本身看作了目的,欲求不满,经商之路便没有终点。于是,在现实商业场域中,一幕幕商业竞争的大剧纷纷上演,为抢夺资源、市场、消费和行业的最高点,商人和商人团体使出了浑身解数,施展了各种手段,设计了种种圈套,以此来打击甚至消灭竞争对手,实现利益最大化的目标。在这种激烈竞争的商战风云中,经商能力的要求和传统相比已然发生了很大变化,商人既需要保持传统的预测、判断和把握机遇的能力,更需要拥有冒险、创新和直面交锋的能力。对于当代竞争激烈形势下的商人品性,经济学家熊彼特保持着相对复杂的态度,他说:"当代资本主义企业家在获利的无穷诱惑下和竞争的残酷搏杀中搅起一股没有片刻宁静的经济风暴的时候,勇于打破陈规的冒险精神和创新意识便成了他们品格中的一个不可或缺的要素。"②他既看到了资本家为获利而掀起的博弈风暴,使社会难以安宁;也从正面看到了一种为战斗而战斗的骑士遗风,它表征着商人在证明自己的出类拔萃,并竭力争取事业成功。

这种巨变显然是作家无法视而不见的。正如邱华栋所分析指出的:"连续十几年的中国改革进程从政策创新过程,推进到了以大规模社会结构分化

---

① 钱石昌、欧伟雄:《商界》,黄河文艺出版社1989年版,第2页。
② 熊彼特:《资本主义、社会主义和民主主义》,绛枫译,商务印书馆1979年版,第167页。

与结构转型的中期改革……如此纷繁复杂的、比巴尔扎克时代还丰富十倍的社会现实,已经让越来越多的作家无法回避了。也就是说,我们的作家从来没有面对过如此难以确定与认识的社会文人气与商人气的交融状况和丰富的写作资源。"①当代小说显然把握住了竞争这个叙事的关键,以之为架构来组织故事,推动情节发展,商人和企业之间的竞争博弈,也因此成为小说叙事最常见的内容和景观。这从不少小说的题名就可看出端倪,如王强的《圈子圈套》三部曲,《输赢》《浮沉》《饕餮》《职场风雨飘》《虎口夺单》《商不厌诈》《对赌》《狼战》《做局高手》《问鼎》《谋之刃》等等,竞争和博弈的硝烟气息从题目中就已经弥漫开来。

当然,在这种竞争博弈的关系中,温情脉脉的面纱是要被无情地撕下的,"聪明的等待时机,东山再起;愚笨的杀红了眼,吓破了胆。总之,做生意,是朋友只可以加强信用,不能出让利益;不是朋友,只可以提高警惕,却未必少了赚头。商业的主宰是市场规律,而人情只是哭笑多变的媒婆"。在小说《商界》中,叙事者借商人张汉池之口发出了这样的声音:

> "我不能再做羊,我要做只狼,做只聪明的狼!"不知谁说过,恶也是推动历史的动力。弱肉强食,适者生存。世界要进步,不竞争怎么行?

纵览当代小说为数众多的对商战竞争的叙述,我们在感觉到惊心动魄正逐渐成为家常便饭的时候,除了抱怨其过于泛滥,又不得不承认,当代小说创作已经走进了市场的中心,既紧跟时代脉搏,更切合市场需要,说其时代气息鲜明也好,说其媚俗也罢,都改变不了它是时代发展的产物的现实。

二、既回望传统又迎合时代的叙事

人的思想是一种多维的存在,具有过去、现在、未来三种向度,在思维的

---

① 邱华栋:《在多元文学格局中寻找定位》,《几度风雨海上花》,生活·读书·新知三联书店1996年版,第221页。

空间里,人可以在这三种向度中自由往返,纵横驰骋。人又是文化人,不管人承不承认,都不可避免地受到文化的影响和塑造。当代中国似乎正以箭一般的速度从传统的母体中脱离而去,给人日新月异的发展感,使人体味到巨大的新鲜感。但这充其量只是事物发展的一个方面,在这种快速发展的内里,在人的思想与情感的中心地带,传统文化仍然如根系一样在努力生长,输送着水分与养料。换用另一个形象的比喻,那就是现代人这个新生胎儿并未割断与传统文化母体的连接脐带;即便人长大了,在思想观念中,人仍然对这根"脐带"怀有深厚的感情,时不时地、不自觉地要回眸、凝望和吸吮。

当代小说在爆炸式的发展中,与传统相比较,并没有变得面目全非、迥然两样。深入发掘其叙事的内核,我们发现,其中不少东西即是传统的留存和再现,只不过它通过新的叙事的外衣,更好地迎合了当代人的需求和口味。在这方面体现得最为明显的,就是将传统与现代结合起来加以表现的商贾历史小说,它作为小说的一种类型,带给了人们一种与现代商战题材小说不同的阅读体验和感受。商贾历史小说中比较有代表性的作品有《大盛魁商号》《胡雪岩全传》《大宅门》《白银谷》《乔家大院》《大清徽商》《商圣——范蠡全传》《绝代政商吕不韦》等。这些作品回眸历史,对商人及商人家族的盛衰史进行全景式的展现,在历史的风云中塑造形象丰满的商人形象,带给人荡气回肠的历史感、血肉充盈的审美感和恍如当世的真实感。

这类小说在叙事上的一个鲜明特征,是大都采用单线发展的形式。这种叙事形式,基本上是传统小说形式的再运用。尽管小说中也可能会产生众多头绪,一些支流故事也会穿插其中,但是在总体上,这类小说的情节往往比较集中,多以一个人前后发展的人生轨迹为主线,或者以一个大事件的来龙去脉为主线,使小说叙事紧凑、凝练。如《胡雪岩全传》就是讲述胡雪岩从生到死的全过程,胡雪岩一生纵横官商两界的跌宕起伏就是故事的主线,这方面相类似的还有《商圣——范蠡全传》《绝代政商吕不韦》等。《大盛魁商号》也着力叙述古海的成长历程,小说展现了他从初入大盛魁的小伙计,成长为大盛魁掌柜的颇为励志的故事。

这样的叙事方式在中国古代比较常见,"三言""二拍"中的不少叙述商人经商的作品,都是采用这种模式,小说将商人经商的波澜起伏的过程统摄于叙事的进程中,描绘出商人从贫穷走向富有,或者从富有而走向厄运的全过程。这种叙事形式的好处是结构比较简单,能够使读者根据叙事的推进而加以理解和把握,形成对叙事主旨的准确体悟。无疑,这种叙事形式是符合古人传统的审美要求的,也很契合大众的阅读习惯。当代商贾历史小说大体沿用了这种传统的叙事形式,正可说是对仍然潜藏在人们心里的阅读习惯和审美诉求的一种呼应。只是相比较而言,当代商贾历史小说在叙事推进的关键点上,很少再将"神仙相助""命中注定"等作为经商成功与否的决定行因素,商人的智慧、能力和行动成为小说叙事不断演进的关键。这是作者的创作主旨发生了变化,读者的阅读趣味也发生了变化的结果。

如此,就涉及小说生产语境和接受语境转换的问题。自改革开放以来,大众文化的构成,受到了经济发展的显著影响,经济话语的权威力量不断显现。在大众心理层面,对金钱的重视成为重要组成部分,能够赚钱、会赚钱的人往往获得更多的艳羡和崇拜。这样一来,从"期待视野"的角度来说,人们普遍希望能够在作品中阅读到成功商人的典范,并且希望商人的成功是真实可信的,其行为是值得借鉴的,其成功最好还可以复制。这种期待就变成了市场的需求,它渴望得到满足,同时也从可接受度的层面决定着产品的类型、特征和数量等。正是受这种大众文化需求的影响,商贾历史小说顺应需要而生,并很快形成了量的成倍繁殖与增长。以此而观可以断言,大众文化对小说创作机制的形成是起着至关重要的作用的,大众所构成的市场左右着文学的创作,读者大有跃居于作者之上,占据写作的心理主导地位的趋势,那种传统的作者主导、自上而下的俯瞰以及教育引导者的姿态,都渐渐地变得没有了市场,失去了存在的基础。因此,虽然当代商贾历史小说创作仍沿用了单线发展的叙事形式,但那只不过是为更好地迎合大众成功的渴望、成为英雄的梦想、实现飞黄腾达的期盼。每个人都希望不被操纵、不被左右地实现梦想,能够将命运牢牢地掌控在自己手中,他们当然希望在作品中更多地看到这类人物走向成功的范例。

与这种语境的转换紧密相关的是,在小说叙事上,当代商贾历史小说尽可能地契合着大众的心理诉求,以此为原则来对故事进行处理,对主题加以提炼,更有效地满足读者的需要。这一点并不显得玄奥,因为有作品于不经意间直接地表明了这方面的打算。如在《绝代政商吕不韦》中,其内容提要这样说道:

> 《绝代政商吕不韦》向您讲述:一曲鱼、肉和熊掌能兼得的千古绝唱;一个钱权变换、赚尽风流的绝代赢家;一个卫国小商人的政治发迹史!

实事求是地说,一个人若是能够做到这样,又还有什么挑剔的呢?无独有偶的是,《商圣——范蠡全传》在内容提要中也表达了与此相同的想法:

> 千古潇洒莫过范蠡:功名、财富、美人三者兼得,义勇、智谋、气魄集于一身,可谓商中之圣。

将两者放在一起,这方面的认识会更加强烈:成为“绝代赢家”、成为“商中之圣”,是商业经济时代大众的热切渴望;能够金钱、权力、美人三者兼而有之,更是最完美的结果。两篇小说不约而同地将读者的阅读心理和盘托出,至少表明,作者都已经认识到,大众阅读的最首要的期待是获得欲望的最大满足,这已经成为小说创作的预设,尽可能地实现其最大的满足成为创作的目标,也成为创作成功与否的关键所在。

当然,不管当代商贾历史小说是否极力迎合读者的阅读需要,我们将小说叙事中所展现出的观念进行古今的纵向观照,还是能够发现,其中有很多思想是趋同的,而且有着深厚的传统文化的投影其中。

首要的一点是以儒家思想和价值标杆来塑造商人。较有代表性的是高阳的《胡雪岩全传》，在这部具有典范意义的小说中①，作者赋予了胡雪岩勇担责任、诚信、知人善任等很多优秀品质，使这个人物形象变得近乎完美。在其他小说中，这样的情况也一样存在，如对范蠡和吕不韦的塑造，也体现出这种鲜明的特点；在《大盛魁商号》中，这主要体现在大掌柜王廷相这个人物形象的高大与完美，小说描写他处理业务时充满智慧，用人时能够赏罚分明，而且待人大仁大义。这些人物所觉有的品质和特征，无疑都是很符合儒家的审美和价值标准的。为了充分符合这个标准，不少作品在义利叙事的过程中也做了大量文章，进行了巧妙的设计和安排。如《大盛魁商号》叙述王廷相在生意伙伴米掌柜因为受洋人的骗，生意亏损而没有办法偿还巨额债务时，十分大度地将债务一笔勾销，展现出王廷相的儒家仁义之风。为了将这种风范表现得淋漓尽致，小说描述了大盛魁的财东史耀的行为，以之与王廷相的行事风范形成鲜明对照，史耀对王廷相的行为十分不满，硬是向米掌柜逼要债务并将其逼死。两相对照，反差鲜明，但是否说明王廷相就是一个重义而忘利的人？显然不是，商人总是要追求利益的，王廷相这样做的目的，从根本上来说还是为了利，他通过牺牲一时的、眼前之利，维护了大盛魁的长久的、无形的、更大的利。只不过作者没有把这一层点出来，而是尽可能地维护着商人契合儒家精神和价值的一面。可以说，小说叙事正是通过大力宣扬商人精神的仁义高尚，而对商人本能的追求利益避而不谈，以此来实现以儒家价值取向来塑造商人。

这种叙述方式在中国古代小说中是屡见不鲜的。当时的大部分作者创作的主要目的，其实就在于要宣扬主流思想、教化民众、敦厚风俗。不管他们是否意识到，"文以载道"这一源远流长、根深蒂固的观念，已经内化于他们思想的深处，积极地在作品中加以践行，被文人士大夫看作是自身的神圣职责。正因此，我们才会在古代小说叙事中，看到如此普遍的、几乎模式化的义利叙事

---

①　蔡爱国认为高阳的《胡雪岩全传》确立了当代商贾历史小说的文本规范，是构成当代商贾历史小说生产语境的两个核心要素之一。参见蔡爱国：《当代商贾历史小说的生产范式及其转型》，《当代文坛》2006年第2期。

内容。而当代商贾历史小说创作者显然沿承了这股遗风,竭尽全力地刻画和展现商人身上所具有的儒家精神和品格。

其次是注重对商业运作的权谋化叙述。前面已经论述到,当代社会经济话语的权威力量不断彰显,但在商贾历史小说中,政治权谋仍然超越于经济话语之上,具有无上的话语权威。在《胡雪岩全传》中,作为商人的胡雪岩充其量只是李鸿章想要割断的手臂,是政治场中的一个棋子而已。小说叙事对胡雪岩叱咤商业场的笔墨投入得十分有限,因此,并未给人留下多少深刻的印象,相反,他怎样开展与政治人物的交往,怎样通过权力来谋求利益,倒是给人留下了更为深刻的印象。《大盛魁商号》的叙事也呈现出这种特点,小说并未对大盛魁商号如何发展壮大进行详细描述,却对它因为得罪了草原上的权力人物而走向衰落进行了详细叙述,大盛魁商号要将旁落别人的生意夺回来,只有千方百计地重新示好权力人物,以修复破裂的关系。这样一来,是否能够与政治权力形成高度融合乃至联姻,就成为小说叙事的重心所在,商业运作的权谋化也就在所难免了。

事实上,将商业运作进行权谋化的叙事处理,正反映了众多商贾历史小说的软肋,它们难以对商业运作本身进行详细的描述。这与不少小说作者对商业的运作缺乏深入的了解,更没有对历史商贾活动的清晰把握不无关系,巧妇难为无米之炊,想要表现也会显得力不从心。相反,小说作者对传统思想文化有着更为深刻的体悟,他们尽量从中汲取创作的养料,将商贾的行为镶嵌进传统文化的框架中,形成自己对于商贾及其行为的理解。在传统文化中,商人是社会等级秩序的牺牲品,官商合一才是正道,贾而好儒才是上等,受此观念的影响,众多商贾历史小说着重表现商人的“儒商”品性,着重展开商业运作的权谋化叙述,也就具有了历史的必然性。

当然应该看到,当代商贾历史小说的叙事形式较好地满足了读者的需求,其在通俗易懂的叙事中,传递了很多与传统文化以及与传统小说相类似的观念和倾向,受到了不少读者的欢迎。但不可否认的是,在传统与现代的交叠中,此类小说叙事遭遇了不小的尴尬,它既想形成厚重的历史感,又避免不了市场的世俗化需求,在两相嫁接的环节难免捉襟见肘。因此,我们看到其在批量化生产的同时,表现范围虽不断扩大、延伸,其艺术成就却并没有获得大的突破和发展,这恐怕是特别值得思索一番的。

第二节　钱财新物语:近年来财富叙事的演绎变奏

走过 20 世纪 90 年代"金钱是否万能"的激烈争辩,人们的思想正全面地敞开,拥有金钱和财富的合理性问题早已不再是问题,"靠本事吃饭"和拥有财富的多少成为核心关切。这是社会变革和发展的结果,是近 20 年无声无息却又轰轰烈烈上演的现代剧,小说作为对商业和资本运作的捕捉,在社会话语重构中,记录和书写了别样的"金钱物语"①。

一、社会变革与话语重构

改革开放特别是 20 世纪 90 年代中期以后,中国社会各种新的社会力量迅速成长,已然形成了一个由政治精英、经济精英和知识精英构成的强势群体,这个群体拥有社会大部分资本,其中尤为显著的是,一批新商人作为社会体制变革的产物,站在了历史的潮头,引领着商界风流。

在市场经济的大潮中,经济话语权力逐渐变得强大,开始拥有了至高无上的重要性,受其影响,中国社会话语权力的结构布局发生着悄然改变,"金钱的地位取代了过去政治权力的地位而变成社会与生活中最有力的价值尺度和调节手段,人们的生活习惯,观念与感情完全被更新了,物质欲望及其被满足

---

① 杨虹:《城市变革中的金钱话语——近 20 年商界小说对城市文化的一种书写》,湖南省城市文化研究会第六届学术研讨会论文集,2011 年。

成了社会生活的主流"①。人们前所未有地坦然面对着对金钱和财富的追逐。德国社会学家西美尔谈道：

> 现代人对幸福的巨大渴望……显然受惠于货币的力量和它造成的结果。各阶级和个体之所以能够发展形成现代独具的"贪婪"（人们可以诅咒它，也可以将它作为刺激文化发展的动力欢迎它），是因为现在有了一句可以用以概括一切值得追求的目标的通用语。有了一个中心点。它就像神话中有魔力的钥匙，一个人只要得到了它，就能获得生活的所有快乐。②

实际上，西美尔已经认识到，金钱在现代社会中已成为社会、政治、文化复杂关系合力的产物，不再是简单的经济现象，在其中，人性的、形而上的精神意义开始得以承载。在人们的生活里，金钱已不再仅仅是手段，而成为目的本身，受制于欲望本能的驱使，人甘于为它折服、拜倒，奔忙不休甚至失去理智。"货币给现代生活装上了一个无法停转的轮子，它使生活这架机器成为一部'永动机'，由此就产生了现代生活常见的骚动不安和狂热不休。"③这所形成的其实就是一部"金钱物语"。

法国批评家吕西安·哥德曼对小说形式与市场的同源性进行过分析，指出："小说形式实际上是在市场生产所产生的个人主义社会里日常生活在文学方面的转移，在一个为市场而生产的社会里……小说的文学形式，同人和财富，广而言之人与人的关系之间，存在着一种严格的同源性。"④以之为理论的基础，可以认为，小说对金钱的言说，与现实社会的物欲世态具有"同源性"关系，即像福柯所说的那样，小说话语是社会权力关系的产物。换言之，物欲世

---

① 李书磊：《城市的迁徙》，时代文艺出版社 1993 年版，第 14 页。
② 西美尔：《现代文化中的金钱》，刘小枫主编：《金钱 性别 现代生活风格》，顾仁明译，学林出版社 2000 年版，第 13 页。
③ 西美尔：《现代文化中的金钱》，刘小枫主编：《金钱 性别 现代生活风格》，顾仁明译，学林出版社 2000 年版，第 13 页。
④ 哥德曼：《论小说的社会学》，吴岳添译，中国社会科学出版社 1988 年版，第 11 页。

态在为小说叙事提供依据和材料的同时,还借助社会强势话语权力,形成了对文本叙事的参与,渗进了小说内部。以往,人的物质生存问题多被归结为道德问题或政治问题,人的带有根本性的物质和金钱的需求,终究是处于被压抑而无法充分言说的状态。近20年来,随着社会变革和话语重构,小说作者开始将笔触伸入到商界活动的主动脉中,常聚焦于金融投资、股市交易、房地产买卖、营销大战等能集中展示人们逐利世相的领域,以新写实的风格对生活表象进行逼真的刻画,也对人们在商业社会中所面临的生存困境以及心灵的裂变进行了揭示。如此,市场经济大潮下的"世情商态"在小说中便得以蜂拥而出,其中表现得最为狂热、最为充分、最为深刻的就是"金钱物语"。换个角度说,表现"人"与"金钱"关系的金钱问题,为当代小说创作提供了丰富的话语题材,作为一种文化和精神现象,其所蕴含的空间也是十分巨大的。

二、激荡的金钱畅想曲

伴随社会的变革与商业文化的演变,小说开始积极认同金钱崇拜与实利原则,谱奏出金钱的畅想曲。李其纲的小说《股潮》中的人物说出了这样的话:

> 一种生存方式,必然有它的价值观,也就必然有它的爱情方式……以前你崇拜陈寅恪,我崇拜高斯,而如今,我们更崇拜的、或者说骨子里更向往的,难道不是李嘉诚、不是洛克菲勒?

强烈地向往金钱和财富,俨然已成为一种新的生活方式中的价值主流。何顿的《我们像葵花》中的人物如此说道:

> "要发狠赚钱,"刘建国说着心里话,"你不赚钱,你这一世就只能生活在这个社会的最下层,死了跟一条狗一样。好多快活的事情,你都看不到,不是冤枉来到这个世界上了? 所以要发狠赚钱,不然你斗别人不赢。"

这种直白的话语,堪称"金钱物语"在人物心灵的直接显露。事实上,小说刻画在商海闯荡的"成功人物"时,都已将"发狠赚钱"作为了一种基本的表现模式。《曼哈顿的中国女人》里,主人公以几百美元为资本,在曼哈顿这个演绎金融传奇的地方闯荡,数年间便成为经营着上千万美元进出口生意的富商;《海南过客》(于川著)中饱受贫穷之苦的王亦凡,毫不犹豫地投身海南开发的"淘金热",凭借着学识、勇气和吃苦耐劳的精神,备尝了人生艰辛,战胜了众多困难,最终把握住了赚钱机遇,在游戏赌博机这个并不光彩的市场成功地淘金;葛红兵所著的《财道》中,出身贫寒的崔钧毅,在上海这个富人的天堂里曾备受歧视,但他不服输、不低头,负重而上,从股市的金融搏杀中脱颖而出,在赢得了财富上的辉煌的同时,也以大爱化解了人生恩怨。在这些小说里,搏击于市场经济大潮中的商人们,已摆脱了"商人低贱,金钱罪恶"的传统观念的束缚,将把持和占有金钱,当作人生最重要的目标之一,于聚积财富中大显身手,并同时张扬了个人能力。"市场经济的启动不仅冲击了人们的价值观念与生态方式,而且为人们提供了摆脱传统集体权力话语的基础与条件,使个人能力得到张扬。"①

进一步细观小说的创作路径,我们发现,与对金钱的认同甚至礼赞的取向相一致的,是对作品中人物经商能力的诗意化。经商能力包括胆识、智慧、德性、策略和手段等,能力为财富梦的实现打开了通道,对"能力"的诗意化的表现中,往往也就蕴含着作者和人物的金钱畅想。如 20 世纪 90 年代较早的小说《商界》所谱奏的金钱畅想曲,很大程度上就是通过对企业家廖祖泉的能力的渲染来实现的。廖祖泉精明能干,善于把握机会,从酒店的设想、筹建,到对酒店业的市场调查、预测与可行性分析,再到紧缩银根、控制信贷风险等,充分展现出了过人的胆识,非同一般的眼光和智慧,以及务实勤干的风格。到近期付瑶的《输赢》(2006 年)等作品,依然延续了着力展现商界风云人物非凡能力的基本套路,只不过在前后对比中可以发现,如果说廖祖泉的出色才能承载

① 束学山:《认同与抉择:民间话语的价值取向》,《当代作家评论》1999 年第 4 期。

着转型期商人追逐财富的梦想,承载着个人价值和生存的意义,属于商海"搏杀式",因而传递出更深厚的意蕴的话,那么,《输赢》中的周锐等商界宠儿的才能,在作者叙事和文本表述中,已然削弱了其强烈的价值表达和生存关切,带着"畅游式"的体验,金钱和财富成为"能力"水到渠成的附属品而逐渐退居幕后。

与"发狠赚钱"的显著心态相伴随,小说中体现的另一个显著心态,是追求"消费享乐"。市场经济较大程度地催生了个体的觉醒,并孕育了市场主体自我负责的精神,这在世俗生活和个体价值层面的一种体现,就是"消费享乐"观念的日趋普遍。事实上,以琳琅满目的商品为特征的消费主义不仅进入到了人们的日常生活,而且构建着人们的消费行为和生活方式,甚至开始对大众的道德、思想和观念形成主宰之势。"围绕着消费所形成的消费欲望构成了一种社会控制,这种社会控制冠冕堂皇,显得非常具有合法性,它把传统生活伦理中的节俭、适度变为普遍的奢靡并冠以现代化、经济繁荣、社会进步之名,成为个人进取和促进社会生产力发展的动力。"①受其影响,高消费变成自然的、普遍的,或者说成为道德的、正当的、合法的,要是谁没有能力消费,反而变成了可耻的事,就可能被冠以"不道德"的名义。受此急剧变化了的社会文化和思想的影响,浓烈的金钱至上色彩成为小说中人物的显著特征,也就并不令人惊讶,豪车、名宅、高档服饰、奢华餐饮、高级会所等成为这些人物身份高贵的标志,成为他们成功后的伴生品,而这也可以说是不少人所努力追求和极力去实现的。如李其纲的《股潮》中,女主人公秦玫在家里用的化妆品是霞飞、永芳,这已经是最好的;家中和公司里分别备下了两套不同的,而到了公司,就使用另外高档得多的一套,如伊丽莎白·雅顿,或者克里斯蒂·迪奥等,她希望以此来尽量消除和丈夫之间存在的经济落差、身份落差和生存落差。

当然,近 20 年小说所传递的金钱畅想,不仅像旋律一样弥漫在小说的故

① 彭焕萍:《媒介与商人》,华夏出版社 2008 年版,第 122 页。

事里,甚至直接通过书名洋溢了出来。如陈一夫的《钱网》《错币》,倪辉祥的《钱途》,沈飞龙的《金钱似水》,唐文杰的《款爷》,王亚腾的《皮夹》,等等。

三、复杂的金钱面相

金钱广泛的渗透力,使之与政治、法律、道德、伦理、哲学、情感等发生了纠缠不清的关联,它呈现于人、于事、于生活诸方面的面相是十分复杂的。近20年小说捕捉了这种复杂性,并进行了多方面的刻画,其中,情感的迷失和股市的浮沉是刻画复杂金钱面相的两个重要方面。

男女之间情感纽带的维系与解开,可说是衡量金钱效力的很好的"试金石"。钟道新的《单身贵族》将对金钱的思考,巧妙地通过许前飞与情妇关莉的复杂关系体现出来:许前飞与关莉本是因情欲的需要而成为情人,一旦两人发展到与商业经济利益相关的时候,就不得不分手两散,而关莉也逐渐从因感情需要而坠入情网,发展到为了生存需要而无奈地使用姿色,情感的内里被利益和金钱所挤兑、抽空,显示出商海中人连最后一点男女私情也被商业化了的悲哀。李其纲的《股潮》虚构了董吉夫妇的故事,表现了知识分子涉足商海股潮的心路历程。作为一对不甘清贫的大学毕业生,两人双双下海,董吉在股市被套牢,秦玫在商界如鱼得水。小说中,金钱之力不仅足以解构多年的夫妻感情,而且足以建构新的价值观念。作品通过对夫妻关系进行的历时性对比,向人们暗示出金钱对社会生活的强有力渗透和带来的破坏,它似乎是提前向人们发出预告,被股市所掀动的个体金钱欲望,正在成为一种新的人际关系的纽带,"物质力量的消长和货币关系的变动取代情感而成为人与人关系的新的纽带和人活着的原动力"①。小说《月亮背面》(王刚著)以金钱作为贯穿整个故事情节的核心线索,讲述青年男女牟尼和李苗闯荡京城不懈打拼的故事。通过小说叙事发现,传统的财富道德伦理在残酷的现实生活面前失去了话语

---

① 陈国恩、吴矛:《市民世态,历史文化,欲望叙事——20 世纪 90 年代城市小说的三种表述》,《福建论坛》2006 年第 5 期。

权,现代货币经济体制和由之衍生的生存法则,使事物都变成了商品并打上了金钱的烙印,以至于牟尼和李苗的爱情都能转换成商品并进行精确的计算和量化,并进行现金交易。至此,金钱已不再是手段而变成了目的本身,它的盈亏直接关系人物的生存,关系到他们人性的提升抑或沉沦;它竟然"如此彻底和毫无保留地变为一种心理上的价值绝对,变为一种统御我们行为取向的无所不包的终极意图"①。需要注意的是,《单身贵族》《股潮》《月亮背面》等都是属于 20 世纪 90 年代的作品,如果说当时的作家面对金钱给时人的情感和生活所带来的巨变,抱有着审慎的怀疑、欲拒还迎甚或批判,使得其对男女人物之间情感的迷失还带有惋惜、痛心和遗憾的话,那么,到了近几年,随着商品经济的普遍化和其全方位深刻影响的产生,在小说中,金钱对情感所造成的负面作用变得愈发明显,这突出地表现在:一方面,作品中的人物日益像占有金钱一样占有感情,现实利益的考量越发地重要,同时又像消费商品、消费金钱一样消费感情,情感的真假变得不可捉摸也无关紧要,仿佛游戏。另一方面,小说作者们越来越趋向于把感情作为商海博弈、激战的调味剂,舒缓一下神经,抑或满足一下读者猎艳的阅读口味,在对成功人物的表现上,走了一条金钱加众多美女或帅哥围绕的庸俗道路,并在不经意间露出作者自己意淫的本来面目。

　　在近 20 年小说作品中,股市题材成为小说创作最受青睐、最为集中的选材之一,股市仿佛一口喷涌的井,从中流淌出金钱在现世里所幻化出的种种形态。《股票市场的迷走神经》(钟道新著)对股市中寻求暴富的欲望所具有的疯狂与迷失较早地进行了表现,小说在表现常锐是人也是经济的野兽的复杂性的同时,没有回避股市这个新生事物中的矛盾、黑暗和问题,而是全面地展示出其隐藏的复杂面,诸如它对人们的金钱欲望的刺激,权钱交易、官商勾结等。沈乔生的《股市日记》渲染出股市金钱潮涌带给人的极大刺激和近乎疯

---

①　西美尔:《货币哲学》,陈戎女等译,华夏出版社 2003 年版,第 232 页。

狂的激情。在小说中,独白式的人物语言充满了神经质的、极度紧张和不安的气氛,书中人物所坚守的"在股票中失去,必须在股票中赢来"的信条,使他们几乎成了丧失理性的赌徒,这些人物为股票的上涨而癫狂,为股票的下跌而悲恸欲绝,其中,倾家荡产者有之,绝望自杀者有之,被他杀者有之,仍在股海苦苦挣扎者有之,股市中的金钱欲望因此被集中和放大,从中所展现出来的正是商品经济的本质,在这种高度科技化的空间里,一切都被简化为金钱货币关系,哪怕是再复杂的关系,也仅仅显示为跳动起伏的指数,表现为多方与空方看不见的战争。所以,路易斯·沃思才会认为,随着都市成为"金钱交易所",人们之间的关系在高度发达的商品生产和消费面前,已经被金钱所腐蚀和替换。要知道,随着资本市场化、金融市场化成不可阻挡之流,炒股发财很快便成为市民狂热的梦想,商海的欲望在股票中聚集起来,在股市这个商战的顶级战场,无数人被席卷进去,生活方式、价值观念等都在它的影响下被重新塑造和改变,以股市为窗口进行观照,能够很好地聚焦并放大生活和人际关系的特点,能取得不错的写作效果。

四、积极的财富反思

金钱是只作为手段才有价值的对象,对于人类的终极目标而言,它最多也只是实现的手段,"一旦生活只关注金钱,这种手段就变得没有用处和不能令人满意——金钱只是通向最终价值的桥梁,而人是无法栖居在桥上的"[①]。一旦金钱无处不在、无往而不胜,其本质就会被其作用所超越;一旦人们将金钱作为最高的目标加以信仰和崇拜,在对金钱的膜拜中使人类其他价值被陆续湮没时,人所必然面对的人性异化的悲剧也就开始不断上演。面对"金钱"大潮的汹涌而至,近20年来的小说并没有对金钱追逐一味地进行欢呼和颂扬,并没有在金钱与物欲的横流中忘记责任和使命,在正视"金钱崇拜"的同时,

---

① 西美尔:《现代文化中的金钱》,刘小枫主编:《金钱　性别　现代生活风格》,顾仁明译,学林出版社2000年版,第12页。

一些小说作者从对个体主义价值观的肯定中跳出来，对金钱追逐的意义和价值进行了冷静审视和积极反思。

20世纪90年代小说文本体现出的对金钱的反思和批判是直接而鲜明的，能从文题中就直白地显露出来，这与社会刚开始转型，新旧事物进行着激烈的交锋，人们还来不及进行思索的沉淀有关。梁晓声的《泯灭》即体现出这种反思和批判的尖锐性，小说集中展现清贫作家"我"和财富骄子翟子卿行为和思想的碰撞，因为对金钱的不同认识和价值取向，从曾经的兄弟和朋友，变成互相伤害的对头。翟试图用金钱说服"我"放下自尊和清高，使"我"内心物欲的大门大开；"我"则试图用理想主义的说教，用亲情和友谊等传统的思想去改变翟的思与行。最终，"我"陷入了巨大的困惑之中，金钱的虚伪，挚爱的怯懦使"我"难以找到人生的意义和支点，而翟则在母亲与妻子被自家养的狼狗咬死后，陷入了精神的彻底崩溃，等待他的是漫长的精神病院生活。在小说的扉页，作者梁晓声不无痛心地写道："某些东西在我们内心里泯灭，并开始死亡；某些东西从我们内心里滋长并开始疯狂地膨胀……"金钱、虚荣心等的膨胀下，道德沦丧、精神堕落所带来的泯灭感，正传达出作者的困惑、反思与批判。梁晓声的另一部小说《恐惧》同样演绎了金钱肆虐下的令人恐惧之状。

进入21世纪，小说更多通过人物行为的疯狂和心灵的蜕变，来将作者对金钱的反思隐晦地体现出来，部分小说以"商界精英蜕变史"作为核心主题，全方位审视"金钱"在商业社会中所引发的精神意义和人性内涵。矫健的小说《换位游戏》讲述了一对孪生兄弟互换生活空间、互换身份的奇特故事，哥哥作为股市交易员，与他人合作营造了一个骗局，使他人上当受骗，却不料受害者竟是自己的孪生弟弟。从这种行为中不难看出，哥哥等人的灵魂已在股市的金钱面前，在股海的欲望中走向了沉沦。小说显示出作者深刻思考着经济伦理的失范所带来的人性缺失，小说中正义最终得以伸张的结局，也展现了作者对于金钱之恶所给出的道德批判。老奇的《天尽头》中，华尔投资公司作为超级庄家，与金通股份合谋骗取股民钱财，成功将股民数以亿计的资金收入自己囊中。郑久刚这个华尔投资公司的幕后策划人为了攫取金钱，不惜合谋欺诈、实施犯罪，其出击"若猛兽鸷鸟之发"般凶猛，又兼具"机深诡谲"的高智商手段，残忍冷酷与理智冷静相融合，充分体现了高智商犯罪的特征。在疯狂地攫取钱财的过程中，郑久刚渐渐丧失了正义和良知，通过实施阴谋获得暴利，竟已成为他人生乐趣中的重要部分，在实施阴谋得逞所获快感的反复作用下，郑久刚的人性也被完全扭曲。李唯的《坐庄》中，"金融骄子"肖可雄本性善良，但最终成为金钱的牺牲品，他聪明果断、敢作敢为的良好品质，在经历了股市利欲的冲击后逐渐褪色，冷酷无情、自私卑鄙、不择手段逐渐像细菌一样在他身上蔓延开来。总体来看，作品通过刻画商界精英的"蜕变史"，所塑造的这些人物，基本上都是"把人的本质力量的实现，仅仅看作自己放纵的欲望、古怪的癖好和离奇的念头的实现。他还没有体验到财富是一种凌驾于自己之上的完全异己的力量"①。这些小说正是深入到人物的这种内心世界，剖析人的灵魂与行为之间所存在的难以缓和的对峙，将"灵与肉的冲突"的话题进行了进一步的演绎，在引起共鸣的同时又发人深省，给人们对欲望本体化的后果提出了深刻的警示。

有学者曾指出："在充满体制漏洞，且没有制定任何追逐财富游戏规则的国度，几亿长期处于贫穷状态的人，其物质欲望一旦释放出来，既形成了一种前所未有的金钱饥渴感，那种在政治压力下被迫退回意识深处的'常识理性'，一旦没有了外在的束缚，就以极快的速度膨胀起来，最终导致了这种道德严重失范的状态。追逐金钱的活动，在中国从未形成这样一种全民参与、铺天盖地、势头汹汹的金钱潮；对金钱意义的张扬，也从来没有达到这样一种藐视任何道德法则的地步。"②在这样的历史语境中产生出来的小说，它对金钱的书写，就使"欲望匮乏"所带来"生命感觉"得到了更多更充分的表达。不

---

① 《马克思恩格斯全集·1844 年经济学哲学手稿》，人民出版社 1998 年版，第 101 页。
② 何清涟：《现代化的陷阱：当代中国的经济社会问题》，今日中国出版社 1998 年版，第 204—205 页。

过,不少作品并没有停留在对于商业时代的金钱问题作镜像式的浅层描述,而是洞悉到社会思想文化的深层和人的灵魂深处,表达出深沉的思索和关怀,这是值得肯定的。总体来说,当代中国小说在进行"金钱物语"的表述中,应该更多地将笔触深入到社会生活的现实里,深入到思想观念的内核里,深入到人的灵魂的最深处,去打量金钱细微无形又移山填海般所催生的种种。

第三节　因力展商情:小说叙事动力 及其审美价值

当代展现商业和商人的小说创作呈井喷之势,数量急剧增加,但作品良莠不齐,如何评价这些创作与作品已现实地摆在人们面前。叙事动力作为推动小说情节发展的内在力量和逻辑,集中地体现着创作者的创作方法和目的,在考察小说的创作及其价值中具有重要作用。①

"小说是叙事的艺术,而叙事由话语的文本形式来完成。它是作家艺术创作的结果,是作家艺术创作方法和目的的体现。"②通常人们认为,各种类型的小说都存在推动故事情节不断发展的叙事动力。所谓叙事动力,即推动小说情节发展的内在力量和逻辑。如侦探小说中的悬念,其设置、发展、推理及解谜使小说情节获得了一种内在驱动力。在考察以考验为主题的小说时,巴赫金说:"考验的主题,使得人们能够深刻而郑重地围绕着主人公组织起各种不同的小说材料。"③小说也同样存在推动故事情节发展的叙事动力。

当代小说创作根植于当代经济社会发展的现实,受到人们文化趣味和价值取向等的影响。从总体来看,虽然作品数量不断攀升,俨然已形成商界叙

---

①　参见谢志远:《当代中国商战电影的生产"场域"与叙事动力》,《当代电影》2018年第3期。
②　祖国颂:《叙事的诗学》,安徽大学出版社2003年版,第1页。
③　巴赫金:《小说理论》,白春仁、晓河译,河北教育出版社1998年版,第178页。

事、商人话语的狂欢之势,但有深度、有影响力的经典之作并不多见。这一方面当然有不少作品系一些网络作家哗众取宠之作的原因;另一方面也和当代小说本身的叙事偏好和价值旨趣有关,而且这种偏好和旨趣多从叙事动力的运用来体现并发挥作用。归结起来看,当代展现商业和商人的小说主要呈现出成长遭际型、商战谋略型、行业揭秘型三种叙事动力类型,本节即从探究小说的叙事动力入手,来管窥当代小说的创作面貌,并阐释其审美价值。

一、成长遭际型叙事动力

将故事主线对准商人的拼搏与成长,围绕商人所遭受的困境、考验、迷惘,以及商人如何面对、拼搏、崛起的经历和过程,来串联起各种故事并带动情节的发展,推动叙事的完成,可以看成是小说中的成长遭际型叙事动力。这类小说呈现出大致趋同的特征,或者说形成了较为类似的模式,即叙事基本沿着"菜鸟—遭际—成熟—大腕"的动力轴心推进,大都以第一人称或限制性第三人称展开叙事,聚焦于主人公的行商遭际和成长发迹,堪称商人奋斗史和成长史的书写。当代小说中,此类型叙事比较典型的作品有《外企白领成长笔记》(伍瑜,2005 年)、《杜拉拉升职记》(李可,2007 年)、《狼商》(新朝,2007 年)、《破冰》(郑涛,2007 年)、《职场风雨飘》(焚书煮月,2007 年)、《丁约翰的打拼》(柴志强,2008 年)等。

《狼商》中的主人公"我"本是一个极为普通却不乏野心的公司业务员,出于对更优质生活的向往,跳槽来到华兴做了一名普通的销售。在看似风光的工作背后,在令人咂舌的大项目面前,"我"随即成为别人的炮灰。但是更大的挑战与机遇接踵而来,成功与否的关键就在于能否从现实的遭际中学习、体悟和坚守……小说故事就以人物的成长遭际为动力而不断延展。《破冰》同样也是如此,小说从"我"选择从事商业销售工作开始起笔,展开其一幕幕"惊心动魄"的销售"战斗"的叙述,并最终收获成长与成功。《职场风雨飘》围绕初入职场的"我"的经历来组织结构、展开叙事,"我"凭借着父亲的关系,通过在私营小企业做销售,获得了第一笔十分宝贵的职场阅历,随后又在各种民营企业、台资企业、港资企业中辗转供职,甚至进入大型集团公司。这种不断辗转的过程,就是不断卷入漩涡的过程,"我"于其中体验着商战的残酷与职场争斗的复杂。围绕着"我"的成长遭际,小说连缀了不少"我"被潜伏身旁的陷阱与阴谋暗算,同时又设置陷阱和阴谋算计别人的小故事。《杜拉拉升职记》写受过一些教育、没什么背景的外企白领杜拉拉,通过自己的奋斗和努力成长为跨国公司 HR 经理,更是"菜鸟"变为商业职场"白骨精"的典型叙事。作者李可对小说人物和故事进行了解释:"杜拉拉就是一个普通人,杜拉拉的故事就是一个普通人靠自己的持续努力奋斗获得成功的故事,这是我最早塑造这个人物的初衷,从《杜1》到《杜3》,始终没有变过。"

此类型小说围绕人物的成长遭际连缀故事,笔法灵活自如,又能充分表现创作者的意图,颇受小说创作者的欢迎。从叙事推动和展开的方式来说,它与《鲁滨孙漂流记》等历险类小说有许多相似之处,只不过小说中的人物不是在自然环境中历险,而是在"商业场""商海"中历险和搏斗,读者跟随人物体验和感受"商海"颠簸浮沉的惊险、艰难、辛酸以及扬帆破浪的成功欢喜。因此,这种叙事动力机制,又与《西游记》以唐僧师徒四人西天取经为动力源来结构小说相类似,商海中的众多遭际,构成另一种形式的"八十一难"。但从总体上来看,《西游记》虽以人物经历串联起八十多个故事,但人物并未充分获得纵深的成长,情节并未给他们本身的发展以有力的推动。与之相比,这种叙事动力类型的小说呈现出显著特点,即小说的推动伴随着人物的发展与成长,这种成长可以是商业能力的全面综合提升,可以是心理的日益强大,可以是对世事的洞明和豁达,因而可说是对经商成长、精神成长、心灵成长等的纵深性叙事,有其突出的一面。

细加考察不难发现,当代小说在热衷于表述商人的"成长史"的过程中,产生着两种基本的趋向:一是以人物的"升职""发迹"为叙事主动力,着力于展现人物精神品质对于克服困境、抵抗风险、战胜诱惑等的重要性,如《杜拉拉升职记》《丑女无敌》等。这原本是值得推崇的叙事方式,因其传递出较多的社会正能量而具有较高的现实意义和审美价值,但它一旦沾染上过于浓厚的作者主观臆想,偏于"升迁梦""发财梦"的意淫式满足,或太在意读者的阅读兴趣与心理,就可能变成为平民百姓"造梦"或制造"英雄"的"噱头""媚俗者"。为突出人物的"英雄"性,小说将人物设定在一种"过五关斩六将"的拟定情境中,使众多人物遭际的情节变成可以尽情增添、任意删减也无伤筋骨的附和物,容易陷入叙事的模式化和扁平化,也易使叙事本身丧失应有的境界和品格。二是着意于表现人物血泪史式的成长轨迹。这种类型的叙事并无表现人物在商场、职场中称雄、显贵的刻意,而是在商业的大场域、大背景中讲述人物的沉浮、悲喜,更多地带着纪实的性质。如《破冰》的序中这样写道:

> 虽然企业对于我们更多看重的是结果,但是作为奋斗在一线的陆军,整个战斗的过程却更能使我印象深刻,乃至于多年后回想起当时的战斗场面时,它依然让我感到震撼。每一次跟客户的握手带来的是心灵的激动,每一次跟竞争对手的博弈带来的是心灵的悸动,每一次跟团队成员并肩作战带来的是心灵的颤动,每一次的交锋都夹杂着智慧、体力与心智的较量。

在这种类型的叙事中,人物的成长颇有"百炼成钢"之势,但其意味却趋于复杂,因此更值得我们注意。

二、商战谋略型叙事动力

西方社会学家将人类社会分为政府、商界和社区三大部分。以追求自身利益的最大化为原则的市场由商界主宰,在市场活动中,优胜劣汰的竞争法则被广泛推崇,以求利为本业,商人纷纷将竞争视为天职,"竞争心生,则一切改良进步,精益求精之心思,自蜂起泉涌而不可遏"①。这种"精益求精之心思"

---

① 转引自马敏:《商人精神的嬗变》,华中师范大学出版社 2001 年版,第 57 页。

体现到小说中,自然地使小说呈现出战争叙事的特征。描绘战争双方的排兵布阵和博弈,在战术计谋中见出胆识智慧,在对峙之势中尽显风云变幻,这是战争叙事的重要特色。在战争类叙事中,计谋谋略或战略战术多属于叙事的高位置势能,为文本的叙事结构搭建框架,或为重要叙事桥段进行铺垫,因此关乎叙事的脉络走向。一着失算,满盘皆输;走一步看三步,步步为营;运筹帷幄之中,决胜千里之外……这些都要通过对计谋战略的描写刻画来实现。

当代小说对展现“没有硝烟”的商战也颇为热衷,以两方对阵或多者博弈的态势展开商战的叙事架构,以谋略和手段等作为叙事动力,在这种谋略战术的指导之下,企业或商人为占领市场制高点,抢夺市场资源,紧锣密鼓地制定新品上市计划,制定销售策略,发展销售渠道,实施全方位覆盖的广告促销等,勾勒出一幕幕惊心动魄的商战竞争场景。有研究者将这种描述商战的小说归为“商场斗智”类型。① 比较有代表性的作品如《输赢》(付遥,2007 年)、《圈子圈套》(王强,2006 年)、《对决》(许韬,2008 年)、《浮沉》(崔曼莉,2008 年)、《掘金战争》(白希,2009 年)、《商界恩怨》(蒯辙,2000 年)、《无规则游戏》(贾鲁生,2005 年)、《争锋》(凌语嫣,2009 年)、《别样的江湖》(孔二狗,2009 年)、《算计》(祝和平,2010 年)、《险招》(周畅,2010 年)、《商不厌诈》(刘林,2011 年)等。

《输赢》以跨国企业决战中国市场为背景,围绕着惠康、捷科、中联争夺智能交通系统订单的事件,讲述了骆伽与周锐这两大销售高手为冲刺销售目标,想方设法争夺银行超级订单的故事,沿着超级订单的招投标这个主线,小说将销售对决、职场斗争、业务公关、团队建设和情感纠葛等统摄和容纳进来。《圈子圈套 3》以两大外企销售高手洪钧和俞威的对决为叙事的中心,两人围绕着“中国第一资源集团”这个超级大单,各施手段,使尽办法,为获取信息,有效运用了权谋机变的交际策略,为赢得先机,随时准备给对手软肋以致命一

---

① 杨虹:《中国商界小说的类型特质及其文化意味》,《理论与创作》2010 年第 6 期。

击，为谋求胜算，制定了取舍有度的市场战略……两人可谓展开了殊死博弈，整个过程每一步都可能是陷阱，招招都包含着奇谋，惊心动魄的商场谋略斗争，就这样在小说中被演绎得起伏跌宕。《算计》则围绕传媒界营销高手胡六带领团队阻击实力雄厚的外来者的市场掠夺展开叙事，把外部强敌来袭、内部大权争夺的斗争进行了充分演绎。小说展现了善良者的毒辣，阴谋算计的圈套，黑白纠结的唏嘘：

> 算计永不停息，夺权让人疯狂。权力就像骨头，我们都是那群抢骨头的狗。权力让我们忘记了平时的情谊，让我们殊死缠斗，它召唤着我们的狗性，我们露出白生生的牙齿，恶狠狠地扑上去，最后陷入永无休止的轮回……

小说中的这段话堪称对商战叙述的深刻剖析。《商不厌诈》围绕商界精英宿岱言进入贝斯公司后的惊险生存之路展开叙事，充分展现了商界精英的战略、战术、销售、策划、公关、管理技巧，刻画出行业的硝烟魅力。从这些小说的叙事中不难看出，它们不约而同地侧重于讲述主人公为赢得企业利益和成功而厮杀于商界的故事，可以毫不夸张地说，当代小说的大部分作品都在演绎类似的故事。

不容否认，就叙事策略及其推动来说，商战谋略叙事能带来悬念和变数，为事态的发展增添戏剧性，通过必然性与偶然性的遇合，构成巨大的叙事落差，产生出充满魅力的叙事扭曲力、牵引力。就小说故事内涵的表现来说，商战谋略叙事也有利于演绎主人公获取财富的天赋才干，以及他们独特的生命经历，更能使人物执着地追求事业成功、努力赢得业界赞誉，并证明自己优秀的价值期盼得到彰显，从而具有了较多的社会伦理意味和价值。刘小枫曾说："所谓伦理其实就是以某种价值观念为经脉的生命感觉"，叙事伦理学"讲述个人经历的生命故事，通过个人经历的叙事提出关于生命感觉的问题，营构具体的道德意识和伦理诉求"。① 以商战谋略为叙事动力的当代小说，除了揭示

---

① 刘小枫：《沉重的肉身》，华夏出版社 2007 年版，第 4 页。

主人公在商场搏杀中坚持义利并举的财富伦理观,坚守诚信的为商之道,更塑造了不少商海沉沦的典型,刻画了许多为谋求一己私利,因贪慕不义之财而耍尽阴谋、丧尽天良的商界恶人与小人。无论是正面或反面的叙述,它都具有伦理的意味和价值。

但应该注意到,在从"设局""手段"到"绝杀"的一场场触目惊心的商战叙事中,存在着意义消解的困局,即作品在一次次对"设局""下套""陷阱"等的挖空心思的叙述中,产生了一种近乎冷血的冷静甚至舔舐感,可能使读者在阅读的过程中,变成"圈套"的欣赏者而失去对人物命运和精神的观照。从商业发展的角度来说,竞争是商业场域的必然存在形态,商战也就不失为常态之一,但竞争的方式多样而非单一,恶性和良性的竞争并存,在竞争中共赢的情形也不少见。小说的商战谋略叙事若仅将笔触局限在"圈套""骗局"等恶性竞争、不端竞争的展现上,无疑是对商业场域的偏见,是认识不深或审美趣味偏离的表现,也容易使读者产生对商业场域的误解。不可否认,商战谋略以一场场尔虞我诈、不择手段的竞争和对抗展开,迎合了部分读者追求刺激和惊险的阅读期待,博得了十分可观的点击率和销售量,但如果没有深刻的人性关怀和精神审思,这种轰轰烈烈、光怪陆离的商战叙事就可能偏离正轨。从这个层面上说,小说的商战谋略叙事就需要融入更深广的人性关怀和精神审视,需要有更宽广的视野去捕捉商业竞争的丰富态势,在更趋细致的叙事中去展现商界的风云激荡、命运沉浮。

三、行业揭秘型叙事动力

行业有行业的内幕,也存在自身运行和发展的"潜规则",商业作为一个包罗着众多部门、众多环节和参与者的行业,也有其不为人知的隐秘一面。这些不为人知的事情往往能勾起人们强烈的好奇心和猎奇、窥探的欲望,同时,由于这些内容少被涉及,因此也多为小说创作者所喜好,不惜冒着一定的揭露风险而将之搜罗、展现到小说中来,这也成为当代小说创作"公开的秘密"。

不少作者更是打着行业揭秘的旗号来定位其小说创作的,而行业揭秘也因此内化成为叙事动力,成为小说本身的一种结构力量。

当代小说创作者大都具有从商、经营和管理等的经历。如《输赢》的作者付遥具有十多年在 IBM、戴尔等公司从事销售、培训、顾问咨询等方面的经验,曾任资深培训主管、销售经理等职。《破冰》的作者郑涛历任国内建材行业某集团销售总监,某港资公司中国区 BD 总监,开展过销售培训和销售管理方面的咨询服务。《圈子圈套》三部曲的作者王强先后在多家知名外企工作,短短几年间实现了从国企普通员工到外企在华机构的最高层的跨越,先后担任两家跨国软件巨头在中国区的总经理,有令人称奇的丰富经历。乔萨凭借涉足房地产行业的经历和对这个行业的了解,写出了令其名声大噪的小说《原罪》。《丁约翰的打拼》的作者柴志强在职场打拼十余年,销售和市场工作都曾从事过,国企、合资企业和独资企业也都经历过。《外企白领成长笔记》的作者伍瑜曾拥有多年在 BSC 公司、Texwood(苹果)公司以及英美烟草中国公司等外企工作的经历,一路从品牌助理开始打拼,成为市场主管以及全国培训经理。《股市教父》的作者白丁系原财政部官员,在中国股市、期市多年磨砺、研究,堪称有很高金融素养的专业人士。这众多的例子充分表明,丰富的商界领域的闯荡经历和现实体验,使小说创作者在创作上可以驾轻就熟。

不少作者毫不讳言他们的现实经历与作品创作和内容之间的关系。付遥在《输赢》的前言中说:"本书的内容来自我这十六年的销售体验。""接触了各行各业的销售模式,整理出来的方法更加普遍和通用,这些方法被融入《输赢》中。"《狼商》的作者在其前言中这样说道:

> 在写作这个类似纪实文本的时候,许多朋友劝我要小心,因为他们觉得我暴露了一个行业内幕,会让很多人难堪。

《圈子圈套》的作者王强在访谈时说:

> 我在博客上写一些东西牵扯到很多真实的公司和他的人员,包括一些老总一级的人物。有一些很善良的好心人就给我提建议和意

见,你不能这么写,这么写肯定引火烧身,但是我当时心已经开始痒
痒了。好像就觉得不甘心,收不住手,所以接着写,用小说的形式
来写。

真实的这一面是这本书的另外一个特点。我这个人想象力不
强,所以干脆基于真实的东西来写。

以趋于写实之笔来进行小说创作,对金融、营销、房地产、股市等商业行业
的内部状况、运行规则、生存法则等进行揭露,无论好坏美丑统统诉诸笔端,这
种叙事动力本身包含作者以自身认知推动和营构叙事的因素,是一种写实主
义的叙事路径。就揭秘叙事的功能来说,它本身包含着两面性。就其反映社
会现实来说,它包含着揭露行业乃至社会黑暗,起到针砭时弊、引起大家警惕
或疗救的作用在其中,当然也就包含着作者的社会道德伦理意图。正如清末
民初"黑幕小说"的创作,不少人认为写"黑幕小说"和黑幕故事有益于警诫世
道人心,对青年的教育作用更是无可替代,甚至认为这不仅能帮助人们解决人
生问题,而且还能够迁善进德,改进社会,"黑幕小说的好处,乃在长进我们的
知识,指导我们的世途;然后我们知道进德迁善。这样看来,黑幕小说,对于道
德也是有利无害咧"①。此类小说虽未必即是"黑幕小说",但多少也可相对
待来看。就其创作动机所催生的功能来说,它也可能仅仅停留于通过揭秘来
满足读者的猎奇欲、窥探欲,以此来赢得个人的名利。就当代小说行业揭秘叙
事的宏观格局来看,后一种功能的发挥显然占据着更加突出的地位。在这种
写实性的叙述中,读者更愿意将小说世界当作现实世界的映衬和镜照来看待,
更愿意从中想象现实世界的状况和法则,并发掘出其中的"职场圣经""从商
宝典""营销秘籍"等。程小程的《做局》被包装成"揭秘商业世界中最真实最
残酷的生存法则",伍瑜的《外企白领成长笔记》也用"老板和同事不会告诉你
的职场游戏规则"来包装和宣传。这也就难怪"《输赢》出版之后,很多读者对

---

① 杨亦曾:《对于教育部通俗教育研究会劝告勿再编黑幕小说的意见》,《新青年》1919 年
2 月第 6 卷第 2 号。

摧龙六式非常好奇。我们至今已经收到四万多条短信,索要摧龙六式的电子版书籍"。有研究者指出,这实际上已成为一种"被消费的真实"①。从小说故事和叙事本身来说,追求真实是其重要品质,但小说不能仅满足于真实,而应该努力实现真实基础上的审美超越。"对于小说而言,故事是一种具有对现实超越能力的虚构和拟真,不具有超越现实能力的故事不应该进入小说。""故事便是小说中那个异于我们又引起我们无限兴趣的虚构的世界,一个与我们的现实世界相关联、相对应的独特的时空世界,而小说家的使命便是如何把那个世界建构得更加奇妙动人。"②从这个层面来说,此类小说创作仍有改善和提升的必要。

叙事学研究在广泛的文化范围内,"向我们提出了什么可以让我们相信,或在我们面前能看到恨、爱、赞美,反对的论辩、震撼,或敬畏"③,以上所作的研究,也是一种叙事的文化阐释的尝试。笔者认为,叙事作为小说作者与读者进行交流的必然中介,也是窥探小说文本意蕴和价值的重要层面。当代小说创作风貌的形成,有社会文化、时代趋向、作者、读者乃至消费利益众多因素的影响,因此,对小说叙事作品进行文化层面的研究就显得十分必要,而这方面的工作也还仅属于刚刚开始。应该注意到,上文所概括分析的三个类型的叙事动力是交叉而不是分离的,在小说中往往兼容并存,难作主次之分,它们的共同运作,能够使小说展现出更加丰富的意蕴和内涵。虽然在总体上,当代小说创作还需要进一步凝练自己的叙事品格,追求更高层次的审美意味和精神内蕴,实现从个人行为、现实镜像向更深广层面、更高层次的跨越。但在社会和文学发展的层面上,当代小说在市场经济的快速发展中展开叙事的狂欢,本身已具有文化更新和书写的意义,这是不容否定的。

---

① 彭文忠:《被消费的"真实":新世纪商战小说的纪实性写作》,《文艺争鸣》2010 年第 11 期。

② 祖国颂:《叙事的诗学》,安徽大学出版社 2003 年版,第 83—84 页。

③ 米克巴尔:《叙述学:叙事理论导论(第二版)》,谭君强译,中国社会科学出版社 2003 年版,第 268 页。

第四节 商中未了情:商潮涌动
与文学创作未竟之思

20世纪80年代以来,我国建立市场经济后,传统的以生产为主导的社会,向以消费为主的商业社会转型,深刻地改变着社会结构和人民生活,受其影响,文艺也随之发生了巨大的变化。一个显著的变化,是高雅的精英文学和艺术的中心地位,受到了以通俗文艺为主的大众审美文化的剧烈冲击,文艺的现代转型不可避免地发生了。在20世纪末的商业时代浪潮中,如何定位自己的身份和角色,成为作家、艺术家的阵痛和纠葛,在这种艰难的求索、适应过程中,其创作动机也发生了重大的转变:逐渐从为国家意识形态、为非物质功利性创作,转向为民间、为市场的写作。①

一、民间立场和民间写作的兴起

"民间"作为一种文化视界和空间,是相对于官方和庙堂,形成的一种非权力形态、非精英文化形态的存在,它渗透在作家的写作立场、价值取向、审美风格等方面。②

纵观现当代文学创作,在商品经济尚未获得充分发展前,作家的创作主要是要为人民尤其是工农兵服务,作家也追求成为人民的精神导师,因此这种创作呈现的多是宏大的历史叙事,充满着时代主旋律色彩。概括地说,作家所进行的是公共性写作,往往有着比较明确的政治指向,这从"伤痕""反思"抑或是"寻根"文学中都能形成或深或浅的感觉。

商业时代的到来,使越来越多的知识分子走上依靠写作谋生的道路,写作日益成为一种谋生的手段,这种转变必然地降低作家在社会生活中的地位,作

---

① 杨虹:《论商业时代作家的创作转型》,《海南师范学院学报》2004年第2期。
② 杨虹:《论商业时代作家的创作转型》,《海南师范学院学报》2004年第2期。

家们不得不接受其精神导师的光环褪色的现实,不得不接受作家群体包括文学本身不断边缘化的现实,必须要面对角色的转换。这与中国古代社会文学创作随着商业经济发展发生转变的状况是一致的。而在这种身份和角色的转换过程中,作家的创作状态趋于自由开放,他们可以更多地开展个人化的写作,把情感、视角和笔墨都向民间倾斜。如此,与宏大叙事模式相对的个人叙事日趋彰显与高扬,民间和个人的生活成为文学表现的主要场所。史铁生、张承志、张炜、韩少功、王安忆等作家,逐渐放下精英的立场,转而从民间的立场思考自己所承担的职责,以各自的经验和视点进行思想的表达,积极地履行着社会责任。

一旦走向民间文化形态,其丰富和多元又会成为激发创作的新动力和契机,从而使作品的思想和内容趋于多元。在这种民间写作中,现实生活的理想得以血肉充盈地展现,人民群众镶嵌在日常生活中的痛苦、乐观、爱憎等获得了全方位的展示。莫言的《红高粱》就是典型的代表,小说的主要描写对象就是抗日战争中的民间社会与武装,将普通百姓的情感作为作品强大的精神支撑,着力展现民间生活场景与复杂的人性之变,彰显出民间世界的生命力量和理想状态,艺术想象力得以充分释放。此外,《白鹿原》《活着》《许三观卖血记》等作品,把中下层人民在近半个世纪中所遭遇的苦难呈现在读者面前,使民间抗衡苦难的精神资源喷涌而出,让民间世界绽放出独特的艺术光芒。正是在这种探索中,处于被主流文化遮蔽的民间,成为作家新的审美空间精神家园,并为之提供源源不断的创作滋养。

综合而言,作家以"讲述老百姓的故事"作为创作的出发点,以先锋的思想、前卫的审美、探索性的技术,来表达独立的思想、审美和精神品位,走向了民间立场。正是在转向广阔民间的过程中,作家创作实现了在社会变革时期的有效转型。

二、市场化写作浪潮席卷而来

长期以来,主流的文学观念强调:与一般的商品生产不同,文学创作不是为了通过交换来获取利润;文学要通过作用于人的精神世界带给人审美的愉悦,进而促进人的自由、全面的发展。马克思强调指出:"作家当然必须挣钱才能生活、写作,但是他决不应该为了挣钱而生活、写作。"在这种文学观念中,文学创作是崇高的、非物质功利性的事业。

20世纪末中国极具里程碑意义的社会变革,是社会主义市场经济体制的建立。在这种变革之中,作为知识分子的代表,作家群体也在不知不觉间、情愿或不情愿地融入了市场经济的浪潮中。

90年代以来,当商品经济大潮奔涌,作家的创作日益被挤向边缘,文学的社会中心地位逐渐失去,作家一味坚持纯粹的精神劳动,很可能面临生存困难,这样的创作无法改善其生活状况,在这种现实利益的逼迫和挤压下,商业化倾向必然加剧。站在精神创造与物质追逐的十字路口,越来越多的作家逐渐远离非功利性的心灵写作,向市场化的写作和运作靠近,并最终投身其中意欲大展身手。一些作家大胆地投入商海之中,以大众传媒和广告为手段,进行精心的商业包装,扩大作品影响并争取高额的物质回报。1993年,洪峰、苏童、铁凝、叶兆言、赵玫等先锋作家,通过有效的商品包装和市场营销推出的"布老虎丛书",一度被媒体热炒,成为一个颇具影响力的文化事件。作家王朔凭借独特的"调侃风格",使《顽主》《一点正经没有》《千万别把我当人》等作品受到大众关注和热捧后,为谋求更大的利益和轰动效应,干脆放弃小说创作,投身到影视剧这一更具商业性的创作中去。

与此同时,部分作家为追逐商业利润和市场效应,对文学以外的事物主动迎合,逐渐形成了畅销情结。受此影响,部分作品不再专注于内容本身的丰富和厚重,而在花哨的封面装帧和刺激诱人的标题上着力经营,作品的封面上挑逗煽情意味的字眼,如"艳""欲""裸"等大量出现。不仅是形式上商业意味浓烈,许多畅销作品在内容上也主要是简单的拼凑性和暴力等。一些评论家对此不乏忧虑:"这些长篇不分青红皂白、不分场合、不分人物、不分情节、不分事件地将性、暴力、粗鄙统统纳入……这样的长篇在文学上究竟有多少意义、多少价值？更遑论生命力如何！"①

还有一个值得注意的市场化写作现象，是文学作品中广告的大量植入。广告植入风潮一度盛行于电影界，而今也无孔不入地向文学领域渗透蔓延。例如石康在其《奋斗乌托邦》共植入了三个品牌的广告，在书还未出版的情况下便进账 300 万元。可以说将广告植入作品，已成为不少作家新的生财之道。如有一位女作家和某著名连锁茶品餐饮店形成了深度合作，得到该店的"支持"后，女作家每每写到恋爱情节，都会毫不犹豫地安排其笔下的人物去该连锁茶品餐饮店，顺道将地址、餐点和品茶氛围等细腻详尽地描述出来、渲染一番，比真正的广告更加周详具体。像这样的情况其实已不在少数，以至于出现了一些都市题材作品如果不植入几个广告便是失败的情况。

当然，随着互联网时代的加速演进，网络文学及其所催生的前所未有的商业化、产业化文化链条的繁荣，已经成为不可规避的趋势。众多网络热门作品被改编成电影、电视剧及其他文化衍生产品，如《杜拉拉升职记》《盗墓笔记》《何以笙箫默》《三生三世十里桃花》《芈月传》《琅琊榜》《花千骨》《回到明朝当王爷》等，都成为年轻一代追剧的代表性作品。其中不少作品都出现了网络游戏、漫画、有声图书、广播剧、话剧以及海外版权等多种文化产品衍生态。正因此，越来越多的文化产业投资者加入到网络小说产业化挖掘的队伍中来，试图从中淘到"宝"，实现商业价值的最大化。在这种环境中，越来越多的创作者把创作出能够产业化的小说作为自己的追求，苦心寻找着受欢迎的小说成功的内在秘诀，并循此道路开展模式化的创作，这显然成为网络文学产业化背景下文学创作的一种普遍性现象。如此，优秀的作品可能从中诞生，而更多平庸乃至劣质的作品也可能充斥其中。

总的来说，文学某种程度上可说是市场经济这种物质现象决定下的意识现象。市场调节所具有的自发性、盲目性等特征，一定程度上导致文学也带上

---

① 潘凯雄、王必胜：《话题纷纭：'94 文坛新气象》，《当代作家评论》1995 年第 2 期。

了相应特征。一部分作家在利益刺激下产生投机心理,追求与市场接轨而抛弃了文学本身的特征和属性,创作的文学作品可能大众感兴趣,却丧失了审美价值。有的可能把迎合市场需要放在至高无上的位置,置文学的尊严于不顾。

事实上,在市场经济和商业经济发展的环境下,作家的商品意识不断增强,而使命意识则日趋淡化,很多作家成为文学产业链上的一个输出单位,他们从构思、写作到发表的整个过程,遭受众多环节和因素的制约与影响,其中包括政治权利、大众心理、市场需求、书商权利、经济效益等制约,还包括游戏制作、影视改编等文学产业化因素的影响,这些成为作家创作绕不开的问题。面对种种世俗化的考量,追求世俗、投身世俗无疑成为最讨巧、便捷的写作。如此一来,为市场的写作成为商业时代一种新的趋势,在这一趋势中,文学面临着被商业异化的危险。

三、家国同构向光怪陆离转变

虽然人们从"以义制利""义利并举"等的层面,用以退为进的策略为经商求富赢得了合理性空间,使求富不至于被彻底抹杀,但这种回旋的空间仍然是有限的,某种程度上说是"戴着镣铐的舞蹈"。商人始终处于道德眼光的注视之下,时时刻刻受着内心道德的审判;对商人的言说也同样受着无形力量的规约与驱使,要么保持沉默,或蜻蜓点水;要么多带贬讽和指斥;要么为其经商求富穿上家国大义的衣裳。这或可看出为什么"商人形象在传统的文学文本中则几乎被一以贯之地予以漠视和遮蔽",即使被书写,商人的人品道德的分量也明显重于其商业才能的原因。

"从伦理学和叙事学角度考察,小说文本是诸种伦理关系以叙事话语形式进行的叙事呈现,源自作家主体的叙事行为是对诸种伦理关系以文本形式进行的艺术展现过程。"①在以往的创作过程中,为有效地调和"仁"和"富"、

---

① 张文红:《伦理叙事与叙事伦理——90年代小说的文本实践》,社会科学文献出版社2006年版,第2页。

"义"和"利"之间存在的对立和冲突,正面塑造商人形象,作者在叙事主题上往往采用"家国同构"的方式予以展开。个人的商业行为往往牵系着国家、家族的兴衰荣辱。如在《乔家大院》中,乔致庸在坚守举业、爱情,还是挽救家族大业的伦理困境中,毅然牺牲自我,走上了继承家族经商大业的道路,并逐渐以之为人生使命,开拓商路、"汇通天下",谱写了一段晋商传奇。在《大瓷商》里,面对董家的挤压、兄长之子的背叛、朝廷的刁难等诸多错综复杂的因素,卢维章始终不折不挠的原因,是他深知自身事业起步所依靠的"一口自家的窑",是兄长卢维义以性命换来的,他的经商由此背负了重大的家族使命,最终成就"瓷商"大业。这成为作品中始终回荡着的一个主旋律。

家国同构叙事主题的演绎,一方面既可当作现实社会环境中人物行为的某种生存样态来看,另一方面也可看作是作者为作品寻找意义和价值尺度,弥合意识矛盾所采取的积极策略。

现代社会相对于传统较为单一的社会结构,呈现出复杂多元的特点。其重要表征之一就是各种社会组织,如经济组织、政治组织、社团组织以及各种协会之类的中介组织等的存在。这些组织既是家与国之间沟通的桥梁和纽带,又使得现代社会整合的方式和渠道趋于多元化。它虽没有在整体上瓦解家国同构的社会模式,但毕竟社会整合渠道的多样化,使政治权威的渗透和影响不再如此直接和集中地作用于家庭和个人,从而分散了单个家庭和个人的负荷。由之而产生的结果,便是个人意志的极大释放和张扬,个人行为具有了多种价值依据和理解途径。而且随着中国现代市场经济的进一步发展,个人的经商求富行为获得了极大认同,成为"天经地义"的事情。商业和商人也日益成为人们茶余饭后不可绕开和缺少的话题,当然,此时的言商道商无须再"犹抱琵琶",遮遮掩掩。只不过在传统意识形态话语削弱、多种话语共存共鸣的局面下,商业文学更多地向表现光怪陆离的商业都市和商业现象转变,向在对财富的极度追求中情感的漂泊无依和人性异化后的支离破碎转变。这一方面在很大程度上是社会发展状态的艺术化反映,另一方面也是在去中心、去深度的后现代社会一种有意无意的叙事选择。在这种看似趋于平面化的叙事中,或深或浅地表达着作者对现实的思考和价值判断。

四、伦理维度削弱和竞争法则强化

叙事从一开始就担负伦理教育的责任①,这种担当在商业文学中尤其明显。纵观商业文学发展的历史长河,可以清晰地触摸到作者在叙事过程中所含有的强烈的伦理教育意图。这种意图的表现形式有如下几种:

一种是对商业和商人的行为进行猛烈的抨击和否定。作者站在重农抑商、维护统治者话语的角度,在叙事过程中着力凸显商人经商求利行为的奸猾、贪婪和不择手段,在这种叙事中,商人的行为总是离经叛道,有违伦理的。通过塑造唯利是图、不仁不义的商人形象,衬托除"商"以外的"士""农""工"等的合法性、正当性,从而为伦理中的"仁""义"等张目。

一种则是反其道而行,在叙事过程中着力凸显商人商业行为的合理性,充分肯定其行为合乎伦理道德的价值。在叙事过程中,作者有意识地让商人把自己的经商求利行为当作一份事业,当作应当履行的伦理义务,从而大胆追逐,并强化其行为义利并举的特征,在合乎"义"的大前提下,为逐利获利构筑合法性话语空间。在这种叙事框架下,往往给人们呈现出来的是一个个"儒商"的形象,是商界的传奇。

当然,在大多数情况下,正面和反面的叙事是并存的且同时展开的,儒商往往与奸商共存,在两者的直接对话中,他们所具有的正反两方面的伦理教育作用同时得到彰显。而作者话语和情感向某一方的倾斜,则为文本的叙事奠定了基本的伦理基调。也就是说,作者在文本创作过程中,总是怀着好坏、善恶的评价标准,商人行为被划入这种评价标准中,商人形象被冠以忠奸、善恶的名义。作者在叙事时表达其支持抑或反对,赞赏抑或批判,从而使整个文本

①　A.麦金太尔:《追寻美德:伦理理论研究》,宋继杰译,译林出版社 2003 年版,第 153 页。

叙事的伦理意图彰显出来。

五、文学精神的逐渐流失

商业经济时代,文学创作和发展面临的一个直接而现实的问题,是稿费与作品质量非直接相关,而与读者的接受直接挂钩。在现实生活中我们能够看到,一些严肃文学作品由于受不能迎合市场需求这一重要原因的影响,稿费日益走低,导致这些创作者的状况变得越发窘迫;而通俗文学作品乃至内容比较低俗的作品,由于能较好地迎合市场的需求甚至实现畅销,因此越发具有广阔的市场前景。这种情况的出现,无疑对商业经济时代的文学创作与接受提出了严峻挑战。

在商业经济时代,文学从话语权力的中心不断向社会文化的边缘滑行,其娱乐功能大幅凸显出来,艺术趣味也变得越来越自由多样。一些作家主动放弃承担历史主体或精神导师的角色与责任,以一种更加随意、率性和世俗的态度投入到文学创作中。如此,"玩"的文学创作姿态越发地彰显了出来,莫言就认为"文学无非是一种发泄",而王朔则以其"躲避崇高"的隐话语凸显其创作的个性。也就在这种创作态度的转变过程中,一些作家向大众的审美趣味毫无批判地接受、迎合,甚至将自己的精神品位无限度放低,以向大众谄媚的方式赢取个人的名利。人们慢慢发现,良知、正义、历史、人性之爱、价值关怀等越来越稀少,"崇高""悲壮""浪漫""感伤"这些传统文学中令人回味的感情越发淡薄,而冒险刺激、暴力色情、商场成功、情场纠葛等则呈现汹涌澎湃之势,不断地侵占着人们的阅读与审美空间;世俗气味强力地稀释着以往的宏大叙事,作品的深刻与厚重日趋成为奢望。韩少功曾提到,在看一批稿子时,吃惊地发现稿件的题材以描述男女偷情故事为主,充斥着"猎奇""猎艳"的内容甚至色情方面的内容,从中可以看出现代文学创作者为了迎合世俗趣味所产生的艺术创作的滑坡,受此影响文学势必向世俗化、媚俗化方向越行越远。

毫无疑问,媚俗是文学和文学家的蛀虫,对作家的心灵、独特的语言等构成销蚀,尤其是对文学理应具有的诗性超越品质构成极大的侵害。对媚俗的拒绝与逃离可视为文学的本质,文学发展的过程其实正应是与媚俗相抗衡的过程。不可否认的是,文学创作者如果背负着过重的道德教化任务,那么文学创作所需要的那种自由自在的状态可能因此丧失,作品的艺术价值只能让位于政治价值。承认文学的商品性,对于将创作者从完全的道德教化中解脱出来是有帮助的,但承认文学的商品性,并不代表着要全方面地将文学作品"商品化",视其为完完全全的商品,毕竟作家和读者之间的关系不能与经营者和顾客的关系等同。

人类文艺发展的历史表明,衡量一个时代的发展水准,除了要看其经济水平,也要看它的文化艺术水平。对一个国家和民族的社会文化生活而言,作家崇高的精神创造活动具有举足轻重的重要作用,这种作用在任何时代环境中都不容忽视,也不能因为外部环境变化而丢弃。鲁迅先生曾说:"文艺是国民精神所发的火光,同时也是引导国民精神前途的灯火。"在商业时代,作家的地位趋于边缘化是事实,但这并不代表对社会责任感和担当精神的疏离乃至抛弃,作家应在创作中获得更多自由的同时,理性地看待边缘化,看待文学创作使命和价值,努力创造有益于人们精神提升和社会健康发展的文学。在考虑艺术追求以及作品的经济效益时,科学地把握好其中的度:既不能因追求传统文艺信条而不食人间烟火,也不能沉溺于世俗和物质利益中不能自拔,努力在创作中实现亦雅亦俗、雅俗共赏。

纵观人类社会与文学发展,在市场之中,虽然商品经济和文学之间存在诸多的不适应甚至矛盾,但这种不适应通常不会持续太久,只要能充分利用好商品经济发展规律,促使文学作品和商品经济实现相互协调,使文学能在商品经济发展中找到符合自身发展的形式,就能促使文学更好地顺应时代发展,在实现自身的进步中推动社会进步。

结　语

　　中国古代小说是灿若星河的古代文学瑰宝中的重要组成部分,可以毫不夸张地说,商业小说作为一种特殊的小说类型,与社会经济和文化有着最为紧密、复杂的关联,这是其他小说类型所难以比拟的。这种关联,在小说叙事中打下了鲜明烙印,得到了充分体现。本研究从小说与经济文化之间的这种紧密关联入手,正是欲抓住小说最突出的特征,来对其加以别开生面的研究和阐释。从目前的研究现状来看,这种尝试是有必要的,也是有一定价值的。

一、中国古代小说"以义制利,义以生利"的商业叙事旨归

　　综合而言,中国古代小说的财富叙事和义利叙事,集中地展现了经济文化对小说的创作所具有的深刻影响,这两方面的叙事涵括到一起,表达的是一种基本一致的观念和意图,即"以义制利,义以生利"的叙事旨归,这几乎成了古代展现商业和商人的小说在叙事不可回避的主旋律。

　　这种主旋律般的叙事为什么会产生? 前文已具体而微地阐释了中国古代社会的抑商政策,描述了古代小说存在和发展的现实土壤、思想环境,重义轻利思想始终占据着主导地位。受这种思想的影响,充当着"中间人"角色的创作者自觉不自觉地在文本叙事中进行着这方面的营构,表现出这种价值取向;

同时,小说的读者也会受这种阅读"前见"的影响,对小说叙事形成阅读期待,久而久之,便使这种叙事旨归稳定而长久地延续下来。

当然,这并不是说中国古代商人经商就都遵循"以义制利,义以生利"的原则,现实状况与小说创作之间必然存在差距和不同,这种不同,从另一个层面正展现出文本的叙事目的,它就是想通过这种叙事,来实现道德劝谕和引导思想行为的作用,从而发挥文学功用。这是否意味着小说叙事完全成为社会主流思想的"传声筒"和"留声机"? 当然不是,从审美意蕴的层面来说,虽然古代小说在主旨上大都体现了主流思想,但通过对义和利之间关系的具体、生动、细微的刻画,还是包含了众多令人回味的意蕴,这些意蕴是简单的道德律令和说教所不具备的。中国古代小说"以义制利,义以生利"的叙事之所以传递出丰富的意蕴,主要原因在于中国古代"义"的内涵十分丰富,儒家常"仁""义"并称,并将"义"与"礼"结合起来,并将"义"解释为"合宜、合适、合理"。如此,则勤劳、勇敢、坚韧、节俭、诚信、助人、孝悌等诸种品格,都涵盖于"义"的范畴中,其在现实中的多种表现,都可能产生得"利"的美好结果,"以义制利,义以生利"的叙事就获得了巨大的演绎空间。不仅如此,中国古代漫长的封建社会,虽然重义轻利是基本的思想,但在不同的时代背景中,义利之间的关系仍然有着微妙的变化,"义"和"利"在人们心中的权重,也处于不断调整当中。正是这种变化和调整,在小说叙事中体现出来,使之呈现出了比较鲜明的时代特点。这也正是唐宋元明清小说都进行义利叙事,但其风貌各异的主要原因所在。

中国古代小说"以义制利,义以生利"叙事旨归,与佛教的因果报应思想几乎是一拍即合,两者很快紧密地结合在了一起。从众多小说文本的叙事过程来看,读者很难分辨出两者何为内容、何为形式。从内在逻辑来看,因和果之间的报应关系,在"义"和"利"之间架起了纽带和桥梁,有力地支撑了因"义"而生"利"的叙事主张,使叙事得以有效铺展。而且,创作者通过将因果报应模式引入小说创作,还产生了强化叙事意图的效果。在佛教思想观念中,因果报应是必然的、不以人的意志为转移的,其中鲜明地体现着神仙等神秘力量的作用。正是由于因果报应的这种必然性、强制性,它与"义""利"叙事结合在一起,就使"以义制利,义以生利"带有了不容分说的强制性力量,因此,也就能使叙事本身在读者身上产生更加突出、强烈的效果,无疑也加重了叙事的分量,这对于小说实现自身功用是很有帮助的。

二、中国古代小说商业叙事的审美特性和价值

从整体上分析,中国古代展现商业和商人的小说存在着多种审美特性。首先,我们可以探究两种几乎是相伴而行、难分轩轾的特性,即强烈的现实性与突出的宗教性。

现实性是中国古代小说较为普遍的审美特性,这种特性体现在对市井人物的世俗生活的细微关注,体现在对历史事件的津津乐道和广泛传播,体现在对社会现象的把握和思考等诸多方面。像《儒林外史》《三国演义》《水浒传》《红楼梦》这些经典著作,成为中国古代小说具有现实属性的代表。其实,从理论的角度来说,文学来源于生活,在文学作品中,总能找到生活的影子,找到现实的依据和源头,因此,现实性似乎是文学必然具有的审美属性。即便如此,从前面的论述中继续生发,我们仍然可以说,中国古代小说具有更加鲜明的现实属性。

其中最主要的原因,是小说叙事的对象体现出极强的现实性特征。作为小说叙事的对象,商人的经商活动是一种相对具体的行为,其生产、交换、消费等的过程,盈利或亏本等的结果,无不具有极强的现实生活意味。这种生活本身的情形,正是创作者展开叙事的基础和根本。正是与描写的对象相关联,中国古代小说呈现出浓郁的人间烟火味。虽然唐代志怪小说篇幅较为短小,并弥漫着神仙鬼怪的气息,但从其中的小说篇章中,我们仍然可以体味出较为强烈的叙事现实感。唐代以后,随着小说的发展和人们认识水平的不断提高,小说中的现实气味表现得更加浓厚,出现了《志诚张主管》《汪信之一死救全家》

《蒋兴哥重会珍珠衫》《卖油郎独占花魁》《徐老仆义愤成家》《发财秘诀》等一大批脍炙人口、现实性强的作品，塑造了汪信之、西门庆等一批令人印象深刻的形象。从这些作品和形象中，读者得以窥见中国古代商业社会生活之一斑，得以对中国古代商业活动有了更翔实的了解。从这个层面也就可以理解，为什么恩格斯会对巴尔扎克的小说给予极高的评价，认为从中可以了解一个时代、社会方方面面的风俗历史。

当然，与西方传统小说大多注重细致入微地描写商业发展、经商求利过程，现实主义风格贯穿始终不同，中国古代小说叙事形成了本土的鲜明特色，就是在现实描绘的基础上，在现实刻画的过程中，融入了挥之不去的超越性关怀和宗教性追求，并形成了一种整体的宗教性。

在中国古代小说中，这种体现宗教性的叙述不胜枚举，无论是在文言小说还是白话小说中都可谓俯拾皆是。归纳而言，这种宗教性大致体现在这么几个方面：一是在叙事结构上，大量地采用了"神助命定"模式、"因果报应"模式。如果说"神助命定"模式尚且是人们对商业经营活动认识不够，无法把握其中内在本质，因而从神话传说和鬼神信仰中采用的一种表达理解的特殊方式，那么因果报应模式的大量运用，则完全可视为创作者的有意为之。这种模式在小说中起到了串联意图、行动与结果的显著作用。因果报应作为一种在中国具有源头并在佛教中核心体现的宗教思想，它在小说中的大量运用，使小说的宗教气息油然而生。

中国古代小说叙事之所以体现出强烈的宗教性，既有人们思想观念上的原因，也有创作环境上的原因。就前者来说，有什么样的世界观、人生观、价值观，就有什么样的小说创作和叙事观念，这是一脉贯穿的。在现实生活中，中国文人知识分子普遍追求更加高蹈的人生境界，追求现世之外的超越与升华，尤其是受到佛教、道教思想的深刻影响，中国文人知识分子更是在人生观、价值观方面，产生了宗教性的认识和信仰。这种观念一旦形成，便会形成根深蒂固的长久影响、广泛作用。在小说中关联人物的行为、结果时，创作者便会自觉不自觉地使用"因果报应"的叙事模式,便会通过小说叙事,来传达"命定""空幻""立命"的叙事关切,进行安身立命的叙事思索。同时,从创作环境上说,中国古代小说创作者置身于"重农抑商"的环境中,创作者需要承担"中间人"角色,在意识形态与商人表述之间进行调和。这就是使创作者不可能只专注于对商人行为本身的描述,做一种完全现实性的描写,而是要进行"言在此而意在彼"的叙事处理,这种创作的现实环境,也使古代小说的虚幻性体现了出来,而宗教性即是这种虚幻性的实际表现形式。

中国古代小说与现实性和宗教性相关的另一对审美属性,是世俗性和超越性。

叙事的现实性难免带来作品的世俗性品格。人生活的世界充满了七情六欲,充满了喜怒哀乐,充满了欲望和诱惑,这些都是人真实的世俗性的体现。古语云,"天下熙熙皆为利来,天下攘攘皆为利往",在充满欲望的现实个体身上,"利"往往是纠葛最深、影响最大、牵连最广的。不少小说对财富问题进行了聚焦,通过财富叙事来透视人性,并从财富的视角来审视人与人之间的关系,审视情感等。像《卖油郎独占花魁》中,秦重与花魁的感情,从一开始便与财富形成了解不开的关联,随着情节的开展,秦重与花魁感情进展的每一步,其实都是建立在解决钱财这个核心问题的基础上。正是在这种以金钱为隐藏线索的情感叙事中,读者能够真切地感受到小说所传递出来的浓郁的现实感、世俗性。小说就仿如放大镜,把人在"利"的角逐中的各种面相呈现了出来,把人的活生生的情感呈现出来,并由此而使小说带给人一种扑面而来的世俗气息。

当然,中国古代小说似乎从一开始就并不准备完全浸泡在世俗之中,在宗教性的叙事运作和思索中,小说呈现出一种超越性品质。何谓超越性?其基本的意思即是对现实世界和生活状态,抱有一种道德、伦理、终极关怀式的思索、引导和超拔。在小说中,创作者总是试图跳出叙事事件本身,跳出能指的单一向度,而态度鲜明地指向另一种状态、另一个世界图景,它是别有"所指"

的。这种情形的出现，或许与中国古代文学倡导"文以载道"的观念有关，或许与商业在现实世界处境尴尬的状态有关，但归结起来仍可认为，小说叙事试图为人们打开通往另一种状态、另一个世界的道路，在那里，商业活动更加纯粹、洁净，商人品性更加善良、高尚，人生存的世界异常美好。当然，这种世俗性与超越性的结合，需要读者既立足于世俗性，深刻地体悟世俗性，并且不止于、不拘泥于世俗性，而是更进一步地体悟小说叙事的超越性，并在叙事的指引下，获得认识、思想和灵魂的超越。

与古代小说相比，中国当代展现商业和商人的小说叙事从整体上呈现出巨大差异。这种差异不仅是叙事手段、叙事话语的不同，更多的是叙事品格上的差异。中国当代小说专注于展现商业人物的成长遭际，或不惜笔墨地营构商战的惊心动魄、谋略的巧妙周圆，或耽溺于向读者爆出行业的内部规则、操作秘密。凡此种种，从审美的特征和品格来说，这些叙事无疑有着很强的现实性，都可以用注重现实刻画来进行涵括。它们对商业经营活动、对商人如何闯荡商海、对商业企业如何展开博弈等，有着细腻、着力的展示和刻画，使一幅幅商场搏杀、你死我活、狼烟四起、惊心动魄的图景展现在读者的面前。这是中国古代小说叙事所不具备的，也是其薄弱之处。因此，从这个层面来说，中国当代小说叙事是有所发展和进步的。但事物往往具有两面性，中国当代小说在现实性进一步增强的同时，也不无遗憾地陷入了审美超越性缺失的困境，即是说当代小说过于沉溺、满足于对现实、对普通趣味的模仿、迎合，而忽视了对更高的精神层面的探寻，对叙事话语背后人性、意义等的更多追问。为了迎合人们猎奇、娱乐、消遣等的目的，当代小说故意在情节设置上大费心思，在小资情调等的渲染上颇费功夫，在对待金钱的态度上模棱两可，从而使很多小说变成了"快餐式食品"，数量不少，却乏善可陈。甚至于不少小说进入了套路化、模式化创作，读来感觉新瓶装旧酒，引来了读者的厌倦和反感，这是颇值得反思和警惕的。

就中国古代小说的叙事功能和价值来说，其核心当是劝谕价值。劝谕意为劝勉晓谕,通过讲明事理使人知道,或使人听从。中国古代小说作者虽有市井之人,但多数都是饱读诗书、受过传统教育的知识分子,他们在创作过程中往往深怀神圣的使命感和责任感,希望能通过小说创作,启悟人们的认知、思索,劝谕人们摆脱丑和恶,回归美与善。可以说,中国古代小说创作者在描述商业之"利"的同时,是时刻怀揣着"义"的"药方"的,是时刻未放下道德的诊治的;面对逐"利"所演绎的人间百态、世间万象,创作者甚至以宗教为方舟,试图通过小说的引导,来使人们登上方舟远离纷扰和纠葛,去实现肉身和精神的双重超越。正如前面所说,中国古代小说在世俗性的品格中蕴含着超越性,这其实正是创作者意欲对人们进行劝谕的一种直接表现形式。从实际效果来看,中国古代小说的这种劝谕价值,对于言说商业的小说话语形式的存在,对于澄清和改变人们的错误观念和行为,对于规范实际商业活动的开展等,都有其不可忽视的积极作用。即便从当代来看,小说所传达的这种劝谕价值,仍然是有其重要意义的。

然而,当代小说叙事在价值上已然很大程度地发生了变味,劝谕价值难觅其踪,而认知价值——肤浅的认知、娱乐价值占据了主流。创作者多数情况下只充当"碎碎念"的"真实"揭露者,吸引眼球的投机者,俨然以行家自居的"传经者",乐于向大众抛售所谓"商战秘籍""经商诀窍""成功之道",他除了给人们造成商海险恶、经商艰难、需有多种准备的认识外,所剩已然不多。即便有少数作品深刻地揭示出人性的复杂,突出地表达了德行、道义在经商中的重要性,也难以从整体上改变当代小说价值滑坡的事实。

当然,在文学中,审美性和价值追求往往难以和谐共存,但历史上那些经受住时间考验的经典作品,却几乎都是既带给人审美的愉悦,又给人以深刻的思想启迪、道德引领和灵魂震撼的作品。因此,当代小说创作在提升自身审美品格的同时,也应该更加倾注人性、道德和生命终极层面的思考,使叙事获得更加巨大的力量。

三、积极继承儒家商业经济伦理思想中的合理成分

虽然本书从揭示"重农抑商"的角度,对儒家思想影响商业经济发展、抑制小说创作进行了较多论述,给读者留下了儒家思想必须否定和抛弃的印象,但不能否认儒家思想对商人德行的养成所产生的积极作用;而且,儒家商业经济伦理思想中的很多成分,在今天看来仍然是很有意义和价值的,需要我们积极地继承和弘扬。①

儒家讲求人与自然之和谐。如王阳明提倡"一体之仁",他说:"大人者,以天地万物为一体者也。"是与鸟、兽、草木、瓦石等皆"为一体也"。《王阳明全集·大学问》如何实现人与自然万物之和谐? 儒家强调的基本原则是"万物并育而不相害,道并行而不相悖"(《礼记·中庸》),而这一原则也堪称儒家学说的基本精神。《周易本义》说:"利者,生物之遂,物各得其宜,不相妨害。故于时为秋,于人则为义,而得其分之和。"孟子和荀子都主张顺应自然,在鱼畜草木孕育生长时"不夭其生、不绝其长",以此实现"万物皆得其宜,六畜皆得其长,群生皆得其命"(《荀子·王制》)。从中不难看出,儒家在协调人与自然关系上,讲求的是人对自然的一种适应、顺应,以及由此而生的人的知足常乐,对既得物质生活的一种满足。荀子的"制天命而用之"之说,以强力去征服自然、改造自然的观念毕竟只是少数。

儒家也十分注重人与人的和谐。所谓"天时不如地利,地利不如人和",就突出强调"人和"的重要性,在荀子看来,人只有群居合一才能生存,因为"和而一,一则多力,多力则强,强则胜物"(《荀子·王制》)。要使人不争不乱地和谐相处,人伦礼义就必不可少。在伦理观念上,就必须遵守人伦规范,践行"君君、臣臣、父父、子子"的要求;必须努力做到克己复礼,始终遵循"非礼勿视、非礼勿听、非礼勿言、非礼勿动"的倡导。儒家不仅有君臣父子的各

---

①　参见张鸿翼:《论儒家的经济哲学》,《孔子研究》1988 年第 1 期。

种倡导,对兄弟朋友等横向关系的协调也很重视,《论语·雍也》认为"仁者爱人","己欲立而立人,己欲达而达人",要努力做到宽以待人。总的来看,儒家主要强调"克己"——自律、自责,"达人"——对他人容忍、礼让,以此来协调人与人的关系。而在这一等级制度下,不同阶级阶层的经济关系,也由这种人伦秩序和道德规范来调节,它成为儒家经济伦理思想的重要理论基础之一。

儒家讲求人内心世界的和谐。儒家承认"富与贵是人之所欲也"(《论语·里仁》),"夫贵为天子,富有天下,是人情之所同欲也"(《荀子·荣辱》),但他们同时也认识到,"从人之欲,则势不能容,物不能赡也"(《荀子·荣辱》),人的欲望是不能完全顺从和纵容的。为此,孔子主张"欲而不贪"(《论语·尧曰》),渴求和欲念都不超出一定的度;孟子则提倡"养心莫善于寡欲"(《孟子·尽心下》),以清心寡欲的态度面对世界,修养心性;荀子则明确提出了对欲求的节制和约束,"欲虽不可去,求可节也"(《荀子·正名》)。这是儒家为解决矛盾开出的药方,其说法虽有差异,但实质都主张对人的欲求施以道德的节制或压抑,以实现人的心理平衡与和谐。总体来说,儒家在处理人心欲求也即社会经济关系上,主要是把经济关系归结为道德关系,不承认经济关系是一种利益关系,也就不赞成人们运用物质利益原则处理经济关系,反对人们"怀利相接"和对他人财利的侵夺,而主张实现社会经济关系的和谐,需要通过道德原则的作用,离不开每个人履行道德义务和责任的自觉。

儒家还讲求社会人本观念,认为"人"是天地万物之灵,是宇宙的中心。"人者,其天地之德,阴阳之交,鬼神之会,五行之秀气也。""人者,天地之心也,五行之端也,食味别声被色而生者也。"(《礼记·礼运》)将人在天地中的位置看得很高,置于本体的地位。荀子也认为在万物之中,人"最为天下贵也"。正是基于这种社会人本观念,儒家经济伦理认为,经济发展和社会经济生活的根本目的,始终是"人"。把满足人的衣食生活需要及其人的价值作为基本前提和最终目的,是古代社会自然经济条件下的一种典型的经济伦理观。如孔子强调"民食"和"足食",体现出鲜明的人本和民本观念。孟子则更鲜明地主张保护人民的财产,确保其耕作生息,以使其家庭得以生存发展,即"制民之产,必使仰足以事父母,俯足以畜妻子,乐岁终身饱,凶年免于死亡";"彼夺其民时,使不得耕耨,以养其父母,父母冻饿,兄弟妻子离散"(《孟子·梁惠王上》),他提醒统治者不要做"陷溺其民"的事。可见,社会人本观念是经济关系、经济行为、经济评价和经济发展的道德原则、道德规范、价值标准、道德目标。

在社会人本这一点上,儒家思想观念与西方近代伦理经济观念有着本质区别。英国古典经济学将"人"看作财富增值和价值增值的手段,可以不惜牺牲"人"为代价,来实现价值增值和生产力的高效率。由西方学者对这种伦理提出了批评,认为其"为了物而忘记人""为了手段而牺牲目的"①。对这种伦理观的代表人物李嘉图的思想,马克思曾评价道:"因此对李嘉图来说,生产力的进一步发展究竟是毁灭土地所有权还是毁灭工人,这是无关紧要的。"之所以如此,是因为"他把无产者看成同机器、驮畜或商品一样",是工具和手段,为的仅仅都是"促进生产"而已。②

儒家商业经济伦理思想中的合理成分并不仅止于此,但通过上述思想,我们便能意识到继承其合理成分的重要性。当代中国社会正处于急剧变革时期,社会主义市场经济体制尚不完善,在人们趋利之心空前强烈,商业竞争恶性膨胀,众多案例惊心动魄出现,商业诚信面临崩塌等的情形下,中国社会亟须重新摆正义利关系,亟须重新塑造"义"的内涵,使之与时俱进,发挥出应有的作用。当此之时,中国当代小说创作能在其中承担、产生什么样的作用和意义,值得每个文艺创作者为之思索并做出努力。

四、直面当代市场经济环境下的文学创作

应该看到,商品经济的发展能够有力促进文学内容的丰富。这是因为商

---

① 西斯蒙:《政治经济学新原理》,商务印书馆 1977 年版,第 9 页。
② 《马克思恩格斯全集》第 26 卷第 2 册,人民出版社 1973 年版,第 125 页。

商潮涌动下的小说创作

品经济的不断发展,能够扩大人类社会的活动范围,丰富所接受到的商品内容,尤其是促进地域之间的交流以及文化的融合,这对于文学的发展与进步起着重要作用。纵观我国文艺发展历史,与外来商品存在较为明显联系的至少有两个时期,一是在唐代繁荣的对外交往中,商品所蕴含的文化价值及其对于文学创作的促进作用,通过谢弗的《唐代的外来文明》一书可以有比较清晰的了解;二是伴随着近代工业文明持续至今的文化交融,商品经济的文化价值得以不断挖掘,文学展现出越来越丰富的内容。除了促进内容的丰富,商品经济的发展对文学创作者也产生着直接的促进作用。在很多情况下,经济收益会激发出文学创作者的创作热情,受商品经济发展大环境的影响,文学创作者在创作过程中可能会形成以经济价值为主的创作动机,如此,为追求尽可能多的经济收益,创作者或追求作品拥有更高的质量,或追求数量上的优势,以更多的作品获得更多的经济收益。前者往往促进经典的产生,后者可能带来"有量无质"或"有量缺质"的情况出现。

随着我国确立起社会主义的市场经济体系,深刻的变化随之发生在政治、经济、文化各个领域。文学也不可避免地受到巨大的影响而发生嬗变:

一是文学的地位和作用发生了变化。人们已不再简单地将文学看作意识形态之一种,看作安邦治国的一种工具,文学被褪去了昔日神圣的外衣。随之而来的是文学的创作、研究和接受都发生着悄悄的变化。日益壮大的市民社会,让文学越来越多、越来越深地进入到个人的私密空间,文学也越来越变成一种生活的休闲,寻求快感成为阅读文学作品的主要目的。顺应这种需求和定位,文学似乎与揭示和释放生活的底蕴越行越远,文本激起的情感本身成为关注的焦点。可以说,在市场经济背景下,文学越来越驶向娱乐性和多样化。

二是文学的市场化、产业化正不断推进。在市场经济发展的背景下,作品成为商品,商业性特征凸显出来。作家必须服从市场行情与商业原则的调控,他们被裹挟着前行,必须关注市场、关注卖点。这样一来,作家的审美创造个性就多少会受到创作活动本身的商业性的影响,他们要对受众的接受心理与审美期待予以充分的考虑。一旦审美价值与经济效益出现不可调和的情况，经济效益往往会占据主导的地位。"怎样才能引导文艺生产与消费进入良性循环"①成为市场经济环境下文学创作的一个突出问题。应该正视的是，通过市场这个平台，文学的个性能够更好地实现，而文学的个性也能更好地促进和保证市场的繁荣。放眼未来，"事业与产业、社会效益与商业利益之间的矛盾还会进一步暴露。但这些矛盾绝不是不可调和的，完全可以通过相应的创作机制、体制以及文化政策的合理调整得到解决"②。

三是文学写作领域的资本运作不断加剧。正如前文述及，文学作品在市场经济环境下变成了商品，进入到流通领域之中；而一旦进入了流通领域，其和资本就会发生千丝万缕的联系。"从商品角度着眼，唯一真正的读者是书籍的购买者。"（罗尔贝·埃斯卡皮:《文学社会学》）在市场经济大潮下，传统被视为精神高贵、不屑钱财的作家，其中一部分人主动欢快地投向了资本的怀抱，以文学作品来实现经济效益。

综合来看，市场经济既为文学的发展和繁荣提供了广阔空间，给文学创作开辟出相对自由的原野，这是其促进文学发展的积极一面。但同时也要看到，市场经济环境也给文学创作带来了负面的影响，必须理性清醒地认识和对待。在市场经济日趋发展的中国，横行的食利欲念正在吞噬着文学叙事的正义精神，利己主义、实用主义、物质主义和享乐主义侵蚀着文学叙事关联正义及人性的传统品质，也影响着诗性正义的正常呈现，这就使文学叙事中的正义表现越来越贫弱。

在市场经济日趋发展的中国，光明的与黑暗的、上升的与沉沦的、激情的与猥琐的等各种力量交织在一起，正义与邪恶两种力量的冲突必然地包含其中。面对这种状况，文学叙事多取顺应世俗的态度，单方面地描写迎合性的生活，对歌舞升平津津乐道，对更复杂的现实避重就轻，似乎浑然不觉，因而将正

---

① 孙伟科:《促进文艺生产与消费的良性循环》,《文艺报》2005 年 8 月 25 日。
② 张岩冰:《市场经济下的文学嬗变》,《广西师范大学学报》2005 年第 4 期。

义生活的情景有意无意地排除在外。究其深层原因，乃是因为创作者对喧嚣的现实表象和功利主义过度地迎合，因而摒弃了正义。综合来看，许多作家作品在将诗性与正义融合方面的能力还不足，甚至将诗性与正义融合的意愿也显得十分微弱。正因此，当代文学叙事的风格和品质也亟待重振和提升。

也应该看到，市场经济和文学创作的这种矛盾、冲突的一面，并不会总是存在下去。它会随着市场经济的发展、健全和完善，最终达至和谐之境。一方面，随着市场经济的健全完善，不仅物质、经济走向充裕，社会生活的各个领域也将获得巨大进步，文学的发展自然也在其中。那时，文学创作者发展自身的物质经济条件得到有力保障，得以摆脱经济因素的干扰，不用再趋附于书籍购买者的消费兴趣；读者也不必再为自己的文化消费支付能力犯愁。也就是说，文学创作者可以自由地选择读者，而读者也可以自由地选择作家和作品，两方都获得了更大的主动权。另一方面，按照一般的发展规律可以预见，随着经济水平的提高，社会整体的文化水准也将得到提升，综合素质提高了民众欣赏文学作品的层次也将达到新的高度。

文学"还俗"，走向大众总是好的，但不能"媚俗"；作家"趋利"也无可厚非，但终究不能沦为钱财的"奴仆"，需保持创作的风骨；读者追求消费的满足更是天经地义，但需有起码的底线和更高的向往。在商业经济时代，精英文化的冷落或许只是一时，其再度崛起应该不会太遥远，到那时，商业经济与文学的和谐共荣之境将惠及生活其中的每个人。

参 考 文 献

一、著作

1. 林文益、祁廷镛:《商业经济学》,中国商业出版社 1988 年版。

2. 李昉:《太平广记》,中华书局 1961 年版。

3. 欧阳健、萧相恺:《宋元小说话本集》,中州古籍出版社 1987 年版。

4. 冯梦龙:《喻世明言》,中华书局 2009 年版。

5. 冯梦龙:《醒世恒言》,北方出版社 2003 年版。

6. 冯梦龙:《警世通言》,上海古籍出版社 1998 年版。

7. 冯梦龙:《古今笑史》,远方出版社 2000 年版。

8. 冯梦龙:《情史》,岳麓书社 1986 年版。

9. 凌濛初:《二刻拍案惊奇》,北方出版社 2003 年版。

10. 凌濛初:《初刻拍案惊奇》,北方出版社 2003 年版。

11. 江盈科著,黄仁生注:《雪涛小说》,上海古籍出版社 2000 年版。

12. 无名氏撰,程毅中点校:《轮回醒世》,中华书局 2008 年版。

13. 司马光:《司马光集》,四川大学出版社 2010 年版。

14. 司马光:《涑水纪闻》,中华书局 1989 年版。

15. 陈亮:《陈亮集》,中华书局 1974 年版。

16. 陈亮著:《陈亮集:增订本》,邓广铭点校,中华书局 1987 年版。

17. 苏轼:《苏东坡全集》,北京燕山出版社 2009 年版。

18. 欧阳修著,洪本健校笺:《欧阳修诗文集校笺》(上),上海古籍出版社 2009 年版。

19. 叶适:《习学记言》,中华书局 1977 年版。

20. 李梦阳:《空同先生集》,伟文图书出版社 1976 年版。

21. 王阳明:《王阳明全集》,上海古籍出版社 1992 年版。

22. 王艮,陈祝生编校:《王心斋全集》,江苏教育出版社 2001 年版。

23. 李贽:《焚书·续焚书》,岳麓书社 1990 年版。

24. 张建业主编:《李贽文集》,社会科学文献出版社 2000 年版。

25. 何心隐著,容肇祖整理:《何心隐集》,中华书局 1960 年版。

26. 张居正:《张太岳文集》,上海古籍出版社 1984 年版。

27. 谢肇淛撰,傅成点校:《五杂俎》,上海古籍出版社 2005 年版。

28. 周密:《武林旧事》,浙江古籍出版社 2011 年版。

29. 周密:《志雅堂杂钞》,中华书局 1991 年版。

30. 孔子:《论语》,上海古籍出版社 1988 年版。

31. 孟子:《孟子》,上海古籍出版社 1988 年版。

32. 墨翟:《墨子》,中华书局 1998 年版。

33. 荀况:《荀子》,上海古籍出版社 1988 年版。

34. 董仲舒:《春秋繁露》,上海古籍出版社 1988 年版。

35. 司马迁:《史记》,中华书局 1959 年版。

36. 王廷相著,王孝鱼点校:《王廷相集》,中华书局 1989 年版。

37. 袁中道:《珂雪斋集》,上海古籍出版社 1989 年版。

38. 李学勤主编:《十三经注疏(标点本)》,北京大学出版社 1999 年版。

39.《宋史》,中华书局 1977 年版。

40.《文献通考》,中华书局 1986 年版。

41.《唐会要》,上海古籍出版社 1991 年版。

42. 庄季裕:《鸡肋篇》,上海书店 1982 年版。

43. 蔡绦:《铁围山丛谈》,中华书局 1983 年版。

44. 王灼:《碧鸡漫志》,中华书局 1986 年版。

45. 吴自牧:《梦粱录》,中国商业出版社 1982 年版。

46. 黄淮、杨士奇编:《历代名臣奏议》,上海古籍出版社 1989 年版。

47.《李觏集》,中华书局 1981 年版。

48. 张栻:《张栻全集》,长春出版社 1999 年版。

49.《二程遗书》,上海古籍出版社 2000 年版。

50. 程颢、程颐:《二程集》,中华书局 2004 年版。

51. 朱熹:《朱子全书》,上海古籍出版社、安徽教育出版社 2002 年版。

52. 袁采:《袁氏世范》,天津古籍出版社 1995 年版。

53. 罗贯中:《三国志通俗演义》,上海古籍出版社 1980 年版。

54. 施耐庵:《水浒传》,岳麓书社 1988 年版。

55. 吴承恩:《西游记》,岳麓书社 1987 年版。

56. 兰陵笑笑生:《金瓶梅》,齐鲁书社 1987 年版。

57. 颜元:《颜元集》,中华书局 1987 年版。

58. 张岱:《陶庵梦忆》,中华书局 1985 年版。

59. 沈瓒:《近事丛残》,广业书局 1928 年版。

60. 李诩撰,魏连科点校:《戒庵老人漫笔》,中华书局 1982 年版。

61. 陶望龄:《徐文长传》,中华书局 2003 年版。

62. 沈德符:《万历野获编》,中华书局 1980 年版。

63. 周清源:《西湖二集》,浙江人民出版社 1981 年版。

64. 陆人龙:《型世言》,三秦出版社 2006 年版。

65. 赵守正:《管子注释》,广西人民出版社 1982 年版。

66. 黄省曾:《五岳山人集》,齐鲁书社 1997 年版。

67. 顾炎武:《天下郡国利病书》,商务印书馆 1935 年版。

68. 陈庆浩:《型世言》,江苏古籍出版社 1993 年版。

69. 鲁迅:《中国小说史略》,人民文学出版社 1973 年版。

70.《茅盾全集》,人民文学出版社 1991 年版。

71. 沈从文:《沈从文文集·新诗的旧账》,花城出版社、三联书店香港分店 1984 年版。

72. 叶圣陶:《叶圣陶论创作》,上海文艺出版社 1982 年版。

73. 邵燕君:《倾斜的文学场》,江苏人民出版社 2003 年版。

74. 陈丽伟:《中国新经济文学概论》,漓江出版社 2015 年版。

75. 祁志祥:《历代文学观照的经济维度》,河南人民出版社 2012 年版。

76. 童庆炳:《文学审美特征论》,华中师范大学出版社 2000 年版。

77. 缪荃孙:《醉醒石》,上海古籍出版社 1956 年版。

78. 吴敬梓著,李汉秋辑校:《儒林外史汇校汇评本》,上海古籍出版社 1994 年版。

79. 谢伯阳编:《全明散曲》,齐鲁书社 1995 年版。

80. 康骈:《唐五代笔记小说大观》,上海古籍出版社 2000 年版。

81. 邱绍雄:《中国商贾小说史》,北京大学出版社 2005 年版。

82. 冷鹏飞:《中国古代社会商品经济形态研究》,中华书局 2002 年版。

83. 张守军:《中国历史上的重本抑末思想》,中国商业出版社 1988 年版。

84. 杨伯峻:《孟子译注》,中华书局 2005 年版。

85. 焦循:《孟子正义》,岳麓书社 1996 年版。

86. 李宗侗:《春秋左传今注今译》,商务印书馆 1971 年版。

87. 陈奇猷校释:《吕氏春秋新校释》,上海古籍出版社 2002 年版。

88. 王家范:《中国历史通论》,华东师范大学出版社 2000 年版。

89. 刘治立:《〈傅子〉评注》,天津古籍出版社 2010 年版。

90. 魏征:《隋书》,中华书局 1973 年版。

91. 郭茂倩:《乐府诗集》,中华书局 1979 年版。

92. 余英时:《士与中国文化》,上海人民出版社 1987 年版。

93. 余英时:《中国近世宗教伦理与商人精神》,安徽教育出版社 2001 年版。

94. 余英时:《儒家伦理与商人精神》,广西师范大学出版社 2004 年版。

95. 陈大康:《明代的商贾与世风》,上海文艺出版社 1996 年版。

96. 陈大康:《中国近代小说编年》,华东师范大学出版社 2002 年版。

97. 陈大康:《明代小说史》,人民文学出版社 2007 年版。

98. 牛景丽:《〈太平广记〉的传播与影响》,南开大学出版社 2008 年版。

99. 潘力伟:《文人之书与商贾之学》,文教出版社 2002 年版。

100.《毛泽东选集》第三卷,人民出版社 1991 年版。

101. 范文澜:《文心雕龙注》,人民文学出版社 1958 年版。

102. 李泽厚:《中国古代思想史论》,天津社会科学院出版社 1985 年版。

103. 梁启雄:《韩子浅解》,中华书局 1960 年版。

104. 吴毓江:《新编诸子集成》,孙启治点校,中华书局 1993 年版。

105. 石峻等:《中国佛教思想资料汇编》,中华书局 1981 年版。

106. 孙昌武:《佛教与中国文学》,上海人民出版社 1988 年版。

107. 蒋维乔:《中国佛教史》,上海古籍出版社 2004 年版。

108. 韩愈:《韩昌黎诗系年集释》,上海古籍出版社 1984 年版。

109. 陈寅恪:《寒柳堂集》,上海古籍出版社 1980 年版。

110. 刘熙载:《艺概》,上海古籍出版社 1978 年版。

111. 季羡林:《季羡林自选集》,首都师范大学出版社 2009 年版。

112. 汪道昆:《太函集》,上海古籍出版社 1995 年版。

113. 郑若庸:《蛣蜣集》,齐鲁书社 1997 年版。

114. 吕楠:《泾野先生文集》,上海古籍出版社 1995 年版。

115. 茅坤:《茅鹿门先生文集》,上海古籍出版社 1998 年版。

116. 钱穆:《理学与艺术》,《宋史研究集》第七辑,台湾中华书局 1974 年版。

117. 费正清:《伟大的中国革命》,世界知识出版社 2001 年版。

118. 陈寅恪:《金明馆丛稿二编》,生活·读书·新知三联书店 2011 年版。

119. 黄仁宇:《中国大历史》,生活·读书·新知三联书店 1997 年版。

120. 朱瑞熙:《宋代社会研究》,中州书画社 1983 年版。

121. 吴松弟:《中国人口史》,复旦大学出版社 2000 年版。

122. 傅宗文:《宋代草市镇研究》,福建人民出版社 1991 年版。

123. 唐锦:《弘治上海志》,上海书店 1992 年版。

124. 孟元老撰,邓之诚注:《东京梦华录》,中华书局 1982 年版。

125. 吴晟:《瓦舍文化与宋元戏剧》,中国社会科学出版社 2001 年版。

126. 赵士林:《心学与美学》,中国社会科学出版社 1992 年版。

127. 傅杰编校:《王国维论学集》,中国社会科学出版社 1997 年版。

128. 李心传:《建炎以来系年要录》,中华书局 1988 年版。

129. 《渭南文集》,中国书店 1986 年版。

130. 赵章超:《宋代文言小说研究》,重庆出版社 2004 年版。

131. 曾敏行:《独醒杂志》,上海古籍出版社 1986 年版。

132. 惠洪等著,陈新点校:《冷斋夜话》,中华书局 1988 年版。

133. 张晖:《宋代笔记研究》,华中师范大学出版社 1993 年版。

134. 耐得翁:《都城纪胜》,文化艺术出版社 1998 年版。

135. 赵翼:《廿二史札记》,世界书局 1962 年版。

136. 朱瑞熙等:《辽宋西夏金社会生活史》,中国社会科学出版社 1998 年版。

137. 和田清:《中国史概说》,商务印书馆 1964 年版。

138. 张耒:《明道杂志》,中华书局 1985 年版。

139. 李剑国:《唐五代志怪传奇叙录》,南开大学出版社 1994 年版。

140. 施耐庵:《水浒传》,人民文学出版社 1985 年版。

141. 罗烨:《醉翁谈录》,古典文学出版社 1957 年版。

142. 李啸仓:《宋元伎艺考》,上杂出版社 1953 年版。

143. 洪梗编,谭正璧校点:《清平山堂话本》,上海古籍出版社 1987 年版。

144. 王栐:《燕翼诒谋录》,中华书局 1981 年版。

145. 洪迈:《夷坚甲志》,中华书局 2006 年版。

146. 洪迈:《容斋随笔》,中华书局 2005 年版。

147. 陆游著,钱仲联校注:《剑南诗稿校注》,上海古籍出版社 1986 年版。

148. 陆游:《老学庵笔记》,中华书局 1979 年版。

149. 杨义:《中国叙事学》,人民出版社 1996 年版。

150. 欧阳代发:《话本小说史》,武汉出版社 1994 年版。

151. 黄书光:《中国社会教化的传统与变革》,山东教育出版社 2005 年版。

152. 郑瑶、方仁荣:《景定严州续志》,商务印书馆 1936 年版。

153. 费成康:《中国的家法族规》,上海社会科学院出版社 1998 年版。

154.《光绪漳州府志》,上海书店 2000 年版。

155. 崔瑞德等:《剑桥中国明代史》,中国社会科学出版社 2006 年版。

156. 张瀚:《松窗梦语》,中华书局 1997 年版。

157. 王士性:《广志绎》,中华书局 1981 年版。

158. 何良俊:《四友斋丛说》,中华书局 1997 年版。

159. 陈梧桐编:《中国文化通史》明代卷,中共中央党校出版社 2000 年版。

160. 曹树基:《中国人口史》,复旦大学出版社 2000 年版。

161. 丘浚:《重编琼台稿》,上海古籍出版社 1991 年版。

162. 沈善洪主编:《黄宗羲全集》,浙江古籍出版社 2005 年版。

163. 丁夏:《咫尺千里——明清小说研究》,清华大学出版社 2002 年版。

164. 张廷玉等:《明史》,中华书局 2000 年版。

165. 钱谦益:《列朝诗集小传》,上海古籍出版社 1983 年版。

166. 陆容:《菽园杂记》,中华书局 1997 年版。

167. 吴沃尧:《两晋演义》,上海文化出版社 1980 年版。

168. 梁章矩:《归田琐记》,中华书局 1997 年版。

169. 钟惺:《隐秀轩集》,上海古籍出版社 1992 年版。

170. 罗宗强:《因缘集:罗宗强自选集》,南开大学出版社 2004 年版。

171. 陈美林、李忠明:《中国古代小说的主题与叙事结构》,安徽文艺出版社 2000 年版。

172. 蒋玉斌:《明代中晚期小说与士人心态》,巴蜀书社 2010 年版。

173.《魏源全集》第十四册,岳麓书社 2005 年版。

174. 王春瑜、杜婉言:《明代宦官与经济史料初探》,中国社会科学出版社 1986 年版。

175. 任迎飞:《小说的创作与精神》,远方出版社 2001 年版。

176. 袁行霈:《中国文学史》,高等教育出版社 1999 年版。

177. 钱源:《士与中国商文化》,贵州人民出版社 2002 年版。

178. 胡士莹:《话本小说概论》,中华书局 1980 年版。

179. 马立本:《商人形象的道德困惑》,知识出版社 2002 年版。

180. 彭信威:《中国货币史》,上海人民出版社 1965 年版。

181. 黄仁宇:《十六世纪明代中国之财政与税收》,生活·读书·新知三联书店 2007 年版。

182. 滕新才:《且寄道心与明月——明代人物风俗考论》,中国社会科学出版社 2003 年版。

183. 龚炜:《巢林笔谈》,中华书局 1997 年版。

184. 石昌渝:《中国小说源流论》,生活·读书·新知三联书店 1994 年版。

185. 王同轨撰,孙顺霖校注:《耳谈》,中州古籍出版社 1990 年版。

186. 赵翼著,王树民校正:《廿二史札记校正》,中华书局 1984 年版。

187. 刘世德、陈庆语、石昌渝:《古本小说丛刊》,中华书局 1991 年版。

188. 宋懋澄撰,王利器校录:《九篇集》,中国社会科学出版社 1984 年版。

189. 《明神宗实录》,"中央研究院"历史语言研究所 1962 年版。

190. 陈锋、张建民:《中国经济史纲要》,高等教育出版社 2007 年版。

191. 何露洁:《明清四民》,华夏出版社 1999 年版。

192. 徐丁:《德商与儒商》,内蒙古人民出版社 1999 年版。

193. 李泽厚:《中国思想史论》,安徽文艺出版社 1999 年版。

194. 苗笑笑:《中国古代社会的商人语境》,远方出版社 2001 年版。

195. 陈珊平:《明中叶的资本萌芽》,浙江文史出版社 2001 年版。

196. 蒋和宝、俞家栋:《市井文化》,中国经济出版社 2001 年版。

197. 张岱年:《中国哲学大纲》,中国社会科学出版社 1983 年版。

198. 萧萐父、许苏民:《明清启蒙学术流变》,辽宁教育出版社 1995 年版。

199. 汤显祖:《汤显祖全集》,人民文学出版社 1988 年版。

200. 钱石昌、欧伟雄:《商界》,黄河文艺出版社 1989 年版。

201. 李书磊:《城市的迁徙》,时代文艺出版社 1993 年版。

202. 刘小枫主编:《金钱 性别 现代生活风格》,顾仁明译,学林出版社 2000 年版。

203. 彭焕萍:《媒介与商人》,华夏出版社 2008 年版。

204. 何清涟:《现代化的陷阱:当代中国的经济社会问题》,今日中国出版社 1998

年版。

205. 祖国颂:《叙事的诗学》,安徽大学出版社 2003 年版。

206. 马敏:《商人精神的嬗变》,华中师范大学出版社 2001 年版。

207. 刘小枫:《沉重的肉身》,华夏出版社 2007 年版。

208. 张文红:《伦理叙事与叙事伦理——90 年代小说的文本实践》,社会科学文献出版社 2006 年版。

209. 杨虹:《现代商业社会的文学时尚》,湖南人民出版社 2005 年版。

210. 邵毅平:《中国文学中的商人世界》,复旦大学出版社 2005 年版。

211. 黄伟合、赵海琦:《善的冲突——中国历史上的义利之辨》,安徽人民出版社 1992 年版。

212.《马克思恩格斯全集》第 4 卷,人民出版社 1998 年版。

213. 马克思:《政治经济学批判》,人民出版社 1976 年版。

214. 布罗代尔:《15 至 18 世纪的物质文明、经济和资本主义》,顾良译,生活·读书·新知三联书店 1993 年版。

215. 克莱夫·贝尔:《艺术》,中国文联出版公司 1984 年版。

216. 威廉·戈登:《作家箴言录》,海南出版社 2002 年版。

217. 欧文·斯通:《渴望生活》,上海人民出版社 1982 年版。

218. 欧文·斯通:《马背上的水手》,中国青年出版社 1982 年版。

219. 威勒姆·房龙:《人类的艺术》下册,中国和平出版社 1996 年版。

220. 西美尔:《货币哲学》,陈戎女等译,华夏出版社 2003 年版。

221. 哥德曼:《论小说的社会学》,吴岳添译,中国社会科学出版社 1988 年版。

222. 米克巴尔:《叙述学:叙事理论导论》,谭君强译,中国社会科学出版社 2003 年版。

223. A. 麦金太尔:《追寻美德:伦理理论研究》,宋继杰译,译林出版社 2003 年版。

224. 西斯蒙:《政治经济学新原理》,商务印书馆 1977 年版。

225. 巴赫金:《小说理论》,白春仁、晓河译,河北教育出版社 1998 年版。

226. 贡德·弗兰克:《白银资本——重视经济全球化中的东方》,中央编译出版社 2005 年版。

227. 熊彼特:《资本主义、社会主义和民主主义》,绛枫译,商务印书馆 1979 年版。

228. 斯沃茨:《文化与权力:布尔迪厄的社会学》,陶东风译,上海译文出版社 2006 年版。

229. 黄卫总:《中华帝国晚期的欲望与小说叙述》,张蕴爽译,江苏人民出版社 2010

年版。

二、主要论文

1. 刘敬鲁：《论作为人类生存发展方式的经济生活》，《学习与探索》2003 年第 2 期。

2. 章培恒：《经济与文学之关系》，《学术月刊》2006 年第 3 期。

3. 朱丽霞：《全国"经济生活与中国传统文学学术研讨会"综述》，《文学评论》2006 年第 1 期。

4. 胡明：《中国传统文学与经济生活》，《学术月刊》2006 年第 5 期。

5. 杨虹：《中国商界小说的类型特质及其文化意味》，《理论与创作》2010 年第 6 期。

6. 杨虹：《现代性与中国商界小说的叙事沿革》，《上海商学院学报》2011 年第 5 期。

7. 杨虹：《商界小说的话语困境与审美缺陷》，《文艺争鸣》2015 年第 11 期。

8. 杨虹：《解读明清小说中的明清商人》，《广西社会科学》2003 年第 8 期。

9. 杨虹：《论商业时代作家的创作转型》，《海南师范学院学报》2004 年第 2 期。

10. 邱绍雄：《儒商互补　理欲并重——试论中国商贾小说的特色和价值》，《中国文学研究》2001 年第 1 期。

11. 张秀芹：《明清小说中的苏州》，《苏州杂志》2009 年第 1 期。

12. 冯保善：《明清小说与明清江苏经济》，《江苏社会科学》1999 年第 3 期。

13. 滋阳：《〈金瓶梅〉的重要版本》，《吉林大学社会科学学报》1998 年第 2 期。

14. 朱万曙：《明清时期商人的文学创作》，《文学评论》2008 年第 3 期。

15. 李正春：《唐代小说中的商业活动》，《商业文化》1997 年第 3 期。

16. 冷鹏飞：《论中国史前时代的原始商品经济形态》，《湖南师范大学社会科学学报》1997 年第 2 期。

17. 朱家桢：《西周的井田制与工商食官制》，《河南师范大学学报》1991 年第 2 期。

18. 林文勋：《先秦的重商思想及其理论基础》，《云南教育学院学报》1999 年第 1 期。

19. 林文勋、杨华星：《也谈中国封建社会商品经济发展的特点》，《思想战线》2000 年第 6 期。

20. 陈书录：《商贾的忏悔与元明文人的自赎》，《南京师范大学文学院学报》2007

年第 5 期。

21. 舒敏华:《"家国同构"观念的形成、实质及其影响》,《北华大学学报》2003 年第 2 期。

22. 张世君:《中西文学叙事概念比较》,《西南师范大学学报(人文社会科学版)》2004 年第 3 期。

23. 张三夕、张世敏:《明代商人的佛教信仰与义举的关系——兼论商人碑传文的真实性》,《江汉论坛》2013 年第 6 期。

24. 姚潇鸫:《试述魏晋南北朝时期中土商人的佛教信仰》,《史林》2011 年第 2 期。

25. 邓广铭:《谈谈有关宋史研究的几个问题》,《社会科学战线》1986 年第 2 期。

26. 徐吉军:《中国古代文化造极于宋代论》,《河北学刊》1990 年第 4 期。

27. 葛剑雄:《宋代人口新证》,《历史研究》1993 年第 6 期。

28. 王伟超:《从城市商业生活观宋代商品经济发展》,《乐山师范学院学报》2011 年第 4 期。

29. 郭正忠:《宋代包买商人的考察》,《江淮论坛》1985 年第 2 期。

30. 郭学信、张素英:《宋代商品经济发展特征及原因析论》,《聊城大学学报》2006 年第 5 期。

31. 袁书会:《商业化与宋代说话艺术的繁兴》,《西藏民族学院学报》2003 年第 5 期。

32. 黄纯艳:《经济制度变迁与唐宋变革》,《文史哲》2005 年第 1 期。

33. 吴晓亮:《试论宋代"全民经商"及经商群体构成变化的历史价值》,《思想战线》2003 年第 2 期。

34. 张祝平:《以雅入俗——宋代小说的普及与繁荣》,《云梦学刊》2003 年第 4 期。

35. 谭凤娥:《试论宋代的市民文艺和商业》,《贵州文史丛刊》2003 年第 3 期。

36. 葛金芳:《宋代经济:从传统向现代转变的首次启动》,《中国经济史研究》2005 年第 1 期。

37. 姚思陟:《论宋代话语共同体与市民文化的形成》,《船山学刊》2007 年第 4 期。

38. 潘立勇、章辉:《从传统人文艺术的发展到城市休闲文化的繁荣——宋代文化转型描述》,《中原文化研究》2013 年第 2 期。

39. 包弼德:《唐宋转型的反思》,《中国学术》2000 年第 3 期。

40. 任莹:《宋元话本小说的文体形态与繁荣经济下的市民文化》,《现代语文》2013 年第 11 期。

41. 丁雅:《从〈夷坚志〉看宋代商业发展的特点》,《许昌学院学报》2007 年第 4 期。

42. 李启洁:《宋代"说话"的程式化现象与娱乐商品化之关系》,《首都师范大学学报》2011 年第 6 期。

43. 贾灿灿:《宋代工商业者的职业流动——以笔记小说为中心的考察》,《三峡大学学报》2016 年第 5 期。

44. 赵国权:《南宋时期社会教化的路径及价值趋向》,《河北师范大学学报》2010 年第 9 期。

45. 许军:《论宋元小说的道德劝惩观念》,《广西社会科学》2003 年第 11 期。

46. 姜晓萍:《〈士商类要〉与明代商业社会》,《西南师范大学学报》1996 年第 1 期。

47. 陆荣:《社会转型与明朝权贵的贪婪》,《巢湖学院学报》2002 年第 4 期。

48. 刘春玲:《论晚明士风的嬗变》,《阴山学刊》2003 年第 4 期。

49. 刘倩:《从明清通俗小说看皇权专制制度下中国商人及商业资本的命运》,《明清小说研究》2006 年第 2 期。

50. 王言锋:《论晚明拟话本创作中商业意识与文人意识的融合》,《理论界》2010 年第 3 期。

51. 傅承洲:《明清话本的文人创作与商业生态》,《江苏社会科学》2007 年第 5 期。

52. 郭万金:《明代经济生活与诗歌传统》,《文学评论》2008 年第 1 期。

53. 蒋玉斌、丁世忠:《试论明代小说面对商业的多元价值选择》,《江西社会科学》2002 年第 2 期。

54. 吴建国:《明清拟话本小说创作与时代文化精神》,《湖南师范大学社会科学学报》1994 年第 4 期。

55. 吴艳峰:《〈西湖二集〉的民俗色彩》,《管理科学文摘》2008 年第 1 期。

56. 范金民:《明代地域商帮的兴起》,《中国经济史研究》2006 年第 3 期。

57. 秦川:《明清话本小说之人物群像与社会风习》,《上海师范大学学报》2015 年第 1 期。

58. 许建平:《货币观念的变异与农耕文学的转型——以明代后期的市井小说为论述中心》,《中国社会科学》2007 年第 2 期。

59. 杨宗红:《明清拟话本小说"掘藏"、"银走"、"悭吝"叙事隐喻》,《求索》2012 年第 1 期。

60. 宋克夫、邵金金:《宋明理学与章回小说的价值取向》,《长江学术》2012 年第 1 期。

61. 周晓琳:《重本抑末与批判商贾——中国古代文学商人形象研究之一》,《四川师范学院学报》1999 年第 2 期。

62. 周柳燕：《〈三言〉、〈二拍〉"本末"冲突主题探析》，《船山学刊》2004 年第 3 期。

63. 高建立：《明清之际士商观念的转变与商人伦理精神的塑造》，《江汉论坛》2000 年第 1 期。

64. 张蓉、王锋：《〈三言〉〈二拍〉中商人形象的嬗变及其原因》，《船山学刊》2006 年第 3 期。

65. 张明富：《论明清商人商业观的二重性》，《史学集刊》1999 年第 3 期。

66. 康清莲：《从"三言"、"二拍"看明代商人的心理》，《广西教育学院学报》2000 年第 2 期。

67. 汪昌松：《试论转型期商界文学价值取向的转移》，《黄冈师专学报》1997 年第 3 期。

68. 蔡爱国：《当代商贾历史小说的生产范式及其转型》，《当代文坛》2006 年第 2 期。

69. 束学山：《认同与抉择：民间话语的价值取向》，《当代作家评论》1999 年第 4 期。

70. 陈国恩、吴矛：《市民世态，历史文化，欲望叙事——20 世纪 90 年代城市小说的三种表述》，《福建论坛》2006 年第 5 期。

71. 谢志远：《当代中国商战电影的生产"场域"与叙事动力》，《当代电影》2018 年第 3 期。

72. 彭文忠：《被消费的"真实"：新世纪商战小说的纪实性写作》，《文艺争鸣》2010 年第 11 期。

73. 张鸿翼：《论儒家的经济哲学》，《孔子研究》1988 年第 1 期。

74. 张岩冰：《市场经济下的文学嬗变》，《广西师范大学学报》2005 年第 4 期。

75. 潘凯雄、王必胜：《话题纷纭：'94 文坛新气象》，《当代作家评论》1995 年第 2 期。

三、商史小说

1. 季宇：《徽商》，海天出版社 1998 年版。

2. 邓九刚：《大盛魁商号（1）》，百花文艺出版社 1998 年版。

3. 郭宝昌：《大宅门》，作家出版社 2001 年版。

4. 陈杰：《大染坊》，山东文艺出版社 2004 年版。

5. 王跃文、李森：《龙票》，长江文艺出版社 2004 年版。

6. 成一:《白银谷》,作家出版社 2004 年版。

7. 朱秀海:《乔家大院》,上海辞书出版社 2005 年版。

8. 黄维若:《大清徽商》,中国广播电视出版社 2005 年版。

9. 南飞雁:《大瓷商》,河南文艺出版社 2007 年版。

10. 二月河、薛家柱:《胡雪岩》,长江文艺出版社 2007 年版。

11. 邓九刚、王西萍:《走西口》,中国画报出版社 2009 年版。

12. 王强:《圈子圈套(1)》,清华大学出版社 2006 年版。

13. 王强:《圈子圈套(2)》,长江文艺出版社 2006 年版。

14. 王强:《圈子圈套(3)》,长江文艺出版社 2009 年版。

15. 葛红兵:《财道》,东方出版中心 2006 年版。

16. 付遥:《输赢》,北京大学出版社 2007 年版。

17. 丁力:《商场　官场》,中国画报出版社 2008 年版。

18. 林语堂:《唐人街》,上海书店 1989 年版。

19. 周励:《曼哈顿的中国女人》,北京出版社 1992 年版。

四、其他文献

1. 许建平、祁志祥主编:《中国传统文学与经济生活》,河南人民出版社 2006 年版。

2.《普列汉诺夫美学论文集》,曹葆华译,人民出版社 1984 年版。

3. 徐松:《宋会要辑稿》,中华书局 1987 年版。

4.《全宋笔记(第 1 编)》,大象出版社 2003 年版。

5.《全宋笔记(第 2 编)》,大象出版社 2006 年版。

6.《全宋笔记(第 3 编)》,大象出版社 2008 年版。

7.《全宋笔记(第 5 编)》,大象出版社 2012 年版。

8. 程毅中辑注:《宋元小说家话本集》,齐鲁书社 2000 年版。

9. 丁锡根:《中国历代小说序跋集》(上),人民文学出版社 1996 年版。

10. 黄清泉:《中国历代小说序跋辑录》,华中师范大学出版社 1989 年版。

11.《中国通俗小说总目提要》,中国文联出版公司 1990 年版。

12.《明清传奇小说集》,吉林文史出版社 2007 年版。

13.《习近平在文艺工作座谈会上讲话(全文)》,http://culture.people.com.cn/n/2014/1015/c22219-25842812.html。

14. 胡明:《传统文学研究的新增长点》,《社会科学报》2005 年 11 月 24 日。

15. 杨虹:《城市变革中的金钱话语——近 20 年商界小说对城市文化的一种书写》,湖南省城市文化研究会第六届学术研讨会论文集,2011 年。

16. 俞光编:《温州古代经济史料汇编》,上海社会科学院出版社 2005 年版。

17. 谢志远:《中国古代商业小说叙事研究》,湖南师范大学博士学位论文,2015 年。

18. 罗陈霞:《宋代小说与宋代民间商贸活动》,南开大学博士学位论文,2009 年。

19. 王毅:《"权力经济"深层影响通俗小说》,《社会科学报》2005 年 11 月 24 日。

20.《四库全书杂史类》,中华书局 1982 年版。

21. 郑婷婷:《〈太平广记〉商贾题材小说研究》,重庆师范大学硕士学位论文,2015 年。

22.《中国大百科全书》,中国大百科全书出版社 1998 年版。

23. 纪昀主编:《四库全书总目提要》,中华书局 1988 年版。

24. 杨曾文:《佛教与历史文化》,宗教文化出版社 2001 年版。

25.《传统国家与社会 960—1279》,商务印书馆 2009 年版。

26.《续修四库全书》,上海古籍出版社 2002 年版。

27. 刘方:《宋代两京都市文化与文学生产》,上海师范大学博士学位论文,2008 年。

28. 王古鲁校注:《熊龙峰刊四种小说》,古典文学出版社 1958 年版。

29. 夏晓红:《"义利之辩"与"理欲之辩"》,《光明日报》2000 年 5 月 16 日。

30.《元明史料丛刊》,中华书局 1985 年版。

31. 谢国桢:《明代社会经济史料选编》中册,福建人民出版社 1981 年版。

32.《丛书集成初编》,中华书局 1991 年版。

33.《四库全书存目丛书》,齐鲁出版社 1997 年版。

34. 朱一玄:《金瓶梅资料汇编》,南开大学出版社 1985 年版。

35.《历代笔记小说集成》,河北教育出版社 1995 年版。

36. 张佳妮:《明代万历年间社会经济对文言小说的影响研究》,中南大学硕士学位论文,2011 年。

37. 刘艳琴:《明代话本小说中的徽商形象研究》,安徽大学硕士学位论文,2004 年。

38. 参见邢文:《论明代商业文化对小说的影响》,西北大学硕士学位论文,2010 年。

39. 张海鹏、王廷元主编:《明清徽商资料选编》,黄山书社 1985 年版。

40. 杨辉:《"三言""二拍"商人形象研究》,黑龙江大学硕士学位论文,2011 年。

41.《中国地方志集成》,江苏古籍出版社 1998 年版。

42. 孙伟科:《促进文艺生产与消费的良性循环》,《文艺报》2005 年 8 月 25 日。

责任编辑：武丛伟
封面设计：石笑梦
版式设计：胡欣欣
责任校对：吕　飞

图书在版编目（CIP）数据

商潮涌动下的小说创作：以宋、明时期为主的考察/谢志远 著. —北京：
　人民出版社,2022.7
ISBN 978－7－01－024772－4

I.①商… Ⅱ.①谢… Ⅲ.①古典小说-文学创作研究-中国 Ⅳ.①I207.41

中国版本图书馆 CIP 数据核字（2022）第 075348 号

商潮涌动下的小说创作

SHANGCHAO YONGDONG XIA DE XIAOSHUO CHUANGZUO
——以宋、明时期为主的考察

谢志远　著

人民出版社 出版发行
（100706　北京市东城区隆福寺街 99 号）

环球东方（北京）印务有限公司印刷　新华书店经销

2022 年 7 月第 1 版　2022 年 7 月北京第 1 次印刷
开本:710 毫米×1000 毫米 1/16　印张:22
字数:302 千字

ISBN 978－7－01－024772－4　定价:99.00 元

邮购地址 100706　北京市东城区隆福寺街 99 号
人民东方图书销售中心　电话 (010)65250042　65289539

版权所有·侵权必究
凡购买本社图书,如有印制质量问题,我社负责调换。
服务电话:(010)65250042